# LES DÉBUTANTES

Traduit de l'anglais (américain) par Frédéric Collay et Anne-Laure Paulmont
Du même auteur : *Maine* (Knopf, 2011)
Titre original : *Commencement* (Knopf, 2009)
Photographie de couverture : *Young women riding bicycle in grass*

www.ruefromentin.com

J. COURTNEY SULLIVAN

# LES DÉBUTANTES

Traduit de l'anglais (américain) par Frédéric Collay
et Anne-Laure Paulmont

roman

Éditions rue *f*romentin
Paris

*À mes parents, Eugene F. Sullivan Jr. et Joyce Gallagher Sullivan*

# LES DÉBUTANTES

**Première partie**



**Seconde partie**

# Première partie

## Le bulletin trimestriel des anciennes de Smith

*Carnet de classe, printemps 2006 – Promo 2002*

Robin Hughes termine ses études à l'université de Northwestern avec un master en santé publique en main. Elle vit à Chicago avec une ancienne de la résidence Hopkins, Gretchen (Gretch) Anderson… Natalie Goldberg (résidence Emerson) et sa conjointe, Gina Black (promo 1999) ont finalement réalisé leur rêve : s'installer en Finlande et y ouvrir un bar karaoké ! Elles nous racontent qu'Emma Bramley-Hawke et Joy Watkins, deux anciennes d'Emerson également, se sont déjà arrêtées pour entonner quelques couplets de « Total Eclipse of The Heart ». Après avoir travaillé quatre ans dans une clinique de son pays natal, la Malaisie, Jia-Yi Moa a été admise à la faculté de médecine de NYU !… Et maintenant, quelques nouvelles de mon groupe de petites chéries à moi : Sally Werner, qui travaille comme chercheuse dans un laboratoire à Harvard, va se marier (sur le campus de Smith !) en mai avec son fiancé de longue date, Jake Brown. Mes copines de promo et anciennes de la résidence King, Bree Miller (faculté de droit de Stanford, 2005), April Adams (assistante de recherche intrépide de la société Women in Peril, Inc.), et votre humble servante, officieront en tant que demoiselles d'honneur. Les photos gênantes de fêtardes bourrées dans le prochain numéro. Ouvrez l'œil ! D'ici là, profitez bien du printemps et continuez à m'envoyer de vos nouvelles.

*V*otre secrétaire de promo,
*C*elia Donnelly
*(*celiad@alumnae.smith.edu)

## CELIA

Celia se réveilla en sursaut.

Elle avait des élancements dans la tête, la gorge sèche, et il était déjà neuf heures du matin. Elle était en retard pour le mariage de Sally, ou du moins, pour l'autocar qui l'emmènerait au mariage. Elle se maudit en silence d'être sortie la nuit d'avant. Quel genre de demoiselle d'honneur débarquait en retard au mariage de l'une de ses meilleures amies, et avec la gueule de bois en plus ?

Le soleil entrait à flot par les fenêtres de sa studette. De son lit, elle pouvait voir les deux bouteilles de bière et un paquet de tortillas ouvert sur la table basse, à côté du canapé, et, oh, mon Dieu ! il y avait un emballage de préservatif sur le sol. Bon, ceci expliquait cela.

Le type allongé à côté d'elle s'appelait Brian, ou bien Ryan ; de ça au moins elle se souvenait. Pour le reste, c'était un peu flou. Elle se rappelait vaguement l'avoir embrassé sur le perron de son immeuble, avoir fouillé pour trouver ses clés, ses mains à lui remontant déjà le long de ses jambes sous sa jupe. Elle ne se souvenait pas d'avoir fait l'amour, pas plus que d'avoir mangé des tortillas, d'ailleurs.

Elle avait eu de la chance de ne pas finir débitée en petits morceaux. La moitié sobre de son moi se devait de communiquer à la moitié ivre qu'il était tout à fait déconseillé de ramener des étrangers à la maison. On lisait régulièrement ce genre d'histoire dans les journaux : « Ils se rencontrèrent lors d'une soirée, il lui proposa d'aller se balader. Deux jours plus tard, la police trouvait le tronc de la fille dans une benne à ordures du Queens. » Elle aurait préféré que les aventures d'un soir ne soient pas si étroitement liées à la possibilité de se faire assassiner, mais bon, on en était là. À présent, Celia se penchait vers lui et l'embrassait sur la joue, l'air aussi calme que possible.

« Je dois partir bientôt, glissa-t-elle doucement. Tu veux faire un saut dans la douche ?

Il secoua la tête.

— Je ne vais pas au bureau aujourd'hui, dit-il. J'ai rendez-vous pour un golf cet après-midi avec des clients. Ça t'embête si je fais la grasse matinée ?

— Hmm, non, fit-elle. Pas de problème. »

Celia l'examina en détail. Cheveux blonds, peau parfaite, bras aux muscles bien dessinés, fossettes. Il était mignon, de façon suspecte. Trop beau pour être honnête, comme dirait sa mère.

Avant de partir, elle l'embrassa à nouveau.

« La porte se refermera automatiquement derrière toi. Et il y a du café dans la cuisine si ça te dit.

— Merci. Alors je t'appelle ?

— D'accord. Bon, à plus tard. »

Au ton de sa voix, elle estima qu'il y avait 50 % de chances pour qu'il l'appelle, pas si mal pour un lendemain de soirée bien arrosée.

Celia prit la direction du métro. Est-ce que c'était louche qu'il lui demande s'il pouvait rester dans son appartement ? Est-ce qu'elle aurait dû exiger qu'il parte en même temps qu'elle ? Il avait l'air propre sur lui et disait travailler dans la finance. Il n'avait pas l'air du type qui raccompagnerait une fille chez elle juste pour la dévaliser, mais qu'est-ce qu'elle savait de lui finalement ? Celia avait vingt-six ans. Arrivée à ce qui, d'après elle, était la fin de sa vingtaine, elle avait commencé à recenser mentalement les hommes avec lesquels elle ne devrait pas coucher. En montant dans le *A train,* elle ajouta à sa liste *les mecs susceptibles de me voler mes affaires.*

Vingt minutes plus tard, elle traversait au pas de course le terminal de Port Authority, en priant pour que son car ait cinq minutes de retard. Cinq petites minutes, c'est tout ce qu'elle demandait.

« Je vous salue, Marie pleine de grâces, le Seigneur est avec vous, vous êtes bénie entre toutes les femmes, murmura-t-elle. Allez, allez. »

Elle avait gardé cette habitude, un reste de l'époque où elle croyait vraiment en Dieu et où elle disait un « Je vous salue Marie » chaque fois qu'elle se trouvait dans une situation difficile. Elle se rendait compte à présent que ce qu'elle avait pris, à une époque, pour des prières n'était en fait que des souhaits. Elle ne s'attendait pas à ce que la Vierge exauce réellement quoi que ce soit. Si elle existait, elle ne travaillait probablement pas dans la gestion de la circulation des bus express entre Manhattan et Northampton, Massachusetts. Et pourtant, ces paroles familières apaisaient Celia. Elle essayait d'y avoir recours modérément, pour ne pas offenser la Mère de Dieu, une femme en qui elle ne croyait pas, mais quand même.

Sa mère vénérait la Vierge Marie : elle récitait son chapelet dans sa voiture en allant au travail chaque matin, elle avait conservé une statue de la Madone, dans le jardin devant la maison, durant des années, jusqu'à ce qu'une famille presbytérienne vienne s'installer en face (pour éviter de les offenser, elle avait déterré la statue qu'elle avait replacée derrière la maison). Elle croyait que c'était Marie qui détenait le pouvoir tout puissant, que Jésus ne venait qu'en deuxième position puisqu'il sortait de ses entrailles. Souvent, Celia en venait à admirer sa mère, qui était probablement la seule personne sur terre à voir dans le catholicisme une religion matriarcale.

Elle arriva devant le portillon juste au moment où le chauffeur d'autocar prenait le dernier billet et fermait la porte.

« Attendez ! cria-t-elle. Attendez ! S'il vous plaît ! »

Le chauffeur leva les yeux, surpris et à moitié endormi. Elle aurait aimé ne pas avoir autant la gueule de bois.

« S'il vous plaît, je dois absolument monter dans ce car ! dit-elle.

— Dépêchez-vous alors », répondit-il. Il reste une place.

Ça ne ressemblait pas à Celia de se faire remarquer en public, mais elle ne supportait pas l'idée de décevoir Sally, d'avoir à l'appeler pour lui dire qu'elle arriverait en retard. En plus, Celia pensait à ce week-end depuis des mois. Elle voulait passer tout son temps avec les filles, sans en perdre une seconde.

Celia se fraya un chemin dans le couloir du car, passant devant des mères qui faisaient sauter des bébés en pleurs sur leurs genoux, des ados, écouteurs braillant collés aux oreilles, et des vingtenaires hurlant dans leurs portables des choses qui auraient dû rester privées. *Donner un sens nouveau à l'enfer sur roues*, voilà quel devrait être le slogan de Greyhound. Elle mourrait d'envie d'avaler un autre café et autant d'Advil que son corps pourrait le supporter.

En dépit des quatre heures et demie de voyage qui l'attendaient, Celia se mit à sourire. Bientôt, elle serait de nouveau avec les autres : Sally, impeccable et impulsive, millionnaire à vingt-cinq ans, affublée d'une robe de mariage sortie d'un dépôt-vente ; April, courageuse et opiniâtre, avec cet air téméraire qui les inquiétait toutes ; et Bree, belle, pétillante et embarquée dans une histoire d'amour vouée à l'échec — cette dernière était toujours la préférée de Celia, malgré tous les bouleversements et la distance qui les séparaient.

Celia s'assit à côté d'un ado boutonneux qui lisait une BD. Elle ferma les yeux et prit une grande inspiration.

Huit ans plus tôt, à la journée d'orientation, Celia avait pleuré sur le siège arrière de la Lincoln de son père durant tout le voyage pour Smith. La famille avait dû s'arrêter sur le parking d'un Tacco Bell pour lui laisser le temps de se reprendre avant de rencontrer ses voisines de chambre. Au moment où elle arrivait à la porte de la résidence Franklin King, son visage était recouvert d'un large sourire figé et de l'équivalent de la moitié du stick correcteur Maybelline de sa sœur. (Celia s'était toujours vantée de ne pas porter de maquillage, mais, à cet instant, elle se rendit compte qu'elle se mettait souvent de la poudre, du mascara et du fard à paupières le matin ; simplement, elle ne s'en était jamais acheté elle-même.) Elle retint ses larmes des heures durant, pendant qu'ils portaient des cartons à l'étage et qu'ils se mêlaient à d'autres nouvelles étudiantes et à leurs familles sur la pelouse du campus de sciences. Puis, finalement, le moment du départ de la famille arriva, se traduisant par un instant aussi embarrassant que déchirant, pendant lequel tous les quatre – Celia, Violet et leurs parents – se mirent en cercle et s'étreignirent, en larmes, sauf Violet, qui avait quinze ans et attendait impatiemment de rentrer à la maison à temps pour voir le groupe de ska de son petit copain au Knights of Columbus Hall. (Le groupe se nommait « For Christ's Sake », et la mère de Celia croyait que c'était un groupe de rock chrétien. Elle ne savait pas que le «e» du dernier mot était accentué, comme l'alcool japonais.)

Après leur départ, Celia pleura jusqu'à se sentir vidée comme une citrouille d'Halloween. L'université lui était tombée dessus sans crier gare, et, à l'inverse de la majorité de ses amies, qui mourraient d'envie de quitter le foyer, Celia aimait sa vie comme elle était. Elle n'arrivait pas à s'imaginer aller se coucher le soir sans s'être d'abord glissée dans la chambre de ses parents, pour se blottir avec les chiens au pied de leur lit, pendant que son père regardait le *David Letterman Show* et que sa mère lisait un roman à l'eau de rose. Elle ne pouvait pas concevoir d'avoir à partager une salle de bain avec quelqu'un d'autre que Violet – c'était bien plus difficile de hurler sur une voisine de chambre qui avait utilisé toute l'eau chaude que sur sa sœur. Fini le temps où elle enlevait ses points noirs devant le miroir, le corps encore ruisselant d'eau après la douche, entourée d'une serviette, pendant que sa sœur se coupait les ongles des doigts de pied, assise sur le rebord de la baignoire.

À Smith, Celia craignait de ne plus jamais pouvoir se sentir vraiment à l'aise.

En plus d'une quantité de provisions pouvant nourrir une famille de cinq personnes, sa mère lui avait donné une carte de prières de la Sainte Vierge et la croix dorée de son arrière-grand-mère.

« Tu es au courant qu'elle ne va pas au couvent, n'est-ce pas ? » dit son père à sa femme pour la taquiner.

Après avoir passé une éternité dans des écoles catholiques, Celia se considérait comme athée. Pourtant, l'idée de se débarrasser de toutes ces choses la terrifiait encore, c'était le plus sûr moyen d'attirer la foudre sur elle. Au lieu de cela, elle les fourra tout au fond du tiroir du haut, cachées sous une pile de sous-vêtements et de chaussettes.

Celia sortit deux bouteilles de vodka de sa valise, enveloppées dans une serviette de toilette Snoopy qu'elle possédait depuis l'âge de huit ans. En les plaçant dans le minifrigidaire, elle réalisa avec délice qu'elle n'avait à les dissimuler de personne.

Elle défit le reste de sa valise et rangea ses affaires dans le placard. La chambre était petite, recouverte de papier peint blanc, meublée d'un lit une place, d'une commode en chêne, d'une table de nuit et d'un petit miroir terni, au bas duquel on voyait un autocollant décoloré Clinton/Gore '96. Après avoir vu les chambres de ses amies à Holy Cross et Boston College, Celia savait que celle-ci était confortable et propre en comparaison. À Smith, chaque étudiante avait la télévision câblée gratuite et une ligne personnelle, et les chambres comportaient d'immenses fenêtres avec un grand rebord sur lequel on pouvait s'asseoir et lire des heures entières. Ses parents s'étaient endettés jusqu'au cou pour lui permettre de venir ici. (« Notre emprunt va courir jusqu'à ce que tes propres enfants aillent à l'université », avait dit son père le printemps avant, dans une dernière tentative pour la faire aller à l'école publique.) Elle savait qu'elle devrait se sentir reconnaissante. Pourtant, l'idée de se retrouver entre ces murs pendant quatre années la paniquait un peu.

Elle essaya de se retenir aussi longtemps qu'elle le pouvait avant d'appeler sa mère. Elle tint le coup trois heures.

« J'ai commencé à conduire sur le chemin du retour pour que ton père puisse reposer ses yeux, lui raconta sa mère. Je ne suis même pas arrivée jusqu'à la sortie 18, je pleurais tellement que j'ai dû m'arrêter pour laisser ton père reprendre le volant.

Celia rigola.

— Vous me manquez tous déjà tellement. »

À cet instant, une fille apparut sur le seuil de la porte ouverte de sa chambre. Elle ressemblait à un homme d'âge mûr, son ventre dépassant de son pantalon en toile, une petite tâche marron visible sur son tee-shirt blanc. Ses cheveux noirs étaient gominés, et elle tenait un bloc-notes à la main.

Celia espérait qu'elle ne l'avait pas entendu pleurnicher avec sa mère, comme une fillette de cinq ans.

« Je dois y aller, dit-elle au téléphone.

— Celia Donnelly? demanda la fille, en regardant sur sa liste. Sa voix était basse et graveleuse. Ravie de te connaître. Je suis ta PR, ta présidente de résidence, Jenna

The Monster Truck Collins. Réunion des première année dans le salon dans cinq minutes. »

En bas, au salon, quelques minutes plus tard, tandis que tout le monde s'asseyait en cercle par terre, Celia examina les autres nouvelles. En tout, elles étaient quinze et, dans l'ensemble, elles ressemblaient aux filles qu'elle avait connues au lycée. Elles portaient des jeans ou des robes de plage en coton. De légères touches de maquillage sur le visage, brillant à lèvre et mascara. Les cheveux longs et soyeux. Ensuite, il y avait les filles qui dirigeaient la réunion, Jenna The Monster Truck, deux autres élèves de dernière année qui mesuraient à peu près la même taille qu'elle, toutes deux répondant au nom de Lisa, toutes deux avec une coupe de cheveux militaire, et une élève de première année qui aurait pu être franchement belle, si seulement elle s'en était donné la peine. Ses cheveux mi-longs pendaient en touffes graisseuses, et son teint était si luisant que, pour la première fois de sa vie, Celia se vit en train d'appliquer de l'hamamélis sur la peau d'une inconnue. À l'exception de Jenna, elles étaient toutes vêtues de pyjamas en flanelle.

Est-ce qu'elles deviendraient toutes comme ça ? Celia s'interrogeait. Est-ce que le fait d'aller à l'université vous faisait renoncer à prendre soin de votre apparence et adopter un régime hyperglucidique, comme s'il ne vous restait plus qu'une semaine à vivre ? (Plus tard, elle apprendrait que, si vous ne faisiez pas attention, les réponses étaient oui et oui. Après un semestre, environ un quart des filles devenaient à moitié dingues et remplissaient des dossiers de transfert pour Wesleyan, Swarthmore ou n'importe quelle autre école qui les accepterait à mi-année.)

Jenna The Monster Truck débuta la réunion par des présentations. Elle était PR, les deux Lisa, CDNE (cheftaines des nouvelles étudiantes), et Becky, CAA (conseillère aux affaires académiques). Chaque chose portait un sigle, même quand le vrai nom aurait été plus simple à utiliser. Jenna parcourut la liste des nouveaux noms puis précisa :

« Entre parenthèses, vous êtes les *première année*. Je ne veux pas entendre parler de *freshmen*[1], on n'est pas à l'armée, il n'y a pas de mecs ici, comme vous pouvez le constater vous-mêmes. »

Une jeune fille mince à la queue-de-cheval lisse et brillante, vêtue d'une robe Lilly Pulitzer leva la main. Celia se rappela l'avoir vue plus tôt dans la journée. Sa chambre n'était qu'à trois portes de la sienne, et elle était arrivée seule, traînant derrière elle une malle surdimensionnée. Le père de Celia avait accouru pour l'aider à la transporter.

« Je n'ai pas été appelée, fit remarquer la fille. Sally Werner.

Jenna The Monster Truck vérifia sur sa liste.

— Il est écrit que tu t'étais désistée.

— C'est vrai, mais ensuite je me suis dé-désistée, fit Sally, avec un sourire triste. C'est une longue histoire. »

Celia voulut en savoir plus tout de suite. Sa mère disait toujours qu'elle avait une fascination de romancière pour les drames des autres. L'année d'avant, elle avait dû renoncer à accompagner sa famille à la soupe populaire, où ils étaient bénévoles. Pour chaque personne qui entrait,

1. Dans le système universitaire américain, les nouveaux étudiants sont appelés sans discrimination « *freshmen* », avec une forte connotation masculine que rejettent les filles de Smith College.

elle se faisait un film toujours plus terrible et déchirant. Ainsi, cet homme en veste Ralph Lauren en lambeaux était en fait un ancien banquier qui avait perdu sa famille et sa fortune dans l'incendie de sa maison (sa mère lui apprit qu'il n'était qu'un vieil ivrogne aigri). Une jeune femme au sourire triste était la mère d'un enfant malade et, pour subvenir à ses besoins, elle vendait son corps (non, disait sa mère, ça, c'est *Les Misérables).*

« En fait, expliqua Sally, ma mère est morte, et disons que j'ai dû revoir mes plans à la dernière minute.

— C'est arrivé quand ? » laissa échapper Celia.

Tous les visages se tournèrent un instant pour la regarder, puis revinrent sur Sally.

« Il y a presque quatre mois. Le 17 mai. C'est pour ça que je me suis désistée. Elle était malade, et on pensait qu'elle en avait pour neuf mois, alors j'avais décidé de remettre mon entrée à l'université à l'année suivante. Mais finalement elle est morte, et je n'avais plus de raison de rester chez moi, du coup…

Sa voix se brisa.

— Je suis vraiment désolée, s'excusa Jenna The Monster Truck, et plusieurs autres voix l'imitèrent.

— Merci », répondit Sally humblement.

Celia se demanda ce que quelqu'un pourrait bien trouver à dire en un pareil moment, sans paraître totalement bête.

Celia aurait aimé avoir le courage de se lever et d'aller prendre cette inconnue dans ses bras. Il faudrait qu'elle aille voir Sally plus tard, qu'elle s'assoie à côté d'elle sur son lit étroit et qu'elle devienne son amie, une épaule sur laquelle pleurer.

La réunion reprit son cours, avec une discussion sur les heures de réfectoire et des informations sur les endroits où on pouvait se procurer la pilule du lendemain, et d'autres moyens de contraception, ou encore des digues dentaires. (Que pouvaient bien être les digues dentaires ? Celia se le demandait. Elle nota dans un coin de sa tête qu'il faudrait regarder sur Internet lorsqu'elle retournerait dans sa chambre). Jenna distribua des dépliants aux couleurs vives (peut-être cent ou plus) sur les clubs, les équipes, les magasins et les publications du campus. Celia savait déjà que tout cela finirait à la poubelle dès qu'elle remonterait.

Elle sentait ses jambes s'engourdir. Elle les étira et parcourut la pièce du regard. Il y avait des canapés au style élégant un peu partout ainsi qu'un immense tapis oriental, une vraie cheminée et un énorme lustre. On aurait dit une de ces demeures de Newport, que sa mère adorait aller visiter en poussant des oh ! et des ah ! devant des ottomans et des armoires, avant de retourner dans leur modeste maison de banlieue avec ses canapés Crate and Barrel fatigués, recouverts d'empreintes de pattes et de vieilles tâches graisseuses de beurre de cacahouètes datant d'une décennie.

« Oh, j'allais oublier de parler des heures de douche, dit Jenna The Monster Truck, juste au moment où la réunion semblait toucher à sa fin. En gros, ne prenez pas de douche avec l'élue de votre cœur durant la période de pointe, généralement entre huit et dix heures du matin. C'est vraiment un manque total de respect, et, honnêtement, qui voudrait entendre, dès le réveil, deux gouines qui s'en donnent à cœur joie ? »

Certaines élèves de première année commencèrent à afficher un certain malaise, et Celia se demanda s'il s'agissait d'une tactique éprouvée. Elles avaient toutes entendu parler des traditions lesbiennes à Smith. De là à établir une règle interne sur les relations sexuelles entre filles dans les douches…

En face d'elle, une magnifique blonde au physique de star de cinéma tressaillit, l'air soudain inquiet. Celia l'examina plus en détail et remarqua une bague en diamant scintillante, autour de l'un de ses doigts fins. Mon Dieu, qu'est-ce que c'était que cette fille? Une sorte de baby-doll? Une jeune fille de dix-huit ans, *fiancée*. Voilà qui s'annonçait bien.

La fille surprit le regard de Celia sur elle, et Celia lui lança un large sourire, suivi d'un malencontreux signe de la main. Il fallait toujours qu'elle en fasse trop quand elle se sentait nerveuse ou qu'elle se faisait prendre en train d'espionner quelqu'un.

En remontant dans leurs chambres après la fin de la réunion, Celia observa les trois filles avec lesquelles elle allait partager un bout de couloir : Bree, la magnifique fiancée blonde; Sally, dont la mère venait de mourir; et une troisième fille du nom d'April, avec un piercing au sourcil et un tee-shirt sur lequel on pouvait lire « RIOT : DON'T DIET[2] ».

On leur avait assigné à toutes les quatre les chambres de bonnes du deuxième étage, les plus inconfortables de la résidence King. Tout le monde à King avait sa propre chambre, et la plupart étaient gigantesques, assez spacieuses

2. Renversez le régime au lieu d'en faire un.

pour un grand lit double, et avec deux ou trois fenêtres. Mais certaines élèves de première année avaient moins de chance et se retrouvaient logées tout en haut dans des chambres en rangées de quatre, le long d'étroits couloirs sombres, là où, à une certaine époque, les étudiantes installaient leurs servantes à résidence.

Cette première nuit, elles allèrent toutes dans leur chambre et fermèrent la porte, un vrai mystère.

Plus tard, vers vingt-trois heures, Celia entendit Bree sangloter à travers le mur qui séparait leurs deux chambres. Elle mit un CD des Indigo Girls pour couvrir le bruit et se dit qu'elle n'avait pas à se mêler des affaires des autres. Mais à la moitié de la première chanson, elle ne supportait plus d'entendre la détresse d'une inconnue et puis elle mourait d'envie de savoir si Bree et son fiancé s'étaient séparés. Elle gribouilla un mot au dos d'un des tracts qu'on leur avait donné à la réunion de résidence (« Rejoignez le mouvement des pom-pom girls Radicales et pilonnez le patriarcat avec peps ») et le glissa sous la porte de Bree. *Je sens que ça ne va pas. Tu veux venir dans ma chambre pour un verre de vodka et des Oreos ? – Celia B. Chambre 323.*

Les sanglots cessèrent. Dix minutes plus tard, on frappa à la porte de Celia.

Bree passa sa tête blonde par la porte en agitant le mot de Celia en l'air.

« Merci pour le petit mot, dit-elle d'une voix douce, aux intonations languissantes du Sud. Est-ce que l'invitation tient toujours ?

Celia lui sourit.

— Oui, bien sûr. »

Elle se demandait si Bree partageait son propre sentiment sur la réunion de résidence. Par principe, Celia avait gardé son jean noir et sa robe vert émeraude drapée à la taille. Ce n'est pas parce qu'il n'y avait pas de garçons dans les parages qu'elle devait se laisser aller totalement. Bree portait un pyjama en flanelle rose et un débardeur blanc, mais Celia voyait qu'elle venait de se mettre du fard à paupières et du brillant à lèvres. Ce détail l'amusa et la toucha à la fois.

« Désolée pour les pleurs, dit Bree. Mes frères m'appellent “la diva de Rosewood Court”. C'est le nom de ma rue.

— Pas de problème, répondit Celia. Je crois que j'ai versé plus de larmes ce matin que durant toute l'année. C'est la maison qui te manque ou ton copain ?

— Un peu des deux, dit Bree en se dirigeant vers le bureau pour s'asseoir.

— Tu veux une vodka ou des Oreos ? s'enquit Celia.

— Un peu des deux », dit Bree à nouveau, et, pour la première fois de la journée, elle rigola.

Elles burent leur vodka dans des gobelets en carton que la mère de Celia avait fourrés dans un sac à provisions, avec des couverts en plastique, des serviettes en papier et des Tupperware, comme si Celia partait en pique-nique plutôt qu'à la fac.

Bree vida le contenu de son verre puis elle se resservit jusqu'à ras bord.

Est-ce que cette fille était portée sur l'alcool ou simplement nerveuse ? Celia pencha pour la deuxième version. En général, les gros buveurs ne descendaient pas leur verre de vodka à grandes rasades. Ils savaient que tout réside dans le dosage. Elle se rappela les fêtes où elle allait en terminale, les verres en plastique rouge et la vodka qui lui chauffait la gorge – consommée dans d'innombrables sous-sols qui sentaient le renfermé, pendant qu'au-dessus, les parents, inconscients, regardaient *20/20*[3]. Les tequila shots qu'elle buvait dans le jacuzzi de la mère de Reggie Yablonski, quand cette dernière allait rendre visite à sa sœur à Kittery. Et la bouteille de champagne qu'elle avait partagée avec les copines du quartier au bal de fin d'année.

« Et toi ? demanda Bree. Tu as laissé quelqu'un derrière toi ?

— J'ai cassé avec un garçon juste après les exams, raconta Celia. On était ensemble depuis environ quatre mois. Il allait partir comme moniteur dans une colo pour l'été, et je savais que les relations à distance comme celle-ci, c'était le désastre assuré.

Elle s'en voulut immédiatement d'avoir dit ça.

— Enfin, pour moi, balbutia-t-elle. Un désastre pour moi. Je ne suis pas vraiment faite pour ça.

— Pourquoi un désastre ? » demanda Bree avec de grands yeux, comme si Celia était un oracle capable de prévoir l'avenir de sa propre relation.

Au lycée de Celia, les filles surnommaient le 1er septembre « le jour J », c'est-à-dire le jour où votre copain partait à l'université et vous larguait. Elle avait toujours été solidaire des copines à qui ça arrivait, tout en se faisant la promesse muette de ne jamais tomber dans ce piège. C'est comme ça qu'elle avait mis un terme à son

3. Émission de télévision américaine, avec reportages de fond, enquêtes et documentaires sur des sujets d'actualité, dans le genre *Grand Reporter*.

histoire avec Matt Dougherty, lors de la soirée lock-in[4] du lycée Sainte-Catherine. Dans le gymnase, tout le monde dansait, buvait du punch ou de la bière en douce, étourdi par l'excitation. Celia et Matt étaient allés s'asseoir à l'écart sur un vieux tapis de course dans la salle de muscu. Ils avaient perdu leur virginité ensemble dans ce même endroit, un mois plus tôt, dans cette salle sans fenêtre et qui sentait la sueur, entre la pause déjeuner et les cours de l'après-midi. Il était capitaine de l'équipe de catch, ce qui lui donnait droit à une clé. Ils s'étaient faufilés dans la salle au cours de la soirée, pour batifoler un peu, et là, Celia avait cru déceler quelque chose dans son regard. Elle savait que leur histoire ne durerait pas. Et puis, est-ce qu'il ne valait pas mieux mettre fin à une aventure pendant qu'on avait encore le contrôle de la situation, plutôt que se faire larguer lâchement au moment où on ne s'y attendait pas ?

« On ne peut pas au moins essayer ? avait-il demandé.

— À quoi bon ? » avait répondu Celia. Il allait à Berkeley, à l'autre bout du pays. Allez savoir quand ils se reverraient.

Ils passèrent la fin de la soirée à l'écart l'un de l'autre, en compagnie de leurs amis respectifs. Et Celia avait même pleuré dans la veste en jean de Molly Sweeney, sur les gradins, tout en sachant que ce n'était pas vraiment à cause de Matt, en tout cas, pas totalement. C'était plutôt lié à la peur du nouveau et de l'inconnu, une sorte de tristesse de savoir qu'elle ne se retrouverait probablement jamais plus dans ce gymnase – même si elle avait toujours détesté les

4. Soirée organisée par les lycées aux États-Unis, durant toute la nuit, se déroulant dans l'enceinte de l'établissement et surveillée par des adultes.

cours de gym, s'arrangeant pour les faire sauter au moins deux fois par mois, soit en se cachant dans les toilettes pour handicapés avec Sharon Oliver, ou alors en se plaignant de crampes auprès du professeur, un type dégarni, accoutré d'un survêtement en polyester. Cette excuse semblait le dégoûter suffisamment, et elle passait l'heure de gym à faire la sieste sur un lit de camp, à l'infirmerie, sirotant du Tropicana en brique et lisant des dépliants sur l'abstinence et les règles d'utilisation d'un inhalateur.

« Il te manque ? lui demanda Bree.

— Pas vraiment, lâcha Celia. Peut-être juste l'idée que je m'en fais. Mon problème, c'est que quand je suis seule, je me sens superbien, mais je ressens comme un vide. Et quand je suis en couple, la sensation de vide disparaît, mais ça me déprime, et je deviens folle. C'est la merde, non ? »

L'espace d'une seconde, Bree sembla désarçonnée, et Celia s'en voulut d'avoir dit « merde ».

Puis Bree ajouta :

« C'est vrai, on ne m'avait jamais dit ça sous cette forme, mais je vois tout à fait de quoi tu veux parler.

— J'ai toujours été portée sur les garçons, confessa Celia. Mais une fois que je suis avec un mec, je ne sais jamais quoi en faire.

Bree se marra.

— Si tu es tellement portée sur les mecs, alors dis-moi ce qui a bien pu t'amener à Smith ?

Celia but une gorgée de vodka.

— J'habite juste à côté de Boston et je savais que je voulais être dans une université pas loin de chez moi. En gros, Smith est ce que j'ai décroché de mieux. C'est vrai que le côté *entre filles* m'a un peu fait flipper au début, mais à partir du moment où on autorise les garçons à venir aux soirées, ça devrait aller. Pour être honnête, je n'ai jamais vraiment compris les femmes qui veulent être copines avec des hommes. Je n'ai qu'une sœur et j'ai grandi avec une bande de filles de ma rue, et puis je sais pas moi, les amitiés entre filles, ça a toujours été mon truc.

Bree hocha la tête.

— Pareil pour moi.

Elle fit glisser l'anneau le long de son doigt.

— Et toi alors ? demanda Celia. Pourquoi Smith ?

— Ma mère et ma grand-mère ont étudié ici toutes les deux, expliqua Bree. Quand j'étais petite, chaque été, ma mère et moi partions à Boston en avion pour un week-end de trois jours. On louait une voiture et on roulait jusqu'ici, à Northampton. Ma mère me parlait toujours des robes de bal et des soirées habillées avec les garçons d'Amherst, et des dîners à la chandelle dans le réfectoire. Depuis ce temps, l'idée de venir à Smith me fait fantasmer.

— Bof, dit Celia, je dois reconnaître que le côté après-midi thé, réceptions en robe de bal et tout ça, ça me faisait un peu peur.

Bree se mit à rire.

— Justement, pour moi, c'est-ce qui a fait pencher la balance.

— Tu ne trouves pas ça un peu bizarre que la même école qui organise toutes les semaines des après-midi thé dans chaque résidence prévoie aussi des règles dans les douches pour les lesbiennes ? demanda Celia.

— Ouais. Je ne pense pas que maman et mamie aient connu ça à leur époque, répondit Bree.

— Qu'est-ce qu'elles font maintenant ? s'enquit Celia.

— Font ? répéta Bree.

— Comme métier ?

— Oh. Elles sont toutes les deux femmes au foyer. Mais elles ont toujours fait beaucoup de bénévolat dans la communauté, dit Bree. Est-ce que ta mère travaille ?

— Oui, dit Celia. Elle est directrice adjointe dans une boîte de pub à Boston.

Les yeux de Bree s'écarquillèrent.

— Oh ! waouh, dit-elle. C'est génial. Je ne sais pas, j'étais vraiment impatiente de venir ici, mais depuis quelques mois, mon petit copain, enfin, mon fiancé, m'a mis la pression pour que je fasse un transfert.

— Déjà ? » demanda Celia.

Elle essaya de se représenter mentalement Matt Dougherty en train de la supplier de faire son transfert pour Berkeley, mais ça dépassait son imagination. Là d'où elle venait, personne ne se fiançait à la sortie du lycée. Si elle avait ne serait-ce qu'essayé de le faire, ses parents seraient sans aucun doute intervenus.

Bree hocha la tête.

« Ça fait combien de temps que vous êtes ensemble ? demanda Celia.

— Presque trois ans et demi, dit Bree.

— Waouh. »

La relation la plus longue de Celia avait duré six mois, qui lui avaient paru une éternité. Les semaines après la rupture, elle n'avait été capable que d'aller au lycée et d'écrire sa rubrique dans le journal des élèves. Le reste du temps, elle restait allongée sur son lit, avec, d'un côté, son père qui lui apportait des boules de glace et essayait de la faire rire et, de l'autre, sa sœur qui lui rapportait tous les ragots les plus juteux des classes de seconde. Comme si ça pouvait l'intéresser. Tout à coup, elle réalisa pourquoi Bree s'accrochait à son petit ami, loin d'elle.

« C'est comme si on était en 1952, et que je venais juste ici pour passer mon diplôme en économie domestique, dit Bree. Je me dis parfois que le sentiment amoureux a du mal à saisir le progrès social, parce qu'il y a vraiment une part en moi qui veut aller le rejoindre.

— Et quelle part en toi a envie de rester ici alors? demanda Celia.

— La part qui m'a donné le jour, dit Bree. Ma mère adore Doug, mais elle était au bord de la crise de nerf, quand je lui ai annoncé que j'envisageais de faire un transfert. Elle a vraiment envie que je tente ma chance ici, dans cette école. Et moi aussi, c'est ce que je veux. Du moins j'imagine.

— Ah, les mères, dit Celia. La mienne m'a attaché un bracelet brésilien au poignet ce matin, et une heure plus tard ma sœur m'annonce que c'est un bracelet "QUE FERAIT JÉSUS?" Ma mère avait mis l'inscription à l'envers pour que je ne puisse pas la voir. Ça doit représenter une force christique subliminale ou quelque chose comme ça.

Bree rigola.

— Il y avait des filles au bureau d'inscription qui portaient des tee-shirts "QUE FERAIT JANE AUSTEN".

— Trop fort, fit Celia. Il faut que j'en envoie un à ma mère. »

Après un long silence, Bree remercia Celia pour les Oreos. Sa voix était chancelante, et Celia voyait qu'elle était un peu pompette.

« C'est moi qui devrais te remercier, dit Celia. Tu vas peut-être m'éviter de battre le record du *freshman* qui a pris ses sept kilos réglementaires le plus vite.

— Tu veux dire la première année qui a pris ses sept kilos réglementaires, dit Bree avec un sourire.

— Ouais, c'est ça. Et vu le look des filles de dernière année, je devrais plutôt parler de dix-sept kilos réglementaires.

Celia réfléchit, le sourcil froncé.

— Trop vache ? interrogea-t-elle.

— Non, je pensais exactement la même chose », dit Bree.

Sa voix se transforma en murmure, comme si quelqu'un était peut-être en train de les écouter.

« Tu as déjà parlé avec April ? souffla-t-elle. La fille qui est dans la chambre en face de la mienne.

— Non, répondit Celia. Pas encore.

— Je l'ai rencontrée dans les toilettes avant le dîner, raconta Bree. Elle m'a un peu fait flipper. On dirait une vraie hippie, tu vois ce que je veux dire ? Là où j'habite, on n'en fait pas des comme ça.

Celia pouffa de rire.

— Elle avait un style, disons intéressant.

— Secrètement, j'aurais bien envie de la coincer quelque part et de lui changer son look de A à Z. Avec le bon fard à joues et le bon fard à paupières, cette fille pourrait être carrément mignonne. En parlant de ça, j'aime bien ta couleur. Je me suis fait la réflexion tout à l'heure pendant la réunion.

— Ma couleur ? » s'étonna Celia.

Les femmes vraiment belles faisaient toujours des compliments aux femmes ordinaires, sur des trucs pas possibles : *Oh, je tuerais pour avoir des pieds aussi menus que les tiens. Ta couleur est sublime.*

« Ouais, j'ai toujours voulu avoir ce look noir-irlandais exotique. C'est comme ça qu'on dit, non ? demanda Bree. Ce n'est pas insultant, au moins ?

Celia éclata de rire.

— Non, ce n'est pas insultant. Mais là d'où je viens, ça n'a vraiment rien d'exotique. Toutes les filles avec lesquelles j'ai grandi ont le même look : cheveux noirs, teint blafard et taches de rousseur. On avait une fausse carte d'identité, fabriquée par moi et la sœur aînée de Liz, et elle a servi à au moins cinq filles dans mon quartier.

— Tu n'as pas l'air blafard ! s'exclama Bree. Tu as le teint clair. Bref. Grandir dans le quartier irlandais de Boston, ça devait être trop cool. »

Le quartier irlandais de Boston. Celia dut étouffer un rire. Elle se demandait si Bree s'imaginait que sa famille portait la casquette irlandaise et parlait avec un accent à couper au couteau, alors qu'en fait, ils vivaient dans une banlieue on ne peut plus tranquille, comme tout le monde. Il y avait bien un clan irlandais avec toute la troupe des cousins un peu partout dans le Massachusetts, qui se réunissaient presque tous les week-ends dans l'arrière-cour de quelqu'un pour célébrer quelque chose – anniversaire, communion, anniversaire de mariage. Et dans un bref élan de fierté, à la suite d'un voyage à Galway (et aussi dans une vaine tentative pour corriger la maladresse incurable de Celia), sa mère les avait forcées, elle et Violet, à prendre des cours de claquettes, ce à quoi elle attribuait à présent son maintien impeccable et son incapacité à danser comme une personne normale. Mais à part cela, elle n'était pas plus Irlandaise que quiconque.

Bien sûr, elle faisait de même avec Bree. Elle n'avait aucun mal à imaginer cette fille au lycée, assister à des bals de débutantes. Tout ce qu'elles connaissaient l'une de l'autre, finalement, c'était leurs contours les plus marquants. Il leur restait à déchiffrer tout ce qui se situait au milieu, les lignes floues.

Ses amies du lycée lui manquaient. Liz Hastings, avec son redoutable sens de l'humour et sa peur enfantine du noir. Lauren O'Neil, qui avait grandi au milieu de six frères et qui organisait les soirées pyjama les plus dingues quand elle était petite – avec ses frères qui leur faisaient peur et amusaient la galerie, débarquant dans la chambre avec des masques de clowns, ou leur racontant des histoires de fantômes jusqu'à ce qu'elles se mettent à pleurer. Ces filles connaissaient Celia des pieds à la tête. Combien de temps est-ce qu'il lui faudrait avant de pouvoir s'asseoir avec quelqu'un pour parler d'autre chose que de la pluie et du beau temps ou pour dépasser le stade de la découverte de l'autre, sans avoir à faire attention à chaque mot ?

Une heure plus tard, avant de retourner dans sa chambre, Bree la serra dans ses bras et dit :

« Je suis contente que ta chambre soit à côté de la mienne. Est-ce que tu es déjà allée à Savannah, Celia ? C'est vraiment beau avec tous ces arbres aux branches affaissées et la mousse espagnole violette qui pend de partout. Oh, je t'emmènerai là-bas un de ces jours. Je suis sûre que tu te vas te régaler.

Puis elle laissa échapper un hoquet poli.

— Je n'ai pas vraiment l'habitude de boire.

Celia rit.

— Je suis contente qu'on soit voisines, moi aussi. »

Le lendemain matin marquait la première vraie journée à Smith. Celia se réveilla avant huit heures. Il restait encore un jour avant le début des cours, pourtant elle ne parvint pas à se rendormir. Elle ouvrit la porte de sa chambre et jeta un coup d'œil dans le couloir désert. Elle aurait aimé être assez proche de Bree pour aller la réveiller et prendre un petit déjeuner matinal ou aller faire une longue promenade autour du campus. Au lieu de cela, elle laissa sa porte ouverte et resta assise seule sur son lit à écrire son journal.

Un moment plus tard, quelque chose passa dans le couloir et, Celia aperçut une chevelure rousse.

« Hé ! lança-t-elle. April, c'est ça ?

La tête d'April apparut.

— Oui, c'est ça », fit-elle.

Elle entra dans la chambre vêtue d'un jean coupé et d'un débardeur délavé, et Celia remarqua ses mollets recouverts de longs poils marron. Elle réalisa qu'il ne s'agissait pas de poils qui avaient repoussé. Cette fille ne s'était jamais rasée. Ses cheveux teints en roux étaient relevés en une queue-de-cheval désordonnée, et elle ne portait aucun maquillage. Elle mesurait un peu plus de 1,70 mètre, avec de longues jambes, étonnamment sexy malgré leur pilosité.

Typique, pensa Celia. C'étaient toujours les filles qui se contrefichaient éperdument de leur apparence qui étaient grandes et minces, sans effort. Bien qu'assez joli, le visage d'April était anguleux, avec un nez légèrement pointu et des pommettes saillantes qui lui donnaient l'air sévère quand elle ne souriait pas.

« Ça fait longtemps que tu es debout ? demanda Celia.

April hocha la tête.

— Je suis allée donner un coup de main pour l'organisation d'une conférence animée par la directrice d'Égalité Maintenant. Elle va se dérouler plus tard dans l'après-midi, expliqua-t-elle. Ça va être grand. Tiens, prends-en un. »

Elle tendit à Celia un dépliant. Celia le parcourut des yeux :

> DITES NON AUX CRIMES D'HONNEUR !
> LE SAVIEZ-VOUS : Au Pakistan, d'après les ordonnances de Hudud, une femme doit obtenir la confession de son violeur ou le témoignage visuel d'au moins quatre hommes adultes musulmans pour prouver qu'elle a bien été violée ? Dans le cas contraire, elle risque d'être poursuivie en justice pour fornication ou adultère, ou bien d'être assassinée par son mari, ses frères et son père pour avoir déshonoré le nom de sa famille. Au Pakistan, il y a en moyenne mille femmes par an qui meurent d'un crime d'honneur. AIDEZ-NOUS À ARRÊTER CETTE CRUAUTÉ ET CETTE SOUFFRANCE !

Celia cilla. Elle se sentait débordée par le simple fait de se retrouver dans ce foyer et de voir tous ces nouveaux visages autour d'elle. Comment diable April avait-elle fait pour reprendre si vite le dessus et s'engager dans la lutte contre les crimes d'honneur ? April vint s'asseoir à côté d'elle sur le lit. Elle avait l'odeur corporelle d'un sans-abri de Boston – âcre, épicée et brute. Celia se remémora soudain un été où elle était lycéenne : sa mère avait lu un article de magazine à propos des éléments chimiques présents dans les produits ménagers et comment ils pouvaient provoquer des cancers, et elle avait exigé que toute la famille se mette au biologique. Elle avait commencé à leur faire utiliser du dentifrice, du shampoing et même du déodorant 100 % naturels. Celia se demandait à présent si elle avait senti cette odeur jusqu'à ce qu'elle commence à sortir avec Joey Murray en première. C'est là qu'elle avait commencé à ramener en douce à la maison de l'antitranspirant Soft & Dri, de la laque et du nettoyant pour visage Noxzema, de la même manière que des gamins feraient entrer en cachette des sachets de shit ou des copies de Hustler sous cellophane.

April loucha sur la bouteille en verre d'Absolut de la nuit précédente, dans la poubelle de Celia, et cette dernière se sentit immédiatement coupable de ne pas l'avoir invitée à venir se joindre à elles.

« Tu sais qu'on pratique le recyclage à Smith ? » fit remarquer April.

Celia sortit diligemment la bouteille de la poubelle et la plaça dans le bac bleu situé derrière la porte, tout en notant mentalement de raconter cet épisode à Bree plus tard. Qui pouvait bien être cette fille ? se demanda-t-elle.

« Ça te dirait de prendre le petit dèj ? demanda April après un silence embarrassant.

— Ouais, fit Celia.

— Putain, tout à l'heure en revenant à pied, j'arrêtais pas de penser à une grosse platée de galettes de pommes de terre et de bacon végétarien, dit April.

— C'est quoi du bacon végétarien ?

April rigola.

— C'est un aliment à base de soja qui a le même goût que le vrai bacon. Bon, enfin presque. Je suis végétalienne, ajouta-t-elle. Mais j'adore manger. »

Celia sourit. Elles avaient au moins ça en commun.

Elles descendirent au réfectoire. Celia se sentait soulagée d'être accompagnée de quelqu'un, n'importe qui. Même si sa sœur avait trois ans de moins qu'elle, et qu'elles avaient des groupes d'amis différents, elle avait toujours eu Violet à ses côtés chaque fois qu'elle faisait quelque chose de nouveau — une colo d'été, du softball, ou même quelque chose d'aussi bête que des leçons de plongée au Club Med. Toute sa vie, elle avait rêvé d'intimité et d'un samedi où on ne la traînerait pas à un repas de famille rasoir. À présent, seule pour la première fois, Celia ne savait pas quoi faire d'elle.

Il y avait quelques filles dispersées dans le réfectoire, en pyjama en flanelle et débardeur, ou en tee-shirt difforme et boxer. Les dernières années n'étaient pas encore sur le campus, et la majorité des tables étaient désertes.

Celia portait un jean et un gilet rouge, des chaussettes et une paire de Keds.

« Tu ne trouves pas ça un peu bizarre, cette façon que tout le monde a de s'habiller comme dans un hôpital psychiatrique ? » murmura Celia à l'oreille d'April, pour la faire rire.

April se contenta de hausser les épaules. D'un geste, elle désigna son jean coupé.

« Je suis pas vraiment une pro de la mode, si tu vois ce que je veux dire.

Celia espéra qu'elle ne l'avait pas vexée.

— J'essaye de contrer le pouvoir et de ne pas porter de pyjama en public aussi longtemps que possible », dit-elle.

April leva un sourcil.

Elles prirent des assiettes sur la table au bout du buffet et examinèrent la nourriture. Il y avait des plateaux débordant de doughnuts, de bagels et de pâtisseries ; une énorme soupière de porridge fumant ; et des poêles remplies de bacon, de saucisses, d'œufs, de pain perdu, de gaufres et de galettes de pommes de terre. À côté de chaque plat de viande se trouvait son équivalent végétalien.

Celia n'avait jamais entendu parler d'une chose pareille. Est-ce qu'il y avait des végétaliens dans son lycée ? Elle conclut que non. Clairement, non. Les deux ou trois végétariens qu'elle connaissait mangeaient tous les jours la pizza servie à la cafétéria, du coup on ne les remarquait pas vraiment.

April remplit son assiette de substitut d'œuf à la couleur verte et de bacon végétarien qui rappelait à Celia la nourriture en caoutchouc de la dînette Fisher Price qu'elle avait quand elle était petite.

« Tu devrais goûter à ça, c'est bon, et aucun animal n'a eu à mourir d'une mort atroce pour le produire », dit April. Celia tenait une saucisse dans une pince, la main en l'air. Doux Jésus ! Elle posa la saucisse sur son assiette et prit deux pâtisseries danoises sur un plateau, une à la framboise et l'autre au fromage. S'il existait un moment idéal pour se réconforter avec de la nourriture, c'était bien maintenant.

Elles allèrent s'asseoir et commencèrent à parler de la réunion de résidence de la veille.

« Tu en as pensé quoi, du règlement des douches ? » demanda Celia.

April haussa les épaules.

Bon sang, cette fille n'y mettait pas du sien.

« Tu as un copain, chez toi ? » demanda Celia.

April toussota légèrement et bredouilla un non, comme si Celia lui avait demandé si elle avait une collection de My Little Pony dans son sac à main.

« Une copine ? demanda Celia. Oh, et puis zut.

— Non, répondit April. Sans vouloir être langue de pute, j'ai trouvé que toute cette réunion avait un côté puéril. Je parie que le fait que je me retrouve à King est une sale blague du bureau du logement.

— Qu'est-ce que tu veux dire ? demanda Celia.

— Je suis pas vraiment faite pour l'ambiance Quad[5], dit April. Les associations d'étudiantes et les soirées bourrage de gueule avec les nouvelles recrues, c'est pas mon truc. Je ne suis pas venue ici pour ça. Sinon, j'aurais pu aller dans n'importe quelle école publique de l'Illinois.

5. Ici, le Quad fait référence à un ensemble de résidences étudiantes sur le campus. Généralement, les étudiants qui habitent dans le Quad forment une petite communauté assez unie. Dans le roman, les quatre filles habitent au sein des East Quadrangle Houses, composé de cinq résidences. Le Quad peut aussi faire référence au quadrilatère central de l'université, l'agora, où les étudiants se rassemblent. Nous avons choisi de ne pas traduire le mot anglais *Quad*.

— Oh, tu viens de l'Illinois ? demanda Celia d'une façon beaucoup trop appuyée pour quelqu'un qui n'y était jamais allée.

— De Chicago, précisa April.

Celia hocha la tête.

— Et pourquoi tu es venue ici en fait ? » demanda-t-elle.

— Si c'est pas pour les fêtes et les trucs qu'on fait habituellement à la fac.

— Je suis venue ici parce que c'est l'alma mater de Gloria Steinem [6] et de Molly Ivins [7]. Je me disais que c'était l'endroit le mieux indiqué pour lutter contre le patriarcat dans ce pays foutu, dit April. Elle prit une bouchée de son bacon végétarien et ajouta : et puis, j'aime bien ce qu'on mange au réfectoire. »

Celia se demanda un instant si elle était la seule personne normale de Smith College. Chez elle, on l'avait toujours considérée comme quelqu'un d'un peu bizarre, car, à l'inverse de ses copines, elle préférait les romans victoriens et les poèmes de Dorothy Parker aux magazines féminins, et les comédies musicales en Technicolor au cinéma moderne. Mais là, elle se sentait comme M$^{me}$ Tout-le-Monde – pas de mariage de jeune fille en vue, ni de rage contre l'ordre établi – ce qui, à Smith, semblait faire d'elle une dégénérée.

Pendant qu'elles débarrassaient leurs plateaux, April fit allusion au fait qu'elle allait passer l'après-midi à faire du bénévolat sur le campus pour un groupe anti-sweatshop [8],

6. Activiste féministe américaine.

7. Célèbre journaliste américaine connue pour ses prises de position iconoclastes.

8. Ateliers textiles, souvent dans le Tiers-Monde mais aussi en

avant de se rendre à la conférence d'Égalité Maintenant. C'est vrai qu'il y avait de quoi être impressionnée, mais Celia rêvait simplement de retourner s'affaler sur son lit et passer le reste de la journée au téléphone avec des copines de chez elle.

« Je crois que c'est vraiment important de tendre la main, de venir en aide aux autres, de se rendre compte que tout ne tourne pas autour de ses petits problèmes personnels de merde, dit April. La plupart des nanas de notre âge font tout un drame pour un mec qui ne les rappelle pas, mais elles se contrefoutent de la vraie souffrance humaine. »

Celia se dit qu'April parlait de façon générale, qu'elle ne s'adressait pas forcément à elle en particulier. Pourtant, elle sentit le rouge lui monter aux joues et elle maudit la pâleur stupide de sa peau qui trahissait toujours ses émotions.

« Pardon, s'excusa April. Je fais des efforts pour apprendre à me la fermer.

Celia sourit.

— Pas de problème. »

Elle se demanda à quoi pouvaient bien ressembler les amis d'enfance d'April.

« Sinon, t'écoutes quoi comme style de musique? demanda April.

— Ben, un peu de tout. J'aime bien les vieux trucs, Billie Holiday, tout ça. Sinon, je me suis mise au folk, avec Bob Dylan et Joni Mitchell.

Europe de l'Est, où les ouvriers se font exploiter, et où les conditions de travail sont dramatiques.

— Là, je crois qu'on va s'entendre ! rétorqua April en souriant. Je les adore tous les deux. Et sinon, tu connais Elliott Smith ou Kris Delmhorst ?

— Je connais pas bien ce qu'ils font, dit Celia.

En fait, elle ne connaissait pas du tout.

— Ah, ben alors, je vais te graver un CD qui déchire », dit April.

Un peu plus tard dans la journée, April placarda sa porte extérieure avec de gros autocollants où on pouvait lire des trucs du genre « LE FÉMINISME EST LA NOTION RADICALE QUE LA FEMME EST UN ÊTRE HUMAIN » et « PRIEZ DIEU, ELLE VOUS EXAUCERA ! » Elle tagua une citation de Mary Poppins à l'encre rouge indélébile sur le mur tapissé du couloir : « LES HOMMES PRIS UN PAR UN, ON LES ADORE, EN GROUPE, CE SONT DES DEMEURÉS. »

Celia fit glisser un autre mot sous la porte de Bree : *Va voir ce que la tarée a fait dans le couloir.*

Un peu plus tard, Bree fit glisser un autre mot : *Je t'avais prévenue. Elle est complètement allumée !*

Le lendemain, alors que Celia se préparait pour aller à son premier cours, April entra dans sa chambre.

« Tu commences à neuf heures ? demanda-t-elle.

Celia acquiesça.

— Pareil pour moi. On y va ensemble ?

— Ça marche », dit Celia. Elle attrapa son sac à dos et elles sortirent dans le couloir. À ce moment-là, quatre déménageurs portant des cartons énormes firent irruption par l'entrée de service.

« Sally Werner ? » dit l'un d'eux.

Celia pointa en direction de la chambre de Sally, au fond du couloir.

« On dirait qu'elle emménage dans un quatre-pièces », dit April.

Celia sourit. Vers la mi-août, elle avait choisi la tenue qu'elle allait porter pour son premier jour de cours : une robe noire évasée, une chemise violette à manches longues, des collants noirs et des ballerines violettes. April portait une blouse et un tee-shirt sur lequel on pouvait lire : « C'EST UN TRUC DE NOIRS, VOUS NE POURRIEZ PAS COMPRENDRE. » Elle avait laissé ses cheveux sécher à l'air et ils tombaient en boucles rebelles sur ses épaules. Celia ne pouvait s'empêcher d'imaginer ce que les gens penseraient en les voyant traverser le campus ensemble.

Alors qu'elles sortaient du Quad, une étudiante à crête verte dévala les escaliers de la résidence Chapin et lança à voix forte :

« April, ma chérie !

— T'es mignonne comme ça, Miss April, remarqua une autre, devant laquelle elles passèrent face à la résidence Bass. Elle planta un gros baiser sur la joue d'April.

— Est-ce que vous vous connaissiez d'avant ? demanda Celia.

— Non, je les ai seulement rencontrées hier soir à la soirée de bienvenue de l'Alliance féministe de Smith, dit April. Tu devrais te joindre à nous à la prochaine réunion. »

Celia sourit faiblement. Au lycée, ce genre de filles aurait exercé son autorité sur la salle enfumée réservée aux femmes et le club théâtre, guère plus. Sa tenue, qui lui avait paru sophistiquée et coquette un mois auparavant, faisait tout à coup penser à ce que porterait une fillette de CE1 le jour de la rentrée des classes. Habillée comme ça, on s'attendait plutôt à la voir avec une corde à sauter dans une main et une sucette géante dans l'autre.

Après le cours, Celia rentra seule à la résidence King. April l'avait invitée à venir écouter Rebecca Walker[9] parler du croisement entre sexisme et racisme pendant l'heure du déjeuner, mais Celia n'avait qu'une envie, retrouver sa chambre, son couvre-lit qui portait encore l'odeur familière de la maison, les e-mails de ses vieilles copines et son téléphone privé sur lequel elle comptait appeler Liz, qui avait grandi dans la maison juste à côté de la sienne et qui venait de rentrer en première année à Trinity. Le dortoir, qui lui avait semblé à la fois étranger et étrange pas plus tard que la veille, lui apparut soudain comme un refuge, la protégeant du campus, peuplé de filles inconnues et saturé de devoirs de lectures d'une longueur alarmante.

Quand elle arriva dans leur petit couloir, elle vit des cartons à l'entrée de la chambre de Sally, remplis à ras bord de vêtements, de livres et de CD. Une bonne partie des filles qui venaient d'États ou de pays lointains récupéraient leurs affaires seulement maintenant.

Celia entendit qu'on passait un CD des Supremes dans la chambre de Sally. Comme la porte était ouverte, elle entra. Depuis la réunion de résidence, elle voulait faire connaissance avec Sally, mais celle-ci avait l'air de passer son temps au téléphone, à parler à voix basse.

Elle était debout sur une chaise, dans un jean impeccable et un tee-shirt gris uni. Derrière elle, de longs

9. Féministe américaine.

rideaux aux motifs à fleurs ondulaient avec la brise. Elle était en train de clouer un gigantesque cadre au mur, qui contenait une dizaine de photos, découpées en forme ovales ou en étoiles, montrant des filles resplendissantes au look BCBG qui tenaient en l'air leur diplôme de fin d'études secondaires, ou bien les mêmes allongées en rang et en bikini. Des cadres similaires étaient alignés sur le lit, attendant d'être accrochés, à côté de piles bien rangées de chemises à boutons, de robes de bain et de pantalons repassés. On aurait dit que Sally gérait une franchise de J.Crew depuis sa chambre.

« Salut, dit Celia pour attirer son attention.

— Oh, mon Dieu, désolée pour le désordre, dit Sally. Mes affaires viennent juste d'arriver.

— Ne t'en fais pas pour ça, dit Celia. Tu viens d'où ? »

C'était peut-être la cinquante-neuvième fois qu'elle posait cette question en trois jours. Qui ça pouvait bien intéresser, de toute façon, de savoir d'où on venait ? Albuquerque ou Tokyo, New Jersey ou la lune ? Qu'est-ce que ça pouvait bien changer ?

« Je viens de la région de Boston, dit Sally.

— Oh, moi aussi, dit Celia. Quelle ville ?

— Wellesley. Et toi ?

— Milton.

Celia réfléchit un moment, puis dit :

— Tu n'es pas venue en voiture jusqu'ici ?

Sally secoua la tête.

— Non, je suis venue en train. Mon père est en voyage d'affaires, et mon frère n'est vraiment pas du genre fiable ;

autant faire confiance à une licorne attelée avec une remorque U-Haul[10] pour me livrer mes affaires. »

Il y eut un grand moment de silence pendant lequel Celia digéra l'information et pensa à la chose que Sally n'avait pas mentionnée. Quel genre de famille vivait à tout juste deux heures de route de l'école et ne prenait pas la peine de la conduire jusqu'ici ?

« Je suis vraiment désolée pour ta mère, dit Celia. Si jamais tu as envie de parler, ma porte est toujours ouverte. Et maman a rempli mon placard avec plus de provisions que je ne pourrais en manger d'ici à la remise des diplômes. »

Elle se sentit soudainement coupable d'avoir prononcé le simple mot « maman », mais Sally sourit et la remercia.

« Tu as besoin d'aide pour défaire tes bagages ? demanda Celia.

— Oh, non, merci bien, dit Sally. Je suis plutôt du genre maniaque. Chaque chose à sa place. Mais si tu veux me tenir compagnie, ce serait chouette.

— Avec plaisir », dit Celia.

Il n'y avait plus de place sur le lit et de hautes rangées de cartons étaient empilées sur le bureau et la chaise. Du coup, Celia s'assit par terre. Elle observa que tous les cartons de Sally étaient étiquetés minutieusement – LIVRES, PRODUITS POUR LES CHEVEUX, BASKETS, TALONS HAUTS . Est-ce que Sally avait fait tout ça seule ? Ou bien, était-ce la dernière chose que sa mère avait entreprise avant de mourir ?

10. Il s'agit de l'un de véhicules et remorques de déménagement les plus connus en Amérique du Nord.

Sally commença à sortir des chemises d'un carton posé sur le bureau. Chacune était enveloppée dans du papier tissu.

« Il fait beau aujourd'hui ? demanda-t-elle.

Celia fit oui de la tête.

— Il fait encore un peu chaud.

— Je ne suis pas encore allée dehors, dit Sally.

— Tu as rencontré les deux autres filles de notre couloir ? demanda Celia. Bree et April.

Sally hocha la tête.

— April, ouais. On a passé toute la première nuit à discuter. »

Même si Sally ne l'avait pas invitée à les rejoindre avec Bree, elle se sentit un peu vexée d'avoir été exclue de leur conversation.

Sally rigola.

« Je crois que je n'ai jamais eu aussi peu de points communs avec quelqu'un de toute ma vie, mais je l'aime vraiment bien. Ça sonne cliché, mais j'avais l'impression de pouvoir parler de tout avec elle. »

*Tu peux me parler de tout à moi aussi*, pensa Celia, puis elle réalisa qu'elle était en train de rivaliser pour obtenir la palme de l'intimité dans un endroit où personne ne se connaissait depuis plus d'une minute et demie.

« Tu sais quelle filière tu veux suivre ? » demanda Sally.

Elle était beaucoup plus conventionnelle que les autres filles que Celia avait rencontrées jusqu'ici, posant des questions qu'on aurait plutôt attendues de la grand-tante d'une copine.

« Littérature anglaise, dit Celia. Et toi ?

— Eh bien, je prépare médecine. Ou en tout cas, je me dirige vers ça, dit Sally. Je vais faire ma spécialisation en biologie. J'ai pris quelques cours pendant l'été, pour avoir une longueur d'avance. J'ai appris des trucs super intéressants. »

Elle sortit une énorme boîte à café Chock full o'Nuts d'un sac en plastique rose.

« Les cendres de ma mère », dit-elle, en désignant la boîte d'un signe de la tête.

*Jésus, Marie, Joseph.*

Celia acquiesça.

« C'est sûr que c'est bien de pouvoir la garder à tes côtés.

— Ouais ! C'est exactement ce que je me suis dit », répondit Sally.

Elle déposa la boîte à café en bas de sa penderie et referma doucement la porte. Pendant qu'elle faisait cela, Celia eut une vision horrible d'elle en train d'aller dans la penderie, quelques mois après que la période de malaise se serait dissipée, quand elles seraient amies. Elle s'imaginait en train de chercher une robe, par exemple, et d'un coup de pied distrait, elle renverserait sa mère, les cendres se répandraient partout, dans les interstices du bois et sur la collection immaculée de chaussures de Sally.

« Est-ce que tu connais Jacob Wolf ? demanda Sally. Il était au lycée Milton.

Celia fit non de la tête.

— Je suis allée chez les catholiques toute ma vie, alors… »

Le téléphone sonna. Si ça avait été Celia, elle l'aurait laissé sonner, mais Sally décrocha.

Elle posa sa main devant le combiné.

« Il faut que je réponde, dit-elle à Celia. C'est ma meilleure amie Monica. Est-ce qu'on peut se retrouver plus tard ?

— Oui, bien sûr, dit Celia en se levant maladroitement.

— Est-ce que tu pourrais fermer la porte, s'il te plaît ? » demanda Sally.

Celia ne revit pas Sally de la journée, ni de la soirée. En se levant pour aller aux toilettes, vers trois heures du matin, elle passa devant la chambre de Sally et entendit le son de sa voix.

Celia savait qu'elle ne devrait pas, pourtant elle colla son oreille à la porte.

« Je ne peux pas faire ça, Mon, disait Sally, d'une voix grave et désespérée. Je crois que c'était une grosse erreur de venir ici aussi précipitamment, après tout ce qui s'est passé. Chérie, tu veux bien rester au téléphone avec moi ? S'il te plaît, ne raccroche pas. Dis, je t'en supplie. »

Le jour suivant marquait la cérémonie de convocation [11]. Les élèves de première année avaient reçu des flyers sous leur porte, leur rappelant que toutes les étudiantes devaient se réunir à seize heures par résidence pour se rendre ensemble au John M. Greene Hall (elles l'appelaient bien évidemment JMG).

À présent, les filles en dernière année avaient emménagé et les couloirs de la résidence King étaient encombrés de

11. La cérémonie de convocation est la réception solennelle au cours de laquelle les étudiantes de première année sont accueillies et signent le registre de l'université appelé « matricula », qui contient les noms des anciens et des nouveaux élèves.

valises et de sacs poubelle remplis à craquer de vêtements d'hiver remontés du sous-sol où ils avaient été stockés.

De sa chambre, Celia pouvait les entendre. Les dernière année, dont beaucoup d'entre elles revenaient d'une année d'études à Genève, Florence ou Sydney, poussaient des cris stridents et des hurlements en s'embrassant sur tout le visage, comme si cette année de séparation avait failli les tuer. Les étudiantes de deuxième année étaient toutes excitées, elles aussi. Elles restaient dans les bras les unes des autres plus longtemps que d'habitude. Elles laissaient leurs portes ouvertes et mettaient de la musique pendant qu'elles défaisaient leurs bagages ; l'air résonnait des sonorités douces de Jeff Buckley ou des Beatles ou encore de délicate musique de fille que Celia n'avait jamais entendue.

Elle marqua une pause tandis qu'elle passait devant elles dans la salle de bain : elle les regarda aligner leurs pots de crème décolorante et leurs boîtes de tampons dans les casiers. Les plus anciennes accrochèrent des pancartes écrites à la main au-dessus des toilettes pour les visiteurs : « BIENVENUE DANS NOTRE RÉSIDENCE, RAPPELEZ-VOUS QUE LES VRAIS HOMMES ABAISSENT LE SIÈGE. » Même après une vie entière passée avec une mère et une sœur, Celia n'avait jamais mis les pieds dans un milieu si totalement et si résolument féminin.

À présent, il faisait chaud et humide, comme une journée de mi-août égarée en ce début de septembre. Comme l'avait dit Bree au petit déjeuner :

« C'est aussi chaud que l'asphalte en Géorgie. »

Des anciennes se baladaient juste en soutien-gorge et en culotte ou caleçon. Certaines avaient des corps magnifiques, avec des abdos fermes et des jambes longues et minces. Mais ce n'était pas le cas pour la majorité d'entre elles : on voyait leur ventre dépasser tandis qu'elles déchiraient des cartons d'emballage ou qu'elles accrochaient des rideaux.

Celia se dit que d'ici un an, elle serait sans doute comme elles : aussi à l'aise dans cet endroit que chez elle. Même si elle ne savait pas si elle tisserait des liens aussi étroits ni si elle se permettrait ce degré de nudité. Hormis sur la plage, elle n'avait jamais vu sa mère dénudée, au mieux en peignoir de bain qui descendait jusqu'au sol et en pantoufles.

À quatre heures pétantes, une voix scandant un slogan retentit du haut de l'escalier central jusqu'au fond des couloirs aux néons fluorescents.

*Toutes ensemble, poussons le rugissement de la résidence King,*
*Toutes ensemble, poussons le rugissement de la résidence King,*
*Toutes ensemble !*
*Le rugissement de la résidence King !*
*Toutes ensemble, rugissons ! Toutes ensemble, rugissons !*

Le grondement grandit de plus en plus jusqu'à ce que Jenna The Monster Truck, entourée d'une nuée d'autres filles, fasse irruption dans les chambres des première année et les fasse sortir les unes après les autres dans le couloir.

Celia vit Sally, Bree et April se faire tirer, tout comme elle, vers les escaliers et elle se mit à rire en croisant leurs regards.

« Mon Dieu, qu'est-ce qui se passe ? » demanda Bree pendant qu'on les escortait en bas.

— C'est la cérémonie de convocation, dit Sally. Il va y avoir des discours et des chants, et on verra même des anciennes élèves qui sont devenues célèbres. C'est le premier grand rassemblement de l'école entière. »

Sally semblait être typiquement le genre de fille qui aurait adhéré à une sororité, si elle n'était pas allée dans une université qui les interdisait complètement.

Les soixante-quinze pensionnaires de la résidence King étaient entassées dans l'entrée, et Jenna The Monster Truck distribuait des couronnes Burger King. Une autre fille sortait des draps de lit violets à paillettes d'une boîte en carton géante.

« OK, les filles, dit Jenna. On y est ! Voici notre première chance de montrer à Smith ce que la nouvelle résidence King a dans le ventre.

— Qu'est-ce qu'on est censées faire avec ces costumes ? demanda une première année dans la foule.

— La tradition veut que, dans chaque résidence, on se déguise pour la cérémonie de convocation, dit Jenna. Nous, on porte des couronnes et des robes, car nous sommes les reines de King.

— Holla ! » cria une dernière année du nom de JoAnn. Celia l'avait croisée le matin même en allant chercher un café. Toute seule, elle lui avait semblé plutôt timide et fluette. Mais là, au milieu de ses copines, ce n'était plus la même.

« Je veux que chacune d'entre vous attrape une cape et une couronne et nous retrouve ici en bas dans cinq minutes, dit Jenna The Monster Truck.

— On est censées remonter tout en haut juste pour enfiler une cape ? demanda April.

Certaines anciennes commencèrent à rigoler.

— Tu oublies le principal, Monster Truck ! hurla une voix.

— C'est vrai, dit Jenna. Tout le monde en petite tenue. »

Quelques première année poussèrent des petits cris de plaisir. D'autres lâchèrent des murmures d'inquiétude.

April dit :

« Vous vous foutez de ma gueule.

— Non, bébé, je blague pas, dit Jenna en s'avançant vers April et en lui passant un bras autour des épaules. Évidemment, t'es pas obligée, mais on est nombreuses à trouver que c'est plus fun comme ça. »

Toute la troupe remonta les escaliers en hâte. Celia sentit son sang courir plus vite qu'à l'habitude dans ses veines. Elle était censée se mettre en petite culotte au milieu de centaines de femmes qu'elle ne connaissait même pas ?

Elle prit la main de Bree, en espérant rallier la pudeur du Sud ; si quelqu'un d'autre qu'April refusait, Celia ferait de même.

« Tu vas le faire ? demanda-t-elle à Bree.

— Pas en sous-vêtements.

Bree sourit.

— Je pense que je vais porter juste un bikini. »

C'est sûr, pourquoi pas, quand on ressemble à une star de ciné ?

« Sally ? dit Celia, pendant qu'elles suivaient toutes les quatre la foule dans les escaliers.

— Je crois que oui, dit Sally. Ouais, pourquoi pas. À Rome, fais comme les Romains, non ?

Celia feignit un sourire.

— Ça marche. »

Quand elle arriva dans sa chambre et qu'elle ouvrit le tiroir du haut de sa commode, elle faillit tomber à la renverse. Elle possédait quelques paires de dessous sexy, uniquement destinés au regard de jeunes ados tellement contents de voir une fille dévêtue qu'ils ne remarquaient pas ses grosses fesses ou ses vergetures. En dehors de ça, elle portait des culottes de grand-mère en coton aux motifs de petite fille. Elle poussa un soupir et se déshabilla. Elle portait un soutien-gorge rouge en coton et la culotte Vendredi de son jeu de culottes « jours de la semaine », alors qu'on était mercredi. Elle avait l'air stupide, mais pas plus qu'avec n'importe quel autre sous-vêtement qu'elle aurait pu porter.

En abaissant son regard, Celia vit, horrifiée, une petite touffe de poils noirs qui dépassait le long sa cuisse blanche. Est-ce qu'il lui restait du temps pour se raser ? Et merde, pourquoi les plus anciennes ne les avaient pas prévenues ?

Un moment plus tard, Sally se tenait dans l'embrasure de la porte avec une bouteille de tequila dans une main et un appareil photo numérique dans l'autre. Elle portait un soutien-gorge en satin noir, parfaitement dessiné, et le slip coordonné. Derrière elle se tenaient Bree en bikini rose pâle, et April, habillée de la même façon que plus tôt, en short kaki et tee-shirt noir, la cape violette enroulée par-dessus son haut.

Celia attrapa la cape d'un geste vif et l'enroula autour de ses épaules.

« Je pense qu'on devrait toutes s'enfiler une rasade, dit Sally.

— Totalement d'accord, dit Bree.

Elles burent toutes les quatre, se faisant passer la bouteille, avalant en hâte le liquide brûlant.

« Laissez-moi prendre une photo ! dit Sally.

— Non, non, dit Celia en riant.

— C'est moi qui la prends, dit April.

— Non, pas question, dit Sally. Je nous veux toutes les quatre sur la photo. »

Elles se serrèrent les unes contre les autres, et Sally étendit le bras en tenant l'appareil devant elle.

« Dites à poil ! » lança-t-elle et elles se crièrent ensemble : *À poil !*

En bas, des filles grosses et maigres, traînaient ça et là, en petite culotte, sans même prendre la peine de se couvrir. Jenna The Monster Truck enseigna les paroles de « Poussons le rugissement de la résidence King » à toutes les filles de première année, et elles répétèrent la chanson quatre à cinq fois dans l'allée.

Finalement, l'heure arriva de se rendre à JMG, et elles se mirent en marche par deux sur le trottoir : Celia bras dessus, bras dessous avec Bree, et Sally avec April leur emboîtant le pas.

Sur Elm Street, elles se firent klaxonner par des hommes au volant, et de tous les coins du campus, on entendait les filles des autres résidences pousser leur cri de ralliement, tandis que la clameur collective s'intensifiait jusqu'à ce qu'elles s'entassent toutes dans l'amphithéâtre.

Partout on ne voyait et on n'entendait que des filles, dans un amas de cris et de chair.

Certaines ne portaient rien d'autre qu'une paire de cache-seins et un string. (Celia remercia le Seigneur en personne de ne pas l'avoir fait atterrir dans cette résidence, quelle qu'elle soit.)

D'autres étaient en soutien-gorge doré et slip, avec des ailes d'ange attachées dans le dos. L'équipe de foot portait des strings de Smith, des soutiens-gorge de sport et, sur la tête, des chaussures de foot découpées en rondelles. Comparées à la majorité des filles réunies dans la salle, les filles de la résidence King avaient l'air endimanché.

« Continuez à rugir ! » hurla Jenna.

Elles continuèrent tandis que les filles à leur gauche soutenaient la résidence Jordan et les filles à leur droite celle de Morrow. Même April se prenait au jeu.

La salle tremblait et résonnait de toutes parts, habitée d'une énergie que Celia n'avait jamais connue avant ce jour. L'espace d'un instant, elle se laissa envahir par cette atmosphère. Deux mille quatre cents adolescentes, toutes enflammées, toutes fières, réunies par ce lieu.

Bree lui attrapa le bras et montra Sally, qui essayait de leur dire quelque chose. Celia fit un effort considérable pour arriver à déchiffrer ses mots.

« Quoi ? cria-t-elle, se penchant pour écouter avec Bree et April.

— Je dis que je crois que nous sommes officiellement des Smithies, maintenant », cria Sally au-dessus du vacarme.

Durant leurs premières semaines à Smith, les soirées, thés, conférences, pièces de théâtre et concerts se succédèrent, tout cela uniquement pour les filles de première année. Celia se demanda si l'école faisait cela à dessein, pour leur faire oublier leur solitude commune.

Elle était heureuse de s'être retrouvée à l'étage des chambres de bonnes, car c'était beaucoup plus gérable d'avoir à apprendre les habitudes de seulement trois autres voisines de chambre. En plus, elles avaient leur propre salle de bain, au lieu d'avoir à partager la grande du fond du couloir avec tout le monde. Ce qui réconfortait infiniment Celia. Au lycée, elle n'osait même pas utiliser les toilettes pour filles de Sainte-Catherine. Si quelqu'un d'autre était présent, Celia restait assise en silence dans les cabinets, en espérant que l'autre s'en aille, à la suite de quoi elle faisait pipi à toute vitesse et elle remontait en hâte ses collants avant que quelqu'un entre. Elle avait toujours été sociable et facile, mais certaines choses lui paraissaient tout simplement inappropriées en dehors du foyer familial.

La salle de bain de l'étage des chambres de bonnes contenait deux toilettes, deux douches et deux lavabos, encombrés par les produits de beauté de Bree. (Aucune des autres ne se plaignait de cela, car elles aimaient utiliser ses crèmes gommantes à base d'avocat haut de gamme, ses traitements revitalisants à la lavande et ses masques capillaires aux huiles essentielles.)

Une nuit, au début du mois de décembre, Bree et April avaient toutes les deux attrapé un rhume, et Celia entendait leur toux carabinée à travers les murs de leurs chambres. Elle attrapa sa trousse de premiers soins et frappa à leurs portes.

« Dans la salle de bain toutes les deux », commanda-t-elle, se faisant penser à sa propre mère, et les deux filles la suivirent, le visage rougi et la mine éteinte. Sally les accompagna, alors qu'elle n'était pas malade, et fit tout un cirque en sortant une plaquette de vitamine C, pour signifier qu'elle comptait rester en forme.

« Qu'est-ce qu'on fait ? dit April.

— Asseyez-vous », dit Celia. Les filles s'assirent sur le rebord de la fenêtre et la regardèrent tourner les robinets des douches sur la température la plus haute et verser de l'huile d'eucalyptus dans les jets d'eau chaude. Elle tourna également les robinets des lavabos.

« Ferme la fenêtre, dit-elle à Sally.

— Qu'est-ce qu'on fait ? répéta April.

Celia cligna des yeux.

— Je fais partir votre rhume. Votre mère ne faisait pas ça quand vous étiez petites ?

April rit.

— Hmm, non. C'est pas exactement le style de ma mère. »

Elles restèrent assises dans la salle de bain durant une heure entière. Celia administra à chacune une cuillère de sirop contre la toux que sa mère avait rapporté de ses voyages en Irlande. Il avait un goût atroce mais il contenait de la codéine. Elle leur lut des extraits d'un article qu'elle faisait sur Edna St. Vincent Millay, sa poétesse préférée de tous les temps et dont elle avait rageusement copié les poèmes dans son journal au lycée, à côté de paroles de chansons des Indigo Girls et de Sarah McLachlan, dans l'espoir que l'inspiration lui viendrait si elle se remplissait le cerveau avec tous ces beaux mots.

« Écoutez ça, dit-elle. C'est tiré d'un essai de 1937 sur Millay, écrit par ce type, John Crowe Ransom, et voilà comment il explique son manque de talent : “Une femme vit pour l'amour… L'homme se distingue par l'intellect…

Si je devais l'exprimer en un mot, je me vois toujours obligé de dire que c'est son manque d'intérêt intellectuel... qui fait défaut dans sa poésie pour le lecteur masculin... j'ai utilisé un symbole conventionnel, lequel, je l'espère, n'était pas désobligeant, lorsque j'ai exprimé ce manque qui la caractérise : lacune de masculinité."

— Finalement, rien n'a vraiment changé depuis 1937, dit April.

— Qu'est-ce que tu veux dire ? demanda Bree.

— En fait, quand une femme écrit un livre qui se rapporte de près ou de loin aux sentiments ou aux relations humaines, on l'estampille littérature pour filles ou roman féminin, pas vrai ? Mais regardez Updike ou Irving. Imaginez qu'ils aient été des femmes. Essayez seulement de l'imaginer. Quelqu'un aurait collé une couverture rose sur *Rabbit at Rest,* et plouf, adieu au Pulitzer de mes fesses.

Sally rigola.

— D'accord, mais tu oublies Jane Smiley et Marilynne Robinson et tout un tas de femmes écrivains qui ont fait tout autant parler d'elles que les hommes.

April leva les bras au ciel.

— Non, mais tu plaisantes ? »

Celia sourit. Ces filles étaient intelligentes, bien plus qu'elle. Elles n'avaient même pas choisi anglais comme matière principale, et pourtant elles étaient là, en chaussettes sur le lino, en train de discuter de l'état de la littérature américaine.

« À quoi ressemblait votre lycée ? demanda Celia, alors que ce qu'elle voulait vraiment savoir, c'était : *Comment savez-vous toutes ces choses ? Est-ce que je devrais connaître les subtilités de vos mondes — celui de la science et de la politique. Parce que ce n'est pas le cas.*

— Je suis une fille de l'école publique, dit April.

— Moi aussi ! intervint Bree. Mais c'était une école publique vraiment chouette, en plein dans la grand-rue de Savannah. On avait les profs les plus gentils qui soient et presque tout le monde dans ma classe suivait des cours de niveau prépa. »

Même avec trente-neuf de fièvre, Bree avait une peau de pêche, et se yeux gardaient leur éclat. Celia était prête à vendre son âme au diable pour lui ressembler, même dans son pire moment. Aucun homme ne passait devant elle sans la regarder, et même s'il y avait quelque chose de prévisible et de vulgaire là-dedans (April criait à chaque fois : « Putain, prends une photo, t'en profiteras plus longtemps ! »), Celia comprenait pourquoi ils n'arrivaient pas à détourner leur regard. Bree était drôle et gentille et heureuse, tellement plus heureuse que la plupart des gens intelligents que Celia connaissait. Elle aimait ses parents et ses frères et — pour un temps en tout cas — son fiancé. Elle aimait Savannah, danser et mettre de la musique country à plein tube dans sa chambre. (Elle citait souvent des paroles de vieilles chansons de Dolly Parton au milieu d'une conversation banale, sans que personne ou presque s'en rende compte.) Sa chambre exhalait toujours une odeur de baume à lèvres à la fraise et de lilas, et chaque fois que Celia y pénétrait et qu'elle voyait la moquette rose pâle, les rangées de bouteilles de parfum en verre sur la commode, les photos noir et blanc dans des cadres anciens, elle était prise d'une envie irrépressible d'écolière de ressembler à Bree en tout point.

« Mon lycée ressemblait à une de ces écoles crasseuses de Chicago, avec du chewing-gum collé sur toutes les surfaces et des livres scolaires qui dataient de deux siècles, dit April. Les profs étaient soit des vieux de la vieille, de vraies peaux de vache, ou pire, des types hyper-enthousiastes, leaders de la communauté[12] en mission charitable qui croyaient pouvoir nous extraire de nos vies miséreuses en neuf mois à peine.

— Oh, tu exagères, hoqueta Sally.

— Pas du tout, dit April.

— Est-ce que tu as grandi dans un quartier défavorisé ? dit Bree, sur un ton qui donnait l'impression qu'elle n'avait jamais personnellement mis les pieds dans un endroit pareil, l'expression "quartier défavorisé" sonnant comme ce qu'elle aurait entendu dire par une journaliste aux infos du soir.

— Non, dit April. Mais ma mère trouvait ça important que je fasse l'expérience de la vraie vie et que je ne sois pas une sale gamine chouchoutée. J'étais probablement la seule enfant dans tout Chicago à faire le trajet en bus scolaire d'un beau quartier vers un quartier pourri. »

Celia était toujours captivée quand April parlait de sa mère célibataire, qui l'emmenait à des manifs en poussette, fumait des joints à longueur de journée et croyait que le gouvernement avait mis son téléphone sur écoute depuis le jour où elle avait été arrêtée lors d'une manifestation en 1973.

12. Teach for America est une association à but non lucratif qui tend à réduire les inégalités dans l'éducation en recrutant les futurs leaders de la nation les plus prometteurs afin qu'ils enseignent pendant deux ans ou plus auprès des communautés les plus pauvres dans tous les États-Unis.

Alors que les autres filles de la résidence King en étaient encore au stade de la séparation avec leur petit copain de lycée, ou essayaient désespérément d'éviter de prendre du poids avec tous les glucides qu'on trouvait dans la nourriture du réfectoire, April, elle, cumulait deux boulots sur le campus, parce qu'elle payait pour ses études à Smith et qu'elle avait besoin de cet argent. Celia croyait, peut-être de façon naïve, que la notion de classe était indiscernable à Smith, contrairement au lycée où on pouvait dire quels parents avaient de l'argent en fonction de la taille de leur maison, ou du type de voiture qu'ils conduisaient. Ici, presque personne ne conduisait, et tout le monde portait des jeans déchirés et des Nike. Mais lorsqu'elle parla de cela à April, April se contenta de rigoler et dit :

« Tout le monde ici va à Smith. Par conséquent leurs parents ont de l'argent. À part les cinq qui, comme moi, payent pour leurs études

— Et toi, Sal ? demanda Bree.

— Oh, je suis allée dans une école qui s'appelle “Patterson”, dit Sally.

— Privée ? insista Bree.

— Ouais. »

Celia connaissait quelques filles qui y étaient allées. Elles étaient issues des familles les plus aisées de Milton. Elles portaient des uniformes de créateur branché et étaient contraintes de pratiquer un sport chaque semestre : de la crosse ou du tennis ou du golf. Celia nota dans un coin de sa tête de répéter cette information à ses parents. Cela ne faisait que confirmer ce que Celia avait soupçonné depuis le début : le père de Sally était bourré de fric.

Dans une certaine mesure, on aurait dit que Sally avait été élevée pour vivre en cohabitation. Si elle allait en ville pour acheter du shampoing, elle demandait aux autres filles si elles avaient besoin de quelque chose, et elle acceptait volontiers de ramener d'énormes bidons de lessive et des packs d'eau à partager entre toutes. (C'est un bon entraînement physique, disait-elle avec le sourire.) Tous les dimanches, elle frappait à leur porte pour voir si leur moquette avait besoin d'un coup d'aspirateur, puisqu'elle avait sorti le sien et qu'elle allait nettoyer sa chambre de toute façon. Elle s'exprimait avec des sallyismes, comme les avait baptisés April, rajoutant des petits mots ridicules comme « ma puce » ou « ma petite chatte » ou « mon chou » à la fin de chaque phrase, s'adressant à elles comme si elle était leur gentille mamie gâteau. (À chaque « ma puce » de Sally, April rétorquait un «putain». C'était son mot préféré, elle l'utilisait pour appuyer la colère, l'enthousiasme et toutes les émotions possibles et imaginables.)

De toutes les filles, c'était Sally qui prenait son travail le plus au sérieux. Le matin, elle cumulait un nombre incalculable d'heures dans le labo de biologie, et le soir elle étudiait seule dans sa chambre, porte close, pendant que les autres étaient occupées à lire ou à se raconter des potins dans le couloir. Un jour, elle serait médecin, disait-elle, et il fallait qu'elle concentre ses efforts.

Mais Sally était atypique. Elle ne rentrait pas chez elle pour Thanksgiving, préférant payer deux cents dollars d'internat pour rester seule dans sa chambre de dortoir, à boire du vin et à regarder des rediffusions de *The Golden*

*Girls*[13] sur Lifetime[14]. Elle appelait son père « Fred » en sa présence, même si on pouvait penser que cela n'avait pas toujours été le cas.

« Eh bien, deux gamines de l'école publique, une bêcheuse du privé et notre petite Celia qui est allée dans une école catholique, dit April. Je crois dur comme fer que c'est ce qui a fait d'elle la sainte imbibée de gin que nous connaissons aujourd'hui.

Celia battit des cils et fit un signe de croix théâtral.

— Que la paix soit avec vous », dit-elle et elles partirent d'un long rire.

L'école catholique était bonne à cela : l'autodénigrement et les blagues de bonnes sœurs, et guère plus.

« Je n'arrive pas à croire que tu me traites de pimbêche ! » dit Sally, faussement indignée.

Un moment plus tard, Sally se faufila hors de la pièce et fit infuser du thé qu'elle apporta dans des tasses pour chacune d'elles.

April avait un air étrange, presque triste.

« Est-ce que ça va ? demanda Celia.

— Ouais, dit April. C'est juste que jusqu'ici, je n'ai jamais eu de copines du genre à me faire prendre un bain de vapeur pour de vrai. »

Celia était impatiente de raconter cela à sa mère. Malgré le fait qu'April se plaignait continuellement en disant qu'elle

13. Série télévisée américaine à succès des années quatre-vingt–quatre-vingt-dix racontant l'histoire de quatre femmes quinquagénaires vivant sous le même toit à Miami.

14. Chaîne de télé américaine de divertissement et d'information. Elle est aussi connue pour « préconiser une série de sujets que les femmes jugent pertinents ».

ne faisait pas partie du Quad, Celia remarqua qu'elle n'avait jamais demandé officiellement à être changée de chambre.

Celia la prit dans ses bras, la maintenant serrée contre elle malgré un mouvement de raideur d'April.

« Je suis contente qu'on se soit retrouvées toutes ensemble », dit-elle.

(Plus tard, April accuserait la codéine de l'avoir fait tomber dans un excès de sentimentalisme inhabituel.)

April était une MacKinnonite[15] pure et dure, un mouvement dont Celia n'avait jamais entendu parler avant d'entrer à Smith. Même les plus ardentes féministes de Smith la trouvaient trop véhémente, ce qui en disait long sur elle. Selon elle, les clubs de strip-tease étaient nuisibles pour les femmes comme pour les hommes — dégradant pour celles qui y prenaient part et pour ceux qui regardaient. Elle pensait que le mouvement des femmes était dirigé par une bande de bourgeoises blanches friquées qui pleuraient d'être enchaînées à leur vie domestique faite de dîners et de leçons de tennis, pendant que, dans le monde, les femmes se battaient pour obtenir des salaires minimaux et de quoi nourrir leurs enfants.

La première année, avec certaines de ses amies plus radicales qui n'appartenaient pas à la résidence, April dirigea le mouvement transpositif du campus. D'après elle, il existait une forme de discrimination envers les femmes qui venaient à Smith et qui ensuite subissaient une chirurgie de réattribution sexuelle. Ces hommes

15. Mouvement féministe créé dans les années soixante-dix–quatre-vingt par Alice MacKinnon, ancienne étudiante de Smith qui s'est spécialisée dans le droit, la lutte contre le harcèlement sexuel et la pornographie.

transgenres, selon elle, devaient être reconnus en tant que tels. Elle lança une pétition visant à changer la formulation utilisée dans la constitution étudiante de «elle» par «l'élève» et elle obtint un si grand nombre de signatures que le conseil universitaire accepta de voter le changement.

Après bon nombre de discussions sur le sujet, Sally se rangea du côté d'April, mais Bree et Celia ne pouvaient s'y résoudre. D'après elles, changer de sexe était un choix personnel (même si Celia n'était pas totalement sûre de son opinion sur le sujet), mais Smith était une université pour *femmes,* et si on était née femme et qu'on décidait de devenir un homme, alors il fallait choisir une autre université.

Peu de temps après, April rejoignit le club des végétaliennes du campus et fit le tour du réfectoire lors du week-end portes ouvertes pour les parents, épinglant des badges PETA[16] sur les manteaux de vison de quatre mères, dont celle de Bree, pendant que tout le monde mangeait de la tarte à la menthe et au chocolat. (Bree était bien décidée à ne pas pardonner à April, mais plus tard, April apparut sur le pas de sa porte avec un bouquet de marguerites piquées dans le jardin du président et un rouleau de pâte à cookies Toll House[17]. Ensemble, elles dévorèrent la pâte, et April raconta des histoires cochonnes à Bree jusqu'à ce que cette dernière manque s'étouffer de rire et en oublie la raison de sa colère.)

16. PETA (People for the Ethical Treatment of Animals) est une association de défense des droits des animaux.

17. Du nom du premier cookie au chocolat fabriqué en 1930 par Ruth Wakefield qui tenait l'auberge *Toll House,* à Whitman, dans le Massachusetts.

Sally ne se fâchait jamais contre April. Elle semblait emballée par l'enthousiasme d'April pour des causes auxquelles elle-même n'avait jamais pensé. April l'emmena à des rassemblements et des conférences. Elle déposa des piles de livres devant la porte de la chambre de Sally avec de petites notes — *Quand la beauté fait mal*[18], *Backlash, la guerre froide contre les femmes*[19], *Ce ne sont que des mots*[20] et *Sisterhood is Powerful*[21]. Sally étudia chacun de ces ouvrages, se montrant de plus en plus outrée par le sexisme environnant, chose à laquelle elle n'avait jamais vraiment prêté attention auparavant. April voyait le sexisme partout — dans les films, à la radio, dans les pubs télé pour les produits vaisselle et les plats tout prêts, dans les élections politiques, les jouets, les grandes entreprises, les écoles primaires et les emballages de viande rouge sous cellophane du supermarché.

Dès la fin de leur première année, April avait été arrêtée deux fois pour trouble de l'ordre public — une fois lors d'une manif à Boston, une autre fois en déclenchant une bagarre contre des déjantés de droite devant une clinique à Amherst. Chaque fois, Sally alla récupérer April en voiture, peu importe où elle se trouvait, et paya les cinquante dollars pour la faire sortir. Plusieurs heures après, elles revenaient à la résidence, main dans la main, comme si elles étaient sorties manger des glaces entre copines.

« Notre couple improbable a remis ça », murmurait Bree à Celia.

18. Naomi Wolf (1991).
19. Susan Faludi (1991). Prix Pulitzer.
20. Catharine MacKinnon (paru en 1993 en version originale).
21. Recueil publié par Robin Morgan paru en 1970.

Il y avait quelque chose de magnétique entre April et Sally. Si elles étaient tellement bien assorties, c'est peut-être parce qu'elles étaient toutes les deux étranges, et qu'aucune ne semblait remarquer l'étrangeté chez l'autre, ou en tout cas n'en éprouvait aucune gêne. Ou peut-être, comme le disait Bree, c'est parce qu'elles se maternaient l'une l'autre. Sally faisait souvent des cauchemars, ou même des rêves agréables sur sa mère, qui la terrifiaient. Elle disait que cela lui était insoutenable de rêver de sa mère en train de faire des choses banales, comme aller courir ou chercher sa fille à l'école, et de se réveiller pour voir que ce qu'elle avait rêvé ne pouvait plus se réaliser à présent. Bree disait à Celia que le discours de Sally sur la mort la mettait terriblement mal à l'aise. April, elle, passait des nuits entières allongée aux côtés de Sally, lui murmurant des paroles de Bob Dylan, lui donnant la main pendant qu'elle dormait, comme ça, si elle se réveillait apeurée, sa frayeur serait rapidement apaisée. Elle disait qu'elle avait été témoin de bien des mauvais trips de sa mère, et que, en comparaison, Sally, ce n'était rien.

« Qu'est-ce qu'elle veut dire par mauvais trip ? » avait soufflé Bree à l'oreille de Celia après qu'April eut dit cela.

Celia se contenta de hausser les épaules.

En un sens, c'était perturbant d'avoir à se rendre au mariage d'une amie proche en autocar Greyhound. Cela lui rappelait de façon tangible combien Sally avait changé durant ces quatre années et combien, elle, Celia était restée la même. Le train aurait été plus noble, mais Celia ne pouvait se faire à l'idée de payer cent dollars à l'aller et au retour simplement pour se prouver qu'elle était une adulte. Le car fit une halte à un Roy Rogers[22], quelque part à la sortie de Hartford. Elle était loin de s'imaginer qu'il y ait encore des Roy Rogers. Celia s'acheta un coca light et remonta à contrecœur à bord de l'autocar, envahi à présent par une odeur de friture. La femme devant elle avait acheté un sandwich au poisson frit. Un foutu sandwich au poisson frit ! Est-ce qu'on pouvait imaginer manger quelque chose de plus répugnant à bord d'un car bondé à onze heures et demie du matin ?

Tandis qu'ils amorçaient un virage pour reprendre la route, le gamin assis à côté d'elle sortit un cahier de son sac à dos sur la couverture duquel était écrit « Anglais — Première année de lycée » en lettres baveuses.

Celia se souvint de la métaphore qu'utilisait Bree : sorties de la fac, elles étaient comme des filles de première année dans la vraie vie. Il arrivait que Celia l'appelle en larmes des toilettes du boulot en se plaignant de son boss, ou qu'elle lui envoie un texto désespéré au sujet d'un premier rendez-vous amoureux malheureux, et Bree la réconfortait en lui disant : « Ce n'est que la première année. Ça va s'arranger, c'est promis. »

La première année de Celia dans la vraie vie se résumait à bien peu de choses : une succession comique de rencontres amoureuses minables, un début de relation orageuse et intense à la fois avec New York, qui, elle en était sûre, se prolongerait sur plusieurs décennies, et un job comme assistante dans une maison d'édition grand public, très loin de la carrière d'écrivain dont elle rêvait. Circus Books publiait principalement des livres de

22. Chaîne de fast-food (ouverte en 1968) du nom d'un célèbre chanteur et acteur de westerns des années trente à cinquante.

développement personnel et des anthologies roses sur les chaussures et les peines de cœur. C'était le genre de boîte dont vous deviez parler en roulant des yeux, lors d'un cocktail par exemple. (Sur les conseils du service d'orientation et de développement professionnel de Smith, Celia avait demandé, lors de son premier entretien, si les employées précédentes avaient obtenu de l'avancement. On lui répondit que la fille avant elle était partie au Népal en sac à dos, et celle encore d'avant s'était engagée dans les Peace Corps. À présent, Celia se disait qu'elle aurait dû prendre cela comme un signe que cette boîte était nulle et qu'elle pomperait l'âme de quiconque oserait y travailler, conduisant les idéalistes aux quatre coins de la terre en quête d'épanouissement.)

Elles se souvenaient de la première année de Bree dans la vraie vie comme de l'époque où elle partit pour la faculté de droit de Stanford et se jeta à fond dans les études. Cette même année, elle se brouilla plus ou moins avec sa famille sudiste. « Elle a perdu sa joie de vivre », dit April à Celia un soir au téléphone, et Celia acquiesça.

Quant à Sally, lors de sa première année dans la vraie vie, elle rencontra Jake, dont elle tomba amoureuse, et organisa sa vie entière autour de cette relation, allant jusqu'à laisser tomber son inscription à la fac de médecine, ce qu'elle avait pourtant prévu de faire depuis toujours. Bree et April jugeaient que Sally ne souhaitait au fond qu'une chose : remplacer sa mère défunte et se persuader, par là même, que s'installer confortablement en couple était la seule solution. Elles craignaient également qu'elle ne soit déçue : était-ce raisonnable d'attendre d'un type aussi jeune qu'il s'engage sérieusement ? Même trois ans plus tard, la demande en mariage de Jake continuait de les consterner toutes, toutes sauf Sally, qui n'en avait jamais douté un seul instant. Sally était la responsable des campagnes de collecte de fonds de leur classe et faisait du bénévolat pour le comité de Boston de la National Organization for Women[23]. Deux fois par semaine, elle s'occupait des mailings, organisait des conférences, et elle était le plus jeune membre d'un conseil d'administration de toute la Nouvelle-Angleterre. Elle aidait à la rédaction de la newsletter mensuelle du groupe, tenant les membres informés sur les problématiques liées aux femmes à travers le monde. (April lui soufflait la plupart des idées, et Sally en atténuait le contenu pour éviter que des sexagénaires de Brookline, Massachusetts, soient pas frappées d'une attaque cardiaque collective à la lecture d'un article sur les fistules dans les pays en voie de développement.)

Celia se disait que des groupes comme NOW et d'autres représentaient l'étape suivante parfaite et logique pour les Smithies, tellement habituées aux sigles. Et elle était fière de Sally qui allait sur le terrain et faisait quelque chose d'utile de son temps libre. Mais April roulait des yeux devant cela. « Est-ce qu'elle pourrait être engagée dans autre chose qu'un féminisme bien établi ? » avait-elle confié un jour à Celia qui n'était pas certaine de savoir où elle voulait en venir.

Quant à April, lors de sa première année dans la vraie vie, elle s'associa avec la légendaire Ronnie Munro

23. Fondée par l'écrivain féministe Betty Friedan en 1966 aux États-Unis, la National Organization for Women (NOW) lutte pour obtenir l'égalité totale entre les deux sexes. C'est l'organisation féministe la plus importante du pays.

pour former Women in Peril, Inc. Ronnie était l'une des anciennes élèves de Smith dont on parlait le plus, avec Julia Child et Gloria Steinem ; mais, à la différence de ces dernières, elle représentait le personnage de la méchante aux yeux de la plupart des Smithies. Ronnie était une militante féministe et cinéaste qui avait consacré sa vie à l'activisme social et aux droits des femmes. Elle avait aussi un léger grain.

À une époque, elle avait ouvert la voie, jouant un rôle prépondérant dans les premières luttes contre les violences conjugales et militant pour l'égalité des salaires. Mais à un moment donné, à la fin des années soixante-dix, elle se retrouva au centre d'un scandale. Elle avait persuadé un type horrible dans l'Indiana, qui battait sa femme, de lui laisser faire un film sur sa vie, incluant des scènes de caméra cachée où on le voyait asséner des coups-de-poing à sa femme, la battre et la fouetter. Dans les entretiens qu'elle fit avec lui, on aurait dit que Ronnie en était amoureuse. Elle l'encouragea à décrire devant la caméra le plaisir qu'il éprouvait à maintenir sa femme à sa place. Et puis, un jour, Ronnie lui dit un secret : sa femme se préparait à partir. Cette nuit-là, il l'assassina. Il lui planta un couteau dans le cœur, sur le sol de la cuisine. Ronnie n'était pas présente, mais toute la scène avait été filmée, et elle l'utilisa comme séquence d'ouverture de son film.

Ses partisans affirmèrent que c'était une façon d'attirer l'attention sur ce problème, et cela ne manqua pas, avec des articles dans tous les grands journaux et des séances de visionnage secrètes de son film sur les campus après qu'il fut interdit, sans parler des efforts de quelques législateurs qui entamèrent une procédure visant à protéger les femmes violentées en situation de transition. Mais la plupart des membres du mouvement trouvèrent que les méthodes utilisées par Ronnie étaient dangereuses et ôtaient toute sa crédibilité au débat. Si elle avait vu cet homme battre sa femme, si elle en possédait même des bandes, pourquoi ne pas être allée voir la police plus tôt ? Pourquoi lui avoir confié le plan d'évasion de sa femme alors qu'elle savait que cela pourrait coûter la vie à cette dernière ?

Après cet épisode, la plupart des féministes traditionnelles cessèrent de fréquenter Ronnie ; certaines allèrent même jusqu'à la traiter de meurtrière. Par la suite, ses méthodes devinrent de moins en moins orthodoxes et de plus en plus risquées. Elle avait moins d'alliés et un nombre croissant de détracteurs. Durant leur première année à Smith, elle était venue donner une conférence sur le campus au sujet des mutilations génitales féminines, et trois cents filles se réunirent pour protester. Pourtant, April parlait d'elle comme d'une déesse.

Avoir choisi April comme assistante s'était imposé à Ronnie comme une évidence. Elle se servait d'April en lui demandant de faire toute sorte de choses dangereuses et stupides, au nom de la libération des femmes. Ensemble, elles tournèrent des films sur la misogynie et les violences sexuelles à travers le monde, des films importants qui exploraient la vie de femmes victimes d'horreurs restées cachées jusque-là. Ronnie poussa April à s'installer avec elle, c'était comme si elle était devenue sa seule amie à Chicago.

Les filles étaient fières d'April. Elles savaient que cela représentait l'œuvre de sa vie, et que c'était infiniment important, ce qui ne les empêchait pas de se faire du souci pour elle. Surtout Celia, qui était le plus au courant des exploits d'April et qui savait jusqu'où elle était prête à aller pour faire plaisir à Ronnie.

La dernière frayeur qu'elle lui avait faite remontait à deux jours à peine, quand April avait téléphoné d'une base militaire dans l'Illinois pour dire qu'un garde l'avait salement dérouillée après l'avoir surprise en train de dérober des dossiers confidentiels. Elle pensait qu'elle avait peut-être un bras cassé, et elle avait du sang dans les yeux qui lui brouillait la vue.

Celia s'était sentie paralysée en entendant April pleurer comme ça au téléphone. Avant ce coup de fil, elle était assise à son bureau à siroter du thé glacé en lisant *Us Weekly* en ligne, essayant de réprimer la honte qu'elle ressentait devant la pile de manuscrits qui jonchait le sol à ses pieds.

« Où était Ronnie quand ça s'est passé ? demanda-t-elle en hâte.

— Elle a déguerpi en courant, dit April.

— Elle t'a abandonnée ?

— Elle ne m'a pas abandonnée, dit April. Elle essayait juste de se protéger. Bon, mais maintenant elle est loin, et je n'ai pas la moindre putain d'idée de comment je vais rentrer.

— Qu'est-ce que je peux faire ? dit Celia.

— Je sais pas. Tu veux bien juste rester un moment au téléphone avec moi ? Faudrait que tu me voies. Je suis couverte de sang, c'est dégueulasse, et il faut que j'aille à l'hôpital pour montrer mon bras à quelqu'un. »

Celia garda le silence, en état de choc. Elle ne savait pas quoi dire.

« S'il te plaît, ne dis rien de tout ça à Sally, dit finalement April. Ça va la faire flipper. »

Celia pensa au mariage, à April traversant la nef, son visage recouvert de bleus. Sally allait découvrir ce qui s'était passé de toute façon. Cependant, Celia promit à April de garder le secret, comme elle l'avait toujours fait avant.

Bree n'utilisait pas de métaphore pour les comparer à des deuxième et troisième années dans la vraie vie et pourtant, c'est comme cela que Celia avait perçu leurs années deux et trois post-Smith. Maintenant, au mois de mai de leur quatrième année, Sally allait se marier. Mariée. Celia avait du mal à croire que ce mot puisse s'appliquer à l'une d'entre elles. Que Sally ait choisi le campus pour la cérémonie de mariage ne pouvait pas mieux tomber. Cela coïncidait avec la fin de leur quatrième année dans la vie active. Ainsi, le week-end marquerait une sorte de départ, un début et une fin.

Tandis que l'autocar tournait à droite sur l'A9, Celia sortit une grosse tranche de cake de son sac à main. Elle était presque arrivée à destination. Elle se souvenait vaguement d'avoir acheté le cake à la petite épicerie au coin de chez elle, avant d'être montée avec ce type dont elle avait oublié le nom. Elle ne mangeait plus jamais ce genre de cochonnerie, mais elle s'était dit qu'il faudrait vraiment se haïr pour faire quatre heures de bus avec la gueule de bois sans se permettre une petite douceur. Ou, puisqu'on en était là, de se priver, même modérément, de nourriture au mariage d'une amie dont l'anniversaire tombait six mois après le vôtre, alors que vous n'aviez personne pour vous accompagner.

Sur le plan de ses rencontres new-yorkaises, le résultat avait été plutôt maigre depuis quelque temps. Il y avait eu ce type qu'elle avait rencontré au cinéma, qui avait qualifié son vagin de « cave du plaisir » (pas bon signe). Et celui qui postulait pour un doctorat en anglais à Columbia, et qui ne pouvait se retenir de placer les noms d'écrivains modernes dans toutes les conversations banales. (Exemple : « Qu'est-ce qui te prend, Ian McEwan ? » Pouah !) À l'intérieur d'une armoire dans son appartement, dissimulés derrière sa collection vidéos de Fassbinder, Celia avait trouvé des dizaines de films pornos aux titres littéraires — *Beaucoup de bites pour rien, Les aventures de Mr Quick-Nique.* Le côté porno ne la dérangeait pas, mais les titres, c'était vraiment trop. Elle décida de mettre fin à leur relation sur-le-champ.

Celia regarda les arbres qui bordaient la route en direction de la ville. Elle mangea un autre morceau de cake et nota dans sa tête de demander à Bree comment lui était venue l'idée de la métaphore sur leur première année dans la vraie vie : leur année de bleu. Surtout qu'on leur interdisait d'utiliser le mot « bleu ». C'était le genre de distinction subtile qui faisait râler les non-initiés.

Quand elle était en troisième année, et que le sujet de Smith avait été abordé lors d'un repas de Noël en famille, Monty, l'oncle de Celia, avait dit : « On peut toujours savoir qu'une étudiante vient de Smith, à sa façon de dire *université pour femmes* au lieu d'école de filles. »

« Chaque fois que je m'imagine Celia là-bas, ça me fait penser à ces femmes très convenables de ma paroisse qui allaient à Smith dans les années quarante, dit sa grand-mère. Cee, est-ce que c'est toujours comme ça ? Les après-midi thé, les perles, les petits doigts en l'air et le reste ? »

Son cousin qu'elle aimait le moins, Al, l'ouvrit pour dire que d'aller dans une université pour femmes au

XXI^e siècle, c'était comme de rejouer les batailles de la guerre de Sécession les dimanches après-midi.

— C'est dépassé, dit-il. C'est vraiment pittoresque et vieillot, mais bon, si ça leur fait plaisir…

— On est ravies que ça te plaise », dit Celia.

Elle fit demi-tour et entra dans la salle à manger, verte de rage.

Au lycée, Celia excellait en anglais, sans faire d'effort particulier, et remplissait un nombre infini de cahiers avec des nouvelles et de poèmes. Mais elle restait dans la limite des huit sur vingt en maths et en sciences, parfois après avoir dû supplier, baratiner ou pleurnicher pour faire remonter un cinq sur vingt.

*Celia manque de concentration,* avait commenté son prof de biologie de terminale. *Si seulement Celia consacrait l'énergie qu'elle dépense pour plaire aux garçons à ses études, elle serait sans aucun doute une élève de premier rang,* avait écrit ce nain de prof de géométrie, qui devait probablement habiter dans le sous-sol de la maison de sa mère et qui mourrait sans doute vierge.

Et pourtant, grâce à un miracle, elle avait atterri à Smith. Sa mère racontait à qui voulait l'entendre que pour l'épreuve écrite d'admission, elle avait rédigé un texte qui avait tiré les larmes du comité de révision. Ils avaient effectivement écrit cela dans sa lettre d'admission. Mais Celia soupçonnait que la vraie raison pour laquelle elle était rentrée à Smith était liée au fait qu'il avait neigé le jour où elle devait faire son entretien avec la responsable des admissions. Cette dernière avait dû amener ses deux petites filles au travail, et lorsque Celia était arrivée, elle les avait trouvées assises dans la salle d'attente, avec l'air de s'ennuyer. Instinctivement, elle s'agenouilla près d'elles par terre, sortit des stylos de son sac à main et commença à dessiner avec elles, pour leur plus grand plaisir. Honnêtement, elle n'avait pas pensé à faire la lèche-cul, mais lorsque leur mère était sortie du bureau, son visage s'éclaira et elle dit : « Dites-moi, Celia, vous faites du baby-sitting ? »

À cet instant, Celia réalisa que ces années à s'occuper de sa sœur et de ses petits cousins lui avaient été bien plus utiles qu'une prépa au SAT[24].

Le côté entre femmes de Smith l'avait fait flipper au début, mais elle se raisonnait en se disant qu'à deux pas se trouvaient les gars d'Amherst. Tout cela s'était avéré largement faux, mais elle s'était quand même prise d'affection pour cet endroit, et avoir à le défendre devant les membres de sa famille étendue — qui étaient tous allés à Trinity et Holly Cross et se demandaient sans aucun doute si elle était lesbienne — était épuisant à la longue.

Durant les quatre années qui l'avaient séparée de Northampton, elle avait rencontré toute sorte de femmes qui tiquaient quand elles entendaient qu'elle était allée à Smith ; et elle avait eu des dizaines de rendez-vous avec des types qui semblaient penser qu'elle plaisantait quand elle leur expliquait qu'elle avait étudié au sein d'une des Sept Sœurs[25].

24. Le SAT Reasoning Test est un examen standardisé utilisé sur une base nationale pour l'admission aux collèges et aux universités aux États-Unis.

25. Les Sept Sœurs (*Seven Sisters* en anglais) sont un regroupement d'universités féminines américaines (fondées entre 1837 et 1889) créé en 1927 pour promouvoir l'éducation des femmes.

Ils disaient des trucs du genre « Oh, mon Dieu! c'est encore réservé aux filles? » ou : « Comme c'est charmant. Je ne savais pas que Smith existait toujours! » Ou pire encore. Juste un mois auparavant, alors qu'elle était allée prendre un verre avec l'ami d'une amie, un chauve qui écrivait dans *Sports Illustrated,* elle s'était mise à évoquer rêveusement ses années de fac. Elle était en train de raconter la fois où elle s'était retrouvée, avec les filles, au milieu d'un orage, lors du festival *Celebration of Sisterhood,* quand elle sentit sa main lui toucher la cuisse sous la table, et, en même temps, il lui dit : « Ooh, arrête avec ça! Tu es bien trop sexy pour être une *feminazi.* »

Après cela, elle ignora ses appels. Les hommes comme lui ne méritaient pas d'être tolérés, d'après April. Celia était bien d'accord, mais parfois, elle se disait qu'entre Smith et Women in Peril, Inc., April avait eu si peu de contacts avec de vrais mâles américains qu'elle ne faisait pas franchement autorité quand il s'agissait d'expliquer ce qu'on pouvait attendre d'eux.

Par la fenêtre du car, Celia commença à reconnaître des bâtiments — le *Fitzwilly's Restaurant,* avec son auvent vert vif, le Calvin Theatre, au balcon duquel elle était sortie avec un étudiant en cinéma de Hampshire, durant un concert de Lucinda Williams.

Le car entra dans la gare autoroutière. Pendant que les passagers commençaient à descendre, Celia se détendit un instant, regardant la foule s'amasser dehors; il y avait quelques Smithies, aux joues rebondies, en jean et sweat-shirt. Elles allaient peut-être au centre commercial de Holyoke, pensa-t-elle. À côté d'elles, il y avait les hippies en route pour Springfield, qui venaient en ville pour jouer de la musique dans la rue ou qui travaillaient dans les cafés bio sur Main Street. Elle prit une inspiration pour se calmer, tout en se levant, et descendit son sac en toile du porte-bagages.

Celia sortit de l'autocar et commença à monter la côte en direction du campus. L'air avait une odeur différente ici. Il était plus pur, plus vif qu'à Manhattan. Elle n'avait rien oublié de cet endroit : sa perfection, les montagnes luxuriantes de la Nouvelle-Angleterre, qui encerclaient la vallée, la surface lisse et satinée de Paradise Pond. Mais l'odeur qui, à une époque, lui était familière, la surprit de façon saisissante, comme une lettre d'amour égarée dépassant d'un matelas.

Quand elle arriva au campus, elle contourna les grilles de Grécourt[26]. D'après une superstition, si on traversait les grilles avant l'obtention du diplôme, on ne se marierait jamais. Elle avait obtenu son diplôme à présent, et elle n'était même pas vraiment sûre de vouloir se marier, mais néanmoins, mieux valait prévenir que guérir. Elle passa devant le vieux musée, le nouveau centre étudiant et le John M. Greene Hall, devant la résidence Haven, avec son large porche d'entrée jaune, et Park Annex, avec ses briques rouges bien alignées et ses pourtours blancs. Chaque bâtiment sur le campus appartenait à une période différente dans l'histoire américaine, et on pouvait généralement classer chaque étudiante en fonction de l'endroit où elle habitait ; les résidences sur Green Street accueillaient la troupe des végétaliennes-lesbiennes-

26. Les Grécourt Gates sont les grilles d'entrée de Smith College.

aisselles poilues. Chapin, Capen et Sessions hébergeaient un bon nombre des fêtardes de gauche qui fumaient de l'herbe et sortaient les unes avec les autres, bien qu'elles n'aient couché qu'avec des mecs avant la fac. Les *Big Dykes on Campus* (BDOC[27]) habitaient généralement à Haven-Wesley. Ces femmes-là faisaient fantasmer même les plus hétéros des Smithies, qui rougissaient en les voyant arriver.

Celia et Bree faisaient partie de la catégorie « barbies » sur le campus — le genre qui aimait les mecs, embrassait des filles seulement après avoir bu beaucoup de tequila, et qui n'aurait pas rechigné à aller à une soirée étudiants si une telle chose existait à Smith et si les mecs n'étaient pas de tels porcs.

Celia croisa Paradise Road, passa devant la résidence Scales et, finalement, se retrouva devant King, fixant la porte qu'elle avait passée tant de fois qu'elle en sentait le poids exact juste en la regardant. L'arrière de la résidence King ouvrait sur le Quad — avec ses grandes pelouses vertes et ses bâtiments en briques couverts de lierre. Mais, à présent, elle se tenait devant la résidence, faisant face à Elm Street, avec ses deux voies de circulation qui séparaient le campus du monde et donnaient l'impression d'être comme une sorte de champ de force contre l'âge adulte. En face, sur Elm Street, il y avait des gens qui promenaient des poussettes ; des tondeuses et des jouets pour chiens abandonnés dans les jardins ; des maisons avec double garage — tous les signes extérieurs de la vraie

27. BDOC fait référence aux lesbiennes (*dyke* : gouine) sur les campus des universités pour femmes qui bénéficient d'un statut de stars. Peut être traduit par les « grosses gouines du campus ».

vie qui avaient semblé si futiles et loin d'elles à la fac et qui, encore maintenant, semblaient loin.

Au centre de tout ça, juste en face de King et coincé entre deux maisons, se trouvait l'*Autumn Inn,* où elles seraient logées pendant le mariage. Quelques mois auparavant, Sally avait annoncé qu'elle les installerait toutes à l'*Hotel Northampton.* Même si Sally avait clairement les moyens financiers de le faire, les autres avaient refusé. Ce n'était pas normal qu'elle paye pour qu'elles viennent à son mariage. Du coup, Sally s'était rabattue sur l'*Autumn Inn,* en calculant qu'un séjour de trois nuits à l'*Hotel Northampton* était trop coûteux pour Celia et April, même en partageant une chambre, et que tous les autres endroits en ville étaient minables.

Quand Sally suggéra le nom de cet hôtel, April et Bree firent aussitôt remarquer à Celia, qui pensait déjà à la même chose, à quel point cela paraissait inapproprié. À la fac, c'est à l'*Autumn Inn* que Sally et Bill Lambert descendaient quand les bureaux de la bibliothèque Neilson étaient trop bondés, et qu'ils avaient une envie irrépressible de se voir tous les deux. Et maintenant, elle allait coucher là-bas avec ce pauvre Jake pour leur nuit de noces.

Il n'y a que Sally pour faire ça.

Celia n'était jamais entrée dans l'auberge, mais elle la voyait des chambres côté rue où elle avait habité en première et en dernière année. Certains soirs, elle regardait Elm Street en face et elle s'imaginait les personnes qui séjournaient là — des couples mariés qui venaient se mettre au vert, des parents de Smith rendant visite à leur fille, des amants comme Sally et Bill se retrouvant en cachette. Cette nuit-là, Celia se fit la remarque qu'elle allait faire exactement l'inverse : elle allait s'enregistrer à l'*Autumn Inn* et observer la résidence King, en imaginant les étudiantes qui occupaient ces chambres qui ne lui appartenaient plus désormais.

Durant les trois jours à venir, elle allait vivre dans le cocon que formaient les filles.

Des quatre, seule Celia s'était fait des amies proches depuis qu'elle avait quitté Smith. Parfois, elle se disait que New York ressemblait à une université pour femmes dans le sens où elle rapprochait les femmes entre elles, en partie par manque de types potables. Ces quatre dernières années, elle avait passé plus de soirées agréables à boire du vin au *Temple Bar* en compagnie de Lila Bonner et Laura Friedman, ou à sortir danser à Chelsea avec Kayla (de son travail), qu'avec tous les types avec qui elle était sortie réunis.

Mais, bien qu'elle se soit fait plein de copines dans cette ville, elle avait quand même le sentiment que chacune d'entre elles était isolée, leurs vies avançant en parallèle, sans jamais vraiment se toucher. Avec les Smithies, c'était différent. Il était parfois difficile de savoir où l'une commençait et où les autres s'arrêtaient.

# BREE

Sa tenue de témoin pour le mariage pendait sur le dossier d'une chaise de cuisine, un dos-nu en coton rose pâle et une jupe, qui tombait mollement jusqu'au sol comme une des vieilles chemises de nuit de la mère de Bree. Elle parcourut de la main l'étoffe légère en attendant que l'eau bouille. Ça ne convenait pas vraiment pour un mariage, même un mariage en plein air au mois de mai.

« Je te parie tout ce que tu veux qu'on va avoir droit à la robe bouffante en taffetas couleur pêche avec épaulettes », avait dit Bree pour rire quand Celia l'avait appelée pour lui dire que Sally s'était fiancée, et qu'elle leur demandait, à elles et à April, d'être ses témoins, et qu'il fallait impérativement qu'elle ait l'air d'être surprise, sous peine de mort, quand Sally appellerait, parce que Sally avait fait promettre à Celia de ne rien dire.

« J'ai un plan, continua Bree. Je vais me marier après que tout le monde l'aura fait et, ensuite, je forcerai tous mes témoins à porter exactement la même robe qu'elles m'ont fait porter pour leur mariage à elles. Comme ça, si elles ne se sont pas moquées du monde, elles auront l'air classe. Par contre, si elles m'ont fait porter une robe bouffante couleur pêche, ce sera leur tour de se retrouver en robe bouffante couleur pêche. »

Bree essayait d'avoir l'air enjoué et léger, mais elle se demandait pourquoi Sally ne l'avait pas encore appelée.

Les deux jours suivants, elle n'appela pas non plus. Bree trouvait que c'était bizarre et triste, mais elle savait que les choses avaient changé entre elles depuis l'université. Et peut-être que c'était un peu idiot de croire qu'elle était toujours une priorité pour Sally, comme cela avait été le cas à Smith, quand il n'y avait presque rien qui pouvait détourner leur attention. À l'époque, elles disposaient de quantités de temps suffisantes pour pouvoir stocker dans leur mémoire les habitudes quotidiennes, les chansons préférées, les peines de cœur et les plus belles journées des unes et des autres. C'était un peu comme être amoureuse, mais avec en moins le poids d'avoir à choisir un seul cœur auquel se rattacher et la crainte de le perdre. Elles avaient passé tellement de soirées ensemble sous le porche de la résidence King, avec le monde qui s'étalait à leurs pieds. Peut-être que c'était impossible de reproduire ce genre de proximité dans la vraie vie.

Ou bien peut-être que Sally avait eu peur d'annoncer son mariage à Bree parce qu'elle savait à quel point cela lui ferait mal. Quoi qu'il en soit, quand elle l'appela pour lui dire la nouvelle, elle la débita d'une traite, comme une confession ou une excuse, pas du tout comme une annonce officielle.

Tout le monde savait qu'à une époque Bree pensait que ce serait elle la première. Mais à présent, il semblait qu'elle ne se marierait jamais, du moins pas comme elle l'avait envisagé : pas de longue robe blanche, pas de pétales de rose dont la demoiselle d'honneur parsème le sol d'une longue allée centrale. Non, son père ne la confierait pas à un garçon dans une grande chapelle de Savannah, avec, debout à ses côtés, sa mère dans un tailleur pâle, comme elle l'avait toujours imaginé.

Elle souleva la bouilloire du fourneau et versa l'eau en quantités égales dans les grandes tasses rouges jumelles.

Ces derniers temps, quand elle se sentait dépassée par les événements ou déprimée, elle comparait sa vie à celle de Sally : *Voilà où j'en suis, allongée sur le canapé à stresser en pensant à ma relation. Je suis sûre que Sally est en train de regarder des robes de mariée. Voilà où j'en suis, je me retrouve à passer un dimanche matin à dresser une ixième liste de pour et de contre. Sally est sans doute en train d'apporter à Jake du pain perdu au lit, d'où s'en suivront de longues heures de baise abrutissantes.* Quelle que soit la comparaison qu'elle imaginait, Sally en sortait toujours gagnante, et de beaucoup.

Bree plongea un sachet de thé à la menthe forte avec du miel dans une tasse et un sachet Lipton ordinaire, avec du lait et du sucre pour elle, dans l'autre. Leur chambre était juste à côté de la cuisine et, d'après le timbre du ronflement (doux gargouillements matinaux n'ayant rien à voir avec les détonations nocturnes qui la contraignaient à dormir avec des boules Quies), Bree savait qu'elle en avait encore pour un moment avant d'être dérangée. Elle jeta un coup d'œil à l'horloge du micro-ondes. Il restait plusieurs heures avant leur vol.

Son BlackBerry vibra sur la table. Bree tenta de résister, mais finalement elle ouvrit l'e-mail désespéré de son boss qui lui réclamait un dossier d'audience qu'elle avait préparé la vieille. Elle expédia une réponse rapide. C'était la première fois qu'elle prenait des vacances depuis qu'elle avait commencé à travailler pour le cabinet l'année précédente, et vu la façon dont ces malades flippaient, on aurait pu croire qu'elle prenait un mois de congés, au lieu de deux pauvres journées.

Bree tira une chaise et s'assit. Elle rassembla ses longs cheveux blonds en chignon.

Donc Sally allait se marier. Sally, celle qui depuis toujours était à la fois la plus raisonnable et la plus barrée de toutes, celle qui avait battu un record en traversant le Quad toute nue et au pas de course, qui avait entretenu une liaison amoureuse avec un professeur deux fois plus âgé qu'elle, qui avait bu tellement au bal de Noël des première année qu'il avait fallu la transporter en ambulance aux urgences de l'hôpital Cooley Dickinson pour lui faire un lavage d'estomac. Et cela ne faisait que quatre ans que tout ça s'était passé. Comment se pouvait-il que tant de choses aient changé en si peu de temps ?

Bree sentait bien que c'était mesquin d'entretenir autre chose que des pensées bienveillantes à l'idée du mariage de l'une de ses meilleures amies. Jamais elle n'avait voulu être le genre de femme qui mesure son propre bonheur à l'aune de celui des autres. Et, bien sûr, elle s'imaginait très bien Sally mariée : n'était-elle pas, après tout, la seule femme d'Amérique âgée de moins de soixante ans à s'être inscrite de son plein gré à des cours d'arrangement floral ? En fac, elle avait endossé le rôle de maniaque de la propreté à des niveaux dont Bree, jusqu'alors, ignorait l'existence. Elle lavait ses draps et sa couette tous les dimanches matins, et retournait son matelas pendant qu'ils séchaient. Elle passait régulièrement la baignoire à l'eau de javel, et ce, malgré le fait que la femme de ménage en fît de même. À l'occasion, elle lavait ses clés dans un mélange d'eau bouillante et de lessive. Chaque fête était le prétexte de décorations : les fenêtres de sa chambre se couvraient de cœurs en papier rouge en février, elle sortait un minuscule sapin de Noël avec lumières et étoile dorée brillante. Et ça allait plus loin. Sally avait perdu sa mère et, depuis, elle brûlait d'envie d'avoir une famille. À la différence des autres, Sally voulait commencer à avoir des enfants avant la trentaine. En bonne ultraplanificatrice qu'elle était, elle avait pris, il y a bien longtemps, la décision de passer quelques années seule avec Jake avant que les bébés arrivent.

Bree aimait vraiment bien Jake, toutes l'aimaient bien, même si April et elle étaient d'accord pour dire qu'il n'avait pas inventé l'eau tiède. Elles avaient échangé pas mal d'e-mails avec Celia, essayant toutes les trois de trouver quel cadeau de mariage offrir à Sally, quand April envoya un message qui disait : *Je ne voudrais pas passer pour la connasse de base, mais vous vous rappelez, au début, quand Sal et Jake sortaient ensemble, et qu'elle est allée chez lui, et qu'elle nous a raconté qu'il n'avait que deux livres : la Bible et un truc de John Grisham ? On ne devrait pas s'inquiéter de ça ?*

Bree avait répondu immédiatement : *Et bien, ça dépend si tu penses qu'on a des raisons de flipper parce que notre meilleure amie est sur le point d'épouser quelqu'un dont l'auteur préféré est Dr. Seuss.*

April rebondit : *Peut-être qu'on devrait leur offrir ses œuvres complètes en cadeau de mariage ? Ou une édition originale de* Green Eggs and Ham[28] ?

Bree avait éclaté de rire en lisant ça, mais, au moment où elle allait appuyer sur RÉPONDRE, elle reçut un e-mail de Celia, la cheftaine attitrée. *Arrêtez-moi ça, toutes les deux, écrivait-elle. Il peut pas être aussi con que ça ! Bon sang, il a fait Georgetown quand même ! Jake, c'est un type super. C'est juste qu'il a un côté… pas compliqué. Et Sally est folle de lui, alors ça le met d'office hors de portée de vos sarcasmes.* April répondit du tac au tac : *Pas compliqué ? Et c'est une bonne chose ?* Celia répliqua : *Pour Sally, oui.*

À partir de là, l'échange vira sur d'autres sujets : le type avec qui Celia était sortie le soir d'avant, le fait qu'April s'était fait arrêter encore une fois, et que Ronnie avait dû payer la caution pour la faire sortir. Ensuite, la conversation prit un tour ennuyeux, elles se racontaient dans le détail leurs préparatifs pour le mariage : quelle coiffure elles choisiraient, si Sally avait une préférence concernant les chaussures. Sans réfléchir une seule seconde, Bree transféra l'intégralité de la conversation à Sally avec la mention : *Ton avis pour les chaussures, cf. question ci-dessous.*

Elle appuya sur le bouton ENVOI et aussitôt, elle se couvrit la bouche avec la main.

« Merde », fit-elle. Elle espérait que Sally n'irait pas plus loin que le premier message. Bree supposa qu'elle s'en était arrêtée là car, deux jours plus tard, Sally envoya la réponse suivante : *Excuse-moi d'avoir mis tant de temps à te répondre, ma puce. Au boulot, en ce moment, c'est*

28. Classique de la littérature pour enfants, écrit par le Dr. Seuss en 1960.

*n'im-por-te quoi. Pour les chaussures, ça m'est égal, mettez ce que vous voulez, mis à part des Dr. Martens. Bisous.*

Celia, qui avait pris option psycho en fac et qui semblait croire que ça lui conférait d'emblée l'autorité nécessaire pour parler des comportements humains, déclara que, à son avis, Bree avait fait ça exprès.

« Pourquoi est-ce que je ferais une chose pareille? demanda Bree.

— Peut-être parce qu'au fond, tu as envie qu'elle connaisse tes sentiments, mais que tu as peur de les lui avouer?

— Pourquoi est-ce que j'aurais envie qu'elle sache que je trouve Jake stupide?

— C'est pas ce que je voulais dire », dit Celia.

C'était vrai que, pour une raison ou une autre, Bree n'arrivait pas à terminer une conversation avec Sally sur le thème de Jake sans faire des remarques désagréables. Sally avait vraiment tendance à la ramener, elle en faisait des tonnes pour décrire à quel point leur vie de couple était formidable. Bree était déçue à un point qui la choquait elle-même. La sensation était quasi physique, comme une côte cassée. Le résultat, c'est qu'à chaque fois que ses pensées se tournaient d'un côté ou de l'autre, une douleur insoutenable lui traversait le corps de la tête au pied.

À l'âge de quinze ans, Bree acheta une pile de magazines de mariage à la supérette du coin et les cacha sous son lit, comme des bouquins de cul, pour éviter que ses frères se moquent d'elle. La nuit, elle marquait le coin des pages où se trouvaient les photos des robes qui se rapprochaient de celle qui lui faisait envie — couleur ivoire, avec une jupe bergère et une rangée de boutons recouverts de soie qui partiraient du bas des reins pour remonter jusqu'en haut de la nuque.

Dès la fin du lycée, elle et Doug Anderson s'étaient retrouvés fiancés. Pendant toute la cérémonie de fin d'année, au milieu des rangées de gradins, elle voyait bien qu'il transpirait. On aurait pu croire que c'était parce qu'il portait la blouse et le chapeau noirs des diplômés en pleine chaleur de Savannah, mais Bree n'était pas dupe : quelque chose le mettait dans un état de peur panique. Quelques heures plus tard, au cours du pique-nique organisé par leurs pères à Forsyth Park, Doug l'entraîna vers une rangée de chênes et la plaqua contre l'un des arbres, comme si elle était sur le point de perdre l'équilibre. Il avait toujours peur, ça se voyait, même après les deux bières qu'il s'était enfilées.

« Ça va ? » lui demanda-t-elle, et à peine les mots étaient-ils sortis de sa bouche qu'il plantait son genou à terre. La bague ne se trouvait pas dans un écrin de velours, comme elle se l'était imaginé. Au lieu de ça, ses doigts recroquevillés se déplièrent, et l'anneau de diamant apparut, au creux de sa paume. Doug lui fit penser en cet instant à un petit garçon qui ramène un trésor à sa maman du fond du jardin, une coccinelle ou un trèfle à quatre feuilles.

Elle dit « oui » avant même qu'il ait posé la question. D'un bond, Doug se remit sur ses pieds et la serra dans ses bras. Il l'embrassa jusqu'à ce qu'elle ait la sensation que le soleil émettait ses rayons depuis l'intérieur de son corps, et qu'elle était près d'exploser en milliers de petits éclats lumineux. Ensuite, leurs deux familles se rassemblèrent autour d'eux, et tout le monde leva son verre de champagne premier choix. Et Bree se rendit compte qu'ils étaient tous au courant. Tout avait été organisé : ce qu'on fêtait était en réalité ses fiançailles. Elle avait encore le souvenir vif du visage fier de son papa, du pépiement incessant de sa grand-mère au sujet des fleurs qu'elle devrait porter pour marcher vers l'autel, des roses rouges ou bien des arums blancs. Seule sa mère se tenait à l'écart, les lèvres fermement serrées, une expression qui, comme elle l'avait expliqué une fois à Bree, était le vrai secret de la longévité d'un mariage. Plus tard, toutefois, lorsqu'on en fut rendu à discuter des détails, elle ouvrit la bouche. Tandis que Doug pensait que Bree devait faire un changement d'université et s'inscrire à l'université de Géorgie pour qu'ils puissent se marier dans l'année, sa mère, elle, insista pour qu'elle tente sa chance à Smith, et que leurs fiançailles restent des fiançailles pour une période étendue.

Quand Bree était à l'école primaire, sa mère et elle se rendaient chaque été à Northampton pour quelques jours. Elles se promenaient sur le campus, mangeaient dans des restaurants chic en ville, se faisaient manucurer, se tapaient des gueuletons homériques et achetaient, à la boutique *Cedar Chest* sur Main Street, des petits savons en forme de poissons, de cœurs ou d'éléphants. Ses frères n'étaient pas du voyage.

Depuis cette époque-là, Bree avait développé une image romantique de l'esprit de solidarité entre filles telle qu'elle se l'imaginait à Smith. Elle aimait l'idée de vivre sur un territoire de femmes, riche en traditions. Le thé à cinq heures, les dîners aux chandelles et des amies pour la vie. Quand l'heure fut venue de s'inscrire à la fac, elle n'envoya son dossier qu'à Smith, où elle fut reçue en une semaine.

Doug et Bree voulaient tous les deux être avocats et, un jour, ils se voyaient ouvrir un cabinet ensemble. Son vœu secret, c'était de faire la fac de droit de Stanford et, pour éviter de se porter la poisse, elle n'en avait parlé à personne, à l'exception de Doug.

Il la taquinait en répétant sans arrêt : « Y'a pas un bon gars du Sud qui va vouloir d'une avocate qu'est allée s'encanailler dans une fac de Yankee et puis qu'a passé son diplôme de droit chez les hippies de Californie. »

Bree savait qu'il avait peur. Il ne voulait pas qu'elle s'en aille si loin. Elle passa tout l'été à essayer de le rassurer, mais, malgré tout, elle se faisait l'effet d'une pionnière : elle était la seule personne de leur connaissance qui quittait le Sud pour aller à la fac.

Néanmoins, quand vint l'heure de se dire au revoir, d'un seul coup, Bree se mit à paniquer. Elle prit les mains de Doug dans les siennes et les serra si fort que ses ongles y laissèrent dix marques parfaites en forme de demi-lune lorsqu'elle les relâcha.

Ses parents avaient rempli le coffre de la voiture et étaient assis à l'avant, un effort pour leur laisser un peu d'intimité. Finalement, son père donna un coup de Klaxon, et ils échangèrent un baiser long et violent. Il posa ses lèvres sur le diamant à sa main pour, en quelque sorte, sceller la promesse qu'ils s'étaient faite. Ils avaient déjà planifié leurs retrouvailles, qui auraient lieu au moment des vacances d'automne de Bree, en imaginant tout haut la manière dont ils courraient l'un vers l'autre à l'aéroport, exactement comme les personnages dans les vieux films (sa vision à elle), et comment ils feraient l'amour dans l'Oldsmobile de son père à lui, avant même d'avoir quitté le parking (sa vision à lui).

Bree l'avait vu quasiment chaque jour de sa vie depuis la maternelle. Et ça faisait trois ans qu'ils étaient ensemble.

« J'arrive pas à croire qu'il va falloir que j'attende octobre pour te revoir dit-elle.

— Et bien, si tu restais ici avec moi, tu n'aurais pas à attendre », dit-il.

Deux avions et plusieurs heures après, Bree se retrouvait à Northampton, juste à temps pour les inscriptions et la première réunion de résidence. Ce qui lui donnait malgré tout amplement le temps de s'apercevoir que ce Smith College-ci n'avait rien à voir avec celui que sa mère avait connu, et qu'elle ne tenait pas du tout à y rester. À l'époque, dans les années soixante-dix, les bonnes familles du Sud envoyaient leurs filles chez les Sept Sœurs pour leur éviter les ennuis et les tenir loin des hommes. Bree aurait parié gros que sa mère n'avait jamais entendu parler des horaires des douches, et si ça parvenait jusqu'à ses oreilles, elle enlèverait Bree de là au plus vite.

En route pour le bureau des inscriptions, Bree avait remarqué un père qui montrait à sa fille un groupe de lesbiennes au crâne rasé assis dans l'herbe et lui disait : « Dis donc, tu ne vas pas peiner à rencontrer des garçons par ici, il y en a partout.

— Ce sont des femmes ! » siffla la fille.

On aurait dit que le père venait de prendre une décharge de carabine dans le dos.

Ce soir-là, Bree sauta le dîner et appela ses parents, puis Doug, de sa chambre.

« Y'a une grosse teuf chez Jacobson et Jones ce soir. »

On sentait l'excitation dans la voix de Doug. Tout le monde sera là, et Kathleen me dit de te dire qu'un peu plus tard, on te passera un coup de fil bien chargé à la bière.

— Oh, dit Bree. Ça promet. »

Des nuits entières, elle avait vu ces mêmes garçons s'envoyer des bières sur des parkings, au drive-in, et dans la carrière de pierres désaffectée.

Est-ce que les quatre années à venir allaient changer quoi que ce soit pour eux par rapport aux quatre précédentes ? Elle se sentit jalouse d'eux, en même temps qu'elle les plaignait.

« Vous me manquez, dit-elle.

— Hé, dit-il. Moi aussi, poupée. J'aime pas quand tu as cette voix triste. »

Doug essayait de la consoler, mais, au fond, on entendait les gens rigoler, gueuler et l'appeler par son nom, et il n'arrêtait pas de lui demander de répéter tout ce qu'elle disait.

Finalement, Bree lui dit : « Ça va, chéri, t'en fais pas. Va t'amuser. »

Il ne broncha pas.

Bree alla à la salle de bain avec une serviette sur l'épaule, et son petit panier de douche rose à la main. Elle se retrouva toute seule, plantée devant une rangée de lavabos sous la lumière des néons, et nettoya le fard autour de ses yeux et sur ses joues. Elle se passa les dents au fil dentaire et elle pensa — elle n'arrivait pas à s'en empêcher — à ces filles plus anciennes pendant la réunion de résidence, et à quel point elles étaient grosses.

Dans le couloir, quelqu'un poussa un cri de surprise, un de ces couinements qu'on fait lorsqu'on se retrouve, après des siècles, nez à nez avec un visage familier. Bree éprouva un sentiment de solitude si fort, qu'elle s'attendit à moitié à le voir prendre forme humaine et faire une apparition juste à côté d'elle, perché sur l'immonde tablette en formica en peignoir de bain pelucheux et bigoudis chauffants.

Elle retourna dans sa chambre et ferma la porte. Avant de partir de chez elle, elle avait arraché des dizaines de pages de ses magazines de mode nuptiale et les avait glissées dans une enveloppe marquée *Inspiration Mariage.* Elle les sortait maintenant, en lissant amoureusement les pages froissées comme s'il s'agissait des photos de vieux amis. Elle les punaisa sur son mur, une par une.

Elle essaya d'appeler Doug, mais le téléphone sonna dans le vide. Elle savait que, là-bas, en Géorgie, il était à cette fête, très certainement entouré d'étudiantes incroyablement sexy, des filles du Sud en robes d'été légères et aux cheveux lisses et éclatants.

Il était seulement dix heures trente quand Bree se glissa dans son lit, fermement résolue à se bercer de larmes jusqu'à ce que le sommeil vienne. Comme elle le faisait à chaque fois quand elle avait peur ou qu'elle était triste, elle essaya de dresser une liste mentale de toutes les fois où elle était sortie avec Doug. (D'habitude, elle s'endormait ou se calmait après la cinquième ou la sixième fois.) Première sortie : le ciné avec Melissa Fairbanks et Chris Carlson.

Doug lui avait payé le billet, Chris n'avait pas acheté celui de Melissa. Deuxième sortie : la soirée *Sadie Hawkins Dance*[29]. C'est Bree qui avait fait la demande, comme le voulait la coutume, et, au lieu du traditionnel corsage un peu débile, il avait fait livrer des roses à la maison. Il avait continué de le faire le premier samedi de chaque mois, jusqu'à la veille exactement, le dernier jour de Bree chez elle avant son départ pour Smith. Troisième sortie : le premier baiser, et Doug avait déclaré, là, de but en blanc : « Bree Miller, tu es la fille que je vais épouser. »

En repensant à ça, Bree se mit à pleurer. Ses yeux se portèrent sur le plafond, où quelqu'un avait laissé une constellation de petites étoiles fluorescentes. Elle fit passer sa bague sur ses lèvres. Pourquoi est-ce qu'elle ne l'avait pas écouté quand Doug lui avait demandé de venir avec lui ? Qu'est-ce qui était si génial à Smith pour justifier qu'elle se sépare de lui et qu'elle quitte tous ses amis ? Depuis leur première année de lycée, Doug avait dit qu'il voulait se marier et avoir des enfants. Si deux personnes s'aimaient d'amour, n'était-ce pas suffisant pour surmonter toutes les épreuves, y compris l'éloignement, y compris leur propre foutue jeunesse ?

Au bout d'un moment, Celia fit passer un mot sous sa porte.

29. Dans les années trente, soirée entre jeunes gens où les filles choisissaient leurs partenaires, et non l'inverse. Considérées dans les années cinquante comme une étape dans le basculement vers le droit des femmes dans les lycées et les universités, ces soirées sont aujourd'hui toujours de rigueur dans certaines régions des États-Unis, notamment le Sud.

Elles se plurent immédiatement. Dans les semaines qui suivirent, Bree montra à Celia comment se faire les yeux charbonneux en utilisant une seule ombre à paupière de gris, et Celia apprit à Bree comment confectionner une voiture piégée à l'Irlandaise, une boisson tellement forte qu'elle plongea Bree dans une sorte d'hystérie l'entraînant à passer un coup de fil éthylique à Doug, à quatre heures du matin, pour lui dire qu'elle avait l'impression que tous leurs bébés viendraient au monde avec des taches de rousseur.

Elle pensait souvent à sa tante Sue et à sa tante Kitty, pas vraiment des tantes d'ailleurs, mais les copines de chambre de sa mère quand elle était à Smith, devenues ses meilleures amies depuis. Elle eut la certitude, presque dès le début, que Celia tiendrait ce rôle dans sa vie. La marraine de ses enfants, la demoiselle d'honneur quand elle épouserait Doug, bien qu'il y eût une chose que Celia apparemment ne comprenait pas, c'était ses fiançailles.

« Tu ne baiseras avec personne d'autre que lui tant que tu seras en vie, dit Celia stupéfaite, un soir de la fin du mois de septembre. Ça ne te fait pas peur ? »

Bree répondit que non, mais elle était d'accord pour dire qu'elle avait peur de changer, tandis que Doug resterait le même. Dès l'instant où ces mots furent prononcés, elle se sentit coupable et changea de sujet de conversation.

Former un couple à distance n'était pas aussi facile qu'elle l'avait imaginé. De plus en plus, il devenait difficile de trouver du temps, même pour se parler au téléphone le soir. Au moment où Doug rentrait des cours, elle partait écouter une conférence ou voir un film au ciné avec les filles. Quand elle se couchait, lui sortait pour aller faire la fête.

Le premier samedi d'octobre, Bree se précipita à la porte d'entrée de la résidence King chaque fois qu'on sonnait, mais ce n'était jamais pour elle.

« Tu ne m'as pas envoyé de roses, dit-elle à Doug au téléphone ce soir-là.

— On est déjà en octobre ? dit-il. Désolé, mon cœur, je ne m'en suis même pas rendu compte. »

Il fut déçu qu'elle ne rentre pas pour les vacances d'automne, mais elle avait des partiels le mardi suivant et elle ne pouvait pas se permettre de ne pas passer le week-end entier à réviser. Elle lui avait demandé de venir en avion à Northampton le week-end suivant à la place. Ils pourraient cueillir des pommes, faire des tours en charrette à foin [30].

« Des tours en charrette ? dit Doug avec dédain. Pas possible, bébé. On a des places pour le match de samedi, et il y aura une fête avant dans mon appart. »

Elle savait qu'il n'avait pas l'intention de la blesser, mais ce refus hâtif et sans appel la fit fondre en larmes.

Après avoir raccroché, elle se précipita dans la chambre de Celia. La porte était ouverte, du coup elle entra carrément et s'effondra sur son lit. Celia était à son bureau et lisait les *Contes de Cantorbéry* pour son cours sur Chaucer, ses pieds nus reposant sur le bord d'un tiroir ouvert.

« Qu'est-ce qui se passe ? demanda-t-elle.

Bree renifla.

— J'ai l'impression de le perdre. »

30. Sorte de carriole traditionnelle décorée de foin, utilisée de façon touristique.

Celia n'eut pas l'air tellement surprise et ne dit pas un mot sur Doug. Au lieu de quoi elle lança : « Mettez votre veste, ma petite dame, je vous emmène déjeuner. »

Celia voulait que personne ne reste en retrait. Il y avait des fois où Bree aurait aimé, tout à fait égoïstement, qu'elle ne se sente pas obligée d'inviter Sally et April où qu'elles aillent. Mais tout de suite après, Bree se souvenait la façon dont Celia lui avait porté secours quand elle s'était sentie si seule le premier soir, et elle en développait un sentiment de culpabilité de ne pas penser plus aux autres, spécialement cette pauvre Sally dont la mère était morte.

Celia était celle qui avait fait l'effort d'aller vers les autres au tout début, le ciment qui les maintenait soudées ensemble. Est-ce que ça avait un rapport avec le fait qu'elle était catholique? Bree se posait la question. Et, en même temps, elle était convaincue que Celia se serait moquée de cette idée. Celia parlait rarement de religion, sauf pour lancer une vanne à propos des écoles catholiques de temps en temps, ou quand elle ressortait son vieil uniforme pour une fête déguisée dans le Quad. Elle avait l'air résolue à démontrer à la terre entière, et peut-être aussi à elle-même, qu'elle était athée. Pourtant, Bree était convaincue que, chez Celia, la religion avait des attaches très profondes, enfouies sous la surface, ce qui expliquait pourquoi elle était si dévouée, si inquiète pour les autres, si prompte à vouloir que tout le monde soit heureux. Les parents de Bree, quant à eux, étaient baptistes, mais n'étaient plus pratiquants. La dernière fois qu'elle était allée à l'église, c'était pour l'enterrement de sa grand-tante, trois ans auparavant.

C'est de ça dont elles parlaient un dimanche après-midi de farniente. Sally, Celia et Bree étaient allongées sur le lit de Bree, s'enfilant une boîte de biscuits au citron de Savannah que sa mère avait envoyée, et Celia expliquait qu'elle ne croyait pas en Dieu.

« Comment est-ce qu'on peut ne pas croire en Dieu ? » demanda Sally, qui avait l'air fascinée.

— Je pourrais te retourner la question : comment est-ce qu'on peut croire en Dieu ? dit Celia.

— Sans doute parce que si je n'y croyais pas, je perdrais la boule », répondit Sally.

Bree se figurait que Sally devait être en train de penser à sa mère, ce qui l'amena à dire — bien qu'elle ne fût pas très sûre de ce à quoi elle croyait :

« Je suis d'accord avec Sally. C'est sûr qu'il y a des choses qui nous dépassent, d'une façon ou d'une autre. »

Sally lui fit un petit sourire.

Bree la regardait grignoter son petit biscuit à une vitesse un million de fois plus lente que celle d'une personne normale. C'était comme ça que Sally gardait cette ligne incroyable, évidemment. Bree reposa le biscuit qu'elle tenait dans la boîte. Après seulement quelques mois à Smith, ses pantalons la serraient aux cuisses, et elle ne pouvait même plus rentrer dans la robe qu'elle avait portée au lycée le jour de la remise des diplômes. Celia s'empâtait aussi, ses joues s'arrondissaient, un début de petit renflement mou se formait au niveau de son ventre. Dans l'album de son année de terminale, Bree avait été élue « la fille la plus belle et la mieux habillée ». Il fallait la voir maintenant : bien en chair, vêtue de son plus bel ensemble bas de pyjama en flanelle et sweat-shirt Smith College, avec la capuche rabattue sur la tête parce qu'elle ne s'était pas lavé les cheveux depuis deux jours. Elle redoutait ce qu'allait dire sa mère quand elle la verrait pour Thanksgiving. Sans parler de Doug.

À cet instant, le téléphone sonna, et Bree se pencha pour décrocher. Quand elle entendit la voix de Doug, elle éclata de rire.

« Tiens, justement, je pensais à toi, dit-elle.

— Bree, il faut qu'on se parle, dit-il, et elle eut la sensation que quelqu'un venait de lui faire tomber une pierre dans l'estomac.

Elle demanda aux filles de sortir et ferma la porte. Elle respira profondément avant de reprendre le combiné du téléphone.

— Qu'est-ce qui se passe ? » dit-elle, le cœur battant à cent à l'heure.

La confession arriva sans tarder. La nuit d'avant, lui dit-il, il avait picolé à une fête et était sorti avec une fille dont Bree n'avait jamais entendu parler, une certaine Laney Price. (« Si ça, c'est pas un nom de pute », avait dit Celia par la suite.) C'était vraiment une connerie, disait-il, et ça n'arriverait plus.

Bree sanglotait au téléphone pendant que Doug redoublait d'excuses.

« Dis-moi tout, dit-elle. Dans les moindres détails.

— Bree…, dit-il en prenant sa voix de bébé toute douce, et ça lui serra le cœur. C'était rien du tout, je te jure. Que des petits bisous, plus ou moins.

— Plus ou moins ?

Elle sentait l'hystérie la gagner.

— C'est quoi ça, plus ou moins ? Vous étiez au lit ? »

Elle emmagasinait de la force pour pouvoir faire face à sa réponse — *Dis non, dis non, dis non.* S'ils étaient debout, au cours d'une soirée dans le noir, il n'y avait peut-être pas de quoi en faire un plat.

Il soupira.

— Oui, on était sur mon lit.

— Est-ce que vous avez gardé vos chaussures ? » demanda-t-elle.

Doug se mit à rire.

—Bébé ! allez, c'était juste une connerie.

— Dis-le moi, répéta-t-elle. Vous aviez vos chaussures ? Vous étiez nus ?

— Bon Dieu, non, dit-il. Elle avait retiré le haut. C'est tout. »

Bree eut l'impression de recevoir un grand coup dans le ventre. C'était censé l'apaiser, ça ? Lorsqu'il lui proposa de parler d'autre chose, elle hurla « Non ! » si fort qu'April, Sally et Celia se précipitèrent ensemble dans sa chambre.

« Il m'a trompée », leur dit-elle, sa main sur le combiné.

Les filles ressortirent, Celia lui pressant la main et chuchotant : « Je suis juste à côté si tu as besoin de moi. »

Ils parlèrent pendant des heures. Doug n'arrêtait pas de répéter qu'il faudrait peut-être qu'ils essayent de se calmer un peu, mais Bree ne voulait pas raccrocher. Elle voulait qu'il s'entende dire ce qu'il lui avait fait, qu'il souffre de son écart idiot, insensé, de la même façon qu'elle en souffrait. Finalement, elle le laissa partir, en disant qu'elle l'appellerait après le dîner. Il lui dit qu'il l'aimait, et même après ce qui s'était passé, Bree le croyait. Elle lui dit qu'elle l'aimait aussi.

Cette nuit-là, seule dans sa chambre, elle fixa longuement sa bague de fiançailles. Il avait dit qu'il voulait qu'elle lui pardonne, qu'il voulait toujours l'épouser. Peut-être qu'ils finiraient par trouver une solution pour passer outre. Doug l'avait prévenue qu'il ne fallait pas qu'elle s'en aille si loin, mais elle n'avait pas voulu l'écouter. Peut-être que tout ça, c'était simplement la punition qu'elle recevait pour être partie.

Bree s'approcha du tableau mural où étaient punaisées les photos de mariée resplendissantes dans leurs robes légères. Elle passa la main sur les photos. Cette vie — Doug, le mariage —, c'était bien ce qu'elle avait toujours voulu, non ? Mais si c'était le cas, alors pourquoi était-elle partie ?

Par la porte entre-ouverte, elle entendit des bruits de pas de l'autre côté. April passa une tête dans l'entrebâillement de la porte, vêtue du tablier qu'elle portait quand elle travaillait au réfectoire. D'elles toutes, c'était la seule qui avait besoin de bosser pour payer ses études. Bree savait bien que cela n'avait rien de tragique, mais, malgré tout, elle ne pouvait pas s'empêcher de plaindre April parfois.

« Tu vas bien ? demanda April depuis l'encadrement de la porte. Tu as besoin de moi pour assassiner quelqu'un ? »

Elle entra dans la chambre et vit ce que Bree était en train de regarder.

« Des robes de mariée, c'est ça ? dit-elle.

Bree acquiesça.

— Tu sais ce qui serait une bonne thérapie ? dit April, ouvrant de grands yeux. Si on les faisait brûler. »

Bree fit signe que non en rigolant. Mais, tout à coup, quelque chose en elle bascula. C'était comme si son chagrin était passé à la trappe pour faire place à une rage si violente qu'elle faillit en tomber. Elle lui avait demandé tous les détails, pensant que, d'une certaine façon, savoir atténuerait les choses. Mais, à présent, elle ne pouvait s'empêcher de se représenter son fiancé embrassant une fille les seins à l'air, tous les deux allongés sur son lit, un lit que d'ailleurs Bree n'avait jamais vu. Alors qu'au même moment, elle était allongée également sur son propre lit avec Celia, à parler de son mariage. Aller à Smith College avait toujours été un rêve pour elle. Si Doug ressentait le besoin de répandre sa semence comme un imbécile à travers toute l'université de Géorgie juste parce qu'ils ne s'étaient pas vus depuis deux mois, elle n'y pouvait rien.

Bree tendit la main vers le mur. Elle prit une page par le haut, une de ses pages préférées, celle de la robe Priscilla, avec la traîne de deux mètres. Doucement, avec délicatesse, elle la déchira en deux, et puis se mit à réduire chaque moitié en petits carrés, pas plus gros que des morceaux de sucre.

Quelques minutes plus tard, April et elle se retrouvèrent à arracher les pages du mur et à faire des allers-retours aux toilettes pour les entasser par poignées dans le lavabo.

« À toi l'honneur », dit April, et, sortant d'une poche intérieure de son manteau une pochette d'allumettes, elle la tendit à Bree.

Bree en alluma une et la laissa tomber sur les bouts de papier. Elle regarda toutes ces robes blanches brûler.

Le visage d'April rayonnait d'approbation. Elle n'avait jamais eu de petit ami. Elle n'avait rencontré son propre père qu'une seule fois. Bree avait le sentiment que ce vide était à la base de la personnalité d'April, et pourtant, elle ne parlait que rarement des problèmes dans sa vie. À la différence des autres, elle gardait ses secrets pour elle-même.

Aux yeux d'April, ce micro-incendie représentait sans doute une prise de position radicale contre le patriarcat, un coup de couteau contre le capitalisme ou quelque chose dans ce goût-là. Mais pour Bree, ce n'était rien d'autre qu'une capitulation, une façon de s'abandonner à cette nouvelle vie. Dans les jours qui suivirent, elle essaya d'écouter ce que Doug avait à dire, de voir les choses de son point de vue, d'imaginer sa vie sans lui, et cette perspective lui faisait verser des larmes. Mais elle n'arriva jamais vraiment à sortir la déception et le doute de sa tête.

Lorsque novembre arriva, leurs fiançailles étaient rompues.

Au début de leur deuxième année, Bree, Celia, April et Sally avaient quitté leurs chambres de bonnes et emménagé à l'étage principal, mais elles étaient toujours voisines de chambres. Elles laissaient leurs portes ouvertes pendant la journée et criaient pour se parler. Elles se vautraient sur les divans du salon, après le repas du soir, se racontant des ragots et se lisant à voix haute des passages du *New Yorker* et de *Vogue*. Une fois par semaine, elles commandaient des dumplings, du riz cantonais et des nouilles chinoises chez le traiteur chinois sur Main Street, et dînaient tout en potassant leurs cours, trempant leurs lèvres de temps en temps dans un verre de Boone's Farm[31] que Celia s'était procuré grâce à sa fausse carte d'identité[32]. Elles finissaient leurs repas sur une table dans un coin du réfectoire.

La séparation d'avec Doug avait été une sorte de libération, mais même un an après, Bree éprouvait de la difficulté à vivre sans lui. Bree avait l'impression qu'à Smith, les cœurs se brisaient très vite et restaient dans cet

31. Boisson alcoolisée dont le bas prix explique la forte consommation sur les campus américains.

32. La vente d'alcool est interdite aux moins de vingt et un ans aux États-Unis.

état bien trop longtemps. Il n'y avait pas de diversions, pas de mecs de transition pour accélérer la guérison. Elle pensait à lui en permanence, pas tant à Doug en tant que personne mais plus à la nature de l'amour, à la vitesse à laquelle il peut se volatiliser et au choc de cette révélation. Au fait que sa vie avait peut-être pris une direction complètement différente à cause d'une fille qu'elle n'avait jamais rencontrée, jamais vue. Elle le pleura au-delà du raisonnable, au point que c'en était malsain, malgré la constance que montraient les filles de Smith à lui rabâcher qu'elle l'avait échappé belle, et malgré le soutien que lui apportait sa famille dans cette épreuve. (Maintenant, c'était ses parents qui lui envoyaient des fleurs le premier samedi du mois, et son frère Roger avait même proposé d'envoyer des types qu'il connaissait de la fac pour lui exploser la gueule. Bree refusa, mais l'intention la toucha.)

Elle avait toujours été une fille heureuse, mais cette année-là elle commença à s'inquiéter : quelque chose à l'intérieur d'elle avait changé. Est-ce que ça venait d'elle ou bien est-ce que c'était les filles, se demandait-elle. Toutes étaient de vraies inquiètes, toutes pleuraient. À cause d'anciens petits amis, de la mère de Sally et du sexisme en Amérique, et de la peur d'avoir à se séparer les unes des autres au bout du compte. Au point que Bree se demandait parfois si cette tendance aux larmes n'était pas un peu extrême.

Au début, elle pensa qu'il ne s'agissait que d'un débordement d'émotion. Il y avait quelque chose de merveilleux à vivre au milieu de femmes et seulement de femmes, à se retrouver au sein de sa propre petite famille d'amies régie par la sincérité et les sentiments vrais. C'était exactement comme ça qu'elle avait imaginé les choses étant petite. Mais, quelque part, en cours de route, elle avait commencé à étouffer. Bien sûr, elles sympathisaient un peu avec les autres filles de la résidence, mais elles passaient le plus clair de leur temps toutes les quatre. Son rôle dans le groupe avait été clairement défini : elle était la « Belle du Sud » à qui rien de bien méchant n'était jamais arrivé. Celle qui était drôlement naïve et adorable, à tel point qu'elle s'était pointée à Smith avec un diamant au doigt.

La mère de Sally était morte depuis un an. L'anniversaire de son décès arriva puis passa, et comme son psy le lui avait prédit, la situation de Sally ne s'améliora pas, bien au contraire. Elle ne parlait plus de ses copines d'avant. Pendant la première année, son amie Monica était venue pour le week-end une ou deux fois, et elle l'appelait assez souvent, mais, à présent, on aurait dit qu'elle s'était volatilisée. Du coup, c'était aux filles de Smith de s'occuper d'elle. Elles passèrent d'innombrables soirées lors desquelles elles ne faisaient rien d'autre que la consoler. Pour Celia, c'était une seconde nature. April, avec sa vision très terre à terre des horreurs de ce monde, était, elle aussi, bien armée pour l'aider.

Mais pour Bree, c'était insoutenable. Dès qu'elle prodiguait le moindre conseil, elle imaginait ce que serait sa vie sans sa propre mère et elle avait envie de se désintégrer. Comment est-ce qu'elle pouvait aider Sally le moins du monde dans ces conditions ?

Une fois, tard dans la nuit, Bree avait murmuré à Sally qu'elle l'admirait au plus haut point parce que, pour elle, perdre un de ses parents, c'était ce qu'elle craignait le plus.

Ce à quoi Sally avait répliqué froidement : « Pourquoi est-ce que tu dis ça, Bree ? Mon quotidien, c'est ce que tu redoutes le plus. En quoi veux-tu que cela m'aide ? »

Bree avait également déclaré en plusieurs occasions qu'elle et Sally avaient eu des vies quasiment identiques en tout point, sauf que Sally avait perdu sa mère. Ce qu'elle voulait dire, en fait, c'est que toutes les deux avaient eu une existence privilégiée où leurs mères organisaient totalement leur vie, et que, par conséquent, elle comprenait ce que Sally devait ressentir. Après coup, quand elle vit l'expression pincée sur le visage de Sally, elle réalisa que c'était complètement idiot de dire ça. Mais Bree ne pouvait pas s'empêcher de ramener le sujet sur la table. C'était comme une piqûre de rappel : le coup de dés cosmique qui avait radicalement changé la vie de Sally et qui avait épargné la sienne, c'était vraiment trop.

Une nuit, elle raconta tout ça à sa mère à voix basse au cas où les autres auraient été derrière la porte.

« Peut-être qu'il faudrait que tu prennes tes distances, dit sa mère. Je ne sais pas moi, inscris-toi dans un club qu'elles n'accepteraient de fréquenter pour rien au monde, tiens. »

Parfois, quand elle parlait à sa mère, Bree se rendait compte à quel point elle avait une vie facile. Ces mots, prononcés dans un chuchotement, laissaient à penser qu'elle serait prête à tout pour avoir à résoudre des problèmes aussi débiles que ceux de sa fille. Un seul hic, sa mère ne connaissait pas les filles. Il n'existait pas de club auquel Bree pourrait s'inscrire dont Sally ou April n'était déjà membre. Sally s'était arrangée pour participer à tous les bureaux d'administration des associations étudiantes, et April avait sa carte dans tous les groupes dont le titre comportait les mots « radical » ou « union ».

Mais, un matin, à la poste, Bree remarqua une annonce qui recensait les offres d'emploi sur le campus. La librairie de l'université recherchait des employés, elle envoya sa candidature. C'est là que, le premier jour, elle fit la connaissance de sa Lara.

Celia pensait qu'elle avait perdu la tête : prendre un job qui lui bouffait tous ses après-midi libres, alors qu'elle n'avait pas vraiment besoin d'argent. Mais Bree aimait le rythme régulier du travail, le sentiment de réaliser quelque chose, la satisfaction de mettre en ordre alphabétique les piles de livres ou de ranger les tee-shirts par taille : les plus petits accrochés devant, les XXL derrière. Il lui semblait que les heures qu'elle faisait à la librairie étaient sous son contrôle parce que toutes les tâches qu'elle effectuait avaient un commencement et une fin, à la différence de ses cours, où la lecture d'un livre enchaînait sur la rédaction d'une longue dissertation, et ensuite sur une discussion en classe et puis sur des partiels. Et c'était différent du dortoir, où leurs problèmes, qu'ils soient minuscules ou gigantesques, lui faisaient l'effet d'être quasiment insolubles.

Lara appartenait à la catégorie des « lesbiennes de chaîne d'assemblage », comme les appelait Celia. Ce qu'elle voulait dire par là, c'est qu'elle faisait partie de ces dizaines de filles sur le campus à afficher leur sexualité à travers leur coupe de cheveux (court, en pétard), leur physionomie (filiforme ou massive, jamais rien entre les deux) et leur uniforme (débardeur blanc et bermuda large kaki), comme si elles avaient toutes été produites en masse dans une usine du fin fond du New Jersey.

Bree connaissait mal ce côté-là de Smith. Dans le Quad, les filles s'embrassaient toutes sans arrêt. (Bon, pas exactement toutes les filles. Sally, par exemple, trouvait que c'était absolument vulgaire.) Bree avait embrassé Celia des tonnes de fois après une tournée de vodka tonics, et une fois Deborah Cohen, qui logeait à Scales, la résidence voisine, avait embrassé Bree sur la bouche après un barbecue, puis était descendue dans son cou, toujours en l'embrassant, puis vers ses seins, pour maladroitement lui lécher un téton, puis l'autre. Deux jours plus tard, Bree tomba sur Deborah avec son copain, au petit déjeuner, et fut prise d'une envie subite d'aller manger des pancakes au dîner de Pearl Street. C'était comme si elles jouaient toutes à être gay, mais elles étaient conscientes, malgré tout, que ce n'était qu'une pose. Ou bien, peut-être que certaines d'entre elles voulaient essayer pour de vrai. Bree se figurait que pour les autres, Smith, c'était comme une prison : pendant toutes ces années, elles trouvaient leur dose de contact physique où elles pouvaient, et, une fois libérées, elles retourneraient vers le sexe opposé.

April, qui disait que c'était une drôle de blague qu'elle se retrouve à vivre au sein du Quad, faisait partie de tous les groupes de défense des droits de l'homme et connaissait pas mal de lesbiennes célèbres de Smith : Bull, une fille gigantesque qui avait un anneau dans le nez; Little Lefty, une chose pleine d'os qui faisait partie de la chorale des Smiffenpoofs[33] et avait un jour balancé un gâteau à la crème dans la face d'Ann Coulter; Elania,

33. Groupe musical de Smith, fondé en 1936, qui a pour caractéristique de chanter uniquement a cappella. Les chanteuses ont plusieurs enregistrements à leur actif.

la chef des BDOC, qui n'avait pas besoin de nom de famille, c'est dire à quel point elle était cool. Ces filles-là, même les « barbies » de la fac les considéraient comme des stars. Elles appartenaient à une caste d'intouchables, c'est l'image qu'elles se donnaient — du moins, c'est comme ça que Bree les voyait. (« Est-ce que tu imagines une université, celle-ci mise à part, où les filles qui ont la meilleure cote sont April et Taureau ? » lui demanda un jour Celia, et Bree éclata de rire en réponse.)

Lara n'était pas comme les autres. Son premier après-midi à la librairie, Bree ne put détacher ses yeux d'elle : sa façon de chantonner à voix basse quand elle était à la caisse, sa façon de lire en cachette un bouquin derrière sa liste d'inventaire. C'était une Asiatique avec une chevelure qui faisait penser à la fourrure d'un chat noir et des yeux d'un marron profond. Ses bras et ses jambes étaient dorés et minces mais nerveux, pas du genre qu'on obtient en allant à la salle de muscu. On aurait dit qu'elle utilisait son corps pour travailler, comme une pêcheuse, pensa Bree. Elle était pourtant prête à admettre que Lara faisait partie des plus jolies lesbiennes de l'équipe de foot. Ces dernières s'amusaient systématiquement à semer le bordel au cours des rassemblements officiels en piquant un sprint à travers la foule en petite culotte, au son des casseroles qu'elles frappaient pour accompagner leurs « Olé ». (Sally, qui faisait partie du bureau directeur du comité des loisirs, les méprisait pour ça.)

Elles prenaient toutes les deux leur pause à quinze heures.

« On va prendre un café ? » demanda Lara, et Bree fut secouée d'entendre un accent du Sud.

En descendant Green Street, elles parlèrent du pays. Lara était originaire de Virginie, un État qui, à une époque, semblait aussi éloigné de Savannah que la lune, alors qu'à présent, c'était comme s'il était juste à côté.

Elles rigolèrent en faisant des comparaisons avec le Nord.

Comme mon père dit toujours : « Là-haut, à Smith, ils croient que "okra[34]", c'est une émission de télé animée par une présentatrice Noire », dit Lara, et Bree partit d'un rire si énorme qu'elle dut recracher son café sur le trottoir.

« La plus grosse différence pour moi, je crois, c'est qu'ici tout le monde est à fleur de peau en permanence, dit Bree, et elle ne put s'empêcher de se sentir un peu coupable. Ça m'épuise, ces discussions sur les sentiments et les émotions des gens. J'ai grandi avec deux frères plus jeunes que moi, en Géorgie, on ne peut pas dire qu'on passait nos journées à s'explorer les profondeurs de l'âme. En tout cas, pas à haute voix.

Lara acquiesça.

— Pareil pour moi. Ma mère est de Singapour et mon grand-père paternel était un cultivateur de tabac protestant. Les sentiments, ce n'est pas un sujet de conversation. Quoi que, je pense que ça a moins à voir avec le Nord qu'avec le fait qu'on maintient en isolement total pendant quatre ans deux mille quatre cents femmes qui n'ont pour seule préoccupation qu'elles-mêmes. Quand même, tu crois pas que c'est un peu flippant la façon dont nos vies se mêlent les unes aux autres ? J'ai mes règles exactement en même temps que toutes les autres dans ma résidence. C'est fou.

34. *Okra* est le terme qu'utilise le monde anglophone pour la plante qu'on nomme en Afrique « gombo ». Très répandue en Louisiane et en Géorgie, on l'utilise pour donner de la consistance aux soupes.

— Exactement, dit Bree. Parfois, j'aurais besoin de mettre de l'espace entre moi et les filles. Pourtant je les adore, ça n'a rien à voir.

— À mon avis, c'est le blues de la deuxième année, dit Lara. Peut-être qu'on peut surmonter ça en passant du temps ensemble. Je te promets de ne pas te gonfler avec ce que j'ai sur le cœur ni de caler mon rythme menstruel sur le tien.

Bree éclata de rire.

— Ça marche », dit-elle, en levant son regard vers les yeux de Lara. Elle se sentit rougir.

Les mardi, jeudi et vendredi, elles faisaient l'horaire douze heures-six heures ensemble. Très vite, elles se mirent à prendre un café ensemble à trois heures, même les jours où elles ne travaillaient pas. Toutes les deux aimaient les écrivains du Sud : Flannery O'Connor, Eudora Welty. Lara lui fit connaître d'autres romans d'auteurs plus contemporains comme Ellen Gilchrist, et Bree restait éveillée jusque tard dans la nuit pour essayer de les terminer aussi vite que possible pour qu'elles puissent en parler.

Les filles de la résidence King étaient un peu jalouses, surtout Celia.

« T'as pas bu assez de café comme ça ? » lui criaient-elles quand elle dévalait les escaliers chaque après-midi.

Les sentiments de Bree pour Lara étaient comparables à ceux qu'elle éprouvait pour les filles, mais il y avait quelque chose d'autre aussi. Elle voulait passer chaque seconde avec elle. Au début, elle se demandait si c'était seulement à cause du fait qu'elle et Lara avaient plus de choses en commun : elles venaient toutes les deux du Sud, elles savaient relativiser tout ce qui se passait ici. Mais, à un moment donné, Bree se mit à penser à Lara de la façon dont elle pensait à Doug ou à George Clooney. Pendant les cours, l'espace d'une minute, elle était distraite par la pensée des longues jambes de Lara, ou bien, assise sur le rebord de la fenêtre de sa chambre, elle se remémorait chaque détail de leur dernière conversation et, rétrospectivement, elle grinçait des dents au souvenir d'un truc débile qu'elle avait dit. Une fois, au lit, elle avait même fait remonter sa main, sous sa chemise de nuit de coton, en imaginant les longs doigts de Lara sur sa cuisse. Une minute plus tard, April frappait à la porte, à la recherche d'un carnet qu'elle avait laissé plus tôt. Bree se sentit rougir en criant : « Entre! »

Elle avait failli le dire à April à ce moment-là. D'elles toutes, c'était sans doute celle qui était la plus à même de comprendre. Mais Bree n'avait pas réussi à trouver les mots.

Peu de temps après, alors qu'elles attendaient à un feu rouge pour traverser une rue après une promenade en ville, Lara prit la main de Bree, se pencha et l'embrassa doucement sur la bouche.

Embrasser Lara, ça n'avait rien à voir avec les baisers des filles du Quad, ce qui avait toujours eu des allures de blague un peu niaise. Là, c'était tout simplement magique.

« J'avais envie de faire ça depuis le premier jour où on a travaillé ensemble, dit Lara avec un grand sourire. Mais j'avais des doutes. »

Le signal piéton passa au vert, et Bree fit un léger mouvement en arrière, quelque chose en elle lui intimait de mettre un terme à ça. Lara commença à traverser la rue.

« Je ne sais pas, c'est juste que je suis pas…, dit Bree dans un hoquet. Il faut que j'y aille ».

Elle fit demi-tour et remonta en courant la colline, en direction du campus, avec Lara derrière qui lui criait de ralentir.

« Laisse-moi tranquille, cria Bree par-dessus son épaule. Je veux plus t'avoir autour de moi ! »

Elles restèrent sans se parler pendant quatre jours. Bree s'absenta du travail pour cause de maladie et fit sauter les cours où elle risquait de tomber sur elle.

Pendant tout ce temps où elles ne furent pas ensemble, Bree ne cessa de penser à Lara, elle lui manquait, elle rêvait d'elle.

À la fin, elle l'appela et lui demanda à la voir.

Quand elles se retrouvèrent, Bree dit :

« Je suis terrifiée.

Lara serra sa main très fort.

— Je n'aurais pas dû faire ça. On est copines, et c'est tout, OK ? »

Bree se sentit bizarrement déçue d'entendre ça. Elle avait espéré autre chose.

Les semaines passèrent, et Bree souffrait du manque de contact. Elle était prise de frissons quand leurs mains, par accident, se frôlaient à la caisse. Elle laissait sa tête reposer contre l'épaule de Lara quand elles allaient au ciné, tout en se disant qu'elle ferait la même chose si c'était Celia à la place.

Et puis, un vendredi soir, elles se retrouvèrent à discuter dans la chambre de Lara, assises sur son lit, avec la voix d'Alison Krauss en fond. Lara se pencha vers Bree et l'embrassa doucement dans le cou, passa ses lèvres en remontant vers la joue, sur le visage et vers les lèvres.

« Est-ce que ça va ? » murmura Lara.

Bree ne trouva rien d'autre à dire que « oui ».

Pendant qu'elles s'embrassaient, Lara passa ses mains sous la robe de Bree et parcourut sa peau, la faisant frémir. « Enlève-la, s'il te plaît », dit Lara.

Dans un état de nervosité et d'euphorie extrême, Bree ôta sa robe par le haut et laissa Lara défaire son soutien-gorge. Elle n'avait aucune idée de ce qu'elle était en train de faire. Elle avait l'impression que ça serait plus facile, plus intuitif que de faire des trucs avec un garçon. Tout bien considéré, le corps de Lara était tellement semblable au sien. Mais tout le monde autour d'elle, ses amies, ses cousines — bon Dieu, même Judy Blume — l'avait préparée très tôt à ce que voulaient les garçons. Cette fois, il n'y avait pas de mode d'emploi.

Les doigts de Lara passèrent sur les tétons de Bree qui durcirent instantanément, puis elle continua vers le bas, jusqu'à l'intérieur de sa culotte. Bree ne respirait plus. Elle était assise, droite comme un piquet, elle sentait qu'elle devenait humide. Lara gardait sa main là, faisant des mouvements lents, et embrassait Bree dans le cou jusqu'à ce qu'elle se mette à gémir.

« Allonge-toi. » Lara donnait les instructions. Bree fit ce qu'elle demandait.

Lara avançait ses lèvres là où sa main se trouvait et, à l'aide de ses dents, baissa la culotte de Bree qui tomba au sol. Elle eut un petit rire.

« Qu'est-ce que tu dis de ça ? »

Elle parcourut de sa langue la chair humide de Bree, en exécutant des cercles lents et enivrants. Personne ne lui avait jamais fait ça avant, et Bree avait l'impression que le plaisir qu'elle en ressentait allait lui faire perdre conscience.

« T'arrête pas, dit-elle en haletant, Lara, t'arrête pas. »

Après qu'elle eut joui, Lara enleva son tee-shirt. Elle ne portait pas de soutien-gorge. Ses deux petits seins ressemblaient à deux pêches blanches. Elle prit la main de Bree qu'elle guida sur son corps à elle. Bree n'avait jamais touché les seins d'une autre femme. La peau de Lara était douce et lisse. Elle n'avait jamais rien éprouvé de comparable.

« J'ai envie de tes lèvres sur moi », dit Lara dans un murmure, et Bree prit les seins de Lara dans sa bouche, un par un. Elle léchait les tétons, les suçait avec fougue. Elle continua vers le jean de Lara en tremblant. Elle ne put retenir un « oh ! » de surprise en découvrant la touffe de poils douce entre les jambes de Lara. Elle avait toujours pris grand soin de la sienne, qu'elle taillait de près ou même qu'elle rasait complètement, conformément à ce qu'elle trouvait dans les *Playboy* de son frère, sa référence pour savoir à quoi ressemblait cette zone chez les femmes.

Bree avait perdu son pucelage avec Doug Anderson quand ils étaient en première. Ça s'était passé au sous-sol, dans la salle de jeux. Ça avait toujours été excitant, dangereux de faire l'amour avec Doug. Mais, en réalité, elle en avait toujours ressenti un plaisir minime. Ni l'un ni l'autre ne savaient ce qu'ils faisaient et, à chaque fois, le pauvre Doug jouissait au bout d'une minute ou deux et concluait en hurlant : « Désolé ! ». Avec Lara, c'était carrément un autre monde. Elles continuèrent pendant des heures, leurs lèvres et leurs doigts explorant tous les recoins et quand elles eurent fini, elles restèrent allongées, épuisées, enlacées dans le lit de Lara jusqu'au matin.

D'abord, Bree ne parvint pas à se décider à le dire aux filles. Pas parce qu'elle pensait qu'elles la jugeraient, mais parce qu'elle savait qu'elles voudraient en parler en permanence, qu'elles voudraient analyser la situation comme elles le faisaient pour chacune de leurs liaisons. Elles voudraient que l'histoire de Bree et de Lara appartienne au groupe, alors que Bree voulait la garder pour elle.

Lara n'était pas dupe. Elle-même savait depuis le début qu'elle avait une préférence pour les femmes, et elle ne le cachait à personne dans son entourage au lycée. « Tu as peur que si la façon dont elles te voient change, l'image que tu te fais de toi change aussi », dit-elle, sans dureté, mais avec compréhension. Et, bien sûr, c'était vrai. Pendant les premiers mois où elles étaient ensemble, Bree permettait à Lara de passer la nuit avec elle seulement si elle se faufilait par la porte de derrière quand tout le monde dormait. Une fois, il y eut une alarme incendie en plein milieu de la nuit. Bree supplia Lara de rester dans la résidence. Elle voyait déjà la tête que feraient ses amies quand elles les verraient toutes les deux sortir en courant ensemble. Ce n'était qu'une fausse alerte, mais elle regretta immédiatement son attitude.

Le jour suivant, à midi, Bree décida de tout dire à ses amies. Mais ce n'était pas un *coming out,* pas réellement, leur dit-elle. Elle lâcha le morceau d'une traite : elle et Lara était en couple, puis, avant de mordre dans son sandwich à la dinde, elle ajouta :

« À part ça, quoi de neuf chez vous, les filles ?

— Quoi de neuf ? dit Celia. Redescends sur terre, tu es lesbienne. Ça, c'est du neuf.

— Je ne suis pas lesbienne, dit Bree en souriant.

— Est-ce que tu as fait l'amour avec une femme hier soir ? dit April.

— Oui. Et ce matin.

— Frimeuse, dit April.

— Donc tu es lesbienne, dit Celia.

Bree éclata de rire.

— Comment c'est possible que je sois lesbienne alors que j'ai toujours très, très envie de me marier avec Brad Pitt ?

— Bonne question. Je vais étudier ce point et je te donnerai la conclusion », dit Celia.

Elles en restèrent plus ou moins là.

S'ensuivit une série confuse de fêtes, de concerts et de dîners pris au réfectoire, toutes deux se tenant la main, toute crainte disparue. Bree se rendait compte qu'elles formaient un de ces couples qui se pelote sans arrêt au point que les gens étaient forcés de détourner le regard. Elle s'en fichait. Ce qu'elle ressentait, c'était ce dont elle avait toujours rêvé.

Elles restèrent ensemble pendant toute la fin de leur scolarité à Smith et passèrent par toutes les étapes que rencontrent les couples, tout en adoptant les airs d'une relation strictement amicale avec le monde à l'extérieur de l'université. Il y eut les présentations aux membres des familles respectives, les « je t'aime », les livres qu'elles se lisaient à voix haute au lit, et les longues heures d'amour. Parfois, elles se prenaient le bec, mais surtout, elles se marraient. Lara faisait rire Bree comme jamais personne avant elle. Elles avaient en commun cette sensibilité du Sud, qu'elles avaient héritée de leurs pères et qui était dénuée du politiquement correct dont la plupart des discussions à Smith étaient complètement saturées. Ça les faisait rire d'imaginer comment leurs grands-parents réagiraient si on leur parlait « d'hétéronormisme » ou qu'on leur expliquait que « l'appartenance à un sexe est fluctuante ». Elles tombaient toutes les deux d'accord pour dire que toutes les nanas qui commençaient leurs réflexions en classe par les mots « Mon sentiment à moi, c'est que... » méritaient qu'on les traîne dehors et qu'on leur mette une balle dans la tête. « C'est pas une séance de thérapie de groupe, c'est le cours d'histoire », comme disait Lara.

Bree avait toujours dit aux filles que la fin des études marquerait aussi la fin de sa relation avec Lara, ce qu'elle avait également dit à Lara. Mais on aurait dit que Lara ne la croyait pas, ou bien que, si elle la croyait, elle ne voulait pas y penser. Il y avait des filles qui arrivaient à Smith et soudain se rendaient compte qu'elles avaient été lesbiennes depuis toujours. Bree n'était pas comme ça. Il y avait un terme pour les filles comme elle : LASJAD — Lesbienne à Smith Jusqu'Au Diplôme[35]. Elle n'était pas la seule hétéro du campus dans une relation assumée avec une homosexuelle. La plupart des hétéros de Smith avaient déjà embrassé des filles sur la bouche, mais ça ne comptait pas. Les LASJAD, elles, sortaient avec des nanas, leur donnaient la main et couchaient avec elles : c'était quand même le cran du dessus, selon la formule de Sally.

35. Smith Lesbian Until Graduation : SLUG (veut aussi dire « limace » en anglais).

Mais les choses n'allaient pas au-delà de l'enceinte de la fac.

Celia, apparemment, se sentait rassurée à la pensée que Bree reviendrait d'ici peu au monde des hommes. Bree était consciente que c'était dur à avaler pour Celia que, non, elle n'était pas lesbienne mais que, oui, elle était tombée amoureuse d'une femme. Même pour elle, c'était dur. L'idée qu'elle pourrait un jour faire comprendre ça à ses parents lui semblait impossible. Elle avait emmené Lara deux étés de suite dans leur maison de vacances sur la côte de Charleston pour le 4 juillet, et elles avaient dormi dans le même lit. Sa famille aimait bien Lara, ça, Bree le savait. Mais quand elle se les imaginait se rendant compte de ce que cela impliquait, elle avait peur qu'ils ne lui pardonnent jamais.

Elle rompit avec Lara comme prévu, un soir de mai, tard dans la nuit. Elles étaient assises au bord de Paradise Pond, dans le noir et elles versèrent des larmes dans les cheveux l'une de l'autre, et Lara supplia sans fin Bree de revenir sur sa décision.

« Je sais bien que tu as peur, mais on peut y arriver, dit-elle. On y est arrivées jusqu'ici, et ça a été les plus belles années de notre vie. — Je sais, dit Bree. Mais c'était ici, à Northampton. C'est pas le monde réel.

— Tu crois que je vais pouvoir trouver quelqu'un d'aussi génial que toi, B. ? »

La tête de Lara faisait non et, en imitant l'accent traînant de son père, elle dit :

« Je suis désolée, mignon-neu, mais là, c'est loin d'être du tout cuit.

Bree émit un petit rire sans joie.

— Je t'aime, dit Lara. Et je ne veux pas te perdre parce que tu as peur du qu'en-dira-t-on.

— Ce n'est pas simplement le qu'en dira-t-on, dit-elle. Je te parle de mes parents, de mes grands-parents. Les gens qui m'aiment le plus.

— On va rester amies ? demanda Lara.

— On sera toujours les meilleures amies, dit Bree, bien qu'en réalité, elle n'en sache rien.

— Est-ce que je peux quand même toujours t'embrasser ? » dit Lara.

Bree fit non de la tête. Elle pensa à l'idée de voir Lara sans pouvoir l'embrasser ni passer la main sur sa peau si douce. Bree se mit à pleurer, la tête dans ses mains. Les larmes chaudes formaient une flaque au creux de ses paumes. Finalement, elle se leva, brossa la terre de son pantalon et déclara qu'il fallait qu'elle parte.

« Je crois que tu as fait le bon choix », dit Celia quand Bree rentra au dortoir.

Bree avait la gorge serrée.

— Je peux toujours retomber amoureuse, mais je n'ai qu'une famille. »

Sitôt avait-elle dit ça qu'elle prit conscience qu'elle ne croyait pas un mot de ce qu'elle venait de dire. Elle ne retomberait pas amoureuse, du moins pas comme ça. Du coup, elle se rendit au bâtiment où habitait Lara, appuya sur l'interphone et hurla : « Je suis trop conne ! J'ai eu tort ! » sous les yeux ébahis d'un groupe de filles de première année qui fumaient leurs cigarettes.

Elles vécurent une brève période de joie extrême, puis arriva la remise des diplômes. Le souvenir le plus douloureux de tous, ce fut l'expression sur le visage de sa mère quand, juste après la cérémonie, Bree la prit à part et lui dit la vérité.

« Je ne comprends pas, dit sa mère. On aurait dit qu'elle allait s'évanouir. Pas toi, Bree. »

*Pas toi.* Bree pensait que c'était un peu comme si elle avait admis être une tueuse en série.

« C'est de ma faute, murmura sa mère. Pourquoi est-ce que j'ai insisté pour que tu viennes ici ? Tu pourrais être bien en sécurité chez nous à l'heure qu'il est, et mariée à Doug Anderson. »

La pensée de Doug avait à peine effleuré Bree depuis qu'elle était avec Lara. C'était choquant pour elle d'entendre prononcer le nom de Doug. Et puis, combien de fois est-ce que sa mère lui avait répété que le laisser partir avait été la meilleure chose qu'elle ait faite de sa vie ?

« S'il te plaît, maman, dit Bree. Essaie de comprendre. »

Le reste de la famille vint les rejoindre, avec les garçons qui faisaient tout un boucan en hurlant et en brandissant le diplôme de Bree. Sa mère sourit pour les photos que son père voulait absolument prendre, mais ensuite elle chassa les frères de Bree et dit :

« Raconte à ton père ce que tu as fait. »

Bree sentit son visage rougir. Elle récita les mots qu'elle avait répétés avec Lara la nuit précédente.

« Papa, Lara et moi, nous sommes ensemble, c'est sérieux, et nous sommes amoureuses l'une de l'autre, dit-elle.

Son père eut l'air stupéfié.

— Qu'est-ce que tu veux dire ? dit il.

— Elles sont en couple ! cria sa mère, hystérique. Elle est en train de nous dire qu'elle est lesbienne ! Elle est en train de nous dire que sa copine, la petite Chinoise, est sa petite amie! »

Autour d'eux, les gens leur lancèrent des regards. *Sa copine, la petite Chinoise,* pensa Bree, et elle n'était pas sûre de savoir s'il fallait en rire ou en pleurer. Est-ce que ça embêtait plus sa mère qu'elle soit amoureuse d'une femme ou bien qu'elle soit amoureuse d'une Asiatique?

Ce jour-là, Bree passa avec les félicitations du jury de Smith College et elle reçut son diplôme et sa clé Phi Beta Kappa[36]. Mais, aux yeux de ses parents, cela resterait à jamais le jour où elle leur avait brisé le cœur dans une mer de chaises pliantes, juste au milieu du Quad.

Depuis, entre eux, les choses avaient été tendues.

Lara la suivit à Stanford, où elle trouva un boulot de coordinatrice au club local des Boys & Girls pendant que Bree finissait ses études de droit. La patience de Lara ne cessait d'étonner Bree. Quand elle stressait avant de passer un exam, ou au moment de rédiger une dissertation, Lara disait toujours : « Il te faut des glucides », et elle passait en cuisine pour lui faire un gâteau à la banane ou des pâtes avec une sauce au parmesan, crémeuse et épaisse. Chaque matin, elle testait les connaissances de Bree, posant des questions écrites sur des bristols, et s'asseyait sur les pieds de Bree pendant qu'elle faisait ses abdos. Si Bree, dans un moment de doute, laissait échapper un signe de découragement face à la masse de travail qui l'attendait, Lara lui passait la main dans les cheveux et disait : « Allez, ma grande, tu vas y arriver. Tu es née pour être avocate.

36. Le Phi Beta Kappa (ΦBK) est un club étudiant américain regroupant des élèves très brillants élus au cours de leur troisième ou quatrième année d'études universitaires.

Tu n'as qu'à voir comment tes plaidoiries ont raison de ma résistance à chaque fois. Je te suis soumise. »

Bree fut admise au barreau, et elles déménagèrent à San Francisco où elles auraient plus de chances toutes les deux de trouver de meilleurs boulots. Bree était consciente que c'était grâce au réseau des anciennes qu'elle avait réussi à décrocher une place de rêve en tant qu'associée au cabinet Morris & White (« White », c'était Katherine White, classe 68 à Smith, qui adorait embaucher les jeunes têtes diplômées des universités de filles.)

Au début, c'était absolument génial d'être avec Lara dans le vaste monde, de se faire une vie à deux. Mais au fur et à mesure que les années passaient, le désaveu de ses parents pesait de plus en plus à Bree. À chaque fois qu'il fallait qu'elle rende publique la vraie nature de sa relation avec Lara, elle hésitait. Ça rendait Lara malade que les collègues de Bree ignorent qu'elle avait une petite amie et que, un an après le diplôme, elle ait prétexté une intoxication alimentaire pour éviter d'avoir à se rendre à une réunion des élèves de son lycée, s'imaginant la tête que feraient ses anciens camarades de classe quand elle passerait les portes du gymnase de son lycée avec Lara à son bras.

Récemment, elles s'estimaient heureuses quand elles parvenaient à passer vingt-quatre heures sans s'engueuler, bien que Lara la fasse rire comme personne, qu'au lit cela restait toujours aussi incroyable, et que tous les soirs, elles s'endorment serrées l'une contre l'autre. Lara posait la main sur son ventre et n'arrêtait pas de lui chuchoter des trucs sur la politique, les bouquins, les stars de la télé et leurs journées jusqu'à ce qu'elles soient trop fatiguées pour dire un mot de plus.

En théorie, cela semblait juste et courageux de choisir le côté de l'amour, et de se battre pour ça, pensait Bree. Mais comment est-ce que l'amour pouvait survivre dans des conditions où il fallait abandonner tant de choses ? Depuis que Bree avait annoncé sa relation avec Lara à ses parents, elle leur parlait environ une fois par mois, au lieu de quatre ou cinq fois par semaine comme elle le faisait avant. Ses frères lui envoyaient des e-mails et des sms, mais ça s'arrêtait là. Elle ne rentrait pas à la maison pour les vacances. Elle se rendait compte que ça faisait de la peine à ses parents, mais elle savait aussi qu'ils ne voulaient pas de Lara chez eux. Du coup, elles passaient leurs vacances chez les parents de Lara en Virginie, à manger des soupes de crevettes frites et à jouer au mah-jong autour d'une table de jeux, tandis que la mère et les tantes de Lara se laissaient aller de temps à autre à parler en mandarin. « Elles parlent de toi », lui chuchotait Lara.

La mère de Lara était catholique et elle allait à la messe tous les matins. À Noël, elle insistait pour que tout le monde vienne avec elle, y compris son mari qui avait combattu au Vietnam et était un athée farouche, et son frère qui faisait partie d'une sorte de secte, un sujet dont personne ne parlait vraiment jamais. Au son de l'orgue et à la lumière d'un rayon de soleil qui s'infiltrait à travers les vitraux derrière l'autel, Bree se perdait dans ses pensées et ressentait cette impression bizarre, curieuse qu'on ne savait jamais ce que la vie nous réservait. Elle aurait voulu être à la maison avec sa famille, et elle essayait de ne pas s'avouer que tout ça lui manquait.

À la sortie de l'église, elles faisaient quelques pas, et la mère de Lara lui pressait la main en disant : « L'année prochaine, tu amèneras tes parents avec toi, d'accord ? »

Bree se sentait mal à l'aise du fait que sa famille ne voulait rien avoir à faire avec ces gens, que sa propre mère ne manifestait aucun intérêt, aucun désir de rencontrer les parents de Lara. Quand Lara avait fait son *coming out* au lycée, lui expliqua-t-elle, sa mère s'était effondrée, elle récitait des « Je vous salue Marie » et faisait brûler des cierges pour essayer de défaire ce qui avait été fait. Elles ne s'étaient presque pas parlé de toute une année. Mais un jour, continua Lara, sa mère rentra de l'église et dit : « À vingt-cinq ans, j'ai rencontré ton père. Et je l'ai présenté à mes parents et ils ont dit : si tu te maries avec cet homme, nous te renierons. Il était blanc, il n'était pas catholique. Je me suis mariée avec lui quand même. Mon père est mort sans jamais m'adresser la parole à nouveau, ma mère n'est pas venue à mon mariage et a manqué ta naissance. On ne fait pas toujours les choses que nos parents voudraient que nous fassions, mais c'est une erreur de leur part s'ils ne sont pas capables de trouver une façon de nous aimer quand même. »

Bree ne souhaitait qu'une chose — que ses parents à elle prennent conscience de cela.

« Ils y viendront, dit Lara. Il faut juste que tu leur fasses une petite place. »

Bree avait honte de lui dire que, à son avis, ils n'avaient pas envie qu'on leur fasse une petite place.

April avait toujours défendu leur relation. Quand elle envoyait des cartes postales, elles étaient toujours adressées aux deux, Bree et Lara. Elle n'oubliait jamais de demander des nouvelles de Lara quand elle passait un coup de fil ou envoyait des e-mails. Mais Bree se rendait bien compte que Celia — et Sally aussi dans une certaine mesure — étaient désemparées. Elles n'avaient jamais réellement cru en Lara, jamais bien saisi pourquoi Bree était prête à tout risquer pour être avec elle.

Parfois, elle ressentait cela comme une morsure, c'était aussi réel, aussi douloureux. Elle était amoureuse, mais cette relation-là était de celles qu'il fallait toujours justifier, que peu de personnes, y compris ses meilleures amies, y compris elle-même, étaient en mesure de comprendre. Après tout ce temps, elle aspirait toujours à avoir une vie normale, une relation amoureuse qui ferait plaisir à ses parents, du même genre que celle qu'elle avait eue pendant un temps avec Doug Anderson à Forsyth Park, il y avait des années de cela, mais avec une personne qu'elle aimait réellement. Une part d'elle aurait voulu tout foutre en l'air pour connaître ce qu'avait trouvé Sally — un amour normal, compréhensible. Elle savait que cet amour-là, elle ne le connaîtrait jamais, du moins pas tant qu'elle et Lara seraient ensemble.

Le réveil sonna dans la chambre comme une plainte discordante. Il y eut un grognement de protestation puis le bruit s'arrêta. Un peu plus tard, Lara émergea, soutien-gorge et culotte en coton, ses cheveux coupés court et en brosse remontant à l'arrière de sa tête à la façon de Denis la Malice. Son corps de footballeuse, tout en muscles et en courbes, avait des reflets dorés dans la lumière du matin.

Elle se frotta les yeux, s'avança vers la chaise de Bree, et l'entoura de ses bras par-derrière.

« Ça va, bébé ? lui demanda-t-elle, et Bree haussa les épaules.

— T'as pas arrêté de te tourner et te retourner dans tous les sens cette nuit. Ensuite, tu te lèves avant que le réveil se mette en marche, observa Lara, en s'accroupissant pour embrasser Bree dans le cou. Je ne vois qu'une raison à ça : on s'apprête à aller assister au mariage de Sally.

— Ouaip, dit Bree. Attachez vos ceintures.

— Oh, mais je suis prête, dit Lara. Et dans un accès d'énergie soudain, elle commença à se déplacer dans la cuisine, en sautant d'un pied sur l'autre, les bras étendus comme si elle était sur un terrain de foot et parée à arrêter un tir.

— Envoie la purée, mets-y tout ce que tu as dans le ventre, dit Lara tout en continuant de bouger. Je suis prête à affronter les montagnes russes affectives, taille géante, de Bree Miller, que d'ailleurs votre humble serviteuse se fera l'honneur de subir, mais que vous rattraperez, une fois rentrée à la maison, par des heures de baise à vous faire perdre la tête.

Bree n'arriva pas à se retenir. Elle explosa de rire.

— Tu sais que je t'aime ? dit-elle.

— Mais tout à fait, répondit Lara. En réalité, je le sais. ».

## APRIL

De toute sa vie, April n'avait assisté qu'à un seul mariage, dans une ferme d'émeus du Colorado, chez un ami de sa mère. Ils avaient baptisé ça une « Cérémonie de l'affection », et, afin d'éviter toute référence aux coutumes patriarcales, ils s'étaient débarrassés de tout ce qui était alliance, robe blanche, et tout le toutim. En fait, ce n'était rien d'autre qu'une bande de babas cool au milieu d'un pré boueux, qui fumaient des pétards et qui dansaient en rond autour d'un homme et d'une femme — enceinte de six mois — éperdument amoureux l'un de l'autre. April n'avait que sept ans à l'époque, mais elle pouvait se remémorer quelques bribes : les longs cheveux, roux et emmêlés, de sa mère, le barbu costaud qui l'avait soulevée de terre et déposée sur ses épaules, un gâteau recouvert de miel et de graines de tournesol.

Quand elle avait envoyé un e-mail à Sally pour tenter de lui expliquer pourquoi il était hors de question qu'elle soit sa demoiselle d'honneur, Sally avait répondu en une ligne, typique du laconisme sallyien : *J'ai besoin que tu sois là, ma biche.*

Il fallait bien qu'April lui rende justice : elle aurait volontiers imaginé Sally en mariée du type Lady Diana, pomponnée de pied en cape, avec une robe meringue, sans oublier la voilette, l'église pleine à craquer et les joueurs de cornemuse sur le parvis. Mais Sally lui avait affirmé que le mariage se passerait simplement, il y aurait une petite cérémonie en extérieur puis une réception garantie sans meringue.

Cela, au moins, avait fait plaisir à April, même si elle n'en revenait toujours pas qu'après tous les discours sur l'indépendance et l'autonomie dont on les avait serinées à Smith, Sally ait décidé de se marier à l'âge de vingt-cinq ans.

Elle était plutôt sur les nerfs quand elle arriva à l'hôtel. Dans le taxi qui la ramenait de l'aéroport, elle s'était envoyé le Xanax que Ronnie lui avait donné, et l'avait fait descendre avec le restant d'une bouteille d'eau minérale qu'elle avait achetée dans l'avion. Rien à faire. En dépit de tous les trucs barrés qu'elle avait faits au cours des quatre dernières années — comme se planquer dans des villages africains, voir des petites filles endurer le supplice de la mutilation génitale en Indonésie, se rendre dans le quartier haute sécurité d'une prison du Mississippi pour faire l'interview d'un violeur en série — être la demoiselle d'honneur de sa meilleure amie était à deux doigts de la plonger dans la panique totale.

Ça faisait des semaines que cet état durait, mais là, après le coup-de-poing dans le ventre que lui avait mis un militaire deux jours plus tôt, suivi d'une attente de cinq heures aux urgences pour apprendre que finalement, non, son bras n'était pas cassé, April ne désirait rien d'autre que passer le week-end au lit. Elle savait pertinemment que, pour la sécurité des dossiers gouvernementaux, on faisait généralement appel au connard de service, mais on aurait dit qu'il les avait reconnues, elle et Ronnie, et s'était fait un plaisir de la passer à tabac, alors qu'il aurait tout simplement pu les escorter vers la sortie. D'un certain côté, c'était assez excitant parce que ça voulait dire que l'armée était consciente de ce qui allait être dévoilé, et ça les faisait flipper.

Elle pouvait s'estimer heureuse pour ses bleus : ils ne se voyaient pas. La plupart étaient cachés sous son tee-shirt. Ses dreadlocks, dont elle avait craint à un moment qu'ils mettent Sally en colère, recouvraient en fait plutôt heureusement une marque inquiétante qu'elle avait au cou.

Ça l'ennuyait que Sally et Jake se marient à Northampton, car cela laissait sous-entendre que Sally savait bien qu'elle était en train de s'égarer, et que c'était pour cela qu'elle essayait de retrouver l'époque de Smith : c'était la dernière fois de sa vie qu'elle serait une personne à part entière. Et à cela s'ajoutait le gâchis de faire venir tous ces gens au milieu de nulle part, augmentant le niveau de leur empreinte écologique commune et diminuant le niveau du compte en banque d'April.

Pendant toutes ses années de fac, April s'était étonnée de voir comment ses camarades balançaient leur fric, ou plutôt celui de leurs parents, par la fenêtre. Elle faisait son service, dix fois par semaine, au réfectoire de la fac, à faire la vaisselle, à peler des patates à n'en plus finir, à se fader les conversations des employées à plein-temps sur le paiement des traites de la bagnole ou les otites des gamins. Le matin, elle travaillait au bureau des inscriptions où elle triait les demandes d'admission. Des quatre filles, elle était la seule qui était en travail-études et qui avait pris un prêt étudiant à son nom pour se payer ses études. (Les pères de Bree et de Sally leur avaient intégralement payé les frais d'inscription. Celia avait un prêt étudiant, mais April savait parfaitement que c'était ses parents qui réglaient les remboursements mensuels.)

Depuis la fac, peu de choses avaient changé. Les autres filles continuaient de recevoir un soutien financier de leurs parents, sous une forme ou une autre. Pourtant, même si elles pouvaient parler ouvertement de tout le reste, c'était un sujet sur lequel personne ne s'épanchait vraiment en détail. Elle savait que Bree et Celia payaient elles-mêmes leurs loyers. Et elle était fière de Sally, parce que même si elle aurait pu facilement vivre de l'argent de l'erreur médicale qu'avait subie sa mère pendant le restant de ses jours, elle allait au boulot malgré tout. April savait que ce n'était pas l'argent qui la tracassait. En fait, les filles s'étaient montrées incroyablement généreuses et attentionnées concernant ce week-end. Celia et Bree savaient que Ronnie ne la payait pas beaucoup et elles avaient insisté pour payer sa part des cadeaux pour Sally — qui, d'ailleurs, se constituaient d'un foutu Cuisinart et d'un robot ménager KitchenAid, *bonjour 1952.*

Pour résumer, les mariages, ce n'était définitivement pas son truc, et celui-là allait être particulièrement bizarre. Elle aimait bien Jake, mais elle ne le trouvait pas assez intelligent pour sa Sally et elle ne pouvait pas blairer ses copains de fac.

En plus, Ronnie lui avait fait promettre de ne pas dévoiler aux filles l'envergure de leur dernier projet, ce qui allait s'avérer difficile, pour ne pas dire impossible.

« Ce genre de personnes ne peut pas comprendre, disait Ronnie. Elles vont essayer de te dissuader d'y participer, et j'ai besoin de toi avec moi là-dedans, à cent pour cent.

— J'en suis », dit April agacée, car après tout ce temps où elle avait travaillé pour Ronnie, après tous les sacrifices qu'elle avait faits, Ronnie pensait encore qu'elle n'était pas suffisamment dévouée, du moins, c'était l'impression qu'elle donnait.

Pendant plusieurs mois après sa sortie de Smith, diplôme en main, April avait travaillé au siège de Chicago du sénateur Dick Durbin, où elle prenait les appels, allait chercher les sandwiches et triait le courrier. Elle se disait que ces modestes tâches constituaient un rouage essentiel pour que, à des niveaux plus élevés, d'autres puissent faire avancer le travail, mais elle mourait d'envie de s'impliquer dans quelque chose de plus radical, de plus concret. Puis arriva le coup de téléphone qui changea sa vie. Ronnie Munro — dont la photo était scotchée au mur de la chambre d'April depuis qu'elle était au collège — l'appela pour lui proposer qu'elles se rencontrent autour d'un verre.

La mère d'April avait toujours parlé du dévouement sincère de Ronnie Munro à la cause. Elles avaient placé son livre, *La femme méprisée,* en hauteur, au centre du manteau de la cheminée.

Plusieurs mois avant même d'être diplômée, April avait envoyé à Ronnie son CV, accompagné d'une lettre écrite du fond du cœur, dans l'espoir que cette dernière daigne au moins la conserver jusqu'à ce qu'elle recherche une nouvelle assistante. Mais quand elle s'était mise à la recherche d'un travail, elle en était arrivée à la conclusion qu'en fait personne ne conservait rien dans ses dossiers

— les gens se contentaient de jeter les CV à la poubelle jusqu'au jour où ils embauchaient. Elle avait, depuis longtemps, fait une croix sur Ronnie, et quand elle l'entendit là, de façon inattendue, April se sentit transportée de joie.

Elle retrouva Ronnie dans un bar à vins sombre, deux jours après le coup de téléphone. Ronnie leur commanda une bouteille de cabernet et lui exposa son plan, point par point. Elle montait une société à Chicago, Women in Peril, Inc. Elles allaient tourner des films sur la misogynie partout dans le monde — couvrant des sujets comme les crimes d'honneur au Pakistan, les mutilations génitales en Afrique, le commerce du sexe en Asie et en Europe de l'Est, et les épidémies de viols et de troubles de l'alimentation ici même, aux États-Unis — pour aboutir à quelque chose d'énorme, d'explosif, d'ici quelques années, une fois qu'elles se seraient fait une réputation.

« Tu n'as pas le niveau d'expérience que je demande généralement à mes assistantes, dit Ronnie. Mais ta lettre m'a vraiment touchée. »

Puis April cita à Ronnie Munro ses propres mots :

« Il n'y a rien que je ne ferais pour venir en aide aux filles et aux femmes qui souffrent dans ce monde.

Elle regarda April dans les yeux et dit :

— Je n'aurais pas pu le dire mieux moi-même. Dis-moi, April, est-ce que tu le penses sincèrement ?

— Bien sûr », dit April, étourdie par l'excitation.

Elle n'avait jamais été si proche d'un de ses modèles, et pour la première fois de sa vie de jeune adulte, elle ne trouva rien à dire.

« Tu es diablement intelligente, c'est clair, dit Ronnie. Et ça me plaît que tu sois une Smithie, même s'il y a Smithies et *Smithies*.

April se mit à rire.

— Exact, dit-elle.

— Mais je vois déjà dans quel camp tu es, dit Ronnie. Ce boulot ne va ressembler à rien de ce que tu as fait jusqu'ici. Tu vas être dedans jusqu'au cou, totalement happée. Ça peut foutre les jetons, parfois. Bon Dieu, même moi, il m'arrive d'avoir peur et ça fait des années que je fais ça.

— Je n'ai pas peur, dit April. Ça a l'air fascinant.

— Et j'avoue que je peux être chiante, dit Ronnie en souriant. Je ne suis pas ce qu'on appelle une femme aimable, si tu vois ce que je veux dire. Elle but une gorgée de vin. Mais je peux te promettre que si tu travailles avec moi sur ce projet, ça va changer ta vie et donner de l'élan à ton rôle au sein de la révolution. »

April sourit, sans savoir si Ronnie était ou non sérieuse.

Mais Ronnie continua.

« Je veux dire, littéralement, April. Quand nous aurons terminé, tous les gens qui comptent connaîtront ton nom. »

April était folle de joie. Elle appela Sally dès qu'elle rentra chez elle pour lui raconter toute l'histoire.

« Est-ce que tu vas avoir des avantages sociaux ? avait demandé Sally.

April explosa :

— C'est ça la première chose que tu me demandes ?

— Bon. Alors ? demanda Sally.

— J'en sais putain de rien, dit April.

— Combien elle te paye ? dit Sally.

— Sal, pourquoi tu n'es pas contente pour moi ? » demanda April, même si, évidemment, elle savait pourquoi.

Toutes les jeunes féministes étudiaient et vénéraient le travail de Gloria Steinem, Susan Faludi et d'autres femmes comme elles. Elles étaient au-dessus de tout soupçon. Mais la majorité des féministes qui avaient laissé une vraie trace — Dworkin, MacKinnon, Brownmiller, Munro — étaient des personnalités dissidentes.

« Je suis membre de NOW, même si sa politique de chiffe molle m'offusque profondément », avait écrit Dworkin, dans un essai parlant de sa participation à une conférence dans les années quatre-vingt, lors de laquelle elle avait essayé de se faire appuyer sur la mise en place de lois contre la pornographie. « Le courage faisait cruellement défaut, même à cette époque. » April avait écrit cette citation sur un bout de papier qu'elle conservait, glissé dans son portefeuille, depuis sa troisième année à Smith.

La seule chose qui venait à l'esprit des gens quand ils entendaient le nom de Ronnie Munro était le fichu film qu'elle avait réalisé, à la fin duquel une femme se faisait tuer par son mari. Mais c'était il y a trente ans et, depuis, elle avait accompli tellement de bonnes choses. Les gens de l'âge d'April, qui avaient entendu parler de l'histoire indirectement, réagissaient comme si Ronnie avait tué elle-même cette ménagère de l'Indiana, bordel. Chaque fois qu'une fille de Smith parlait de façon négative de Ronnie, April pensait que lorsqu'elles n'étaient que des gamines, Ronnie, elle, était en Chine pour sensibiliser les gens à la pratique de l'infanticide des filles et essayer de protéger la vie de jeunes enfants, alors même que toute la presse s'en foutait et restait sans rien faire.

D'après April, la véritable raison pour laquelle Ronnie avait été évincée des cercles féministes les plus renommés venait de ce que sa vision et ses méthodes étaient considérées comme trop extrêmes. Ça la rendait malade de savoir que dans l'esprit de féministes comme Sally, « extrême » voulait dire que vous refusiez que les femmes soient forcées à avoir des relations sexuelles, forcées à subir la mutilation de leurs parties génitales, forcées à se laisser mourir de faim au nom de la beauté. Si penser que toutes les femmes devaient être libres et en sécurité dans le monde était trop radical, alors pourquoi créer un mouvement pour les femmes en premier lieu ?

Malgré l'appréhension de Sally, April accepta le poste dès le lendemain. Elle ironisait parfois avec les Smithies en disant que sur toute la durée de son emploi avec Ronnie, cette première soirée au bar avait constitué la période de galanterie. Ensuite, tout n'avait été que travail, dévorant, déchirant et souvent dangereux. Ronnie voulait que leurs esprits soient en harmonie, qu'elles partagent non seulement leur travail, mais aussi leur vie. La majorité de ce qui constituait leur travail était secret, disait-elle, et, par conséquent, avoir un bureau en dehors de chez elle n'avait aucun sens. Elles devaient garder en permanence leurs dossiers avec elles. April emménagea dans l'appartement de Ronnie à la demande de cette dernière, peu après qu'elles eurent commencé à travailler ensemble. Elle savait que les filles trouvaient cela aberrant.

« Qu'est-ce que vous faites toutes les deux après le travail ? demandait Sally. Vous jouez au Scrabble, vous regardez *Entertainement Tonight* le soir, ou quoi ? »

Elle plaisantait, évidemment, mais elle n'était pas loin de la vérité. Ronnie était riche, et chacune d'entre elles avait une chambre immense aux deux bouts de l'appartement, immense lui aussi. Mais, en général, elles passaient leurs soirées ensemble, buvant du vin sur le canapé, devant PBS [37], en gueulant sur le poste de télévision. Quand elles travaillaient, Ronnie n'avait la tête qu'à cela, et elle était dingue de son travail — il lui arrivait de secouer April à quatre heures du matin parce qu'elle avait une idée brillante et qu'elle voulait qu'elles se mettent à plancher dessus immédiatement. Cependant, leur temps libre était plutôt plaisant : elles partageaient un repas toutes les deux ou bien en compagnie des amis incroyables de Ronnie, des universitaires et activistes qu'April admirait depuis longtemps. Elle se disait souvent que si, au lieu de cela, elle travaillait au service d'une starlette de Hollywood et qu'elle frayait avec des acteurs célèbres, les filles ne sourcilleraient pas devant le comportement bizarre de sa boss. Ronnie et ses amis étaient des idoles pour April et avoir la chance de vivre parmi elles était un honneur.

Comme Ronnie l'avait prévu, Women in Peril, Inc. constituait toute leur vie, à présent. Ce n'était pas la grosse société qu'on pouvait s'imaginer. En fait, l'affaire se résumait à April et Ronnie, avec parfois, en plus, une équipe

37. Le Public Broadcasting Service (PBS) est un réseau de télévision public américain. Depuis le milieu des années 2000, les sondages de Roper commandés par PBS ont toujours placé le PBS comme l'institution nationale la plus fiable d'Amérique.

de tournage ou un monteur. Ronnie ne faisait confiance à personne qu'à elle seule ou à April pour effectuer le vrai travail : mener les entretiens avec des femmes qu'on avait battues ou qui s'étaient pratiquement laissées mourir de faim, photographier les séquelles atroces d'une mutilation génitale ratée, baratiner des violeurs brutaux pour qu'ils racontent leurs histoires, voler — Ronnie appelait cela « libérer » — des dossiers dans des bureaux gouvernementaux pour découvrir le fond de l'histoire sur le nombre exact de femmes soldats en Iraq qui avaient été violées par leurs propres camarades, et qu'on forçait à garder le silence.

Leurs travaux avaient été cités dans le magazine *Ms.* [38] et acclamé par une poignée de féministes radicales éminentes. Le moment était enfin arrivé pour le grand projet explosif auquel Ronnie avait fait allusion lors de cette soirée, plus de trois ans en arrière. Elle expliqua à April que c'était là qu'elle allait rayonner, que son nom serait cité à côté de celui de Ronnie, en tant que cocréatrice au lieu d'assistante, ce qu'elle n'avait d'ailleurs jamais vraiment été.

April savait que les filles désapprouveraient cela, que tout dans cette idée leur semblerait dangereux et risqué. Mais bon sang, à quoi bon vivre sans une dose de danger et de risque ?

Elle était différente des autres. Elles avaient toutes pris conscience de cela dès le début. L'été avant leur première année, on leur avait fait remplir une fiche où elles devaient

38. *Ms.* est un magazine féministe américain, cofondé au début des années soixante-dix par la féministe et activiste américaine Gloria Steinem et la rédactrice en chef Letty Cottin Pogrebin.

exprimer leurs préférences sur des dizaines de questions — *Est-ce que vous fumez? Quel genre de musique aimez-vous? Quelles sont vos opinions politiques? Avez-vous quelqu'un dans votre vie?*

April s'était décrite comme végétalienne, anarchiste, fan de musique folk des années soixante. Elle avait écrit qu'elle s'identifiait à une personne « femme-vers-homme[39] ». Cette dernière partie n'était pas vraie, mais elle l'avait ajoutée pour faire bonne mesure, en se disant que cela lui assurerait une chambre simple sur Green Street avec une banquette sous la fenêtre et des extrémistes partout autour d'elle.

April avait senti, après leur avoir lancé un simple regard le premier jour à la fac, que Sally, Celia et Bree avaient été populaires au lycée. Peut-être pas parmi les filles les plus populaires de la classe, sûrement pas les petites garces qui se moquaient des intellos à lunettes. Mais elle savait qu'on les avait invitées à des boums et à aller dormir chez des copines. Qu'elles avaient le genre de mère qui trouvait toujours le cadeau d'anniversaire parfait pour leurs amies et qui leur faisait des tresses avant d'aller à l'école.

Sally recouvrait les murs de sa chambre de dortoir de posters de Monet et Renoir : de jolies images innocentes de cafés animés et de nénuphars en fleur. Dans leurs chambres, toutes les filles avaient des photos encadrées de leurs copains de classe et de leurs amis — des clichés de garçons faisant griller des hamburgers au barbecue sur la plage; des photos de bal de lycée sur lesquelles on voyait

39. De l'anglais F-to-M : « female-to-male ». Personne transgenre de sexe féminin faisant des démarches pour acquérir des caractéristiques physiques mâles.

des filles poser avec raideur, leurs cheveux laqués dans des formes qui évoquaient à April des barbapapas au bout d'un bâton. Quand elles demandèrent à April pourquoi elle ne mettait jamais de photo au mur, elle se contenta d'un haussement d'épaule et répondit qu'elle était une solitaire au lycée. C'était une façon « James Dean » de dire qu'elle n'avait pas d'amis, qu'elle aurait vraiment voulu trouver quelqu'un avec qui parler, mais que personne ne l'invitait jamais à sortir, que les autres parents trouvaient sa mère un peu folle et que, par conséquent, elle avait passé de nombreux vendredis soirs à lire des copies déchirées de *Backlash*[40] et *The Feminine Mystique*[41], sur son canapé. (*Arrête, tu vas me faire pleurer Mrs. Astor!* avait écrit sa mère dans la marge de ce dernier. À l'époque, April n'avait aucune idée de ce que cette phrase pouvait vouloir dire, mais elle la fit sienne et l'utilisait même à ce jour).

Enfant, April s'était mis en tête qu'elle n'avait besoin de personne et elle s'était montrée distante avec les filles les premiers temps, se figurant que toutes les trois formeraient une petite clique et la traiteraient comme le paria de l'étage. À l'opposé, elle se sentait plus proche des radicales du campus, qui la considérèrent comme l'une des leurs dès le début. Mais, à sa grande surprise, les filles de King

40. *Backlash* signifie « retour de bâton », un terme inventé dans le livre *Backlash* de Susan Faludi, publié en 1991 aux États-Unis. Ce livre traçait à l'époque la « contre-offensive patriarcale », en d'autres termes, la résistance de la culture masculine et de ses acquis dans une sorte de guerre froide visant à bloquer les avancées du féminisme.

41. L'essai *La femme mystifiée,* écrit en 1963 par l'auteur féministe américaine Betty Friedan, a marqué le lancement d'un mouvement visant à réévaluer le rôle des femmes dans la société américaine.

la traitèrent en véritable amie. Plus surprenant encore pour elle fut la façon dont elle prit goût à cela, adorant les voir se confier à elle ou frapper à sa porte chaque soir à dix-huit heures pour descendre dîner. Elle avait imaginé, avec raison, qu'elle serait capable de créer des liens avec les gauchistes sympas du campus, unies autour des questions sociales. Mais là, pour la première fois de sa vie, elle avait trois amies qui l'aimaient, tout simplement.

April dut se mettre sérieusement à la tâche pour rattraper ses amies socialement. Elle les étudia — leur facilité à interagir, à pressentir les besoins des unes et des autres. Elle se fit une place comme elle put. C'était elle qui écoutait les lamentations de Sally, celle qui faisait des erreurs mais essayait toujours de les réparer avec des cookies. Et parfois même, elle arrivait à les faire s'enthousiasmer sur ses convictions et les causes qu'elle défendait, surtout Sally, qui donnait l'impression de n'avoir jamais réfléchi au féminisme ou au racisme, ou à n'importe quel « isme », si ce n'est peut-être l'impressionnisme, avant d'entrer à Smith.

Même si elle se plaignait d'avoir à vivre sur le Quad, April savait qu'elle jouissait du meilleur des deux sphères sur le campus de Smith — lors de réunions et pendant les cours, elle avait rencontré des féministes rebelles qui voulaient l'aider à renverser le patriarcat, et, de retour chez elle, au dortoir, elle avait trois amies qui lui apportaient sécurité, joie et attention, le genre de famille qu'elle n'avait jamais eue.

Néanmoins, depuis qu'elles étaient diplômées, l'indifférence dont les filles faisaient preuve à l'égard de tout ce qui ne touchait pas leurs vies sentimentales la dégoûtait. Elle aurait cru que quatre ans après la fac, elles seraient en train de sauver le monde, pas d'organiser un putain de mariage. Tout autour de la planète, des femmes étaient tourmentées, pourtant, si vous preniez la notion de sexisme au sérieux, vous passiez pour une raseuse, une idiote, voire une casse-couilles. Comment est-ce qu'on pouvait rester là à se la fermer ? Pourquoi est-ce que tant de femmes ne faisaient rien ?

Une des amies de Ronnie, une anthropologue féministe, en voyage à Chicago pour une conférence, était venue dîner chez elles un soir. Elle leur parla de ses recherches sur le viol dans le règne animal. D'après elle, il existait une forme de viol dans presque toutes les espèces, à part chez les bonobos, un groupe de primates similaires aux chimpanzés. À un moment donné, les femelles bonobos décidèrent qu'elles n'allaient plus tolérer les violences sexuelles. Aussi, lorsqu'un mâle attaquait l'une d'entre elles, cette dernière émettait un son pour attirer l'attention sur elle. Les autres femelles bonobos arrêtaient ce qu'elles étaient en train de faire, se ruaient en direction du bruit et, toutes ensemble, elles dépeçaient le coupable. Elle savait très bien que si elle évoquait le sujet à voix haute, Sally lèverait les yeux au ciel, alors que, pour April, c'était une excellente idée. Pourquoi est-ce que les femmes ne se comportaient pas plus comme cela ?

À l'accueil de l'*Autumn Inn,* elle récupéra le double de la clé de la chambre qu'elle allait partager avec Celia et monta dans l'ascenseur. Le groom regarda derrière elle, en direction de l'allée circulaire, comme s'il pensait trouver ses malles de voyage empilées sur le bord du trottoir.

« C'est tout ce que j'ai », dit-elle, en tapotant son sac à dos. Elle était parvenue à y fourrer son équipement vidéo, deux paires de jeans, ainsi que sa robe et ses chaussures de demoiselle d'honneur, sachant que la robe était à présent en boule au fond du sac. Est-ce que le coton se froissait ? C'était le genre de choses que les gens comme Sally et Bree savaient, sans réfléchir, alors qu'elle ne ferait jamais de place dans son bloc mémoire pour les caser.

Elle avait envoyé un e-mail à Sally, plus tôt dans la semaine, pour demander qui serait là. Sally lui répondit qu'il n'y aurait que les parents, les grands-parents, les oncles et tantes et la sœur de Jake ; un petit nombre d'amis, de cousins et de membres de sa fraternité d'étudiants de Georgetown ; son père (Fred, comme elle l'appelait) et son frère ; et un jeune couple avec lequel Jake et Sally avaient sympathisé à Boston. Ils s'appelaient Jack et Jill. April grommela en lisant ces mots et elle parvint presque à sentir le regard de Sally sur elle, la suppliant de se taire.

Puis elle inspira profondément. *Tiens-toi bien,* se dit-elle à elle-même. Elle savait que ça n'allait pas être facile.

Sally était toujours ce qui retenait April de hurler des choses déplacées à la face d'inconnus — il suffisait d'imaginer la tête que ferait Sally si elle assistait à la scène. Chaque matin, au café du bout de la rue, April entendait les vieux types discuter politique au comptoir. Ils n'étaient ni enragés ni mécontents de l'état dans lequel se trouvait le pays. Au lieu de cela, ils s'inquiétaient de voir un démocrate élu aux élections de 2008. Ils affirmaient haut et fort que ce n'était pas avec une femmelette anti-torture au pouvoir que le pays allait être protégé contre une nouvelle attaque terroriste. April avait envie de hurler : *Vous ne savez pas que notre salaud de président met vos téléphones sur écoute, surveille tous vos emprunts de livres de bibliothèque et tue vos fils et vos filles par milliers pour le compte d'une guerre qui n'a aucune putain de raison d'être ?* Mais, à cause de Sally, elle se contentait de faire claquer la porte de toutes ses forces en sortant.

L'ascenseur s'ouvrit, et April s'avança en direction de la chambre 493. Elle entendait le rire des filles à cinq portes de là. En entrant dans la chambre, elle les vit toutes les trois, allongées sur le lit, en train de regarder *The Golden Girls*[42] à la télé.

« Je vois que vous êtes toujours aussi déchaînées toutes les trois, fit remarquer April en souriant. Il y a des choses qui ne changent pas. »

Sally accourut vers elle en premier, suivie par les autres. April sentit une douleur lancinante dans ses côtes, en même temps qu'elles l'enlaçaient, et elle dut se dégager de leur étreinte.

Celia portait un débardeur bleu ciel et un jean. Elle avait perdu au moins dix kilos depuis la fac. Elle semblait plus maigre chaque fois qu'April la voyait. Ses pommettes et ses épaules étaient particulièrement saillantes, en contraste total avec le visage doux et mélancolique qu'elle avait à Smith. Elles échangèrent un regard, et April sut que Celia n'avait rien dit de la bagarre à laquelle elle s'était retrouvée mêlée. April lui lança un sourire reconnaissant.

Bree ressemblait toujours autant à une « femme trophée » avec ses longs cheveux blonds et sa taille de guêpe, ses lèvres charnues et ses yeux d'un bleu vif. April

42. Sitcom américain des années quatre-vingt, rebaptisé « Carré de dames » en France, sur la vie de quatre quinquagénaires qui vivent sous le même toit à Miami.

éprouvait une certaine satisfaction à l'idée qu'aucun homme ne la posséderait jamais.

« Où est Lara ? demanda April.

— On s'est engueulées, répondit Bree. Mais je sais qu'elle sera supercontente de te voir.

— Et Jake joue au golf avec son père, intervint Sally. Pourquoi est-ce que les hommes ressentent toujours le besoin de jouer au golf avant de se marier ?

April haussa les épaules.

— Ne me demande pas à moi. »

Elles retournèrent toutes les quatre sous les couvertures un moment, puis les filles lui posèrent des questions sur son vol et sur Ronnie.

« On attendait que tu arrives pour descendre toutes ensemble au bar de l'hôtel boire du champagne, dit Celia. Est-ce que tu es prête ?

— Je suis toujours prête pour aller boire du champagne avec mes copines, répondit April.

— Très bien. Je vais aller chercher Lara, dit Bree, en descendant du lit avec les autres.

— Un petit coup lui fera du bien. »

Quelques minutes plus tard, April était assise au bar entre Sally et Celia. Il était quatorze heures et elles étaient seules dans la salle en dehors du barman chauve. Il devait avoir dans les quarante-cinq ans. Celia se lia aussitôt d'amitié avec lui, et ils commencèrent à discuter de la vie new-yorkaise. Il lui demanda qui était la dernière célébrité qu'elle avait croisée, et Celia eut un haussement d'épaule. « J'ai aperçu Joan Rivers au cinéma le week-end dernier, mais est-ce que ça compte ? »

Oui, d'après lui, Joan Rivers comptait parmi les stars. Celia rit, balançant sa tête en arrière comme s'ils échangeaient les propos les plus comiques de toute l'histoire du comique. Cette fille était capable de draguer un arbre, se dit April. En même temps, elle était bien contente d'avoir un moment seule avec Sally.

« Comment se passe ton boulot? demanda Sally.

— Oublions le boulot. Comment tu te sens avec tout ça? demanda April.

Le visage de Sally s'illumina.

— Honnêtement? Le fait d'épouser Jake et de vous avoir auprès de moi, c'est comme si j'avais gagné la finale du *Juste Prix.* »

April se remémora les longues heures à la fac où elle avait écouté Sally parler de son amour indéfectible pour Bill. Leur liaison avait toujours été teintée d'amertume, apportant plus de peine que de joie à Sally. Cette fois, c'était différent, mais April se demandait si Jake pourrait rendre Sally heureuse sur le long terme. Est-ce qu'elle se réveillerait un matin, dans quinze ans, furieuse contre April de ne pas l'avoir arrêtée?

« Je n'arrive pas à croire que tu vas te marier dans deux jours, dit-elle en embrassant Sally sur le front.

— Moi non plus, dit Sally. Je suis tellement heureuse que vous soyez là. »

Un peu après, le visage de Sally devint triste. April se pencha en avant, prête à écouter la confession qu'elle espérait entendre depuis un an : que Sally voulait laisser tomber. Mais au lieu de cela, elle dit :

« Ma mère me manque vraiment.

— C'est normal, répondit April.

— De penser que cette stupide Rosemary sera l'unique grand-mère de mes enfants me rend folle, dit Sally. Ma mère aurait été la meilleure des meilleures.

April hocha la tête avec compassion.

— Ça semble tellement injuste que ma mère n'ait pu connaître ni Jake, ni aucune d'entre vous. Cette femme avait conservé tous mes colliers de nouilles de maternelle, mais elle n'a jamais eu la possibilité de rencontrer mes meilleures amies ni d'avoir une seule conversation avec mon mari.

April lui prit la main.

— C'est normal que ça te semble injuste, parce que ça l'est », dit-elle.

Plus tard, Bree les rejoignit, seule. Elle avait les yeux battus.

« Elle m'en veut », expliqua-t-elle avant de commander un gin tonic extrafort.

Elles allèrent s'installer à une petite table sur laquelle se trouvait encore un bol de cacahouètes de la veille.

Depuis six mois, April et Ronnie avaient été occupées à régler les derniers détails de leur nouveau documentaire. Elle se rendit compte qu'elle n'avait pas parlé à Bree depuis des lustres. Elle ne se doutait pas le moins du monde que les choses avaient empiré à ce point.

« Lara veut que Bree l'épouse », murmura Sally à voix haute.

April éclata de rire. Sally, un vrai poids plume, était déjà bien éméchée.

« Sal, là, c'était plus un murmure de scène qu'un vrai murmure, juste pour info, fit remarquer Bree.

— Ben, je suis désolée, dit Sally. C'est juste que, enfin, est-ce que c'est vraiment une bonne idée pour vous deux en ce moment ? On dirait que vous vous engueulez tout le temps.

Bree soupira.

— J'en sais rien. »

April se demandait si Sally, en secret, se faisait encore mal à l'idée de voir Bree avec Lara. Elle n'arrêtait pas de répéter à Bree qu'il était peut-être temps de passer à autre chose. April trouvait ça bizarre que cela ne pose aucun problème à Sally de parler comme ça, alors que sa propre relation lui semblait au-delà de tout reproche. C'est comme si le fait d'avoir la bague au doigt l'avait placée au-dessus de toute critique, et pourtant Bree et Lara étaient ensemble depuis plus longtemps que Sally et Jake.

« Qu'est-ce que Lara veut de plus ? demanda Sally. Vous vivez ensemble, tu ne vois presque plus ta famille.

— C'est plus compliqué que ça, rétorqua Bree. C'est comme si elle croyait que je lui en veux de m'avoir mise dans cette situation. Et peut-être que je lui en veux finalement. Je l'aime, mais je voudrais simplement que les choses soient faciles.

— L'amour n'est jamais facile, déclara Sally.

— Alors, *juste un peu plus facile,* reprit Bree. Pourquoi est-ce que les relations doivent être si horriblement compliquées ? »

À la fac, elles avaient parlé de mariage si souvent qu'April pouvait presque réciter la conversation qu'elle voyait se profiler. Évidemment, comme souvent dans la vie, tout ramenait à ses propres parents. Ceux de Sally avaient connu une vie conjugale triste et conflictuelle.

Sa mère avait dix ans de moins que son père et il s'était toujours montré froid et distant. Il avait eu des aventures et ne s'en était jamais vraiment caché.

Durant les derniers jours de la vie de sa mère, Sally lui avait demandé pour quelle raison elle s'était mariée initialement. Elle ne s'était pas attendue à recevoir une réponse, mais sa mère s'était empressée de lui en donner une, sans même prendre le temps de réfléchir.

« J'aimais l'idée que je me faisais de lui, confia-t-elle. La sagesse qui émanait de lui, le genre de vie qu'il pouvait m'offrir. Quand j'ai fini par comprendre de quoi il était fait à l'intérieur, il était trop tard. »

April s'était toujours demandé pourquoi elle ne l'avait pas tout simplement quitté, mais elle savait pertinemment que ce n'était pas le genre de question qu'on pose à quelqu'un qui a perdu sa mère.

Les parents de Bree et ceux de Celia formaient des couples heureux. Ceux de Celia s'étaient rencontrés en première année de fac, dans les tribunes d'un match de football américain de l'équipe de la fac de Boston. Ceux de Bree se connaissaient depuis l'école. Ceci semblait leur procurer à toutes les deux une certitude sur la nature éternelle et infaillible des relations humaines, bien que, depuis que Celia avait déménagé à New York, elle ait cessé de la revendiquer. S'il y avait une chose dont April était convaincue, c'est que de tels liens n'existaient pas. Votre mari pouvait très bien partir au travail un matin et recevoir un appareil à climatisation sur la tête du haut du cinquante-deuxième étage, et vous vous retrouveriez seule à nouveau. Ou, de façon plus plausible, il pourrait sortir du travail, tomber sur une hygiéniste dentaire de vingt-deux ans, et avant même de comprendre ce qui vous arrive, vous vous retrouviez à la porte d'entrée, en jean Pantashop et pull tricoté main, pour réceptionner les papiers du divorce.

Même lorsqu'elle était petite, April ne s'était jamais fait d'illusions sur les mariages de princesses. Certaines mères avaient raconté à leurs filles des histoires de prince charmant. Du coup à l'âge adulte, elles cherchaient toujours le salut en la personne d'un homme. La mère d'April lui avait raconté des histoires de princesses émancipées qui portaient des bleus de travail et avaient des aventures en haute mer. Ces histoires ne contenaient pas d'hommes, pourtant, elle savait bien que sa mère recherchait avidement l'approbation, la compagnie d'un homme, même si elle était toujours en train de s'insurger contre la misogynie. Depuis la fin de la fac, elle s'était éloignée de plus en plus de sa mère, ce qui faisait que maintenant, même en habitant toutes les deux à Chicago, elles ne se parlaient plus. Les filles n'étaient pas au courant de cela, et April se disait que c'était mieux ainsi. Cela les effrayerait de la savoir sans support parental, alors qu'April, elle, se voyait comme cela depuis longtemps.

Tout ce qu'April avait entendu au sujet de son père, c'est qu'il était artiste et qu'il avait exposé à la galerie Saatchi et au Guggenheim. Sa mère l'avait aimé à la folie, « comme une sorte de maladie », expliquait-elle. Pourtant, il la laissa tomber, alors qu'elle était enceinte de huit mois d'April, pour une quelconque étudiante des beaux-arts.

Comme toutes les petites filles dont les mères parlaient peu de leurs pères, April s'était imaginé que le sien ne devait pas être si terrible. Il s'était peut-être retrouvé dans cette phase égoïste typique chez les artistes, mais ensuite il avait changé. Elle se l'imaginait vivant dans une fermette accueillante quelque part en France, remplie de vieilles théières, de casseroles en cuivre et de fleurs séchées pendues aux chevrons. Il avait épousé une grosse peintre française, et, ensemble, ils passaient des heures à peindre des aquarelles, à faire du pain et à jouer avec leurs sept enfants. April s'imaginait qu'il pensait à elle tous les jours, qu'elle lui manquait et qu'il la cherchait. Et qu'un jour, il la retrouverait.

« Ne m'enlève pas mon April », hurlerait sa mère. Et il lui répondrait doucement : « Il le faut, Lydia. Elle m'a tellement manqué depuis toutes ces années que je ne peux pas la laisser partir à présent. »

Et April le suivrait et irait dormir dans un grand lit de la taille de leur appartement de Chicago, en compagnie de ses frères et sœurs et des dix ou vingt chiens.

Un jour, en CM2, sa mère appela l'école pour leur dire qu'April était malade, puis elle la traîna à un rassemblement de boycott des industries du raisin à Madison. Elle fuma un joint avec ses copains durant tout le voyage en voiture, pendant qu'April lisait sur le siège arrière.

Quand elles arrivèrent, April avait faim et envie de faire pipi. Sa mère lui dit de partir devant, mais April avait peur de se perdre dans la foule.

« S'il te plaît, maman, répétait-elle en pleurnichant, en se balançant d'une jambe sur l'autre.

— Dans une minute, lui répondait sa mère en écho. Soit un peu patiente. »

Finalement, elle l'accompagna vers les toilettes portatives en bord de route.

Devant elles, il y avait un couple qui se donnait la main. La femme avait de longs cheveux noirs et une robe très courte. La mère d'April n'arrêtait pas de les regarder fixement en louchant. Au début, April se dit qu'elle était stone, mais ensuite sa mère se mit à pleurer.

April se sentit gênée. Sa mère était réputée, auprès de ses copains babas cool, pour changer d'humeur de façon inconsidérée, sous l'effet de la marijuana. Ça les faisait marrer, mais April, elle, trouvait cela de plus en plus humiliant. Personne d'autre n'avait une mère comme la sienne. Très jeune, elle avait l'impression d'être comblée lorsque sa mère la sortait de l'école et l'emmenait en voiture au lac pour voir les orages. Elle lui faisait des gaufres surgelées avec de la crème chantilly en bombe pour le dîner. Parfois elle sortait jusqu'à l'aube pour aller peindre avec ses copains et elle décorait leur appartement avec ses propres œuvres d'art. Puis April avait commencé à rêver d'une mère normale, le genre qui vérifiait vos devoirs de maths et vous faisait finir vos légumes.

À ce moment, dans les toilettes portatives, elle pensa à ses camarades de classe qui devaient sortir en récréation, alors qu'elle se trouvait là, à regarder sa mère pleurer devant une manif.

« Maman, ça va ? demanda April.

Mais sa mère regardait toujours fixement le couple.

— Richard ? » demanda-t-elle très fort.

L'homme et la femme se retournèrent, en même temps que d'autres personnes. Le cœur d'April se mit à battre plus vite.

« Lydia », dit l'homme. Il avait de longues pattes et des cheveux noirs épais. On aurait dit qu'il voulait parler, mais la mère d'April se pencha vers lui en premier et lui murmura quelque chose à l'oreille. Il fixa April, la confusion se lisait sur son visage.

« April », dit-il doucement.

L'instant d'après, sa mère la tirait d'un coup sec de la file d'attente pour aller rejoindre ses copains.

« Tu me fais mal ! » fit April.

L'homme les appela, mais April ne parvint pas à comprendre ce qu'il disait. Puis la foule se referma sur elles comme un océan, et il n'était plus là.

« J'ai besoin de faire pipi ! cria-t-elle. Maman, qu'est-ce que tu fais ?

Sa mère ne cessait de pleurer.

— Je n'aime pas cet homme, dit-elle. S'il te plaît, arrêtons de parler de ça, jusqu'à ce qu'on rentre à la maison. »

April évitait de pousser la discussion plus loin quand elle se mettait dans cet état. Le reste de la journée et le retour en voiture à Chicago semblèrent interminables. April resta dans son coin, plongée dans son livre, pendant que sa mère protestait avec la foule, puis, plus tard, s'arrêtait dans un *diner* avec ses copains pour manger un croque et parler de George Bush, « ce fils de pute de bouffeur de pétrole, engloutisseur de fric ».

Quand elles arrivèrent finalement chez elles, April demanda :

« Qu'est-ce que tu as murmuré à l'oreille de ce type dans la file des toilettes ? Il connaissait mon nom.

Sa mère fronça les sourcils.

— Je lui ai dit : "Regarde bien ta fille."

April parut désorientée un instant.

— Tu veux dire que c'était mon père ? demanda-t-elle.

— Ce n'est pas ce que j'appellerais un père », répondit sa mère.

April retint sa respiration pour éviter de se mettre à pleurer. Si elle avait su, elle aurait pu lui dire quelque chose, elle aurait pu mémoriser son visage, ses mains. Elle ne dit pas un mot à sa mère, même si elle aurait voulu savoir pourquoi elle n'avait pas été présentée, pourquoi ils n'avaient pas échangé leurs numéros de téléphone. À présent, comment pourrait-il la retrouver, tout du moins s'il l'avait cherchée ?

« Je vais aller me coucher », dit April.

Elle attendit d'être sous les couvertures pour laisser ses larmes couler. Elles ne croyaient pas en Dieu, pas vraiment en tout cas, même si sa mère se disait bouddhiste. Mais cette nuit-là, suivie de ce qu'il lui sembla être des millions d'autres, April pria pour que son père revienne vers elle.

Elle ne le revit jamais.

April avait couché avec seulement deux hommes dans sa vie. La première année de fac, il y avait eu Steven, le tendre étudiant d'Hampshire élevé par des reaganiens et qui avait viré trotskiste par rébellion. Ils s'étaient rencontrés à une soirée à Smith, lors d'un meeting (elle n'arrivait plus à se souvenir de quoi il s'agissait, à présent). Il était doux, donnait les baisers les plus tendres au monde et sa simple existence avait relancé Sally de plus belle. (« Tu vas te marier avec lui, elle n'arrêtait pas de dire. Tu es le genre de filles qui sait ce qu'elle veut et qui s'y accroche. ») Leur liaison, bien que charmante, ne dura que quatre mois. April continuait de correspondre par e-mail avec lui, de temps en temps. Il avait laissé tomber son idée d'écrire des pièces de théâtre et était allé travailler dans la boîte d'architecte de son père. Il était fiancé à une Bitsy ou Betsy ou Bunny, que ses parents lui avaient présentée au country club lors d'un repas de Pâques.

Le premier amoureux d'April, elle n'avait alors que treize ans, s'appelait Gabriel. Depuis toutes ces années, elle n'en avait jamais dit un mot, ne sachant pas comment les filles réagiraient. Mais un soir, après avoir bu trop de vin, elle raconta l'histoire à Ronnie.

C'était un ami poète de sa mère, qui était souvent fourré dans le coin cet été-là. Il avait une longue queue-de-cheval brune et les épaules larges, et, aux yeux d'April, c'était le type le plus séduisant qu'elle ait jamais rencontré. Un soir, il proposa d'aller chercher de la nourriture au chinois, et, d'un air détaché, il demanda à April si elle voulait l'accompagner. Sa mère, qui écoutait à moitié, ne trouva rien d'anormal à cela. Les gamins adoraient faire un tour de voiture ; ça leur donnait de l'importance.

Gabriel gara sa camionnette sur le parking du *Cathay Pacific*, et ils grimpèrent à l'arrière. Elle eut tout à coup envie de retrouver la sécurité de son lit et de son Bisounours bleu ciel avec un nuage de pluie sur le ventre qu'elle gardait caché sous son oreiller. April était terrifiée, même si elle avait rêvé de cet instant, de ce à quoi il ressemblerait.

Il faisait des allusions depuis des semaines.

« April, tu es belle à croquer », avait-il fait remarquer une fois en passant sa main dans le creux de son dos.

Une fois où elle allait à la piscine municipale, il la vit passer en maillot de bain et lui dit :

« Garde ça pour toi, mais je me suis mis à bander juste en te regardant. Reconnais-le, April, tu es magnifique. »

À l'arrière de la camionnette, devant le resto chinois, il lui demanda de s'allonger. En silence, il fit descendre son short kaki, puis sa culotte rose. Il écarta doucement ses jambes en lui embrassant l'intérieur des cuisses. Il continua à l'embrasser en bas jusqu'à ce qu'elle se sente proche d'exploser. Puis il la retourna pour qu'elle se retrouve sur les mains et les genoux et il la prit par-derrière. Cela lui fit mal mais elle se pinça les lèvres, se forçant à garder le silence de crainte qu'il ne s'arrête.

Quand ils revinrent chez elle avec le dîner, sa mère avait mis la table. Elle était assise avec les pieds perchés sur le rebord de la fenêtre, un verre de vin dans une main et une cigarette dans l'autre. Elle leur sourit, et April comprit qu'elle faisait comme s'ils étaient une famille, le père et la fille rentrant d'un petit tour en voiture, la maman accueillant leur retour.

À cette époque, April se figurait que Gabriel était son petit ami, ou, tout du moins, qu'il était amoureux d'elle. Elle concevait que personne ne devait rien savoir sur eux. Il avait quarante ans, l'âge de sa mère. Et, de toute façon, ce secret avait un goût délicieux. Une part d'elle que sa mère ne pouvait pas posséder.

Ils faisaient l'amour dans sa chambre, pendant que sa mère peignait dans la cuisine. Elle lui fit une fellation dans le hall de leur immeuble, devant les boîtes aux lettres. Il passait des heures à examiner son corps nu, caressant chaque courbe, chaque relief, chaque poil. Il lui disait qu'elle était belle.

Elle espérait que cela dure toujours, mais quelque chose arriva. April tomba enceinte. Sa mère, bizarrement, géra très bien la situation. Elle l'accompagna se faire avorter, et lui prépara des nouilles japonaises et du Jell-O, à sa sortie. Elle ne savait pas que Gabriel était le père, ou si elle eut un doute, elle n'en parla pas. April ne le revit jamais. Sa mère lui expliqua plus tard qu'il était parti à Denver pour essayer de retrouver son ex-femme et son fils adolescent. April fut choquée d'apprendre qu'il avait un enfant, et plus âgé qu'elle.

À l'âge adulte, April avait essayé de faire parler sa mère de Gabriel, mais elle changeait toujours de sujet ou bien disait : « S'il te plaît, April, pas maintenant. »

Les filles trouvaient qu'elle avait un point de vue trop cynique sur l'amour, mais comment aurait-il pu en être autrement ? En surface, les relations entre hommes et femmes étaient synonymes de baisers doux, robes blanches et mains enlacées. Mais en dessous, ce n'était qu'un chaos terrifiant menaçant d'éclater au grand jour.

Évidemment, elle n'en parlerait pas maintenant. C'était le mariage de Sally, et April aimait Sally. Elle se détendit, but une longue gorgée de champagne et se fit la promesse de fermer sa gueule.

À la fac, le mois préféré d'April était novembre. La fraîcheur s'installait, et l'air de Northampton devenait clair et pur. Toutes les feuilles tombaient, et, les jours de pluie, le campus ressemblait à une photo en noir et blanc avec ses bâtiments sombres et les arbres sur fond de ciel gris clair. On commençait à voir les étudiantes emmitouflées avec des gants et des chapeaux, et, à l'apparition de la première fine couche de neige, les camions de Residence Life déversaient des litres de sauce soja dans les allées. (Le liquide salé faisait fondre la glace sans polluer le sol et, jusqu'à la fin février, le Quad entier dégageait une odeur de restaurant thaï.)

Novembre était aussi le mois de la *Celebration of Sisterhood,* le festival de la diversité sexuelle. C'était la tradition de Smith qu'April affectionnait le plus. Elle avait été initiée dans les années quatre-vingt-dix, après qu'un groupe de lesbiennes se fut fait attaquer sur le campus.

Certaines coutumes de Smith lui donnaient l'impression qu'elle appartenait à une classe sociale ridiculement gâtée. En automne, le président décrétait le « Mountain Day ». Ce jour-là, les cours étaient annulés, et tout le monde pouvait aller passer la journée au grand air (ou plus vraisemblablement au centre commercial de Holyoke). « Mountain Day » arrivait toujours de façon inattendue. Le signal en était donné le matin même, à la première heure, par quelqu'un jouant à fond dans sa chambre « Holiday » de Madonna, fenêtres ouvertes. Pour réclamer leur « Mountain Day », les étudiantes organisaient une « émeute sur le Quad », sorte de bataille de petits-suisses démesurée prenant place au milieu du Quad, où, des heures durant, les filles s'envoyaient à la figure des restes d'aliments moisis, conservés depuis des lustres, de la crème à raser, des sodas et Dieu sait quoi encore. Le lendemain matin, l'équipe en charge des terrains venait se taper tout le nettoyage. April voyait dans cela une discrimination de classes qui lui donnait tout simplement envie de vomir et, chaque année, elle venait donner un coup de main et remplissait sa poubelle de recyclage de spaghettis dégoûtants, de vieilles brosses à dents et de tous les restes de la bataille, juste pour prouver que les filles de Smith n'étaient pas toutes des crétines sans cervelle.

Ensuite, il y avait « Immorality », fameuse soirée « port de vêtements facultatif », qui se tenait à la résidence Tyler au moment d'Halloween. Les filles y venaient exclusivement vêtues de lingerie ou alors le corps peint, ou entouré d'un film plastique. En théorie, ce n'était pas foncièrement une mauvaise idée. Mais dans les faits, ce n'était qu'un prétexte pour voir déferler sur le campus des nuées d'étudiants, entièrement habillés, qui venaient pour s'en mettre plein les yeux (ils venaient par bus entiers d'aussi loin que la Floride). Les filles du campus ne semblaient pas gênées de se faire reluquer et effleurer par des doigts boudinés toute la soirée, même si, chaque année, au moins une étudiante se faisait agresser.

Quand April fit circuler des flyers pour essayer de faire interdire la soirée, elle reçut une unique réponse, un message téléphonique de la tarée qui dirigeait l'Association chrétienne de Smith. (Qui connaissait l'existence même de cette association ?)

« Salut April, disait la fille d'une voix qui sonnait comme du soleil audible. Ça m'a fait très plaisir de tomber sur tes flyers ce matin. Durant tout le semestre, l'association a prié pour qu'Immorality cesse. Tu es peut-être le don de Dieu dont nous avions besoin. »

Cette pensée fit frissonner April. Elle effaça le message sur-le-champ. (C'était avant qu'elle apprenne l'existence d'unions contre nature entre les féministes antipornographie de l'extrême gauche et les chrétiennes conservatrices de l'extrême droite.)

Mais *Celebration of Sisterhood* était simplement merveilleux. En dernière année, April organisait l'événement avec Toby Jones, une amie trans qui prenait de la testostérone depuis deux ans et avait effectué une chirurgie de transition du buste l'été précédent, en se faisant enlever entièrement les seins. Quelques semaines avant l'événement, Toby proposa au comité qu'il change le nom du festival en ne conservant que *Celebration,* pour mieux intégrer la population trans de Smith. Tous les participants à la réunion trouvèrent l'idée géniale.

Un matin où April faisait son service pour le brunch dans la salle à manger de la résidence King, elle commença à sentir que toutes les autres étudiantes ne trouveraient pas forcément l'idée géniale, elles aussi. Pendant qu'elle nettoyait les tables, elle vit une étudiante de deuxième année, dénommée Christine Lansky, lorgner sur les assiettes des autres filles dans la file menant au buffet et reposer la moitié des œufs brouillés de son assiette dans le plat de service.

Celia et Sally étaient dans un coin, et April se dirigea jusqu'à leur table en s'essuyant les mains sur son tablier. Elle mangea un morceau d'ananas de l'assiette de Celia.

« Regardez-moi ça, dit-elle en hochant la tête dans la direction de Christine. On a l'impression que si elle mange moins d'œufs que les autres, c'est elle la grande gagnante. »

Celia ne faisait pas attention. Elle avait le regard rivé en direction de l'entrée.

« Oh, mon Dieu », souffla-t-elle à voix basse.

Bree et Lara venaient d'entrer en se donnant la main, toujours en pyjama, les cheveux tout ébouriffés après une séance de pelotage au lit et le visage tout sourire.

« Là, je peux pas ! murmura Celia. Il est bien trop tôt pour le lesbianisme.

— Quoi ? demanda April. Elle faisait semblant de nettoyer leur table, mais s'il y avait eu la moindre trace de miettes, Sally l'aurait enlevée immédiatement.

— Franchement ! dit Celia. Admets que c'est limite. »

Même si Bree et Lara sortaient ensemble depuis deux ans, leur relation continuait de choquer Celia. April trouvait cela incroyable. Comme si ce n'était pas déjà assez difficile de trouver l'âme sœur. Elle avait fait remarquer ça à Celia le soir où, pour la première fois, Bree leur avait parlé de sa relation. Pourquoi se limiter à une mince tranche de la population ?

Évidemment, Celia n'était pas d'accord là-dessus. C'est incroyable ce qu'elle pouvait parfois être possessive avec Bree, tout en le niant. Elle n'arrivait pas à concevoir comment Bree pouvait être hétéro et en même temps sortir avec Lara.

« Elles font l'amour ? demanda Celia.

— J'imagine, oui, répondit April.

— Doux Jésus, je peux même pas y penser, frissonna Celia.

— Bon, qu'est-ce que ça peut faire ? Tu as bien déjà embrassé des filles.

— C'était différent ! Tout ce qui se passe au-dessus de la ceinture, c'est des jeux d'enfants, comparé à, enfin tu sais quoi, dit Celia.

— Tout ce qui se passe en dessous de la ceinture ? demanda April.

— Oui ! » répondit Celia, les joues rouges.

Celia n'aimait pas ce que représentait Lara. Elle voulait être la femme la plus importante dans la vie de Bree, et

Lara avait clairement remporté le titre. April était toujours étonnée de voir à quel point certaines filles de Smith avaient l'esprit de compétition, que ce soit au niveau des copines, des garçons, des notes, du poids, et finalement à tous les niveaux. Franchement, à quoi bon ?

Elles s'assirent toutes les deux, et Lara posa les pieds sur les genoux de Bree. April trouvait qu'elles avaient l'air heureuses ensemble, vraiment heureuses. Elle n'avait jamais ressenti cela pour personne d'autre, homme ou femme.

« Tu es peut-être lesbienne, mon sucre d'orge », avait lancé Sally, durant l'une de ces innombrables soirées où elles discutaient de sa relation avec Bill et où Sally finissait par détourner la conversation sur le vide affectif dans la vie d'April.

« C'est quoi une lesbienne, mon sucre d'orge ? demanda April.

— Tu vois ce que je veux dire, rétorqua Sally.

April soupira.

— Si seulement j'étais lesbienne. Ça me simplifierait vachement la vie. Mais ce n'est pas parce qu'on n'a pas confiance dans les hommes qu'on est forcément attiré par les femmes, tu sais.

Sally hocha la tête.

— J'aimerais bien être lesbienne, moi aussi, dit-elle. Sauf pour le sexe. »

Le fait de n'avoir jamais été amoureuse ne dérangeait pas April. Quand elle voyait comment ses amies finissaient par se laisser dépasser par la situation — les crises de larmes, les idées fixes, les coups de fil interminables — elle était bien contente que personne n'ait jamais fait naître cela en elle. Avoir des amies lui suffisait, se disait-elle.

Avec les amies, il n'y avait pas de comédie, ni de lutte de pouvoir, pas besoin de se fondre dans un moule étroit correspondant aux canons féminins, que ce soit la pom-pom girl passionnée, l'amoureuse alanguie ou la maman qui gronde. Il suffisait d'être soi-même.

« Quoi de neuf, les filles ? lança Lara.

— Nada mucho, répondit Celia.

— Bree, bébé, tu veux que j'aille te chercher quelque chose à manger ? demanda Lara.

— Non, répondit Bree.

Elle se tourna vers les autres.

— On a fini les restes du gâteau du réfectoire au lit ce matin. Et pour une fois, j'ai tellement mangé que j'ai les dents du fond qui baignent.

— Charmante image, dit Celia. Merci de me mettre ça dans la tête pendant que je mange.

— C'est du vrai jargon du Sud ça », dit Lara.

April sourit en songeant à ces deux filles du Sud qui avaient dû aller jusqu'à la côte est pour se retrouver.

Elle jeta un œil dehors. Il commençait à pleuvoir.

« J'ai une réunion dans une heure à Duckett pour la *Celebration.* Vous pensez qu'il va s'arrêter de pleuvoir d'ici là ?

— Ce matin, sur la chaîne météo, ils ont dit qu'il va pleuvoir jusqu'à ce soir, dit Sally.

— Qui regarde la chaîne météo ? plaisanta Bree.

— Moi ! dit Sally en prenant une myrtille dans sa salade de fruits pour la lancer sur Bree.

— Je croise les doigts pour qu'il ne pleuve pas pour la *Celebration,* dit April. On a prévu plein de trucs cette année ! »

Elle sourit en pensant à l'idée de Toby. Pouvoir imprimer sa marque à Smith, cet endroit qu'elle aimait tant, c'était une des plus belles choses qu'elle puisse imaginer.

« Bon, pourquoi tu n'arrêtes pas de dire *Celebration ?* demanda Celia. On sait que tu es supercool, mais est-ce qu'il faut forcément que tu abrèges *tous les noms* ? Oh, pardon, je veux dire que tu abrèges *toul*?

— On a changé le nom pour être plus ouvertes, répondit April fièrement.

— Plus ouvertes avec qui ? demanda Lara.

— Plus ouvertes avec la population trans, répliqua April.

— Oh non, pas encore ça, dit Celia. Comme si ça ne suffisait pas d'avoir changé la constitution étudiante pour faire plaisir aux transgenres ? Maintenant, vous allez aussi nous enlever la *Celebration of Sisterhood?*

— Elle n'enlève rien du tout, intervint Sally pour voler au secours d'April. Elle l'améliore ! L'ouverture, c'est précisément le thème de la *Celebration.* »

April lui sourit. La première fois qu'elle avait parlé à Sally des problématiques transgenres, Sally s'était montrée réfractaire, elle avait paniqué. Mais elle avait fini par dire : « Tu as raison, April. Pourquoi est-ce que ces personnes n'auraient pas le droit de devenir ce qu'elles veulent ? » (April avait dû se mordre les lèvres pour ne pas entonner le thème d'un vieux chant militaire qui commençait par les mêmes mots).

« Mais c'est une université pour *femmes,* relançait à présent Celia. L'une des dernières. Les Smithies se sont battues depuis des lustres pour la conserver ainsi. Et maintenant, au nom du politiquement correct, vous enlevez la notion de féminité juste pour qu'une poignée de personnes paumées se sentent admises.

— Il y en a plus qu'une poignée, rétorqua April. Nous avons trente-quatre hommes trans sur le campus, et ils aiment Smith autant que nous. Pense à Toby ! Tu ne crois pas que ça vaut le coup de se battre pour lui ?

— J'aime bien Toby, dit Celia. Et je me souviens en première année, quand il était Theresa. Mais s'il veut devenir un homme, pourquoi il a choisi de le faire ici, dans une université pour femmes ?

— Parce que nous avons l'esprit large, fulmina April. Figure-toi que la plupart des étudiantes sur le campus ne sont pas aussi fermées que certaines filles assises autour de cette table.

— Tu veux plutôt dire certains *individus* autour de cette table ? dit Celia. On ne sait jamais, peut-être que Sally envisage de devenir un homme. Ça ne changera rien, évidemment, on pourra continuer de l'appeler Sal. »

April savait que Celia cherchait à plaisanter, pour mettre fin au débat et retourner au brunch. Mais elle ne parvenait pas à en rire.

« Bonne journée à toutes », dit-elle en tournant les talons.

Un chœur de « Reviens ici ! » s'éleva du groupe de filles, mais April retournait déjà en direction de la réserve. Elle sentait les larmes chaudes lui emplir les yeux.

« On doit faire l'inventaire avant midi », cria-t-elle sans se retourner.

Elle rentra dans la réserve et claqua la porte derrière elle. Sur les étagères s'alignaient d'énormes conserves d'ananas et de haricots blancs à la tomate, des paquets de céréales, des bagels sous plastique et des grands sacs modèle familial contenant sel, farine et sucre.

April se souvint du jour où Toby lui avait expliqué comment lui était venue la certitude, dès la maternelle, peut-être avant, qu'il était destiné à être un garçon. Ses parents l'avaient forcé à laisser pousser ses longues boucles et à porter des petites robes chasubles et des jupes. Cela le faisait pleurer, et il arrivait toujours à mettre la main sur une paire de ciseaux pour se couper les cheveux. Ses parents l'enfermaient dans sa chambre jusqu'à ce qu'il fasse la promesse d'arrêter de se comporter comme un garçon manqué. Au lycée, ils l'envoyèrent dans une école pour enfants émotionnellement perturbés. Ils avaient fait cela pour le punir, dit-il, une forme de redressement. Au lieu de cela, il rencontra des docteurs qui reconnurent son état, les premières personnes dans sa vie qui le prenaient au sérieux.

« Je ne me sens pas à ma place dans mon propre corps, lui avait avoué Toby, les larmes aux yeux. Tu te rends compte ? Je sais que le corps que j'habite n'est pas le bon, au sens littéral du terme. »

Combien de fois April avait-elle éprouvé le sentiment de ne pas être à sa place ? Plus souvent qu'elle ne se le rappelait — à l'époque du lycée, et même encore maintenant, lors des après-midi thé qu'elles organisaient à la résidence King chaque vendredi à quatre heures, et les samedis soirs quand les étudiants de Amherst envahissaient les couloirs. Pourtant, elle ne pouvait s'imaginer ce que cela impliquait de se sentir déplacée dans son corps. Pour elle, Toby était héroïque. La vie ne serait jamais simple pour lui, car il avait fait le choix d'être honnête avec lui-même. Si Smith pouvait lui fournir une trêve, loin des jugements, une parenthèse de quatre ans, loin des épreuves, pourquoi quelqu'un d'aussi gentil que Celia venait se préoccuper du langage utilisé dans une stupide constitution étudiante ?

Parfois, April était inquiète à l'idée qu'elle ait pu être mal assemblée, qu'il lui manquait une pièce essentielle que tous les autres possédaient et qui leur permettait de faire face.

Même sa mère, qui s'était impliquée dans toutes les causes gauchistes possibles et imaginables, semblait capable de faire la part des choses et de profiter de la vie. Mais la cruauté du monde, visible partout où on regardait, ne quittait jamais l'esprit d'April. C'était comme cela depuis son enfance. Elle se forçait à regarder les infos. Chaque soir, c'était la même histoire de bombardements, génocides, meurtres ou enlèvements d'enfants rentrant de l'école, accidents de voitures monstrueux décimant des familles entières sur la route des vacances. Les reporters racontaient ces histoires d'une voix sombre et grave, comme si elles étaient importantes, mais le lendemain, elles tombaient aux oubliettes.

Elle pensa aux filles avec lesquelles elle vivait à Smith. Elles faisaient partie des personnes les plus privilégiées au monde, et pourtant les tristesses qu'elles avaient connues étaient immenses ; les blessures qu'elles avaient subies de leurs propres mains et de celles des autres pouvaient vous fendre le cœur.

Elle se souvint du jour où, en première année, Celia avait accompagné d'autres filles de la résidence King à un bal à Dartmouth. Des cavaliers leur avaient été attitrés, et

Celia avait « googlé » le sien au moins cent fois. Il s'appelait Rob Johann. Il était en dernière année de commerce, jouait dans l'équipe de foot et avait déjà gagné un demi-million de dollars en boursicotant. Le jour du bal, Celia avait passé des heures à se bichonner, en chantonnant les Dixie Chicks[43]. Elle emprunta une ancienne gaine que Bree tenait de l'époque où elle était reine de la fête. (On appelle ça un corset! expliqua Bree quand April fit remarquer qu'elle était loin d'imaginer que quiconque ait pu porter une gaine depuis un siècle.) Quand Celia apparut, on aurait dit une princesse : ses cheveux formaient une torsade élégante en haut de la tête, son maquillage était parfaitement appliqué, et sa robe de cocktail noire sans manches cachait comme par magie le moindre renflement ou bourrelet.

Sally, April et Bree prirent des photos, la couvrant de compliments comme des parents avant un bal de fin d'année.

« Tu vas te marier avec Rob Johann, dit Sally en poussant un petit cri aigu. J'en suis certaine. »

April leva les yeux au ciel, mais il fallait admettre que Celia était éblouissante.

« Il ne va pas s'en remettre », dit-elle.

Le lendemain matin, April, Bree et Lara étudiaient dans le vestibule en mangeant des biscuits en forme d'animaux dans une énorme boîte en forme de nounours que la mère de Bree lui avait envoyée. Sally était sortie quelque part avec Bill.

« Celia n'est toujours pas debout? demanda April en regardant sa montre.

43. Les Dixie Chicks sont un groupe américain des années quatre-vingt-dix, composé de quatre femmes.

— Je ne crois pas qu'elle soit rentrée hier soir, répondit Bree.

— C'est tellement cool de pouvoir avoir des relations sexuelles indirectement à travers vous toutes, dit April.

Bree se mit à rire.

— Heureuse d'être à votre service », dit-elle en passant un bras autour de Lara et lui plantant un baiser sur la joue.

Celia rentra vers onze heures, le noir autour de ses yeux avait coulé. Elle leur adressa un faible sourire.

« La nuit a été longue, dit-elle. J'ai besoin de faire une sieste éclair. »

April remarqua un alignement de légers bleus sur l'avant de ses deux bras et une autre ecchymose sur son genou. Mais avant qu'elle puisse dire quoi que ce soit, Celia passa devant elle et monta dans sa chambre.

Bree et April la suivirent et frappèrent à sa porte.

« Est-ce qu'on peut entrer, chérie ? » demanda Bree. Elle n'attendit pas sa réponse. Quand elles ouvrirent la porte, Celia était déjà sous les couvertures, toujours dans sa robe, les lumières éteintes et les stores tirés.

« S'il vous plaît les filles, laissez-moi tranquille, dit-elle. Vraiment. S'il vous plaît, sortez. »

Comme elles refermaient la porte et retournaient prendre place dans le vestibule, April sentit une boule se former dans son ventre. Ça ne ressemblait pas à Celia. Heureuse ou malheureuse, elle n'était pas du genre à vouloir être seule. Lorsqu'elle faisait une sieste l'après-midi, elle laissait toujours sa porte grande ouverte, comme ça, elle pouvait entendre ce que les autres faisaient, même si elle était inconsciente.

« Ça m'inquiète, murmura Bree. Tu te rappelles le jour où elle est tombée des escaliers à Wilder ? »

April hocha la tête. Ça s'était passé plusieurs fois, en fait, mais le mentionner aurait été cruel. Deux ou trois verres seulement mettaient Celia dans un état où elle en voulait plus, toujours plus, jusqu'à se noyer dedans. Une fois, elle avait expliqué sur le ton de la plaisanterie que l'achat de boissons alcoolisées étant illégal le dimanche ou les jours fériés dans le Massachusetts, les Irlandais de sa famille s'approvisionnaient toujours en avance. (Chaque année, expliquait Celia, la veille du jour de l'Indépendance, sa grand-mère déclarait : « Si vous voulez passer un bon 4 juillet, le 3, achetez un quint ! »)

Ce soir-là, vers l'heure du dîner, quand Sally rentra à la résidence, Celia n'avait toujours pas refait surface. Elles expliquèrent à Sally ce qui s'était passé, et elle hocha la tête. « Est-ce que vous vous êtes renseignées dans la résidence pour savoir comment ça s'était passé hier ? »

Elles l'avaient fait, mais aucune des autres filles n'avait vu Celia après minuit la nuit précédente. Lorsqu'elles s'étaient mises en route pour rentrer, elle avait insisté pour rester en arrière. Elle leur dit qu'elle allait s'incruster pour la nuit chez une de ses copines du lycée.

À l'heure du dîner, Celia était toujours au lit et elle dormit jusqu'au lendemain matin. Mais quand elle finit par sortir de sa chambre pour aller prendre une douche, et en ressortit enroulée dans sa serviette Snoopy, elle avait l'air plutôt gaie.

« Chérie, est-ce que ça va ? demanda Sally. Où est-ce que tu as attrapé ces coups ?

— Ça va.

Celia lança un sourire qu'April ne trouva pas très convaincant.

— Bon, dit Sally, des nouvelles de M. Johann ?

— Ouaip, il m'a envoyé un e-mail, répondit Celia. Il m'a dit qu'il s'était bien amusé, et il aimerait qu'on n'habite pas si loin l'un de l'autre. Il n'arrêtait pas de m'appeler Blanche-Neige pendant la soirée, et dans son e-mail, il commence par Chère Neige.

Sally poussa un petit cri.

— Oh, je savais qu'il ne pourrait pas te résister avec cette robe ! Pas un seul homme n'y arriverait. Madame Celia Johann, je vois ça d'ici.

— Oh, jamais je ne porterai son nom, dit Celia en faisant un clin d'œil. Bon, on pourra éventuellement faire accoler nos deux noms. »

Après cela, elle ne mentionna plus son nom.

Plusieurs semaines passèrent avant que Celia leur raconte la véritable histoire. C'était un jeudi soir. Elles étaient assises toutes les quatre sur le tapis tressé dans la chambre de Sally et buvaient du vin en papotant. Sally fit allusion à un copain hippie de son frère à Dartmouth, supermignon, qui pourrait plaire à April. Cette dernière répondit qu'elle n'aimait pas les types des écoles élitistes, et, tout à coup, Celia se mit à pleurer.

« Quand j'entends le nom "Dartmouth", ça me donne envie de vomir, dit-elle. Sérieux, il suffit que je le voie écrit sur le sweat-shirt de quelqu'un et je dois me forcer à ne pas vomir. »

Elle leur expliqua que le soir du bal, le courant était passé entre Rob Johann et elle dès les premiers instants. Ils avaient plaisanté et parlé de leurs familles, et pas une seule fois il n'y avait eu de blanc dans la conversation. Il était très beau. Elle le trouvait bien au-dessus de sa catégorie. Mais il semblait la trouver mignonne. Ils avaient bu du champagne et dansé et, à un moment donné, ils avaient filé à l'anglaise pour aller s'embrasser dans un vestiaire.

« Il m'a dit qu'il trouvait ça vulgaire d'embrasser une fille qui lui plaisait sur la piste de danse, mais qu'il mourait d'envie de m'embrasser depuis qu'il m'avait vue entrer dans la pièce », se rappela Celia.

Autour de minuit, les autres Smithies s'apprêtaient à partir, continua-t-elle, et elle fit ses adieux à Rob. Mais il la supplia de rester et de faire un tour avec lui autour du campus. Il avait une voiture, avait-il précisé, et il serait content de la reconduire dans quelques heures. Celia était aux anges.

« J'en étais quasiment au stade où j'avais déjà choisi les robes des demoiselles d'honneur », dit-elle d'un ton plein d'ironie, mais April avait compris qu'il y avait plus qu'une ombre de vérité là-dedans. Aussi libérées qu'elles puissent paraître, ses amies vivaient bel et bien dans un roman de Jane Austen.

Celia continua son histoire. Après que les Smithies furent parties, Rob piqua une bouteille de Veuve Clicquot au bar de la soirée, et ils marchèrent dans le campus, main dans la main et s'envoyant du champagne. Ils finirent la bouteille et continuèrent à marcher, riant bêtement dans leur joie éthylique des histoires qu'ils se racontaient. Ils se parlaient du nombre d'enfants qu'ils voudraient avoir et de leur espoir commun d'aller vivre à New York.

« Je n'arriverai jamais à dormir tranquillement si mes filles te ressemblent, lui avait-il dit dans la conversation. Tu es bien trop belle. »

Elle ne se souvenait plus quelle heure il était quand il lui demanda d'aller chez lui, mais elle se souvenait qu'il était tard et qu'il n'était pas en état de conduire.

« Tu n'as qu'à prendre le lit, moi je dormirai par terre, lui avait-il dit en souriant. Je serai le parfait gentleman, je t'en donne ma parole. Je te raccompagnerai en voiture demain à la première heure.

Celia l'embrassa.

— Ça marche, dit-elle. Tant qu'on peut avoir des pancakes chez *Sylvester's*. Tu vas adorer. C'est là qu'on trouve les meilleurs petits déjeuners à Northampton. »

En route vers chez lui, elle songea qu'elle avait toujours rêvé de former un de ces couples qui sortent bruncher et lisent le journal devant un toast de pain perdu et un café. Peut-être avait-elle fini par le rencontrer, celui qui lui était destiné.

En arrivant à l'appartement, les trois colocataires de Rob étaient sur le sofa et buvaient de la bière en regardant une rétrospective de *Saturday Night Live*. Les lumières étaient éteintes, et elle arrivait à peine à distinguer leurs visages dans le halo bleu de l'écran de télé. Celia commença à se présenter, mais elle sentit tout à coup Rob la pousser par-derrière. « Ils sont chiants, lui dit-il. Viens, on va se coucher. »

D'après Celia, c'est à ce moment qu'elle commença à paniquer. Ils s'allongèrent sur son lit et s'embrassèrent, lentement d'abord, puis plus violemment. Il enleva son pantalon. Il mit ses mains sous sa robe et lui pressa les seins.

« Pas de soutien-gorge, dit-il. Tu es une vilaine, toi.

Celia sentit que sa tête tournait.

— Je voudrais aller me coucher maintenant. Je suis épuisée », dit-elle, toujours en l'embrassant pour ne pas le contrarier. Malgré la peur qui grandissait en elle, elle pensait à sa foutue gaine en priant pour qu'il ne la remarque pas.

« Allez », dit-il. Il étendit le bras vers le tiroir de sa table de nuit et en sortit un préservatif bleu dans un emballage transparent, le genre qu'on donne à la fin des exposés sur la sexualité protégée et dans les manifestations de Sidaction. Il se mit sur elle.

« Non, dit doucement Celia. Pas ce soir. La prochaine fois, d'accord ?

— Allez, murmura-t-il. Il était toujours sur elle, et elle sentait sa main mettre le préservatif.

— Non, Rob, dit-elle. Je suis vraiment supercrevée. »

Il lui maintint les bras contre le matelas. Celia essaya de se dégager, mais il lui plaqua violemment le genou avec sa jambe. Ensuite, d'une main, il lui arracha sa gaine et ses bas, lui brûlant l'intérieur des cuisses. Il la pénétra, et la douleur qu'elle ressentit n'avait rien de commun avec tout ce qu'elle avait connu, même la première fois. Elle expliqua aux filles qu'à partir de là, elle se dit intérieurement : *Ce n'est pas en train de se passer* et, jusqu'à la fin, elle resta étendue les yeux fermés, sans se débattre, sans faire un bruit. Quand tout fut fini, il l'embrassa négligemment sur la joue, roula à ses côtés, passa un bras autour d'elle et s'endormit.

Elle garda les yeux ouverts jusqu'au matin. Son réveil sonna à neuf heures, et il étendit le bras pour l'éteindre sans même ouvrir les yeux.

« Rob, je veux partir maintenant, dit-elle.

Il la regarda du coin de l'œil.

— Ça marche, fit-il. Sois prudente sur la route.

— Je croyais que tu me ramenais ? dit-elle.

— J'avais oublié que j'ai un entraînement de foot aujourd'hui. Il y a un horaire de bus dans un tiroir sous le micro-ondes.

Elle se leva en silence, enfila ses chaussures, rajusta sa robe.

— Au revoir, dit-elle les larmes aux yeux.

— Eh, dis donc, dit-il. J'ai vraiment pris mon pied hier soir. »

Après avoir fini de leur raconter l'histoire, Celia leva le nez de son verre de vin. Bree, Sally et April étaient en train de pleurer toutes les trois.

« Oh, les filles, dit-elle en essuyant ses propres larmes. J'ai été tellement conne. Il y avait trois autres personnes dans l'appartement, et je n'ai même pas crié. Je ne me suis pas défendue. C'est comme si j'avais quitté mon corps et que j'observais la scène depuis le plafond. Et en plus, je suis restée dans son putain de lit toute la nuit ! Pourquoi est-ce que je ne me suis pas enfuie ? Et le lendemain quand j'ai reçu un e-mail de lui, ça m'a fait plaisir ! Vous y croyez ? Plaisir. Je me suis dit : Il s'agit peut-être d'un malentendu. On était tous les deux saouls. Peut-être qu'on en rigolera plus tard, quand ça fera plusieurs années qu'on sera ensemble. Je suis complètement dingue.

— Tu n'es pas dingue du tout, dit Bree sans détour. Celia, tu as subi un viol. Je pense qu'on devrait toutes prendre la voiture de Sally pour aller couper les couilles de ce mec.

Celia sourit faiblement.

— Mais enfin, vous ne comprenez pas ? C'était en partie de ma faute. Je l'ai suivi chez lui, j'ai pas gueulé, j'ai pas appelé à l'aide. »

April prit les mains de Celia, elles étaient moites et froides

« Tu n'as rien fait de mal », lui dit-elle. Elle ne pouvait s'empêcher de penser aux statistiques qu'elle avait entendues dans son cours « femmes et sexualité » : une Américaine sur quatre avait été victime d'un viol. Et ce chiffre s'exprimait clairement ici, au sein de son propre groupe d'amies.

« Est-ce que tu voudrais porter plainte ? demanda April avec douceur. Tu sais qu'on serait derrière toi.

— Non, non, répondit Celia. Je ne pourrais pas faire subir ça à mes parents. Je ne veux pas que mon père apprenne ce qui m'est arrivé, jamais. »

Elles restèrent silencieuses un moment. Au bout d'un moment, Sally ouvrit la bouche.

« Le pire dans cette histoire, c'est que sur papier, ce salaud donne l'impression d'être un bon parti : une bonne éducation, une fortune acquise de façon personnelle. D'ici deux ans, il sera certainement marié à un mannequin vedette, et elle ne se doutera jamais que son mari est un violeur.

Celia hocha la tête.

— Ça m'étonnerait qu'il se perçoive lui-même comme un violeur. Si seulement je n'étais pas allée à Dartmouth, ou si vous aviez été avec moi. Vous ne m'auriez jamais laissé disparaître comme ça. Je ne dis pas que j'ai besoin de quelqu'un pour me surveiller, mais vous voyez, quoi. »

C'était la vérité. Elles prenaient toutes soin les unes des autres quand il s'agissait des mecs et de l'alcool, ce qui voulait dire quelque chose, quand on y pensait. C'était malheureux d'avoir à faire ça. April se souvint de ce qu'avait dit Sally. Combien d'autres Rob Johann se promenaient dans la nature ? La plupart des violeurs passaient sans doute pour des citoyens modèles, ils avaient un boulot, une famille, des amis. Ce n'était pas tous des malades qui portaient des masques de ski et qui traînaient dans des allées sombres.

Finalement, April et Toby modifièrent le nom de l'événement en ne conservant que *Celebration.* Il y eut une petite manifestation sur le campus, où on pouvait entendre des slogans comme « Laissons l'université pour femmes aux femmes. » Mais, au bout du compte, tout le monde se mit d'accord, comme d'habitude.

April portait une longue robe portefeuille rouge à manches longues, qui avait appartenu à sa mère dans les années soixante. Toby portait un smoking, ses cheveux coupés court à la garçonne frisottant autour de son visage. Il bruinait lorsqu'ils montèrent sur la scène qui avait été érigée à l'avant du Quad.

« Bienvenue à la *Celebration !* » lança April au micro. Deux mille Smithies se tenaient devant elle et acclamaient.

Elle avait la gorge serrée. C'était sa dernière *Celebration* comme étudiante à Smith. Pour la première fois de sa vie, elle n'avait aucune idée de ce qu'elle ferait à la même période l'année suivante.

Cette nuit constitue un des souvenirs les plus heureux d'April. Le souvenir des sketchs, joués par les équipes de chaque résidence, que Toby et elle avaient choisis, le souvenir des visages de ses camarades étudiantes, rires dans la foule. *Celebration* était censée être la fête de toutes les formes de liberté sexuelle, et, pourtant, la plupart des sketchs (tous joués par des filles hétéros du Quad) revêtaient la même forme. Quelques filles, en short et col relevé, se faisaient passer pour des étudiants d'Amherst. Un autre petit groupe jouait le rôle de Smithies ; elles faisaient la connaissance des garçons, sortaient avec eux et décidaient ensuite de les plaquer et de sortir entre elles. Le public poussait des hurlements de joie au moment où les étudiants délaissés quittaient la scène et que les toutes nouvelles lesbiennes s'embrassaient.

Après les sketchs, tout le monde se promenait sur le campus, une bougie à la main, en sirotant du cidre et en admirant les lumières scintillantes qui éclairaient les sentiers. Chaque résidence contribuait à l'événement ; certaines avaient sorti des plateaux de pâtisserie, d'autres avaient réuni un des groupes a cappella du campus pour chanter sur le perron, d'autres avaient fabriqué des choses artistiques, des souvenirs, ou mis en scène des spectacles ambitieux.

April se promenait bras dessus, bras dessous avec Toby, savourant chaque seconde. Les filles de la résidence King étaient parties devant quand elles avaient appris qu'à Chapin on donnait un CD gratuit de chansons sur le thème de Smith, mais qu'il n'y en aurait sans doute pas pour tout le monde.

« Je suis fier de nous, dit Toby.

— Moi aussi, répondit April. Tout ça va tellement me manquer.

Toby lui serra le bras.

— Tu ne peux pas imaginer. Ça m'affole de penser à après. »

Devant la résidence Duckett, elles avaient fait installer un stand pour se faire raser la tête, qui était censé rappeler les anciens salons de coiffure pour hommes, avec l'enseigne rouge et blanche et tout le toutim.

Toby se tourna vers April.

« Qu'est-ce que t'en dis ? En souvenir de cette soirée ? »

Le cœur d'April se mit à battre plus vite. Elle allait peut-être le regretter demain, mais là, dans cet instant, c'était la chose à faire. Elle pensa à Toby, enfant, qui avait coupé ses boucles dorées en cachette. Là, maintenant, c'était peut-être une façon pour lui de récupérer ce souvenir et le transformer en quelque chose de positif.

Elles prirent place sur des chaises de réfectoire, installées sur le trottoir, main dans la main, pendant que deux première année prenaient leur rasoir et se mettaient au travail. Une foule se forma autour d'elles, et tout le monde les acclama. April ferma les yeux, elle sentait le bourdonnement du rasoir sur son crâne, tandis que ses longs cheveux roux tombaient en paquets sur le sol. En rentrant à la résidence King, les filles en feraient sûrement toute une histoire, elles hurleraient qu'elle avait perdu la tête, tout en jubilant de la sensation que tout cela leur procurerait. April se sentait en paix.

En souvenir de cette soirée, avait dit Toby. Comme si elle pourrait jamais l'oublier.

# SALLY

De l'intérieur de la penderie, Sally écoutait, le visage enfoui dans le costume de Jake pour que la mère de son fiancé ne l'entende pas respirer. Les verres pris cet après-midi avec les filles l'avaient rendue légèrement ivre, et elles avaient décidé d'aller faire une sieste chacune de leur côté. Le problème, c'est que Sally n'arrivait pas à dormir. Elle s'était retrouvée dans la penderie de la chambre d'hôtel, un peu éméchée, à repasser les habits de Jake à la vapeur quand elle entendit la clé tourner dans la serrure de la porte. Elle savait que ça ne pouvait pas être Jake, car il était parti jouer au golf à Amherst avec son père pour la journée. L'espace d'un instant, Sally se demanda s'il ne pouvait pas s'agir de Bill, mais c'était ridicule. Il ne savait même pas qu'elle était en ville. Elle avait pensé beaucoup trop souvent à Bill au cours des derniers mois avant le mariage. Ces longues heures à faire l'amour dans son bureau de la bibliothèque Neilson, ses cheveux argentés et ses sweat-shirts qui grattaient. Son poème préféré qui tournait en boucle dans sa tête, *Bruxelles en hiver,* de Auden.

*Ridges of rich apartments loom tonight*
*Where isolated windows glow like farms*

*A phrase goes packed with meaning like a van*
*A look contains the history of man*[44].

Quand Rosemary entra dans la pièce et cria : « Il y a quelqu'un ? », Sally fit doucement glisser la porte de la penderie, s'enfermant à l'intérieur sans même y penser. L'instant d'après, cela lui sembla ridicule et puéril, mais elle ne pouvait plus vraiment sortir de la penderie à présent.

Et puis, pour qui elle se prenait Rosemary, à entrer directement sans même frapper ? C'était la famille de Jake tout craché : les concepts de porte, mur, ou espace personnel leur passaient largement au-dessus de la tête. Sally espérait bien qu'elle trouverait ce qu'elle était venue chercher et s'en irait. Pour l'instant, elle n'était pas d'humeur à faire face à Rosemary. Mais au lieu de partir, Rosemary s'assit sur le lit, se mit à farfouiller dans la valise de Jake et entreprit de passer un coup de téléphone à sa sœur Anna.

« La femme de ménage est en train de faire notre chambre, mais je n'ai pas très envie de rester là pendant qu'elle fait le ménage, expliqua Rosemary au téléphone. Je ne sais pas, l'idée d'aller faire un tour en ville sans Joe, ça ne m'enchante pas des masses. Attends d'être ici, tu vas voir, Anna. Il y a des lesbiennes partout, si, si, partout je te dis !

Il y eut un silence, puis Rosemary enchaîna :

— Non, aucun risque qu'elles essayent de me convertir, ça ne craint rien. »

44. Toits des riches appartements qui font planer une menace ce soir
Où des fenêtres isolées, comme des fermes, jettent une lumière.
Une phrase, chargée de sens comme une fourgonnette, passe
Un regard contient toute l'histoire de l'homme.

Il fallut que Sally morde la manche du costume de Jake pour éviter d'éclater de rire.

« Il y a six mois, je lui ai dit à Jake, qu'il fallait mettre le holà à toute cette histoire idiote de mariage en plein air. Et maintenant, il va pleuvoir dimanche ! »

Rosemary hurlait dans le téléphone comme si l'appareil lui-même l'avait provoquée. Elle prit une respiration profonde et se ressaisit.

« Tu sais, Sally, je l'adore, mais enfin elle ne fait pas vraiment jeune mariée. Pour commencer, elle ne voulait pas d'une vraie robe de mariée. Ensuite, elle a tiré un trait sur la cérémonie à l'église. Et puis après, elle annonce que le mariage aura lieu ici. Tu peux me dire quel genre de fille aurait envie de se marier dans son ancienne université ? Où est le problème de se marier dans sa ville natale ou dans la nôtre d'ailleurs ? Elle avait le choix entre deux banlieues de Boston très correctes, et bien non, il faut qu'on se trimballe à Pétaouchnoc ! Pourtant, Dieu sait qu'elle a les moyens de se payer un gros mariage, avec tout l'argent qu'elle a. Pareil pour Jake. Tu te maries avec un garçon qui a amassé une petite fortune en banque, et tu ne lui laisses même pas la possibilité de l'afficher ? Bon, d'accord, on ne parle pas de cinq millions, mais c'est quand même quelque chose. »

Les mains de Sally se refermèrent pour former deux poings serrés. Frimer, afficher sa réussite en organisant un gros mariage, c'était le cadet des soucis de Jake. Ils dépensaient leur argent pour des choses bien plus raisonnables : la nouvelle maison à Cambridge, les traites de la voiture, l'épargne pour les études des gamins. Rosemary savait tout ça très bien. On ne parle pas de cinq millions. Cinq millions. La part de l'héritage entachée de sang de

Sally. Le chiffre qui la suivait comme un fantôme depuis que son père et le médecin oncologue s'étaient mis d'accord sur cette somme à l'hôpital Mass. Cinq millions, ça suffisait pour que les gens s'imaginent qu'elle était la plus chanceuse des filles de vingt-cinq ans au monde, alors que bien sûr, elle aurait tout donné, en en rajoutant au passage, pour revoir sa mère une journée, une heure de plus.

Une fois les frais légaux payés, il restait dix millions de dollars. Son père déclara qu'elle et son frère devaient se partager la somme en parts égales. Elle lui avait déjà dit qu'elle ne voulait pas de cet argent, mais il s'entêta, refusa d'entendre ce qu'elle avait à dire, lui rebattant les oreilles sur les possibilités de placements futurs. Il avait passé bien plus de temps sur le sujet que sur la mort de sa femme. (« Putain, les mecs, au niveau des émotions, c'est vraiment des crétins finis. Il n'a pas la moindre idée de comment t'aider, et pourtant, il voudrait que tu saches qu'il aimerait pouvoir le faire », avait conclu April.) Avec cet argent, elle avait le sentiment qu'on lui donnait un pot-de-vin. Sally essaya du mieux qu'elle put de faire comme si elle n'avait pas cet argent : jusqu'à récemment, elle avait vécu dans un petit appart pourri de Central Square avec trois colocataires. Et maintenant, Rosemary lui renvoyait ça dans la gueule.

Elle avait essayé, à plusieurs reprises, de voir les choses du point de vue de Rosemary, elle avait vraiment fait l'effort. Une femme a un fils, elle l'aime, elle l'élève, et puis un beau jour, une autre femme se pointe et le lui enlève. Ça devait être horrible. Mais est-ce que Rosemary ne devrait pas souhaiter que Jake soit heureux ? Est-ce que, pour commencer, elle n'aurait pas dû le couver un peu moins ? Il avait trente ans, et quand elle l'avait rencontré, quatre ans plus tôt, sa mère lui remplissait toujours son frigo avec sept petits plats tout prêts le dimanche soir, ou bien elle passait lui déposer son linge propre, bien plié, avec, en prime, une double dose d'adoucissant pour ses draps. Si ça, c'était pas freudien, se disait Sally, alors il y avait de quoi se demander ce qui l'était.

La première fois qu'ils s'étaient engueulés, c'est parce que Rosemary était entrée dans la chambre pour faire son lit pendant qu'il était au travail, à la suite de quoi elle avait fait une réflexion sur le fait que ce n'était pas tout à fait convenable de trouver le soutien-gorge de Sally pendu au bois de lit, là où tout le monde pouvait le voir. Quand Jake raconta ça à Sally, la fois suivante où ils étaient tous les deux dans sa chambre, il ne leva pas les yeux au ciel, il ne se montra pas gêné outre mesure par le comportement intrusif de sa mère. Au contraire, il dit cela comme un message d'avertissement : *Ne laisse pas traîner ton soutien-gorge sur mon bois de lit immaculé, choisi avec amour par maman. Ce n'est pas convenable.*

« D'abord, qu'est-ce qu'elle fout là, ta mère ? avait répliqué Sally. Elle a la clé de ton appart ?

— Et alors, c'est quoi le problème ? »

Le visage de Jake commençait à se froisser comme à chaque fois qu'on lui faisait de la peine, un peu comme le visage d'un enfant au bac à sable à qui on aurait piqué sa pelle et qui s'apprête à pleurnicher. En voyant cette expression, Sally eut envie de laisser tomber l'affaire, mais elle n'arriva pas à s'y résoudre.

« Ce qui est surprenant, c'est qu'elle n'y saute pas directement, dans le lit, après l'avoir fait, hurla Sally. Ce qui est surprenant, c'est que ce ne soit pas son soutien-gorge à elle qui pende du bois de lit. »

Elle savait qu'elle avait poussé les choses trop loin. N'importe quel autre type serait devenu fou furieux et aurait quitté la pièce de rage, mais Jake se contenta de rigoler et de l'attirer sur le lit de ses gros bras d'ours, puis de la faire glisser sous les draps.

« Allez, avoue, dit-il. Ces draps, ils te plaisent autant qu'à moi. Tu te sers de moi pour pouvoir profiter de ma double dose d'adoucissant. »

Sally se demandait parfois si la raison pour laquelle elle trouvait Rosemary tellement insupportable venait du fait qu'elle-même ne connaîtrait plus jamais cette sorte si particulière d'amour, étouffante et rassurante, qui ne peut venir que de celle qui vous a connue depuis le début, depuis avant le début même.

De sa mère, tout lui manquait. Les mèches brunes qu'elle maintenait avec un serre-tête en écaille de tortue, les rangs serrés de cardigans et de pulls irlandais dans ses armoires, son parfum, Creation, qu'ils avaient arrêté de produire et qu'elle trouvait encore dans une petite boutique de Harvard Square. Elle faisait un jogging de douze kilomètres chaque matin avant le petit déjeuner et, aux yeux de Sally, elle possédait la silhouette idéale d'une mère : un corps svelte et ferme, avec un petit ventre là où ses enfants avaient grandi. Quand Sally et son frère étaient petits, elle les amenait souvent en voiture à la plage de Cohasset pour faire un pique-nique les samedis où il faisait beau. Leur père était d'ordinaire au travail, ou bien dans l'avion, pour se rendre à une conférence ici ou là. « Faites coucou à papa ! » criait leur mère, dès qu'un avion passait dans le ciel. Et ils faisaient coucou, tous les trois, agitant les bras comme s'il était réellement en mesure de les voir. Pour Sally, même en y repensant à présent, le corps de sa mère ne donnait pas les signes d'être une région où le cancer oserait s'installer.

Pendant la première année de lycée de Sally, à l'automne, sa mère avait commencé à perdre du poids.

« T'as l'air en forme, lui dit Sally un soir avant le dîner, tandis qu'elles étaient en train de couper des légumes pour faire une salade en regardant le journal à la télé.

— Ah bon ? répondit sa mère.

— Ouais, tu as minci », dit Sally.

Sa mère dit qu'elle n'avait pas remarqué, mais ça sembla lui faire plaisir, et Sally en tira la conclusion qu'elle avait repris un de ses régimes insensés, à base de jus de citron ou de soupe de chou-fleur.

En novembre, elle découvrit, entre l'aisselle et le sein, une boule encombrante, dure et de la taille d'un petit pois. Le docteur déclara que ce n'était rien, juste un kyste bénin. Il lui dit que l'analyse de sang montrait qu'elle était anémique, du coup, elle et Sally, se mirent à prendre des pilules de fer. Elles étaient d'accord pour dire que c'était comme sucer une pièce de monnaie.

Pendant un temps, sa mère se sentit mieux. Mais la boule dure ne partait pas, et au bout du compte, des mois plus tard, elle refit un test, cette fois avec un médecin différent. C'était un cancer du sein, annonça le deuxième docteur, et il s'était étendu au ganglion lymphatique et à l'os. Il était désolé, vraiment désolé, que l'autre médecin ne l'ait pas repéré, parce que, maintenant, ses chances de survie étaient faibles. S'ils l'avaient trouvé plus tôt… mais à quoi bon les si ?

Pendant l'année que dura la chimiothérapie, elle mit un point d'honneur à mettre du rouge à lèvres et à faire une longue marche tous les matins. Elle portait une perruque de designer qui avait coûté une fortune et ressemblait presque parfaitement à des vrais cheveux. Par la suite, et en dépit du fait que les traitements ne marchaient pas, les docteurs se déclarèrent impressionnés par son endurance. Elle arriva peut-être à se maintenir plus longtemps que ce qu'ils avaient initialement pronostiqué : quelque chose comme neuf mois au lieu de trois. Mais, très vite, tout commença à partir à la renverse. Elle ne faisait qu'entrer et sortir de l'hôpital. Pourtant, elle ne perdait pas sa bonne humeur ni son courage. Les matins où elle allait bien, elle préparait des petits plats qu'elle mettait au congélateur « pour plus tard », disait-elle.

« Pour quand tu seras morte, tu veux dire », avait lancé le frère de Sally une fois, en se mettant à pleurer. Sally savait bien qu'il souffrait et qu'il avait sans doute raison, mais elle le détesta quand même d'avoir dit ça. (Personne ne mangea jamais ces petits plats. À la connaissance de Sally, ils se trouvaient toujours dans le congélateur de son père, un monument de glace qu'aucun d'entre eux ne pouvait se résoudre à jeter.) Sa mère sortit les vieux cartons remplis de photos et choisit les meilleures pour les coller dans des albums. Elle écrivit de longues lettres à ses amis et à sa famille. L'étincelle de vie en elle ne mourut qu'au moment où le reste lâcha prise, deux jours avant la remise des diplômes au lycée de Sally.

Si sa mère avait été encore en vie, Sally aurait probablement été une de ces filles de Smith qui portent des perles, qui ont leur propre cheval dans les écuries du campus, et qui rentrent à la maison un week-end sur deux pour le repas familial dominical. Elle était prête à admettre que la quasi-totalité de ce qu'elle avait fait depuis la mort de sa mère avait pour but de choquer, et c'était sa façon à elle d'essayer de la ramener à la vie : sa liaison avec Bill, son refus d'envoyer un dossier à la fac de médecine, même ce mariage modeste dans le Quad de Smith College. Face à tout cela, sa mère aurait protesté et, au bout du compte, mis son veto. Et puis, il y avait les choses que sa mère aurait aimées. Là aussi, elle aimait imaginer que cela puisse la ressusciter, car sans sa présence et son approbation, rien de positif ne lui semblait vraiment réel.

Elle aurait aimé Jake.

« Il n'est pas assez bien pour toi » avait été son cri de ralliement tout au long des années lycée de Sally à chaque fois qu'elle ramenait un autre joueur de football américain mal dégrossi ou le énième capitaine d'une équipe de joute oratoire. Jake était assez bien pour elle. C'était le type le plus gentil que Sally avait jamais rencontré. Il avait envie d'avoir des enfants, beaucoup, et il voulait être présent avec eux tous les jours. Pas comme le père de Sally qui se vantait tout le temps qu'il était en Chine pour la signature de sa première affaire à un million de dollars au moment où Sally faisait ses premiers pas sur la pelouse devant leur ancienne maison. Jake riait d'elle alors que n'importe qui d'autre se serait énervé et serait parti. C'était une bonne chose, parce que Sally savait qu'elle pouvait parfois être exaspérante.

Jake se souvenait toujours de la date d'anniversaire de la mère de Sally, et quel âge elle aurait eu. Il comprenait les rituels de Sally, rituels que tout le monde, à l'exception d'April, aurait probablement trouvés glaçants : elle gardait une boîte à café avec les cendres de sa mère sous son lit et elle avait toujours un message que sa mère avait laissé sur la boîte vocale de son portable qu'elle sauvegardait chaque mois et écoutait à longueur de journée.

« Salut, disait la voix de sa mère. J'espère que tu t'amuses bien. Est-ce que tu peux racheter du lait ? Et aussi, n'oublie pas d'attacher ta ceinture. Je t'aime. » Dans le fond, on entendait les notes du début du générique de l'édition du soir du journal télé. Ce message était ce que Sally avait de plus cher au monde et elle avait la ferme intention de garder ce téléphone portable, d'une technologie largement dépassée, aussi longtemps que possible, afin de ne jamais le perdre.

Peu importe le nombre de fois où Sally s'était réveillée en larmes, pleurant l'absence de sa mère, Jake lui caressait les cheveux et l'attirait vers lui. Jamais il ne lui demandait *Quand est-ce que tu vas passer à autre chose ?* Dans les années à venir, il aiderait Sally à maintenir le souvenir de sa mère vivant, même lorsque son père et son frère semblaient déterminés à l'effacer. Tous les deux refusaient de parler de sa mère maintenant, comme si, tout simplement, elle n'avait jamais existé. Depuis sa mort, Sally avait l'impression d'être sans famille.

La voix animée de Rosemary sortit Sally de ses pensées.

« Oui, Anna, je comprends bien, mais ce que je suis en train de te dire, c'est qu'on ne sert pas de l'entrecôte à un repas de quatre-vingt-dixième anniversaire, la moitié des gens n'arrivaient même pas à mâcher. C'est une honte. Et Dottie a payé quatre-vingt-cinq dollars pour une assiette. Ah bon ? Elle t'a dit soixante-dix ? Moi, elle m'a dit quatre-vingt-cinq. »

Au moins, elles étaient passées à autre chose que le mariage, pensa Sally. Dans la lumière faible de la penderie, elle jeta un coup d'œil à sa montre. Ça faisait douze minutes que Rosemary était là.

« Allez, je file, dit-elle au bout d'un moment. On te voit demain au dîner de répétition, ou peut-être avant. Comment ? Oh, mets ce que tu veux, pour ce que j'en sais la mariée va certainement nous sortir une tenue de hippie, alors… »

À travers les fentes dans la porte, Sally regarda Rosemary s'approcher de la commode pour se regarder bien en face un long moment dans le miroir. Elle remarqua le paquet de Life Savers de Jake, défit l'emballage en aluminium et se fourra un bonbon dans la bouche. Puis elle se glissa hors de la chambre, et la porte se referma avec un bruit sourd derrière elle.

Sally ouvrit la penderie et tomba sur le lit. Une tenue hippie ? Elle caressa l'idée de se ruer dehors et d'en acheter une pour la mettre le jour suivant. Elle poussa un soupir. Chaque jour qui passait, elle ressemblait de moins en moins à celle qu'elle avait été : dans un passé lointain, la seule pensée d'insulter sa belle-mère l'aurait horrifiée. Maintenant, ça lui donnait un petit frisson de plaisir.

Enfin, c'était Jake qu'elle épousait, pas sa famille. C'est ce que lui rappelait Celia chaque fois qu'elle appelait pour se plaindre après un long dîner en compagnie de Rosemary et Joe. Elle savait que ce n'était pas vrai à 100 %, mais toujours est-il que cette réflexion lui faisait du bien.

Sally alluma la télé et commença à zapper. Dimanche, à cette heure, elle serait mariée. D'ici quarante-huit heures, tout serait différent. Un frisson lui parcourut l'échine — à mi-chemin entre la panique et l'excitation.

D'un seul coup, la porte se rouvrit et Rosemary se retrouva à nouveau dans la pièce. Sally retint sa respiration. Elle vit le visage de Rosemary changer en la trouvant là, allongée sur le lit. Cela ne faisait que trente secondes que Rosemary était partie, et son visage était rempli d'horreur.

« Salut, Sal, fit-elle, jetant un regard circulaire dans la pièce pour tenter de comprendre d'où est-ce que Sally avait pu arriver. J'ai laissé mes lunettes de lecture sur la table de chevet un peu plus tôt. Je suis juste venue les récupérer.

— Oh, dit Sally très calmement en tendant la main vers les lunettes à monture rouge pour les lui donner. Les voilà.

— Merci. »

Rosemary s'avança vers la porte, puis marqua une longue pause, se demandant sans doute si elle allait ou non lui dire quelque chose. Au lieu de ça, elle lui jeta un sourire par-dessus l'épaule. « À plus tard, ma chérie. »

Sally fit au revoir de la main. Elle parvint tout juste à contenir son fou rire, le temps que Rosemary se retrouve dans le couloir. Elle eut envie d'appeler la chambre d'une des filles pour leur raconter ce qui s'était passé, mais elle préféra attendre jusqu'au dîner. Ça serait plus marrant de voir leurs têtes. Ce genre d'occasion était si rare à présent. Quatre ans s'étaient écoulés depuis qu'elles avaient arrêté de vivre toutes dans un même endroit. Elle se souvenait d'avoir raconté à Celia, un jour, que Jake et ses copains de la fac de Georgetown avaient tous loué un appart en colocation après la fin de leurs études.

« Pourquoi est-ce que nous, on n'a jamais pensé à faire ça ? » interrogea Sally.

Leur séparation lui avait brisé le cœur, et, mis à part Jake, elle n'avait toujours pas trouvé d'amis qui soient à la hauteur d'aucune d'entre elles. Alors, pourquoi est-ce qu'elles avaient été si déterminées à prendre des directions si éloignées les unes des autres ?

« On aurait pu toutes déménager dans une grande maison, préparer les dîners à tour de rôle, dit Sally. Il y a des gens qui font ça, pourquoi pas nous ?

— Parce que ces gens-là ne grandissent jamais. La répartie de Celia fut instantanée, ce qui amena Sally à penser que son amie s'était sans doute déjà posé la même question.

— Grandir. Je me dis parfois qu'on en fait tout un plat pour pas grand-chose, dit alors Sally.

— Moi aussi », ajouta Celia.

Sally savait que c'était pour elle que la séparation avait été le plus difficile. La première année après la fac, elles se parlaient toutes les quatre au téléphone quasiment tous les soirs. Elles se réunirent brièvement à Las Vegas l'été d'après la remise des diplômes, puis une autre fois l'été suivant dans la nouvelle propriété de six chambres de son père à Cape Cod (il l'appelait sa « fermette », comme si l'endroit n'était pas assez ridicule comme ça). Elle voyait Celia à chaque fois qu'elle rentrait dans le Massachusetts pour rendre visite à sa famille et elle poussa jusqu'à Chicago une fois pour passer un peu de temps avec April. Mais ces derniers temps, elles avaient commencé à s'éloigner progressivement les unes des autres. Sally était tombée sur le message du répondeur de Celia tellement souvent que parfois elle l'entendait exactement dans sa tête, en entier et note pour note, tandis qu'elle faisait le numéro de son amie. Elle savait que Celia passait trop de temps au travail, mais c'était comme ça dans le monde de l'édition. Elle avait conscience que la vie sociale de Celia était différente de la sienne. Tandis qu'elle et Jake passaient la plupart de leurs soirées soit à la salle de sport, soit à préparer le repas ou à regarder ESPN[45], à Manhattan, Celia menait la vie d'une vraie héroïne de roman pour filles, à la Bridget Jones : les soirées mondaines, les dîners sans fin dans des restaurants chic et au-dessus de ses moyens, et l'enfilade des types (jamais le bon) avec qui elle sortait.

Sally faisait souvent remarquer à Jake que, quand même, tout le monde pouvait trouver deux minutes le soir pour passer un coup de fil, non? Sally pensait que les filles avaient pris leurs distances avec elle parce qu'elle était amoureuse et sur le point de se marier. April était contre le mariage d'une manière générale. Sally imaginait que les autres étaient jalouses. Bree avait Lara, bien sûr, mais depuis la remise des diplômes, elle causait à Bree plus de soucis qu'autre chose. Et Celia était seule. Ni l'une ni l'autre n'avaient envie d'entendre parler de la vie heureuse qu'elle menait avec Jake.

Une fois, elle avait raconté à Bree l'histoire d'un voyage qu'ils avaient fait dans le Maine pour fêter leurs six mois de vie de couple. Bree avait répliqué sèchement :

« J'ai pigé, Sal. Tu es parfaite. »

45. Chaîne de télévision, l'équivalent américain de Eurosport.

Après que Jake l'eut demandé en mariage, elle avait tapé les premiers chiffres du numéro de Bree douze fois avant de finalement l'appeler.

Ce qui faisait vraiment mal dans tout ça, c'était que les mêmes filles qui l'avaient conseillée et soutenue pendant ses quatre années de deuil à Smith ne voulaient rien avoir à faire avec sa joie. Peut-être que c'était plus difficile de partager sincèrement le bonheur d'une amie que de faire preuve de compassion. Des souvenirs revenaient à la mémoire de Sally : combien de fois Bree n'avait-elle pas insisté sur le fait que, jusqu'à la mort de sa mère, elle et Sally avaient connu des vies similaires, comme si Bree avait gagné à la loterie de la vie et ressentait le besoin de le faire savoir ?

Elles avaient toutes été émoustillées par son aventure avec Bill. Elles avaient passé des heures et des heures à parler de *ça*, à la déconseiller de suivre cette voie, à lui expliquer à quel point c'était cliché, et, en même temps, à se délecter des détails croustillants. Il n'y avait aucun doute pour elle que si elle leur racontait à quel point elle pensait à lui ces derniers temps, elles aient d'un coup des tonnes de commentaires à faire.

Quoique, à y bien réfléchir, elles étaient probablement déjà au courant.

Quand elle était en deuxième année à la fac, trois semaines après le début du second semestre, Sally reçut un C en poésie anglaise moderne. C'était la première fois de sa vie qu'elle obtenait une note inférieure à A– à un cours.

Elle s'était sortie haut la main des cours de physique-chimie moléculaire et de biologie niveau avancé avec Lauder, alors que pour les autres étudiantes de Smith en classe préparatoire de médecine, étudier ces matières, et en plus, avec ce professeur, c'était la mort assurée. Alors, quand Celia vint lui proposer de suivre un cours ensemble juste pour rigoler, Sally s'inscrivit au seul cours de poésie dont Celia avait besoin pour terminer son cursus. Au bout de cinq minutes, le jour du premier cours, elle se rendit compte qu'elle avait fait une erreur. Celia avait simplement omis de mentionner qu'elle et toutes les autres tarées du département d'anglais avaient emmagasiné l'intégralité de Yeats en CE1. Bien sûr, Sally n'aurait pas dû se laisser entraîner là-dedans : après tout, Celia passait des heures à recopier des poèmes dans ses cahiers et elle allait jusqu'à lire de la poésie pour le plaisir les dimanches où il pleuvait.

Ce cours était de la rigolade pour Celia et les autres, du genre « on se la coule douce et on parle de ce qu'on connaît déjà ». Pour Sally, qui avait toujours adoré lire des romans mais trouvait qu'il y avait un côté un peu cucul dans la poésie, contempler des mots assemblés comme cela était aussi incompréhensible que l'arithmétique pour Celia. Pendant un jour ou deux, elle pensa laisser tomber. Mais tous les cours de science qui l'intéressaient étaient déjà pleins et la seule classe d'anglais qu'elle aurait pu suivre, à part celle sur la poésie, était un séminaire sur Milton. Il faudrait qu'elle s'en tienne à ça, mais au moins, elle pouvait demander que les résultats ne soient pas pris en compte dans sa moyenne générale. Pour cela, il fallait que M. Lambert, le professeur, signe la demande.

La première fois qu'elle frappa à la porte de son bureau — Neilson B106, elle l'avait écrit sur sa main pour ne pas l'oublier — c'était un mardi matin. Par la suite, elle se demanderait comment elle avait pu ne pas savoir où il s'asseyait, travaillait, étudiait et, à l'occasion, habitait.

« Entrez », cria-t-il et quand Sally entra dans la pièce, il était là, sur une chaise, tel un personnage de professeur joué dans une pièce de collège, le portrait craché de l'intellectuel et poète amateur. Il tenait un gros livre à reliure de cuir et portait un gilet épais par-dessus une chemise. Ses cheveux argentés et hirsutes avaient l'air mouillés et décoiffés, et il ne s'était sans doute pas rasé depuis une semaine, pas pour démontrer quoi que ce soit, pensa Sally, mais seulement parce que ça ne lui avait pas traversé l'esprit. Elle jeta un coup d'œil à sa main gauche et remarqua qu'il était marié. Comment est-ce que sa femme pouvait le laisser sortir de la maison dans un état pareil ? À moins qu'elle ne soit elle aussi, une universitaire, une de ces femmes qui utilisent un crayon pour retenir leurs cheveux quand elles lisent et qui, des heures plus tard, en se mettant au lit, le retrouvent coincé là à leur grande surprise. Sally tenait de Celia que M. Lambert avait été publié trois fois dans les années soixante-dix par de petites maisons d'édition universitaires. Depuis, il était une sorte de légende dans le microcosme littéraire. Sally avait des doutes. Comme disait le dicton, *Those who can do*[46], etc. Quand Sally avait fait cette remarque à Celia la nuit précédente, cette dernière lui avait rétorqué que certains des plus grands poètes dans le monde se contentaient probablement de moins d'argent pour vivre que l'ado moyen de quatorze

46. Premières lignes du célèbre dicton anglais (repris dans *Annie Hall,* de Woody Allen) *Those who can, do, those who can't, teach, those who can't teach, teach gym,* qu'on pourrait traduire par « ceux qui en sont capables le font, ceux qui ne le sont pas l'enseignent, et ceux qui ne sont pas capables d'enseigner deviennent profs de gym ».

ans qui livre les journaux. À bien regarder Bill Lambert, on pouvait s'en convaincre aisément.

Celia l'avait mise en garde pour quand elle irait le voir. « J'ai entendu dire qu'il essaie de se taper tout ce qui bouge, dit-elle. Tu as rencontré Rose Driscoll ? Elle a eu son diplôme l'année dernière, et il paraît qu'ils ont couché ensemble. Ensuite, elle a essayé de rompre et, en gros, il l'a suivie jusqu'à ce qu'elle obtienne un ordre de restriction contre lui. »

Sally poussa un soupir. Les ragots concernant les aventures des filles de Smith avec leurs profs lui semblaient toujours douteux, comme tout droit sortis d'un mauvais Harlequin. Les histoires tournaient autour d'un bon nombre de professeurs hommes et incluaient toujours une nana qui — comme par hasard ! — n'était plus là pour donner sa version des faits.

Son bureau était sombre et sans fenêtre, éclairé uniquement par une petite lampe de bureau verte. Le bureau, les tables et le sofa étaient encombrés de papiers et de livres, quasiment jusqu'au plafond, et d'un million de Post-it collés un peu partout.

Quand il leva les yeux vers Sally, il ne sembla pas la reconnaître immédiatement.

« Qu'est-ce que je peux faire pour vous ? demanda-t-il.

— M. Lambert, je m'appelle Sally Werner. Je suis en classe avec vous pour le cours de poésie anglaise. Je suis ici parce que…

Il leva la main pour l'interrompre.

— Sally, je sais qui vous êtes. Je vous en prie. Asseyez-vous. Et appelez-moi Bill. M. Lambert, c'était mon père. »

Sally n'aimait pas tellement ces professeurs qui demandaient qu'on les appelle par leur prénom. C'était toujours des hommes, déterminés à rester jeunes éternellement, en dépit du fait qu'ils avaient atteint un objectif de carrière extrêmement adulte.

Elle s'assit en face de lui, en faisant attention à déplacer les papiers qui étaient sur la chaise et à les reposer bien en pile par terre. Elle sourit sans montrer ses dents.

« Je suis ici parce que je suis désespérée : il faut absolument que je change mon inscription au cours de poésie anglaise pour que les résultats ne soient pas pris en compte dans la moyenne, dit-elle.

— Et pourquoi donc ? demanda-t-il.

— Je suis une scientifique. Tout ça me passe par-dessus la tête.

Il hocha la tête.

— La poésie a quelque chose de la science, vous savez, commença-t-il. Il faut que tous les éléments soient là, exacts et dans l'ordre pour que l'expérience réussisse. »

Sally eut envie de lever les yeux aux ciels, elle se refréna. C'était officiel, il commençait à lui taper sur le système. Il n'allait pas tarder à lui expliquer que chaque vers était une éprouvette remplie de produits chimiques qu'on appelle des « mots ».

« En tous les cas, j'imagine que la poésie est une langue que je ne parle pas, c'est tout. Tous les soirs, je lis les poèmes que vous nous donnez, au moins quatre ou cinq fois chacun. Mais tout ce que je vois, c'est un bric-à-brac de mots. Le jour d'après, en classe, j'écoute les autres en parler et je me demande si c'est bien le même truc qu'on a lu. Ce qu'elles comprennent, c'est tellement plus… Alors que moi… »

Elle perdit le fil de ce qu'elle disait, incapable de trouver les mots. Sally Werner n'avait jamais eu à reconnaître, de sa vie entière, qu'il y avait quelque chose qu'elle ne comprenait pas.

Il hocha la tête, regardant la porte derrière elle.

« Ils vous plaisent, les poèmes ? demanda-t-il.

— Oh oui, répondit-elle très vite, puis elle ajouta : eh bien, en fait, pour vous dire la vérité, non. Tout ça me fait l'effet d'être un peu ridicule.

— Comment ça ? demanda-t-il.

— C'est vraiment exagéré, tous ces trucs-là. Si vous avez quelque chose à dire, pourquoi ne pas le dire, tout simplement ? dit-elle, avant d'ajouter : sans vouloir blesser quiconque.

— Personne ne l'est », répliqua-t-il.

Il fronça des sourcils et s'éclaircit la gorge.

« *Side by side, their faces blurred,*
*The earl and countess lie in stone* », commença-t-il, d'une voix puissante pour lui faire comprendre qu'il était en train de réciter.

« *Their proper habits vaguely shown*
*As jointed armour, stiffened pleat*
*And that faint hint of the absurd*
*— The little dogs under their feet*[47]. »

47. « Côte à côte, leurs visages brouillés, le comte et la comtesse reposent dans la pierre, leurs propres vêtements montrés vaguement, une armure jointée, un pli raidi, et ce signe à peine visible de l'absurde — à leurs pieds, ces petits chiens. » L'auteur, Philip Arthur Larkin, est considéré comme le plus grand poète anglais de la deu-

Elle le regardait d'un air absent.

« C'est de vous ? demanda-t-elle.

Il s'étrangla un peu en riant.

— Si seulement ! fit-il. C'est *An Arundel Tomb,* de Philip Larkin. On a enterré le couple en question, et la pierre tombale est construite de façon à ce qu'elle leur ressemble. Mais, en réalité, il n'y a aucune ressemblance avec eux avant, quand ils étaient vivants. »

Il poursuivit sa récitation. Sally, d'un coup d'œil, vérifia l'heure à l'horloge murale située au-dessus de sa tête. Il fallait qu'elle soit à son cours de biologie dans huit minutes, à l'autre bout de la bibliothèque et au fond de la cour centrale des bâtiments de sciences. Bon sang, il fallait simplement qu'il signe ce formulaire de malheur, et elle avait encore une chance de trouver une place au premier rang. Il fallait l'interrompre.

« M. Lam… — euh, Bill », fit-elle, mais il leva la main et continua :

« *Time has transfigured them into*
*Untruth*[48] », prononça-t-il.

Sally pensa à sa mère. C'était une façon parfaite de décrire ce qui lui était arrivé.

Bill poursuivit :

« *The stone fidelity*
*They hardly meant has come to be*
*Their final blazon, and to prove*

xième moitié du XXe siècle.

48. « Le temps les a transfigurés, les changeant en non-vérité. »

*Our almost-instinct almost true :*
*What will survive of us is love*[49]. »

Mentalement, Sally se remémora la pierre tombale de sa mère. Rien de la femme qu'elle avait été, de cette vie qui s'était éteinte pour toujours, n'y transparaissait. Elle se souvint des soirées d'été où, après le travail et avant la reprise des cours, elle prenait la voiture pour aller au cimetière. Elle s'asseyait dans l'herbe, avec sa jupe et ses talons hauts, à la recherche d'un signe qui aurait pu lui rappeler sa mère.

« Ça vous fait penser à quelqu'un, dit-il.

Sally fit oui de la tête.

— À moi aussi, dit-il. Les poèmes peuvent avoir cet effet. Je ne vous dis pas que vous les comprendrez tous. Bon Dieu, j'ai obtenu mon master de littérature, option poésie, à l'université de Columbia, et je peux m'estimer heureux si j'arrive à comprendre un dixième du sens d'un poème. Les poèmes, c'est comme les gens, comme les amants. Si vous essayez de les comprendre en entier, d'un coup, ça va vous flanquer le tournis. Mais si vous les laissez s'emparer de vous, petit bout par petit bout, ils peuvent vous émouvoir. Vous transformer. Merci pour le rangement, d'ailleurs », dit-il avec un petit sourire.

Sally, horrifiée, remarqua alors que, sans y penser, elle n'avait pas cessé de former des piles avec les papiers amoncelés sur son bureau. C'était une habitude qu'elle avait, quand elle était en contact de gens désordonnés. Elle avait hérité ça de sa mère qui, une fois, avait blessé

49. « Cette fidélité de pierre, qu'ils désiraient si peu est finalement devenue leur blason définitif et pour prouver notre presque instinct presque vrai : ce qui survivra de nous est l'amour. »

une voisine en passant la serpillière sur le sol de sa cuisine sans qu'on le lui demande, au cours d'un dîner.

« Oh, mon Dieu, je suis désolée !, dit-elle. Je suis une malade de la propreté.

— Il n'y a pas lieu de vous excuser de ranger les papiers sur mon bureau, fit-il. De fait, et si cela vous convient, on pourrait trouver un arrangement. »

Sally le regarda, et au lieu de voir son visage, elle vit, flotter devant ses yeux, son relevé de notes sans une tâche, sans une ombre. Ce qu'il voulait, il l'aurait.

« Chaque année, le département me donne le droit d'embaucher une assistante parmi les étudiantes, dit-il. Quelqu'un qui pourrait m'aider dans mes recherches, le classement et tout le tralala. Comme vous pouvez le voir, en réalité je n'ai jamais exploité cette possibilité. En termes de recherche, je n'ai pas de gros besoins, par contre, pour ce qui est de l'organisation, c'est sûr qu'un peu d'aide ne me ferait pas de mal.

— D'accord, dit-elle, pas très sûre de savoir où il voulait en venir.

— Les partiels, les notes, je m'en fous un petit peu. Ce que je veux, c'est que chaque étudiante puisse trouver une connexion avec un poème : si ça arrive, je considère que j'ai fait mon boulot. Bien. Si vous pouviez me dépanner une ou deux fois par semaine, peut-être que je pourrais vous promettre de vous donner une bonne note, à condition qu'on parle de poésie quand vous êtes ici.

— Peut-être ? demanda-t-elle.

Il sourit.

— Assurément.

Sally prit une profonde inspiration.

— Affaire conclue, dit-elle. Merci. »

Ils se serrèrent la main par-dessus le bureau. Elle eut l'impression qu'il retenait sa main bien plus longtemps que nécessaire et elle ne put s'empêcher de penser à l'histoire que Celia lui avait racontée sur la fille qu'il avait harcelée.

« Le poème, à qui est-ce que ça vous a fait penser ? lui demanda-t-il avant de la laisser partir.

— À ma mère, dit-elle. Et vous ?

— À ma femme. »

Un veuf. Tout devenait parfaitement logique. Ça expliquait pourquoi il avait l'air tellement négligé, tellement confus. Il souffrait d'une peine de cœur de niveau maximal, tout comme Sally. Bill Lambert avait besoin qu'on s'occupe de lui, et qui mieux qu'elle était en mesure de le comprendre. Elle décida, à cet instant et dans cette pièce, de ne pas croire Celia — elle s'était trompée sur son compte.

Elle venait le voir une heure les lundis matins, après qu'il eut fini ses longueurs à la piscine de l'université, et avant qu'elle aille à son cours de biologie. Elle venait les mercredis après-midi à trois heures et parfois elle restait tard dans la soirée, jusqu'après la fermeture du réfectoire. Ces soirs-là, Bill sortait du mini-frigo, installé à côté de son bureau, les restes qu'il avait ramenés des différentes réunions sur le campus où il était allé pendant la semaine : poulet froid et sandwiches au concombre (un déjeuner chez la présidente de l'université), soufflé au chocolat (un goûter donné au département d'anglais) et, à l'occasion, quelques demi-bouteilles de vin rouges (embarquées en douce au cours d'une soirée de collecte de fonds des anciens élèves.) Il parlait parfois de sa maison, située sur Paradise

Road, une longue rangée de maisons victoriennes dont tous les propriétaires étaient des professeurs. Mais, d'après ce que Sally pouvait en juger, il vivait littéralement dans son bureau. Elle se l'imaginait terrifié à l'idée de rejoindre le lit qu'il avait partagé autrefois avec sa femme. Il parlait rarement d'elle à Sally, mais il l'évoquait souvent pendant les cours : « Avant, ma femme Janice restait réveillée tard dans la nuit à relire *Bleak House*[50] et à manger des biscuits à la graine de pavot. Quand ma femme, Jan, et moi, avons acheté la maison sur Paradise Road, on s'est servi des pages d'une vieille anthologie Norton pour boucher les fuites dans le toit. »

À ces moments-là, Sally avait envie de serrer sa main dans la sienne. Plusieurs fois, elle remarqua que Celia regardait de son côté, sans doute parce qu'elle avait pris son air apitoyé.

Elle était censée mettre l'ordre dans le bureau de Bill, mais ils passaient le plus clair de leur temps à discuter, assis tous les deux dans la pièce sombre. Il disait qu'il n'avait jamais parlé avec personne comme ça, surtout pas une étudiante. Il lui récitait des poèmes, les yeux rivés sur son visage à l'affût de la moindre réaction. Sally se rendait compte qu'elle aurait dû ressentir quelque chose en entendant ces mots, mais son esprit vagabondait en permanence. Tout l'empêchait de se concentrer : le rythme de sa voix, l'odeur de sa peau, un mélange de chlore et de savon Ivory qui se répandait dans l'air à chaque fois qu'il se mettait à agiter ses mains.

Bill recopiait ses vers de poésie préférés griffonnés sur des Post-it qu'il collait un peu partout dans son bureau,

50. Roman de Charles Dickens, connu en France sous le même titre.

pour que l'inspiration puisse le prendre par surprise. De temps en temps, lorsqu'il ne regardait pas, Sally subtilisait un Post-it qu'elle enlevait d'une couverture de livre ou d'une pochette qui se trouvait là et le fourrait dans sa poche. Elle en faisait une petite pile sur la table de chevet de sa chambre de dortoir, dissimulée sous son radio-réveil. Avant de s'endormir le soir, elle les ressortait parfois pour les aligner sur son couvre-lit. Elle les relisait et les relisait encore, pour ancrer les mots dans sa mémoire.

*I sometimes hold it half a sin to put in words the grief I feel : For words, like Nature, half reveal and half conceal the Soul within*[51].

*Too common ! Never morning wore to evening, but some heart did break*[52].

*I have hoisted sail to all the winds. Which should transport me farthest from your sight*[53].

Pour Sally, les Post-it constituaient la seule façon d'apprécier la poésie : un concentré des vers les plus beaux, dénués de tout contexte, si ce n'était celui qu'elle leur donnait. Elle se demandait quelle portée ils avaient pour Bill et se figurait parfois qu'ils avaient tout d'une lettre

51. « Parfois je considère comme un demi-péché de mettre en mot le deuil que je ressens : car les mots comme la Nature révèlent à demi et cachent à demi l'âme qu'ils revêtent. » Lord Alfred Tennyson, poète anglais, fin XIXe siècle.

52. « Trop banal ! Jamais matin n'est devenu soir, mais un cœur s'est bel et bien brisé. » Lord Alfred Tennyson.

53. « J'ai hissé ma voile à tous les vents, qui devaient me pousser toujours plus loin de ta vue. » William Shakespeare, Sonnet 117.

d'amour, une confession des sentiments qu'il ne pouvait pas exprimer à haute voix.

Il ne lui lisait jamais ses poèmes à lui, mais un jour qu'il la laissa seule dans son bureau pour un instant, Sally prit un de ses livres de l'étagère. *Five Seasons,* par William Lambert. À l'intérieur, il y avait un vieux cliché noir et blanc de Bill, un Bill bel homme et plus jeune. Le dos de la couverture était parsemé de commentaires : « *Five Seasons,* la poésie telle qu'elle devrait être écrite. J'en ai eu le souffle coupé », disait quelqu'un du *New York Times* dont elle n'avait jamais entendu parler. « Une traduction extrêmement fine de l'incessant combat entre hommes et femmes, le désir et la raison », pouvait-on lire sous la plume de Ted Hughes. Ted Hughes ! Même Sally savait qui c'était.

La suicidée la plus célèbre de Smith était Sylvia Plath. Les filles gothiques aux goûts morbides qui vivaient sur Elm Street prétendaient systématiquement qu'elles avaient la chambre qui lui avait appartenu. April répétait sans arrêt que *The Bell Jar* [54] était son roman préféré de tous les temps, et que Sylvia Plath avait probablement toujours été un peu à part : poète, visionnaire, trop intelligente pour son propre bien. Mais, bien sûr, il y avait aussi un homme. Ted Hughes. Comme d'habitude, aurait dit April. D'après elle, la façon dont Plath était morte était typiquement féminine. Elle n'était pas descendue dans la rue pour faire un scandale, elle n'avait pas tué son mari infidèle et cloué son cœur au mur comme un trophée. Non, tout

54. Roman de Sylvia Plath.

simplement, elle avait mis ses enfants en sécurité, dans leur chambre fermée à clé, s'était agenouillée devant son four et, lentement, silencieusement, avait inhalé du gaz jusqu'à la mort. Elle avait trente et un ans.

Sally réfléchit sur la façon dont, à l'époque, Bill avait réellement connu une sorte de gloire, comment il avait été un poète *à part entière*, quoi que ce soit qu'on entende par là. Elle se demandait pourquoi il avait arrêté d'écrire quand il était arrivé à Smith. Est-ce que ça avait un rapport avec la maladie de sa femme ? Un moment plus tard, elle entendit ses pas lourds s'approcher et elle replaça le livre sur son étagère.

En revenant de son bureau ce soir-là, Sally prit conscience qu'elle était peut-être en train de tomber amoureuse de lui. Ce n'étaient pas les poèmes qui lui faisaient battre le cœur, mais la façon dont ses doigts se ridaient après la piscine, les taches d'encre sur ses avant-bras, même le début de calvitie à l'arrière de sa tête, qu'il ne semblait pas remarquer ou qui, du moins, ne semblait pas le gêner. Bill était un adulte, un vrai homme. D'une certaine façon, avec lui, elle se sentait en sécurité. Cela ne faisait aucun doute pour Sally qu'April baptiserait ça « le complexe de papa », mais ce n'était pas le cas. Elle savait qu'il ressentait ça aussi. Il y avait une énergie particulière entre eux deux.

Mais les semaines passèrent, puis un mois, puis deux, sans aucun contact entre eux, il n'avait même jamais touché sa main. Ils parlaient pendant des heures de films et de romans, de poésie, de science et de la famille, de Northampton et de son mélange bizarre de nature resplendissante, d'art vrai et de libéralisme hippie un peu cinglé. Elle quittait son bureau avec, à chaque fois, au creux du ventre et dans la tête, une grande légèreté.

Les vendredis soirs, elle suivait Celia dans les fêtes du Quad. L'année d'avant, l'ensemble des première année de la résidence King s'était rendu en groupe à tous les grands rassemblements étudiants à l'université d'Amherst, toutes les beuveries au Amherst College et toutes les fêtes du Quad à Smith, en quête de mecs. Avant ça, elles se chauffaient au dortoir à coup de gin tonic, en chantant à tue-tête sur des CD de Tom Petty ou des Beatles. Elles dansaient, rigolaient et choisissaient en commun dans les garde-robes des seize filles en première année ce qu'elles porteraient. Le lendemain matin, personne ne pouvait se rappeler à qui appartenait ce pantalon noir emprunté à la hâte, ou ces boucles d'oreille pendantes laissées par inadvertance dans le bus. Pendant les soirées, elles passaient des heures à discuter avec les garçons de l'université d'Amherst ou avec des gars de la ville, qui étaient sans doute encore au lycée, tout en buvant de la bière chaude dans des gobelets en plastique. Il était rare qu'elles rencontrent quelqu'un qui vaille le coup qu'on le rappelle, sans parler de coucher avec. À deux ou trois heures du matin, elles rentraient à la maison, enlevaient leur maquillage du mieux qu'elles pouvaient et se blottissaient ensemble dans le living-room à boire du thé et à regarder des films du Brat Pack[55] ou

55. Le Brat Pack est un surnom donné à un groupe de jeunes acteurs qui jouaient dans des films pour ados des années quatre-vingt, dont les thèmes tournent autour de la mélancolie adolescente, comme dans *The Breakfast Club* et *St. Elmo's Fire*. Les membres originaux sont Emilio Estevez, Anthony Michael Hall, Rob Lowe, Andrew McCarthy, Demi Moore, Judd Nelson, Molly Ringwald et Ally Sheedy.

*Breakfast at Tiffany's*, toutes contentes d'être de retour au « pays des filles entre elles ».

Dès leur deuxième année, l'enthousiasme avait molli. Bree avait commencé à sortir avec Lara, et elles n'allaient quasiment plus à aucune soirée. April avait cessé d'y aller par principe. Elle remarquait en râlant que les Smithies fortes et indépendantes qu'elle côtoyait pendant la semaine semblaient être remplacées par des robots portant des bustiers moulants à partir du moment où les mecs et la bière apparaissaient dans le paysage. En plus, le genre de mecs qui la faisaient toujours craquer — les maigrichons, ténébreux portant des lunettes à la Clark Kent et des pulls troués — fuyaient ces rassemblements comme la mort. Pour la plupart des filles de la résidence, c'était cuit. Elles étaient tombées sur suffisamment de types absolument sans intérêt au cours des bringues étudiantes pour savoir que partir à la chasse au mari à l'extérieur du campus était une perte de temps pure et simple. À l'image de la plupart des deuxième année, Sally et Celia ne quittaient plus le campus le week-end. À présent, Celia refusait de se rendre aux fêtes de résidences de Smith, à moins qu'elle ne reçoive une invitation lui donnant accès à une soirée privée dans les étages. En bas, dans le réfectoire, où les chaises et les tables avaient été empilées contre les murs, les mecs faisaient leur possible pour emballer, ils se lançaient dans des conversations sans queue ni tête, dansaient avec les première année et descendaient des bières. En haut, les filles de dernière année s'envoyaient des shots de tequila, se prenaient en photo les seins à l'air pour déterminer laquelle avait les plus beaux, montaient à poil sur le toit pour fumer des joints et chanter sous les étoiles, et entamaient des séances de roulage de patin dont elles ne reparleraient plus jamais après la fac.

Sally encaissait et jouait le rôle de chaperon : retenir les cheveux des autres filles pendant qu'elles vomissaient, aller leur chercher des verres d'eau, les border dans leurs lits, en veillant à leur mettre un deuxième oreiller sous la tête pour qu'elles ne s'étouffent pas avec leur propre vomi pendant la nuit. Durant tout ce temps, elle pensait à Bill, seul dans son bureau. Elle aurait tellement mieux aimé être avec lui, à l'écouter soupeser les vertus comparées de Keats et de Byron, ou à discuter des étés de leur enfance, dans les deux cas passés à Cape Cod. Parfois, à l'issue de ces soirées privées, Celia ramenait des garçons, des grands étudiants dégingandés d'Amherst, qui descendaient le lendemain au réfectoire pour prendre un brunch, avec la chemise qui dépassait du pantalon et des petits sourires penauds au coin des lèvres. Une fois ou deux, elle ramena même une Barbie hétéro du campus, ou quelque chose dans le même genre. Plus tard, elle faisait le compte rendu de sa soirée avec la fille, expliquant qu'elles s'étaient roulé des pelles pendant des heures, s'arrêtant à peine pour évoquer leurs chagrins d'amour du lycée dont elles ne s'étaient jamais vraiment remises, ni l'une ni l'autre. (Il n'y avait rien de romantique là-dedans, se disait Sally. C'était juste le genre de choses que les filles comme Celia se devaient d'essayer, pour dire qu'elles l'avaient fait.)

Lors de ces soirées, Sally n'échangeait même pas le moindre baiser avec quiconque. Elle préférait se réfugier dans ses pensées et ses Post-it, aussi affligeant que cela puisse paraître. Quand elle et Bill se revoyaient le lundi, il ne manquait pas de lui demander comment son week-end s'était passé. Sally passait le récit des fêtes sous silence. Elles faisaient partie d'un monde différent de celui où évoluait Bill, avec ses poèmes, son bureau, et qu'elle considérait un peu comme leur monde à eux.

Et puis arriva ce lundi matin où il lui posa la question rituelle sur son week-end, et elle fut incapable de lui cacher ce qu'il s'était passé. Un mec lui avait mis la main au cul au cours d'une fête et il avait fait comme si elle devait presque lui en être reconnaissante, comme s'il lui avait offert une bague en diamant. Elle était rentrée à la résidence et avait pleuré jusqu'à ce qu'elle s'endorme.

« Je suis allée à cette fête débile, le genre de fête débile où on va toutes depuis deux ans, lâcha-t-elle à Bill.

Il leva un sourcil.

— Pourquoi débile ?

Elle poussa un soupir.

— Pff ! je sais pas. C'est un ensemble. Ma meilleure amie, April, râle quand elle voit comment nous, les filles de Smith, on a tendance à se transformer en traînées de bas étage chaque fois qu'il y a des mecs dans les parages.

— Des *traînées,* fit-il en souriant. Le mot est bon. Continuez.

— On met des jupes ras-la-touffe et des dos-nu, dit-elle, consciente des battements de son cœur dans sa poitrine.

— On ? » dit-il en fixant son pull à grosses mailles.

Sally ne releva pas le sous-entendu. Elle-même n'avait jamais porté de jupe ras-la-touffe ni de dos-nu de sa vie, mais il fallait qu'il saisisse l'idée générale, et maintenant elle avait toute son attention.

« Tout ça pour quoi faire ? Les types qu'on trouve là-dedans en sont au stade zéro de l'évolution. Des embryons, franchement.

— Bref, il vous faut quelqu'un de plus mature. »

Sa voix était détachée, comme si ça ne l'intéressait pas. Puis leurs regards se croisèrent, et Sally eut le sentiment que quelque chose se passait entre eux. Était-il sur le point de prononcer les mots qui allaient tout faire basculer ?

Mais il baissa les yeux et se contenta de dire :

« C'est le drame de plus d'une jeune femme intelligente. »

Elle se dit que tout était pour le mieux, que ce qu'elle s'était imaginé l'espace d'un instant était complètement idiot au bout du compte. Et puis finalement, il ajouta :

« Vous pourriez la mettre, cette minijupe, un jour où vous venez ici, si vous cherchez quelque chose d'un peu plus adulte », dit-il, et elle sentit un flot d'énergie partir de son ventre en direction de son entrejambe.

Elle prit une respiration profonde. Il avait lancé une perche, accompagnée d'un rire pour qu'elle puisse faire passer le tout pour une blague, si elle le souhaitait. Sally n'avait ressenti de désir sexuel pour personne depuis le lycée. Elle avait bon espoir que les trucs qu'on utilisait pour draguer les lycéens marchent également avec les quarantenaires. Très vite, elle se rendit compte que c'était le cas.

« Ce quelque chose d'adulte, en quoi ça consiste au juste ? » fit elle en penchant la tête avec un sourire faussement modeste.

Elle avait l'impression d'être dans un film, le genre de film pour lequel aucun réalisateur ne la prendrait, à cause de son air trop innocent.

Bill se leva de sa chaise, contourna le bureau pour arriver de son côté et s'assit dessus faisant en sorte que son corps chaud soit juste devant elle. Il se pencha et lui prit le menton dans les mains pour doucement l'amener à son niveau, puis l'embrassa avec tellement de fougue que, plus tard dans la journée, elle aurait juré que ses lèvres étaient toujours enflées, sans d'ailleurs que quiconque ne semble s'en apercevoir.

Il fut le premier homme à la déshabiller. Avant ça, il avait toujours été question de se débarrasser maladroitement de ses fringues au plus vite, étape routinière et gênante, pendant que le garçon de son côté faisait de même. Mais Bill passa ses mains sur elle, l'effeuillant tout doucement, d'abord son sweat-shirt rose, puis son débardeur, comme s'il s'agissait des différentes couches d'un papier délicat et non d'une simple pièce de coton de chez Banana Republic. Il prit tellement de temps pour lui déboutonner son jean qu'elle commença à gémir, impatiente de ressentir ses mains sur elle, à l'intérieur d'elle. Il tira sur son pantalon pour le lui enlever et tomba au sol avec, lui embrassant les chevilles, puis l'arrière des genoux, et remontant, remontant jusqu'à ce qu'elle en perde la respiration et enfonce ses mains dans les accoudoirs de son vieux fauteuil. Ils firent l'amour contre la porte de son bureau, et Sally repensa, dans un instant de panique, à la petite vitre carrée en haut de la porte, se demandant si une étudiante d'anglais qui passerait par là sans se douter de rien remarquerait le haut de leurs têtes et pourrait en tirer des conclusions. Puis, un peu plus tard, perdue dans la sensation de sa peau contre la sienne, elle oublia sa peur. Elle voulait hurler qu'elle l'aimait, mais elle savait que c'était bien trop prématuré. À la place, elle se contenta de se le répéter dans sa tête, en boucle.

Cette semaine-là, elle se rendit dans son bureau tous les après-midi. Le mercredi, il avait recouvert la vitre de la porte avec du gros scotch gris. Pour elle, ce simple fait prit une grande signification, trop grande, elle en était consciente, mais ça lui était complètement égal. Recouvrir la vitre était le signe qu'il ne recherchait pas bêtement l'excitation de coucher avec une étudiante, il avait fait ça parce qu'il était incapable de résister à ce qu'il y avait entre eux. Du moins, c'est qu'en déduisait Sally. Pour la première fois de sa vie, l'agresseur, c'était elle. Ils faisaient l'amour dans le grand fauteuil, derrière le bureau et sur le tapis en peau de mouton dont il lui avait dit une fois qu'ils l'avaient acheté, lui et Jan, pendant leur lune de miel en Écosse. Quand elle était avec lui, elle était au paradis. Quand elle était loin de lui, elle ne pensait qu'à une chose : le revoir.

Dès le jeudi suivant, à l'heure du dîner, les filles commencèrent à soupçonner quelque chose. Elles étaient toutes les quatre assises dans leur coin attitré, avec Lara, une montagne de nourriture empilée sur la table : un plat de morceaux de dinde, des bols remplis de sauce épaisse, de farce, de purée de pommes de terre et de courge à la vapeur. April adorait taquiner Sally en lui racontant les choses horribles qui entraient dans la composition de leurs repas : des mottes de beurre entières dans le hachis parmentier, une pleine boîte de graisse alimentaire Crisco dans le poulet et dans la cocotte de riz.

Habituellement, Sally essayait de tenir tous ce gras à distance. Elle était terrifiée à l'idée de finir comme ces Smithies qui regardaient la télé dans le salon, le pantalon déboutonné, apparemment inconscientes de la bouée qui s'épanouissait autour de leur ventre. Celia et Bree avaient toutes les deux pris du poids au cours des deux dernières années et elles en parlaient comme si c'était inévitable : « Regarde, on dirait le glouglou d'une dinde. » En disant cela, Celia tirait sur la peau de son cou d'une main pendant qu'elle mordait dans un chausson aux cerises de l'autre.

Sally passait deux heures par jour à la salle de sport dans le sous-sol de la résidence et mangeait des plats surgelés santé avec une salade qu'elle ramenait du salad bar presque tous les soirs. Mais, ce soir-là, elle était affamée et elle se servit une grosse assiette qu'elle commença de manger avant même que tout le monde soit servi.

« Oh, là ! s'exclama Bree. Sally, tu dévores comme Lara, on dirait qu'il ne te reste plus qu'une journée à vivre.

— Merci chérie », dit Lara, en passant sa main sur le genou de Bree.

Sally s'aperçut que Celia levait les yeux au ciel. C'était juste avant que Bree et Lara annoncent qu'elles étaient en couple, et, apparemment, Celia considérait qu'elle seule était autorisée à appeler Bree « chérie ». Ou alors peut-être que ça l'embêtait de voir que Bree se sentait suffisamment à l'aise avec cette nouvelle amie pour pouvoir la taquiner de la même façon que les filles de la résidence King se taquinaient entre elles.

« J'ai la dalle, fit Sally en haussant les épaules. Vous arrêtez pas de me dire de manger plus, alors je mange plus. »

Elles passèrent à autre chose. Au dessert, il y avait du gâteau à la crème et à la banane. Bien qu'April s'en tienne d'habitude strictement à son régime végétalien, elle se pencha ce soir-là vers la table qui était à côté de la leur pour dire à une première année du nom de Lily Martin qu'elle s'apprêtait à battre son record en s'envoyant cinq parts de gâteau d'affilée.

Jenny Reynolds, une fille de première année qui avait déjà gagné son titre de BDOC, fit tinter son verre avec une fourchette, signal en langage de Smith qu'elle avait une annonce à faire. Le silence se fit dans le réfectoire.

« Les Smiffenpoofs vont donner un concert a cappella ce soir sous les arcades, près du local sécurité, pour fêter la Journée du *coming out,* dit-elle. Toutes seules ou en groupe, venez toutes faire votre *coming out!* »

Toute l'assemblée applaudit et rigola.

« Cette fille pourrait annoncer la Journée nationale du nettoyage des dents et elle recevrait une ovation, dit Celia. Mais c'est vraiment aujourd'hui, la Journée du *coming out?* Je n'ai pas vu d'inscription à la craie. »

Habituellement, à l'occasion de la Journée du *coming out,* il y avait toujours des dessins à la craie de toutes les couleurs dans les allées du campus : UNETELLE EST SORTIE DU PLACARD ET ELLE EN EST FIÈRE, ou : FINI LE SILENCE! ou bien : FAIS TON *COMING OUT,* VAS-Y, QUI QUE TU SOIS! L'année précédente, Celia en avait piétiné tellement qu'elle avait l'impression d'avoir amassé deux kilos de craie sous ses pieds et de les avoir ramenés à la résidence, sur son tout nouveau tapis.

« Aujourd'hui, c'est la veille du *coming out,* expliqua Lara. On fait les inscriptions à la craie ce soir, après manger. En ma qualité de lesbienne officielle à cette table, je me devais de vous le dire. Oh, et puis, on va décorer tout le campus avec des lanternes de papier.

— Et pour cette dernière partie, tu nous parlais en ta qualité d'Asiatique à cette table ? » demanda Bree.

Sally en eut le souffle coupé. Est-ce que ce n'était pas un commentaire raciste de la part de Bree ? Mais Lara éclata de rire et ajouta :

« Oui, oui, je prends mon job de porte-parole des minorités très au sérieux. »

Sally tendit la main pour prendre de la sauce. Par accident, elle en renversa une grosse cuillerée sur la nappe blanche, mais elle n'y prêta pas attention et versa la sauce sur ses pommes de terre. Lara continuait de parler, mais les trois autres devinrent instantanément muettes.

D'une voix aiguë, Bree demanda :

« Qu'est-ce qui se passe, Sally ?

— C'est quoi le problème ? demanda Lara, confuse.

— La Sally Werner que nous connaissons est physiquement incapable de renverser quoi que ce soit sur du tissu sans, au minimum, partir chercher en courant de l'antitache », dit Bree.

Tous les regards étaient sur Sally, qui était en train de s'enfourner une énorme fourchetée de farce.

« Quoi ? » fit-elle avec un sourire.

À la vérité, elle mourrait d'envie de leur dire. Elle avala ce qu'elle avait dans la bouche et se mit à rire.

« Approchez-vous. »

Elle aurait voulu que Lara ne soit pas là. Elle connaissait à peine cette nana, mais tant pis, après tout elle s'en foutait.

« Vous devez toutes jurer de ne jamais dire à personne ce que je m'apprête à vous dire, dit Sally, tout en sachant pertinemment qu'à vue de nez chacune d'entre elles irait le raconter à au moins trois personnes.

— Allez-y, jurez-le !

— On te le jure, firent-elles en chœur.

— Vas-y, raconte, j'en peux plus, ajouta Bree.

— Je couche avec quelqu'un, lâcha-t-elle en prenant sa respiration profondément. Et ne riez pas, je crois que je suis amoureuse.

— Ça s'est passé aujourd'hui ? demanda April.

— Non, dit Sally. Ça fait un moment que ça dure, mais disons que c'est devenu, comment dire, physique, depuis lundi. Il est tellement…

— Il ? éructèrent Bree et April, car il leur semblait plus plausible que leur amie hétéro ait succombé aux charmes d'une femme, plutôt que d'un homme, sur ce campus, en plein milieu de semaine.

— Oui, *il,* dit Sally en se marrant. Mon Dieu, pour qui vous me prenez ? »

Elle remarqua que le visage de Lara se durcissait un peu et s'en voulu de ce qu'elle avait dit. Ce n'était pas son intention de dire du mal des lesbiennes. Elle se demanda si elle ne devrait pas le lui dire, mais elle n'arriva pas à se décider à sacrifier ça au tour délicieux qu'était en train de prendre la conversation. Elle n'aurait qu'à lui envoyer un mot par la poste de la fac le lendemain. Est-ce que Hallmark imprimait des cartes spécial Journée du *coming out ?*

« Allez, bon sang, c'est qui ? s'impatientait Bree.

— S'il te plaît, ne me dis pas que c'est Bill Lambert, dit Celia calmement.

— C'est qui, Bill Lambert ? s'enquit Lara.

— Un vieux prof de poésie, dit April.

Les yeux de Celia étaient braqués sur Sally.

— C'est une ordure, dit-elle.

Sally se durcit.

— Si, c'est Bill, dit-elle. Mais tu n'as pas la moindre idée de qui il est vraiment, ma chérie.

Bree frappa la table du plat de la main.

— Quoi ? Mon Dieu, Sal, tu sais t'y prendre pour pimenter les repas du jeudi ! Des détails !

— Franchement, c'est un truc de fac-de-filles carrément dépassé, dit April. Est-ce que tu te rends compte qu'une fois que tu deviens la femme d'un universitaire, tes anciens professeurs ne veulent même plus admettre que tu étais une de leurs élèves ? Une copine de ma mère a épousé son conseiller d'orientation à Radcliffe, et c'est comme ça que ça s'est passé. »

Sally poussa un petit gloussement. Elle leur était reconnaissante des sentiments qu'elles manifestaient : excitation, amusement, ou peu importe quoi. Mais elle ressentait le mépris de Celia de l'autre côté de la table. « Ouais, enfin, on n'en est pas encore à parler mariage.

Finalement, Celia prit la parole.

— C'est tellement cliché, les mots me manquent, dit-elle d'un ton sec. Les choses comme ça, ça n'arrive pas à Smith. Ça fait fantasmer les gens, mais ils ne passent jamais à l'acte. Enfin, sérieusement. Toute cette histoire a des allures de parodie. Est-ce qu'il récitait des vers de Tennyson quand il a joui sur toi ?

Sally enrageait.

— Ça n'a rien à voir. On est sur la même longueur d'onde, c'est tout. »

April lui prit la main dans un élan rare d'enthousiasme romantique. Les deux derniers trimestres avaient été éprouvants et rudes pour elles toutes.

« Peut-être que vos âmes se sont retrouvées à travers le temps, avança April. Au diable l'âge, l'écart entre vous deux, tout ça, on s'en contrefout. Ce genre de conneries, on s'en tape de toute façon.

— Exactement. (Sally sourit.) Merci, t'es un amour.

— Tant qu'on y est, au diable son passé de dragueur invétéré, dit Celia.

— Ce n'est rien qu'une sale rumeur, et tu le sais très bien, rétorqua Sally.

— April, tu me surprends, dit Celia. Tu ne trouves pas que c'est mal ?

April eut un haussement d'épaule.

— Non, pas vraiment. Notre vieille Sally ici présente m'a l'air carrément accro. Et puis, c'est pas comme s'il l'avait forcée.

— Et le fait qu'il soit marié, ça ne compte pas ? dit Celia.

— Mais enfin, pour l'amour du ciel, sa femme est morte ! s'exclama Sally.

— Jan Lambert n'est pas morte, dit Celia. Elle enseigne la littérature victorienne à l'université de Mount Holyoke. Elle faisait des dédicaces à la librairie *Beyond Words* dimanche dernier. »

Tout commença à se brouiller devant les yeux de Sally : son assiette, ses amies et la pièce autour d'elles.

Elle entendit Bree murmurer :

« Tu es sûre que c'est bien la même personne ? »

Avant qu'elle ait pu comprendre ce qui se passait, elle était déjà sortie en courant du réfectoire en tee-shirt, bas de pyjama et tongs, elle avait traversé la résidence, se retrouvant dehors. Toujours en courant, elle passa devant la maison du directeur, devant Paradise Pond, la serre et la résidence Chapin, pour arriver finalement aux marches de la bibliothèque. Il n'était que six heures et quart du soir, pourtant il faisait maintenant nuit noire sur le campus, et il n'y avait plus personne dans les allées. Tout le monde ou presque était à l'intérieur, à l'affût du grincement que faisaient les roues des petits chariots poussés par les vieilles femmes sympathiques qui leur serviraient bientôt des tranches de gâteau à la crème et à la banane.

Sally ne s'arrêta pas pour reprendre sa respiration. Elle poussa les portes à battants et se dirigea directement vers son bureau.

Il était là, assis, la porte ouverte. La vue de la vitre condamnée au scotch gris lui procura soudain un certain dégoût. Il avait les pieds sur le bureau et il lisait le *New York Times* à la lumière feutrée de sa lampe.

Elle frappa à la porte ouverte.

Il leva les yeux sans tourner la tête et quand il la vit, un sourire apparut au coin de ses lèvres.

« Ma foi, pour une apparition… », lui dit-il.

D'un seul coup, Sally se rappela les habits qu'elle portait et, bien malgré elle, en éprouva de la gêne.

« J'étais pressée, bredouilla-t-elle.

— Sérieusement, dit-il en posant son journal et en lui faisant signe d'approcher. Tu es radieuse. Est-ce que tu as couru ?

Elle l'interrompit.

— Est-ce que tu es marié ?

Il eut d'abord un petit rire, comme un hoquet.

— Quoi ? »

La rage l'envahissait progressivement. À cause de lui, elle était devenue le genre de femme qu'elle méprisait le plus, et il ne lui avait rien dit. Elle pensa aux aventures de son propre père, à cette nuit où, alors qu'elle était encore au lycée, elle avait entendu sa mère pleurer au téléphone, des bribes de conversation concernant des voyages d'affaires et les relevés de la carte de crédit, et comment était-ce possible qu'elle n'ait pas réalisé plus tôt ?

« Est-ce que. Tu. Es. Marié ? répéta Sally du ton le plus sévère qu'elle n'avait jamais eu de sa vie.

— Tu sais très bien que je suis marié, dit Bill. Entre, chérie. Qu'est-ce qui se passe ? »

Elle voulait rester imperméable à la force de ce *chérie,* mais déjà, elle sentait sa résistance faiblir. Elle n'avait pas envie de le détester, pas envie que tout s'arrête. Tout ce qu'elle désirait, c'était que tout ça ne soit qu'une gigantesque méprise.

Elle fit une nouvelle tentative.

« Le poème à propos de la pierre tombale. Je pensais que tu avais dit que ça te rappelait ta femme.

— C'est bien le cas, dit-il, l'air sincèrement perplexe. Et puis, un sourire apparut à ses lèvres, qui prit de l'ampleur et se transforma en un énorme rire qui partait du ventre, comme si elle avait dit la chose la plus comique qui soit.

— Tu croyais que Janice était morte ?

— Eh bien, oui, reconnut Sally, tandis que son rythme cardiaque s'accélérait à mesure qu'elle prenait conscience de ce que cela signifiait. Sa femme était vivante. De fait, elle était la maîtresse de quelqu'un.

— C'est un poème qui parle d'amants défunts, non ? » parvint-elle à dire.

Il regarda le plafond, sa façon à lui de lui dire qu'il prenait le temps de réfléchir à ce qu'elle venait de dire.

Puis : « Pour moi, c'est un poème sur un sentiment parfaitement pur, un amour parfaitement pur qui n'est plus, et la triste coquille qui subsiste.

— Ta femme est vivante, dit Sally. Elle regretta immédiatement d'avoir dit ça.

Sa femme était manifestement vivante, il venait de le dire.

— Sally, lui dit-il en l'attirant à lui et en lui passant la main sur la tête comme si elle était un épagneul breton. Elle ressentait une irrésistible envie de lui envoyer une droite dans la mâchoire. Janice et moi sommes séparés. Ça fait un an maintenant.

— Séparés, dit-elle. Elle se sentait vaguement soulagée, et pourtant elle savait que le mot séparé pouvait vouloir dire beaucoup de choses très différentes. Séparés, comme dans…

— Séparés comme dans "on est sur le point de divorcer". Séparés comme dans "un poème qui parle d'une pierre tombale me fait penser à elle". Séparés comme dans "je suis amoureux de toi".

C'était la première fois qu'il le disait.

— Je t'aime moi aussi, dit-elle et, puisant dans le répertoire de sa mère, elle murmura : Je t'aime à l'infini. »

Ils dormirent ensemble cette nuit-là, enroulés l'un dans l'autre sur la moquette du bureau. Quand elle se réveilla le lendemain matin, elle était seule et Bill lui avait laissé un Post-it sur son sac à main : *Suis à la piscine. Je t'aime.*

De voir ces mots jetés comme ça la fit frémir. Elle enfila son manteau en vitesse et retourna au Quad. Sa respiration formait des petits nuages dans l'air glacé de février. Il était très tôt, ce qui, d'après les standards des deuxième année, correspondait encore au milieu de la nuit.

Quand elle arriva dans sa chambre, une autre note l'attendait, cette fois de la part d'April : *T'étais passée où, Lady Chatterley ? Passe me voir quand tu rentres. Je me fais du souci pour toi.*

Elle se faufila dans la chambre d'April. Les stores étaient fermés, et, dans l'air, planait l'odeur lourde de la respiration de la dormeuse. Sally quitta ses tongs et se glissa sous les draps. Peu de temps après, elle sentit April se retourner et se blottir contre elle.

« Il est quelle heure ? murmura-t-elle.

— Sept heures et demie, dit Sally.

— Et tu es toujours amoureuse, même à cette heure matinale ? demanda April.

— Mmmm-hmmm, dit-elle.

— Donc, hier soir, c'était le grand numéro des amants qui s'engueulent et qui se réconcilient en faisant l'amour comme des bêtes, c'est ça ?

— C'est ça.

— Grandiose, dit April, en enfouissant son visage dans les cheveux de Sally. On peut reprendre cette conversation après dix heures et demie ?

— Rien ne nous oblige à en parler, dit Sally.

— Mon œil, tu vas voir si on ne va pas en parler, dit April. J'ai comme l'impression qu'on ne va parler que de ça pendant un bon petit moment.

Elle passa son bras autour des épaules de Sally.

— Tu crois que Celia me déteste maintenant ? interrogea Sally.

— Ça lui passera, dit April.

Peu de temps après, sa respiration devint régulière, et Sally comprit qu'elle s'était rendormie. Sally ferma les yeux, mais elle ne parvint pas à se retenir de dire un dernier mot.

« Ils sont séparés, murmura-t-elle. C'est pas ce que Celia croit. »

La veille du matin de son mariage, Sally fit un rêve dont elle se réveilla couverte de sueur. Les bras de Jake l'entouraient, il avait sa poitrine contre son dos, et quelque chose dans sa façon touchante et innocente de remuer lui fit monter les larmes aux yeux. Comment était-ce possible qu'elle se retrouve à rêver de Bill alors que Jake était juste là, couché à côté d'elle. Elle ferma les yeux et essaya de se concentrer sur la journée du lendemain : enfin, elle épousait Jake. La noce en soi avait l'air moins excitante que ce qui s'annonçait derrière, et Sally trouvait que c'était bon signe. Encore un jour, et ils seraient en voiture, direction le Maine, main dans la main, et chantant des chansons comme ils le faisaient à chaque fois qu'ils étaient sur la route. Mais cette fois, ça serait différent. Cette fois, ils se présenteraient à la réception du Bed & Breakfast sous les noms de Monsieur et Madame Jake Brown.

Sally avait toujours su qu'elle prendrait le nom de son mari. Ça la mettait hors d'elle de voir ces femmes qui faisaient porter à leurs enfants des patronymes à rallonge — clins d'œil déplacés à leur credo féministe. Elle se considérait féministe, mais en quoi est-ce que ça regardait les gens — en quoi est-ce que ça faisait progresser la cause des femmes — qu'elle crée de la distance précisément avec la personne dont elle se sentait le plus proche ? Parmi les femmes plus âgées avec qui elle faisait du bénévolat à NOW, quelques-unes lui avaient fait remarquer qu'essayer de conserver son nom de jeune fille causait en réalité plus de tracas qu'autre chose. De toute façon, il y aurait toujours des gens pour vous appeler Madame Untel, alors pourquoi ne pas carrément prendre les devants et rendre la chose officielle. Au bout du compte, tout le monde se retrouve à porter le nom de famille d'un homme, et Sally se disait qu'elle préférait porter celui de Jake plutôt que celui de son père.

Elle savait qu'April serait mortifiée à l'idée qu'elle prenne le nom de Jake. April n'avait jamais vraiment adhéré à la vision du féminisme selon Sally.

« C'est génial, mais il faut voir plus loin ! objecta-t-elle quand Sally lui raconta qu'elle faisait du bénévolat à NOW et, plus récemment, dans un foyer pour les victimes de violences domestiques. Ce genre de solution, ça n'est rien d'autre qu'un pansement. Il faut qu'on s'attaque à la racine du mal. »

Sally était bien de cet avis, mais, disait-elle, il ne fallait pas oublier qu'entre-temps les femmes devaient pouvoir se sentir en sécurité à la maison. Il leur fallait des repas chauds, des draps propres et quelqu'un à qui parler tard dans la nuit. Les mouvements pour les femmes ne pouvaient pas se cantonner à l'action directe et aux revendications radicales pour le renversement immédiat des valeurs. Ce n'était pas ainsi que le monde fonctionnait.

Gloria Steinem représentait à ses yeux l'héroïne ultime. Elle avait contribué à l'amélioration d'innombrables vies, grâce à des réalisations aussi simples que, par exemple, la mise en place de réseaux de femmes qui, sans ça, n'auraient jamais pu se rencontrer, ou la création d'un magazine consacré au féminisme. Elle était toujours prête à s'élever contre les injustices et n'avait jamais transigé sur ses principes, tout en veillant à ne pas blesser les sensibilités du commun des mortels. Elle n'avait pas non plus peur de se faire des mèches. Elle aimait les hommes ! Elle sortait avec eux. Elle en épousa un, même si l'histoire connut une fin tragique. C'était une vraie femme qui croyait en l'égalité. De quoi avoir un impact cent fois plus fort que quelqu'un comme cette tarée de Ronnie Munro, une sacrée emmerdeuse, non ?

À présent, Sally était assise au bord du lit, ses mains moites reposant sur ses cuisses, les paumes tournées vers le plafond. Aucune chance qu'elle puisse se rendormir. Elle passa doucement à la salle de bain et fit couler la douche, se mettant sous le jet avant que l'eau ait pu se réchauffer.

Elle avait un problème de mémoire : elle se souvenait de tout avec une trop grande clarté. C'était idéal, sans doute, quand il s'agissait de se rappeler l'odeur d'un ancien amoureux, ou l'écho de son rire. Mais Sally n'arrivait pas à se sortir de la tête la précision des dents de Bill, deux rangées parfaitement égales et aux teintes grises à cause de la cigarette. Elle se souvenait de son sexe, sa circonférence exacte et la longue veine bleue qui courait tout du long au-dessus de la chair rose lorsqu'elle passait sa langue dessus. Ce n'était pas parce qu'il lui manquait vraiment, c'est seulement qu'elle ne pouvait pas oublier.

Elle avait pris conscience depuis longtemps — chose que les autres étaient seulement en train de découvrir — que les idéologies, c'était bien joli, mais que cela ne servait pas à grand-chose lorsqu'on se retrouvait confrontée aux réalités de la vie. Peut-être qu'une fois qu'on avait trouvé l'amour éternel, on était censé tout oublier des hommes qu'on avait connus avant. Mais d'être fiancée avait encore plus rapproché Sally de Bill et, ici même, à l'hôtel *Autumn Inn,* elle se souvenait des nuits qu'ils avaient passées ensemble, sous ce toit, faisant l'amour en secret tandis que ses copines, à la résidence de l'autre côté de la rue, regardaient *The Real World* à la télé.

Après sa douche, Sally se sécha les cheveux en les lissant et se mit du rouge à lèvres et du mascara. Ensuite, elle passa la robe bain de soleil et les sandales rouges qu'elle avait reçues pour le dîner de répétition qui aurait lieu plus tard ce jour-là, sachant qu'il était encore bien trop tôt pour commencer à se pomponner, et qu'elle ne faisait tout ça qu'au cas où elle tomberait sur lui par hasard.

Tandis qu'elle prenait son porte-monnaie sur la table de chevet, Jake remua.

« Tu vas où ? demanda-t-il les yeux encore clos.

— Me balader sur le campus, répondit-elle, alors qu'une bouffée de honte la submergeait soudain.

— Je t'accompagne si tu veux, dit Jake. Il se retourna, et cette fois, il avait le visage dans les oreillers.

— Non, non, dors », répliqua-t-elle.

Jake tourna la tête et finit par ouvrir les yeux. Il émit un petit sifflement en la détaillant de haut en bas.

« T'es à tomber. J'arrive pas à croire que je vais t'épouser demain. »

Sally alla vers lui, lui déposa un baiser sur la joue. Il essaya de l'attirer dans le lit, mais elle résista.

« Je reviens très vite, dit-elle dans un petit rire.

— Je t'aime, lui lança-t-elle depuis la porte qui donnait sur le couloir.

— À l'infini ?

On entendait son sourire dans le marmonnement de Jake.

— Tu le sais bien, mon amour », dit-elle.

Dehors, l'air commençait à se réchauffer, et les nuages cédaient la place à un ciel d'un bleu immaculé. Sally traversa la rue et se dirigea vers la résidence King. Elle pensait à toutes ces étudiantes, endormies à cette heure, dans leurs lits une place.

À la fac, la moitié de leurs conversations portaient sur la suite, ce qui viendrait après : ce qu'elles feraient, le type d'endroit où elles habiteraient, de qui elles tomberaient amoureuses. Elles étaient prêtes à admettre qu'elles constituaient la première génération de femmes pour qui le problème du choix n'était pas d'en avoir, ou pas, mais au contraire d'en avoir trop : elles avaient tellement d'options que ça devenait impossible et épuisant de faire les bons choix. Elle avait presque envie d'aller sortir les nouvelles filles de la résidence King du sommeil pour leur dire que, la plupart du temps, les choix se faisaient d'eux-mêmes. Elle était retournée à Boston parce qu'on lui avait proposé un poste dans un laboratoire de recherche sur le cancer à Harvard. Et là, elle avait rencontré Jake qui se trouvait dans la file d'attente de *Au Bon Pain*[56] pour s'acheter un sandwich au thon.

56. NDT : en français dans le texte.

Elle se préparait toujours son repas à la maison, mais ce matin-là, elle avait lu dans le bus, au-dessus de la tête des autres passagers, une annonce qui disait : MARRE DES RENCONTRES QUI N'ABOUTISSENT JAMAIS DANS L'ÉTAT DU MASSACHUSETTS ? VOUS CHERCHEZ DES HOMMES PRÊTS À S'ENGAGER SÉRIEUSEMENT ? NE CHERCHEZ PAS PLUS LOIN : DATEBOSTON.COM. Sally pesait le pour et le contre de ce genre de sites, et se disait que, finalement, Celia avait rencontré deux ou trois types sur match.com et que ça lui ferait sans doute du bien, à elle aussi, d'essayer quelque chose de nouveau pour chasser Bill de son esprit. Elle farfouilla dans son sac à la recherche d'un stylo et inscrivit le nom du site dans la paume de sa main. En levant les yeux, elle vit deux collégiens qui se moquaient d'elle en ricanant. Elle sentit le rouge lui monter aux joues. C'était officiel : elle était ridicule à en pleurer, et elle mourrait seule. Quand le bus s'arrêta, elle sortit précipitamment ; pourtant, elle était encore à trois arrêts de son bureau. Plus tard, après avoir raconté aux filles par e-mail cette épreuve affligeante, elle s'aperçut que, dans sa précipitation, elle avait dû laisser sa salade sur le siège à côté d'elle. Elle décida alors de s'octroyer royalement un gros sandwich bien gras avec une limonade et, à cause de ça, elle avait rencontré Jake.

Le campus de Smith n'avait pas changé d'un pouce depuis la dernière fois où elle y avait mis les pieds. La pelouse était tondue de près, l'étang miroitait, les grands bâtiments de briques aux façades couvertes de lierre s'élevaient fièrement. Tandis qu'elle s'avançait vers la bibliothèque, elle se demandait si elle l'y verrait.

Leur histoire avait duré trois ans. Et comme ils ne pouvaient passer toutes leurs soirées ensemble, Sally comblait son temps libre en allant à tous les concerts, toutes les fêtes ; elle s'amusait de plus en plus, plus qu'elle ne l'avait jamais fait avant, ou qu'elle n'aurait eu l'occasion de le faire autrement. Elle se plia au rituel de la traversée du Quad à poil et au pas de course, dans la neige, en compagnie d'un groupe de première année de la résidence King, elle dansait jusqu'à l'aube aux fêtes étudiantes, elle aguichait les gars qui étaient venus de la ville ou de Hampshire sans que ça prête à conséquence : à présent qu'elle avait quelqu'un, elle s'amusait vraiment, et sa vie ne semblait plus du tout aussi sinistre que quand elle était à la recherche du grand amour.

« Ça s'appelle la "théorie du petit ami absent", déclara April. Tu sors avec un type que tu gardes à distance, comme ça, tu as la liberté d'explorer qui tu es vraiment sans toutes les inquiétudes liées au célibat et à la peur d'être seule.

— Mais je ne maintiens pas Bill à distance, rétorqua Sally.

— Enfin, tu vois ce que je veux dire, une certaine distance... », continua April, comme si ça clarifiait quoi que ce soit.

Au début, chaque heure qu'ils passaient ensemble les enivrait complètement. Ils faisaient l'amour dans son bureau, à l'*Autumn Inn* et même, une fois où ils étaient d'humeur particulièrement téméraire, dans sa chambre de dortoir. Ils sortaient boire des bières dans un bar sombre et enfumé de Florence, dans le quartier des concessionnaires automobiles, et jouaient aux fléchettes, sa main passant sous sa jupe pendant qu'elle se concentrait sur la cible.

Mais Bill était aussi sujet à de longues et sombres périodes de déprime pendant lesquelles, soit il ignorait Sally intégralement, soit il lui disait qu'elle n'était qu'une petite gourde bavarde qui ne pouvait pas comprendre sa douleur. Parfois, il disait que ce qu'il désirait plus que tout, c'était que sa femme revienne. Il lui disait que Jan était brillante et belle, et que quelqu'un comme Sally ne pouvait même pas prétendre lui arriver à la cheville. Trois ou quatre fois, au cours de leur relation, il fit des tentatives pour se réconcilier avec sa femme, et, chaque fois, Jan le repoussa, ce qui entraînait des crises de larmes et des appels nocturnes à Sally pour la supplier de le rejoindre à l'*Autumn Inn.* (Quand elle s'y pliait, il passait des heures à lui faire des excuses, la tenant contre sa poitrine, jusqu'à ce qu'elle promette de lui pardonner.)

Quand elle mettait sur un même plan la période de sa relation avec lui et le temps qu'elle avait passé avec Jake, ça donnait un portrait absurde. Trois ans passés à se cacher comme des criminels. Elle n'avait jamais rencontré les amis de Bill, et, un jour où ils tombèrent sur son fils aîné qui rentrait à la maison du lycée, il la présenta comme : « Sally, une de mes étudiantes. » Elle scruta le visage du gamin, à la recherche d'un signe qui montrerait qu'il avait déjà entendu ce nom, mais, bien sûr, ce n'était pas le cas, et il se contenta de lui lancer un « Salut ».

Leur relation se termina juste avant la fin de ses études à Smith. Bill lui remit une grosse enveloppe alors qu'elle s'apprêtait à quitter son bureau un jour, en plein milieu des partiels de fin d'année. À l'intérieur, elle trouva une lettre, écrite avec ce ton suffisant qu'il prenait systématiquement quand elle lui demandait quelque chose. Il parlait de comment il se souviendrait d'elle pour toujours, elle, la jeune beauté qui avait pris son cœur. Il souffrait d'avoir à la libérer et à la livrer au monde, un monde parfois cruel et froid.

« Te libérer et te livrer au monde ! avait bondi April quand elle avait montré la lettre aux filles. Non mais sans déconner, il croit que tu es quoi, une coccinelle dans un pot de mayonnaise ?

— Ça lui ressemble tellement, dit Bree. Pas de discussion, rien, seulement une note. Ce type me rend malade. »

Sally se rendait bien compte que, dans une certaine mesure, Bree était tendue à cause de la façon dont elle-même avait mis un terme à sa relation avec Lara, pour finalement changer d'avis à la dernière minute. Sally se figurait que, d'ici août, Bree reviendrait à la raison. En fin de compte, tout ce qui se passait avec Lara, c'était seulement Bree qui essayait de s'accrocher à Smith, une chose quasi impossible. Elles étaient toutes en train de quitter ce petit monde, cette bulle, et, nul ne pouvait deviner ce qui les attendait par la suite.

En plus, les filles en étaient venues à détester Bill : elles le trouvaient manipulateur, dominateur, et un peu ridicule quand il se mettait, de façon imprévisible, à déprimer et à faire la gueule. Celia disait qu'il se comportait encore à son âge comme un ado qui écrit des poèmes sur la mort, s'habille toujours en noir et déteste ses parents.

Sally ne leur avait jamais raconté la conversation qu'elle avait surprise une fois pendant une réunion du conseil étudiant dans la grande salle du Seelye Hall.

« Tu savais que Bill Lambert l'avait agressée, et que c'est pour ça qu'elle avait demandé à être transférée à Wellesley ? dit une des filles à sa copine.

— Ben moi, j'ai entendu dire qu'ils avaient couché ensemble, point final », répondit l'autre.

Sally sortit de l'auditorium et se rendit directement aux toilettes pour femmes du deuxième étage, où elle commença à inspirer et expirer fortement dans ses mains placées devant sa bouche, jusqu'à l'arrivée de la femme de ménage qui venait nettoyer le sol.

« Un petit instant », dit-elle d'une voix qui se voulait calme et enjouée. Elle essayait de se convaincre que ce n'était qu'un de ces ragots méchants de plus, et qu'il fallait seulement qu'elle se le sorte de la tête. Elle avait entendu toutes sortes de choses concernant les relations professeurs-étudiants qui n'étaient tout simplement pas vraies. Comme la rumeur qu'April colportait au cours du semestre précédent, selon laquelle un type de soixante balais s'était fait virer de son boulot à la bibliothèque des arts : apparemment, pendant qu'une étudiante de première année lui faisait une fellation au milieu des rayons, une lampe halogène avait doucement réduit toute la section de D à F en fumée. (Sally s'était rendue elle-même là-bas pour vérifier, et aucun incendie de cette sorte n'avait jamais été signalé.)

Bill était formel : il n'y avait eu personne d'autre à part Sally et Jan. Pendant un temps, elle parvint à se convaincre que s'il disait la vérité à propos de Jan, c'était la vérité, point barre. Mais comme les mois passaient, ses doutes ne firent qu'augmenter. Quand Sally essaya de rompre à la fin de la troisième année, il remplit sa boîte aux lettres d'une montagne de lettres d'amour et de poèmes, accompagnés de sa première édition annotée de W. H. Auden. Pour les filles, il n'y avait qu'une seule chose à faire : emporter tout ça au bureau de la sécurité. Mais Sally l'aimait toujours. Elle n'en revenait pas de voir à quel point le sentiment amoureux était chimique, comment il s'emparait de vous alors même que vous en étiez arrivée au point où vous n'aviez plus que du mépris pour l'objet de l'amour. Elle mit les lettres et le livre dans une boîte à chaussures Stride Rite à côté d'autres objets qu'elle conservait pour des raisons sentimentales depuis le CM1. Elle alla dans son bureau et s'assit dans le vieux fauteuil, lui, assis par terre, sa tête sur ses cuisses, pleurant de vraies larmes tandis qu'elle passait sa main dans ses cheveux. À part Bill, elle n'avait jamais vu d'hommes adultes pleurer, même pas son père à l'enterrement de sa mère.

Au cours de la dernière année qu'ils avaient passée ensemble (et ça, c'était quelque chose que personne, pas même les filles, ne savait), Sally lui avait prêté un quart de million de dollars pour différentes choses : des réparations dans sa maison, des arriérés d'impôt, des frais légaux et Dieu sait quoi d'autre. Il jura à qui mieux mieux qu'il la rembourserait au bout d'un semestre, mais elle était sûre et certaine que ça n'arriverait pas. Elle n'avait pas de problème avec ça : Bill était tombé amoureux d'elle bien avant qu'elle touche l'argent. Elle savait bien que pour les filles, ça ne ferait aucun doute : il se servait d'elle, mais Sally n'était pas du même avis. L'argent n'était pas fait pour rester enfermé dans une boîte froide. Quand on en avait besoin, on espérait bien que quelqu'un vous en donne. Si on en possédait, c'était un devoir de le donner.

Après sa lettre, elle exigea qu'ils se parlent de cette rupture qu'il s'était tout simplement contenté d'annoncer. Bill déclara qu'il n'y avait pas matière à discussion. Elle allait quitter Smith, et il fallait qu'elle passe à autre chose dans sa vie. Sally avait considéré pour acquis le fait qu'ils resteraient ensemble vu qu'elle ne partait qu'à deux heures de là. Qui plus est, désormais, elle ne serait plus étudiante à Smith, et donc ils pourraient sortir de la clandestinité. Elle s'imaginait déjà les longs dîners chez les petits italiens de Harvard Square, les week-ends à Cape Cod. Mais Bill disait qu'il ne voulait plus en parler. Il avait pris sa décision. Il se faisait vieux, disait-il, et il était temps pour lui de se comporter comme tel. Il allait convaincre Jan de faire un autre essai pour reprendre leur vie de famille.

« Et moi alors, mon amour? dit Sally, les larmes aux yeux.

— Je ne m'en fais pas pour toi, lui avait-il répondu. Les filles comme toi retombent toujours sur leurs pieds. »

Elle le détesta d'avoir dit ça comme ça. *Les filles comme toi,* c'était ses mots, comme si les aspects particuliers de ce qu'ils avaient vécu n'entraient pas en ligne de compte.

Le jour de la remise des diplômes, elle pleura quand il s'avança, vêtu de sa tenue d'universitaire, aux côtés de tous les autres professeurs. Au moment de la poignée de main avec le président de l'université, le diplôme en main, elle jeta un regard dans sa direction pour voir s'il la regardait, mais il avait les yeux fixés droit devant lui sur la foule.

Six mois plus tard, juste après sa rencontre avec Jake, Bill fit une tentative bizarre pour la reconquérir, inondant son téléphone au bureau de messages, et allant jusqu'à faire le voyage à Cambridge pour venir la voir. Quand elle refusa de le voir, il hurla : « Sally, je vais me jeter dans la rivière Charles si tu me rejettes. » Elle raccrocha doucement et éteignit la sonnerie du téléphone pour le reste de l'après-midi.

Elle avait trouvé ça romantique jusqu'à ce qu'elle en parle à Jake. Il faillit s'étouffer de rire. Il donna à Bill le surnom de « le vieux de la rivière ».

Elle prit conscience qu'elle avait trouvé quelqu'un un million de fois mieux.

Sally aimait Jake. C'était le genre de garçon qui, quand on lui demandait d'exprimer le fond de sa pensée sur la poésie, disait que c'était un truc de tapettes (un terme qu'elle avait essayé de l'empêcher d'utiliser environ un millier de fois sans succès). Il lui donnait des preuves d'amour en réparant les vitres de son appartement, en lui installant l'air conditionné pendant sa pause déjeuner, ou en l'amenant faire un pique-nique préparé par lui. Ses humeurs étaient prévisibles. Il avait l'air de se réveiller heureux tous les matins, heureux d'être avec elle, heureux d'être en vie. À sa grande surprise, c'était tout ce dont elle avait besoin.

Tandis que Sally se rapprochait de la bibliothèque dans sa robe rouge, elle s'arrêta un instant pour se souvenir de tout ce qui s'était passé entre ces murs. À l'époque, elle pensait que Bill l'avait élevée, avait fait d'elle une adulte, à un degré qui, autrement, lui aurait pris des années à atteindre. Mais à présent, elle se demandait si, au contraire, il ne lui avait pas dérobé quelque chose, et elle n'en était que plus reconnaissante de ce qu'elle partageait avec Jake, une union dans laquelle être amoureux n'incluait rien de clandestin ou de minable.

Elle était heureuse d'avoir enfreint la tradition et d'avoir passé la nuit précédant le mariage avec Jake. Dormir près de lui apaisait ses nerfs. Elle retira ses chaussures à talons et rentra pieds nus à l'hôtel.

Sally avait pris la décision que son mariage aurait lieu à Smith et la répétition du dîner de réception dans la cave à vins du *Pizza Paradiso,* bien avant qu'elle et Jake soient fiancés. La cinquième fois qu'ils étaient sortis ensemble pour être exact. Elle n'était allée qu'une seule fois auparavant à la cave, à la soirée d'adieu du comité des loisirs de Smith, juste avant la fin de la dernière année. Elle se souvenait très bien avoir pensé qu'elle aimerait avoir l'occasion de fêter quelque chose de spécial dans cet endroit. Après la demande en mariage de Jake, elle avait eu tout d'abord l'idée de se marier à Helen Hills Hills, dans la tradition purement smithienne. (C'était le nom de la chapelle du campus. On racontait que Helen Hills avait épousé son cousin, mais Sally n'arrivait pas à se rappeler si cette histoire était avérée ou bien si c'était seulement une blague débile.)

Mais un soir, l'idée lui vint de se marier sur le Quad, sur cette pelouse qu'elle pouvait voir depuis la fenêtre de sa chambre au dortoir, un grand retour à l'endroit exact où sa vie adulte avait commencé. Elle et Jake étaient d'accord : un mariage se devait d'être simple et en comité réduit. Sa mère n'étant plus là, elle ne ressentait pas le besoin de claquer cinquante mille dollars dans un déballage inutile.

Sally avait envie que Jake passe plus de temps avec les filles. Elles l'avaient toutes déjà rencontré avant, mais elle voulait qu'elles le connaissent vraiment, qu'elles découvrent les choses merveilleuses qu'elle voyait en lui. Elle se doutait bien qu'elles ne l'avaient pas encore tout à fait cerné, enfin, Celia, peut-être, mais pas les autres. Il ne remplissait aucun des critères qui les faisaient d'ordinaire craquer : torturé, dramatique et voué à décevoir. Par ailleurs, il n'était pas non plus spécialement compliqué, une qualité que Sally appréciait, mais que les autres trouvaient louche. Elle était gênée à l'idée de trop leur parler de Jake, ou de se montrer incapable de se passer de lui. Pour cette raison, et cette raison seulement, elle préférait la compagnie de sa collègue de travail, Jill, mariée à Jack depuis deux ans, qui n'utilisait presque jamais le mot « je ». À la place, elle disait toujours : « Ça nous ferait trop plaisir » ou : « Excuse-nous, on n'a pas une seconde à nous en ce moment. »

« Ils parlent le "nous", disait Celia avec mépris.

Mais Sally trouvait du réconfort dans la compagnie de quelqu'un qui était en couple et qui se considérait toujours comme la moitié d'une paire. Elle s'imaginait que, même dans l'éventualité où elles se marieraient, ses amies de Smith ne seraient jamais comme ça.

Avant l'heure du dîner, ils répétèrent la cérémonie au grand air, directement sur le Quad : les filles s'avançaient avec son frère et deux copains de fac de Jake, et Jake se tenait au bout du parcours, juste en face de la résidence Wilson, le même parcours qu'elles avaient pris le jour des diplômes. Et tandis que Sally, son père à ses côtés, faisait les pas qui la rapprochaient de lui, des larmes lui montèrent aux yeux. Elle avait le sentiment qu'enfin tout cela devenait réel.

Elle avait pensé un instant remonter l'allée toute seule et demander à son père de s'occuper de quelque chose d'autre, par exemple donner les programmes à l'entrée. Il n'avait absolument pas participé aux préparatifs. De surcroît, huit années d'amitié avec April avaient laissé leur trace sur Sally, et la perspective qu'un homme la remette à un autre lui laissait un goût amer dans la bouche, particulièrement quand un des deux hommes était précisément son père, qui était très mal placé pour revendiquer ce droit en premier lieu. Si sa mère avait été là, ça aurait été différent. D'ailleurs, se dit Sally, *tout* aurait été différent. Au bout du compte, Jake donna son opinion : pour lui, elle ferait mieux de s'asseoir sur ses griefs et de laisser son père l'escorter jusqu'à l'autel, et Sally acquiesça.

Après la répétition, Sally et les filles restèrent un instant sur le Quad pour prendre des photos pour *Le bulletin trimestriel des anciennes de Smith.* Celia expliqua qu'elle voulait avoir des photos d'elles avec et sans leurs robes de cérémonie, afin de pouvoir montrer les différentes étapes du week-end. Sally adorait cette idée, mais après avoir posé pendant un moment, elle ne tenait plus en place. Elle n'avait jamais aimé arriver en retard pour quoi que ce soit, encore moins à la répétition de son dîner à elle, et elle ne pouvait pas s'empêcher de se sentir tiraillée entre son passé et son futur : les filles souhaitaient toujours qu'elle leur appartienne, mais tout ce qui, en elle, pouvait appartenir à quelqu'un était à Jake désormais.

En fin de compte, elle leur dit :

« OK, mes chéries, il faut que je parte maintenant. Ça me stresse de laisser mon père tout seul avec la belle-famille pendant trop longtemps. »

Elles entrèrent dans le *Pizza Paradiso* vingt minutes après tout le monde et elles reconnurent le four à bois dont les flammes léchaient des pizzas prêtes à déborder. Près de la porte, dans une alcôve, il y avait une famille qui dînait, deux mères et leur bébé de deux ans.

« Ça fait plaisir d'être de retour à Northampton », lança April après avoir regardé dans leur direction.

Sally éclata de rire, mais elle espérait que les grands-parents de Jake n'avaient pas remarqué.

En arrivant à l'étage en dessous, elle commença à diriger les filles vers les chaises juste à côté de Jake, mais Celia prit April par la main et lui fit :

« Viens t'asseoir à côté de moi ! »

Elle parvint à se serrer à côté d'Anthony, un banquier d'affaires qui avait grandi avec Jake et sur qui elle avait jeté son dévolu le soir précédent, quand ils s'étaient rencontrés au bar de l'hôtel.

« April, tu n'as peut-être pas fait connaissance avec Morgan Stanley hier soir, dit Celia en lui présentant Anthony.

— Morgan, voici ma très chère amie, April, la fille la plus bosseuse de toute l'Amérique. Tu ne le croiras pas, mais son patron lui a fait monter les rushs d'un film dans sa chambre d'hôtel hier soir pendant que nous, on picolait dans les grandes largeurs. »

Sally s'assit à côté de Jake, les yeux toujours pointés vers Celia. Lara fit le tour et vint embrasser Sally sur la joue. Elle s'était gominé les cheveux et les avait peignés en arrière. Elle portait un costume, veste et pantalon noirs.

Sally observait sa belle-mère et, pour la première fois de sa vie, elle aurait bien aimé que ses amies soient un peu moins elles-mêmes, juste pour un soir.

Lara s'excusa de n'avoir pas assisté aux événements de la journée, mais, lui dit-elle, elle avait eu une migraine. Sally lui sourit : « Ne t'en fais pas, ma belle. » Pourtant elle s'imaginait déjà la conversation qu'elle aurait avec Jake plus tard : *Pourquoi est-ce que Bree persistait dans cette situation ridicule, dont elle ne tirait que du malheur et où soit l'une soit l'autre se sentait obligée de feindre une migraine, ou un gros projet à terminer, ou n'importe quoi, pour, la plupart du temps, ne pas avoir à se retrouver ensemble, dans la même pièce, en même temps? En couple, elles étaient heureuses toutes les deux à la fac, mais depuis, elles avaient été totalement incapables de faire fonctionner leur relation.* Pour Sally, Bree était en train de gâcher ses plus belles années dans une histoire qui était vouée à l'échec dès le début. À chaque fois qu'elle essayait d'en parler avec April, elle se faisait immédiatement traiter d'homophobe, mais Sally était persuadée que ce n'était pas de ça qu'il s'agissait : Bree n'était même pas homo, merde! Une fois, Sally lui avait demandé si, au cas où elle se séparerait de Lara, elle sortirait avec des mecs ou avec des nanas, et Bree avait répondu : « Oh, avec des mecs, c'est clair », sans même y réfléchir.

Sally reconnaissait à Lara une chose malgré tout : elle s'était déplacée depuis la Californie jusqu'ici et, aussi, elle lui avait envoyé des fleurs quand elle s'était fiancée, chose qu'aucune autre n'avait faite.

Il lui fallut étouffer un rire quand elle vit la mère de Jake écarquiller les yeux en voyant l'accoutrement de Lara.

« Tu as un public de fans ici, hein ? dit Sally dans un murmure.

— Oh que oui, répondit Lara. J'avais à peine mis les pieds dans le resto qu'un type est venu me demander si je faisais partie d'une fratrie à la fac, et un autre voulait savoir si j'aimais k.d. lang[57]. Et aussi, la grand-mère de Jake m'a demandé depuis combien de temps j'avais quitté le Japon pour venir m'installer ici. Quand je lui ai dit que j'étais de Virginie, elle a demandé : Est-ce qu'il y a aussi un État qui s'appelle "Virginie" au Japon ?

Sally eut envie de s'enterrer.

— La vache. Je suis vraiment désolée.

— T'inquiète, dit Lara. Je suis impatiente de te voir te faire passer la bague au doigt. Enfin, maintenant qu'April est ici, ça va nous faire des vacances.

— C'est clair, ma belle-mère fait des cauchemars rien qu'à l'idée de voir ses dreadlocks », rigola Sally.

Elle suivait Celia du coin de l'œil qui remplissait un verre de vin pour April avant de s'envoyer la moitié du sien d'un coup. Alors qu'elle sentait la moutarde lui monter au nez, Jake se pencha vers elle et lui prit la main.

« Ça me fait plaisir que tu sois ici, lui dit-il.

— Pourquoi ça ? Est-ce que mon père est en train de dire n'importe quoi ? s'inquiéta-t-elle.

— Mais non, fit-il. C'est juste que tu m'as manqué. »

Les serveurs arrivèrent avec des plateaux chargés de salade César, de hors-d'œuvre et de spaghettis au parmesan

57. Chanteuse pop-country, militante pour les droits des lesbiennes et des gays.

et au poulet. Sally avait passé une commande spéciale, une assiette d'aubergines grillées servies sur des pennes au blé entier pour April.

Un serveur était justement en train de s'adresser à elle : « Vous prenez le plat végétalien, n'est-ce pas ?

Elle se tourna vers Sally avec un grand sourire.

— Tu es incroyable », lui lança April.

Du coin de l'œil, Sally vit les parents de Jake qui s'embrassaient. Aussi pénibles qu'ils puissent être parfois, Rosemary et Joe s'aimaient toujours, cela ne faisait aucun doute. Sally voyait dans cet indicateur une preuve que, au plan statistique, Jake avait de plus grandes chances d'être un bon mari que la moyenne, mais, en même temps, cela l'attristait quand elle comparait avec ses parents à elle, et elle pensa à sa mère qui n'avait jamais vraiment connu un amour de cette sorte. Sally n'avait jamais réalisé, avant d'organiser à son tour son mariage, que cela prenait toujours des proportions qui dépassaient les futurs époux, qu'il s'agisse d'une petite ou d'une grande cérémonie. Les participants qui étaient dans une relation amoureuse à ce moment-là n'en étaient que plus heureux, leur amour en ressortait renforcé au contact d'un jeune couple plein d'espoirs. Pour ceux qui n'avaient pas eu cette chance, un mariage était comme la coupure qu'on se fait avec une feuille de papier : gênant, douloureux et impossible à ignorer.

Le dîner passa à une allure folle, agrémenté d'allocutions, déclamées par le père et le grand-père de Jake, et d'une sortie vaguement déplacée du frère de Sally (« Jake, c'est un type vachement bien, et on espère tous qu'il va rendre Sally vachement heureuse et, euh, voilà quoi. ») Il ne parla pas une seule fois de leur mère. Celia, l'alcool aidant, avait perdu toute retenue et se répandait sur leurs années de fac, sur cette chère Sally qui avait toujours été la fille la plus douce et la plus délurée à la fois. Sur la façon dont toutes à la résidence King se rendaient à la cérémonie de convocation en petite tenue chaque automne, sur la façon aussi dont Sally avait repeint à la main les couronnes qu'on donne au Burger King avec les mots, badigeonnées à la bombe à paillettes par-dessus : RÉSIDENCE KING — MEILLEURE F. KING RÉSIDENCE DU CAMPUS[58]. Sur la façon dont, une fois, elle avait vidé des bières, la tête en bas et les mains en appui sur un tonneau au cours d'une fête hawaïenne, pendant qu'un mec de la fac d'Amherst la maintenait en équilibre. Elle s'était arrêtée juste avant de battre le record de l'école, alors qu'il ne lui restait qu'un tonneau à descendre, parce que le type d'Amherst s'était retrouvé avec une tache de sauce barbecue sur sa chemise hawaïenne, et que Sally avait insisté pour la nettoyer immédiatement avant qu'elle ait le temps de s'incruster.

Sally vit la mère de Jake, qui avait surpris cette conversation, hausser les sourcils. Elle avait l'air de trouver ça choquant et, en même temps, de se délecter de trouver ça choquant. Elle voyait très bien Rosemary remiser ce renseignement pour pouvoir le ressortir plus tard contre elle, et elle supplia mentalement Celia d'arrêter de parler.

« Aujourd'hui, Sally nous joue le coup le plus délirant de tous : elle se marie ! s'exclama Celia. On est toutes hyper contentes pour toi. Et il nous en faut beaucoup pour qu'on apprécie un mec, mais Jake, comme dirait Sally, on t'aime à l'infini. »

58. Résidence = house. En anglais : *Best F. King House on Campus.*

Sally sourit. Ça lui fit chaud au cœur, parce qu'elle se doutait bien que Celia ne parlerait pas comme ça si elle ne le pensait pas.

Finalement, Jake se leva.

« Merci, Cee, dit-il. Ouah. Je suis pas superfort pour les discours. Mais ici, devant tous ces gens qu'on aime, il faut que je dise quelque chose à propos de Sally, cette fille — oups, mes excuses aux gens de Smith, cette *femme* — qui a changé ma vie de fond en comble. J'ai toujours été du genre veinard, insouciant, mais je n'ai jamais su à quel point je pouvais être heureux avant de rencontrer Sally. C'est ma meilleure amie, le grand amour de ma vie, la personne la plus intelligente que je connaisse, et apparemment, une championne du poirier sur tonneau de bière. Depuis qu'on se connaît, je me réveille chaque matin avec le trac, tellement je suis excité de la revoir. Et je sais bien que je me réveillerai toujours avec le trac quand on aura tous les deux quatre-vingt-treize ans et qu'on n'aura plus de dents, et que les cheveux bruns de Sally auront blanchi. Je suis tellement heureux que vous soyez tous là avec nous, pour le départ de ce grand voyage, et je sais que la maman de Sally est ici aussi, qui nous montre le chemin. Merci à tous d'être venus et de ne pas avoir vomi : les jeunes couples mignons, ça peut être franchement écœurant, et je sais qu'on l'est. »

Il se pencha et embrassa Sally. Les larmes lui montèrent aux yeux.

Elle revoyait mentalement les épisodes du début de leur histoire, à la manière d'une séquence dans un film de Meg Ryan — la rencontre dans la file d'attente chez *Au Bon Pain,* Jake bafouillant :

« Je ne suis pas un malade mental, je vous assure, et je n'adresse jamais la parole aux étrangères, mais je vous trouve très belle. Je peux vous inviter à déjeuner ? » Ensuite, ils étaient sortis ensemble, une fois, deux fois. Et elle se rappela les centaines de dîners et de soirées ciné par la suite, les ballades en voiture à chanter des chansons d'Elvis, les longues conversations à propos des amis et de la famille, les week-ends à Cape Cod avec Jack et Jill, les Coronas sur la plage, les hamburgers au barbecue, les longs joggings, l'amour à l'aube dans le sable avant que les autres soient réveillés.

« Je t'aime », susurra-t-elle à Jake à cet instant, et, à l'intérieur, une part d'elle-même aurait voulu que tout le monde dans la pièce se volatilise pour qu'elle puisse se retrouver seule avec lui.

Lorsque le dessert arriva sur la table, Celia était déjà complètement saoule.

« Ça, c'était le toast le plus adorable que j'ai jamais entendu, dit-elle à Jake d'une voix forte, plus forte que nécessaire pour se faire entendre, ses mots légèrement emmêlés. Est-ce que vous allez prendre un chien ? Ça me rendrait tellement jalouse ! Je serais prête à faire n'importe quoi pour avoir un chien, mais j'habite dans un placard. Est-ce que je pourrais pas habiter dans votre grenier et devenir la vieille tante célibataire de vos dix marmots, si je promets de bien m'occuper du chien ? »

Sally sentit une légère panique s'emparer d'elle, elle vérifia d'un coup d'œil que tout allait bien du côté de la famille de Jake, mais ce dernier partit d'un grand rire. « Absolument ! dit-il en levant son verre vers Celia. Aux vieilles tantes célibataires ! »

Celia trinqua de toutes ses forces avec Jake, en éclaboussant de vin rouge la nappe et le devant de sa robe.

« Aïe, dit-elle dans un haussement d'épaule, je file aux toilettes ! Je reviens ! »

Ils la suivirent tous des yeux pendant qu'elle sortait de table en hâte, silencieux l'espace d'un instant avant de reprendre leurs conversations. Tout le monde piochait dans le plat de mini-éclairs au chocolat et dans les grandes coupes de sorbet. Il y aurait eu de quoi nourrir trois fois plus d'invités, se dit Sally avec joie. Le dîner s'était déroulé parfaitement dans l'ensemble, bien que sa semaine de noce défilât bien trop vite à son goût.

Sally observait Anthony qui se tournait vers April. Elle fit un effort pour entendre ce qu'ils se disaient.

« Alors comme ça, tu connais Sal depuis la fac ? s'enquit-il.

— Ouais » dit April platement.

Sally le trouvait plutôt m'as-tu-vu, et April n'était de toute évidence pas spécialement ravie à l'idée de discuter avec lui. Mais elle n'avait pas besoin d'être malpolie. À la différence de Celia, April n'avait rien à craindre de sa part : les types comme lui ne couraient pas après les filles blanches, sans poitrine, portant des dreadlocks et avec des poils sous les bras.

« Ils font un couple super, essaya-t-il à nouveau.

— Mmmm-hmmm, fit-elle en reprenant une bouchée de sorbet et jetant un œil par-dessus son épaule vers l'escalier, comme pour implorer Celia de se dépêcher de revenir des toilettes.

— Mon nom, c'est Anthony, au cas où tu ne l'aurais pas entendu la première fois, dit-il.

— April, dit-elle la bouche pleine.

— Bien. Alors tu as reçu un diplôme dans quel domaine à Smith ?

— Deux disciplines : affaires publiques et EFEGS, répondit-elle.

Sally soupira. *Pitié, tout mais pas ça,* April.

— C'est quoi, EFEGS ? demanda-t-il.

— Études sur les femmes, dit-elle, comme si c'était évident.

— Aahh, c'est aussi ma spécialité, dit Anthony, en accompagnant ses paroles d'un clin d'œil. »

*Doux Jésus.* Elle savait qu'April avait une position très arrêtée sur le sujet : les hommes, avant l'âge de soixante-cinq ans, ne devaient sous aucun prétexte lancer des clins d'œil. C'était irrévocable : elle le détestait maintenant.

Juste à ce moment-là, Celia revint, une grosse tache humide sur le devant de sa robe.

« Quel est le sujet de la conversation ?, dit-elle en se penchant en avant.

Anthony prit un air soulagé.

— Alors donc, Celia, tu travailles dans l'édition. Tu connais peut-être ma cousine, elle s'appelle Andrea Panciacco. Elle est chez Simon & Schuster.

Celia haussa les épaules.

— Non, je ne la connais pas. Je suis chez Circus Books. Mais elle, elle connaît probablement ce mec avec qui je travaillais avant. Il est parti chez Simon & Schuster le mois dernier. »

Ainsi démarrèrent plusieurs tours de *Est-ce que par hasard, tu connais ?* Celia demanda à Anthony si, par hasard, il connaissait son amie d'enfance qui travaillait à la

Deutsche Bank à Boston, son petit ami du lycée qui avait fini ses études à Berkley trois ans après lui, et son cousin qui jouait dans la même division de foot que lui (non, non et non). Il s'avéra qu'Anthony avait de nombreux amis et connaissances qui travaillaient à New York. Mais certains noms lui échappaient : « Peut-être que tu connais Liza quelque chose, elle est productrice de télé pour Chris Matthews, à moins que ce soit Keith Olbermann, ou un autre du même genre. On est allé au cathé ensemble quand on était gosses. »

Celia dit que le nom lui disait quelque chose.

Elle et April décidèrent finalement d'échanger leurs sièges. Au moins, Sally pouvait se réjouir de cela. Elle se déplaça jusqu'à April et lui prit la main.

« Merci d'être ici, ma puce. Ça compte énormément pour moi, lui dit-elle. Et merci de t'être retenue de cogner sur Anthony là-bas.

— Ça m'a demandé un effort, laissa tomber April.

— Ça se voyait, dit Sally. Crois-moi, ça se voyait. »

Elle aurait pu en vouloir à April, mais à quoi bon ? Sally ne voulait conserver de son mariage que des souvenirs heureux et uniques. De plus, elle savait qu'April était en terrain miné ici, exactement de la même façon qu'elle s'était retrouvée en zone inconnue un an auparavant, quand elle avait pris l'avion pour aller à Chicago.

Cela faisait des mois qu'April la suppliait de venir pour qu'elles puissent passer un peu de temps ensemble toutes les deux. Elles choisirent une semaine où Ronnie était censée se rendre à Miami pour une conférence.

« Oh, mince, j'espérais pouvoir la rencontrer », avait déploré Sally au téléphone. Pourtant, à la vérité, elle détestait l'idée qu'elle se faisait de Ronnie : les situations dangereuses où elle plongeait April, la façon dont elle accaparait tout son temps, la forçant même à emménager chez elle, le fait qu'elle ne la payait pratiquement pas et tirait la couverture à elle pour le travail qu'April avait effectué. Sally peinait à se représenter ce qu'elle pourrait bien lui dire si jamais elles se rencontraient.

Mais elle avait envie de voir la ville natale d'April. Elle s'imaginait leurs promenades au bord de l'eau, les tours de ville dans un de ces bus touristiques, les chocolats au lait glacés chez *Ethel's Chocolate Lounge.* (Elle avait trouvé cet endroit sur Internet, une petite oasis rose et violette juste au cœur de la ville, avec des canapés cossus, une lumière tamisée et pleins de trucs au chocolat. Bien entendu, April n'en avait jamais entendu parler, mais elle affirma qu'elle suivrait.) Tout le monde voyait April comme la tarée typique de la contre-culture, parce que c'est l'image qu'elle renvoyait. Mais quand Sally et elle se retrouvaient toutes les deux, elle redevenait April, sensible et drôle, intelligente et gentille.

Aussitôt qu'elle vit l'expression sur le visage d'April, sur le parking de l'aéroport, Sally comprit que quelque chose ne tournait pas rond.

« Qu'est-ce qui se passe ? s'enquit-elle.

April, le souffle court, lui dit :

— Putain, Ronnie est verte, sans même l'embrasser. L'armée est en train d'essayer d'empêcher que le financement de notre film aboutisse. Elle a annulé son déplacement et elle dit qu'il faut qu'on se mette à bosser immédiatement. Elle dit qu'il faut peut-être mettre l'Union américaine pour les libertés civiles sur le coup, ou peut-être faire un procès pour infraction au droit fondamental d'expression s'il le faut.

Il y eut un long silence, puis elle dit :

— Désolée, Sal, je sais que ce n'est pas ce que nous avions en tête pour ce week-end. »

Sally pouvait voir qu'April était sous l'emprise de Ronnie à cet instant, et que claquer des doigts ne suffirait pas à mettre un terme à l'envoûtement.

« Ne t'en fais pas, dit-elle. Je peux t'aider. »

Dans la voiture, Sally regarda son anneau. Jake avait fait sa demande exactement une semaine plus tôt, et elle était toujours dans sa phase où elle passait de longs moments à l'admirer. Elle s'était répété dans l'avion qu'il ne faudrait pas être déçue qu'April ne la remarque pas. Sally savait qu'un anneau n'était pas le genre de détail qui pouvait rentrer dans le champ de vision d'April, encore moins lui provoquer une explosion de joie. Mais pour une raison qu'elle ignorait, elle en ressentait un peu de tristesse. Elles étaient les meilleures amies du monde, mais, sur presque tout, elles étaient tellement différentes, et plus elles passaient de temps dans la vraie vie, plus ces différences se faisaient jour.

L'appartement de Ronnie et April empestait la cigarette. Il était situé dans une belle tour avec un portier à l'accueil et un lustre dans le hall d'entrée. Immense, avec de grandes baies vitrées, il était éclairé par des rampes de spots électriques. Mais côté décoration, elles n'avaient que le strict minimum : un sofa, une petite table à manger, une télé et des étagères qui pliaient sous le volume d'épaisses piles de textes universitaires. Il n'y avait pas de cadres aux murs, ni de photos ni de peintures, pas même un tapis sur le plancher ou des lampes sur les tables basses. L'impression générale était précisément ce à quoi Sally s'attendait.

Elle aurait aimé pouvoir passer le week-end à donner un peu de chaleur à cet endroit, ajouter quelques petites touches ici ou là : un ou deux coussins de couleur vive sur le sofa peut-être; un tapis moelleux pour le centre de la pièce, ou bien plutôt un tapis en fibres tressées; des posters des années quarante de Rosie la Riveteuse dans de vieux cadres dorés. Elle était sur le point de parler de ses idées à April quand Ronnie entra en trombe dans la pièce, un téléphone sans fil pressé contre la joue.

Elle portait les cheveux courts, en brosse, d'une couleur rousse si foncée qu'ils en semblaient pourpres. Elle avait un jean très usé et le sweat-shirt de Smith avec un patch au coude que Sally elle-même avait cousu.

« C'est pas le tien ? souffla-t-elle à April.

April balaya la remarque d'un haussement d'épaule.

— Quand on fait la lessive, nos affaires se mélangent tout le temps. »

Sally fit la grimace. Cette relation, ce n'était pas normal. Elle avait essayé à de multiples reprises d'en toucher un mot à April qui ne voulait rien entendre.

« C'est dans le rapport émis par votre propre ministère de merde, Gérard, hurlait Ronnie dans le téléphone. Le ministère de la Défense a reconnu ouvertement qu'un tiers de anciens combattants femmes avaient été violées dans l'exercice de leurs fonctions, 37 % d'entre elles violées plus d'une fois, 14 % d'entre elles victimes de viols collectifs. Et pourtant, quand une femme dans votre armée porte plainte, elle n'a qu'une chance sur dix d'obtenir réparation.

Putain, on a les *preuves* de tout ça, Gérard. Ces chiffres, je ne les ai pas sortis de mon trou de balle. Quoi, vous croyez que ce n'est pas suffisant pour être considéré comme stress post-traumatique ? Mais putain, vous êtes complètement malade, Gérard, je vous jure. »

Elle regarda dans leur direction, mais on aurait dit qu'elle ne remarquait même pas que Sally était là.

« April, ma chérie, dit-elle dans un sifflement. Va me chercher le dossier du ministère de la Défense sur ma table de nuit. Maintenant. »

April partit en courant dans un couloir, et Sally se retrouva là, mal à l'aise, se balançant d'un pied sur l'autre. Adieu *Ethel's Chocolate Lounge.*

Elles passèrent les trois jours suivants dans une sorte d'ambiance survoltée, du genre de celle qui régnerait dans une salle des urgences après un carambolage monstre de quarante voitures, imaginait Sally. Ronnie parlait constamment au téléphone pendant qu'April était plongée dans les retranscriptions et les films vidéo de tous les entretiens.

Sally était assise à côté d'elle sur le sofa et regardait ces femmes — des filles, en réalité — expliquer d'une voix calme et mesurée ce qui leur était arrivé en Iraq. Une jeune femme de dix-neuf ans, originaire d'un bled dans l'Indiana, avait déserté, refusant de rejoindre sa compagnie pour leur troisième assaut sur Bagdad, parce qu'au cours des deux premiers, son superviseur l'avait agressée sexuellement. Ça avait commencé le lendemain du jour où elle avait vu un ami proche mourir sous ses yeux dans un attentat à la voiture piégée. Quand elle demanda au sergent où est-ce qu'elle devrait faire son rapport le lendemain matin, il répondit : « Les membres en croix, attachée, sur mon lit. »

Cette nuit-là, il vint la chercher pendant qu'elle dormait, l'attira dehors, lui ordonna de se dévêtir, puis il la viola devant deux soldats de sa compagnie.

Une mère racontait comment sa fille unique s'était suicidée le jour de son vingt et unième anniversaire. Elle s'était tiré une balle dans la tête en apprenant que l'armée avait rejeté les accusations de viol collectif qu'elle avait portées à l'encontre de cinq de ses supérieurs, sous prétexte que les bleus dont son corps était couvert n'étaient pas une preuve suffisante pour la cour martiale. À l'hôpital militaire, la nuit de son agression, on lui avait remis un kit pour les victimes de viol, mais les responsables de l'hôpital déclarèrent qu'il avait été accidentellement égaré.

Sally pleurait en regardant cela, tout en envoyant des sms à Jake pour lui dire à quel point ça la bouleversait.

*Dis-moi chérie, on dirait que tu passes les meilleures vacances de ta vie,* écrivit-il en réponse.

Sally savait que n'importe qui d'autre aurait probablement été fâché contre April, mais pas elle. April avait toujours été à ses côtés à Smith, et tout particulièrement durant ces nuits horribles et solitaires où sa mère lui manquait et où il lui fallait quelqu'un à ses côtés.

Ses copines de lycée l'avaient beaucoup soutenue l'été juste après la mort de sa mère, surtout Monica Harris, sa meilleure amie depuis la sixième. Monica passait lui faire une visite tous les jours et restait au téléphone avec Sally pendant des heures au milieu de la nuit. Quand elle arriva à Smith, Sally imaginait que ça continuerait, mais, très vite, Monica commença à s'éloigner d'elle : après tout, elle aussi entrait à la fac et devait s'adapter. Ce fut April qui prit sa place, April qui épargna à Sally l'humiliation d'avoir à supplier quelqu'un de ne pas l'abandonner en la laissant seule avec ses pensées.

Une impression de déséquilibre en ressortait parce qu'April ne parlait jamais de ce qui lui faisait mal dans la vie, pas plus qu'elle ne demandait de conseils. Qui plus est, Sally était en admiration totale devant April, sincèrement, du fait qu'elle pouvait s'asseoir face à ces personnes et qu'elle enregistrait leurs histoires horribles sans même avoir les yeux humides. Et la façon qu'elle avait de souvent convaincre Sally qu'une chose qui avait l'air ridicule était en réalité extrêmement importante. Tout bien considéré, c'était April qui avait éveillé sa conscience au féminisme (et ce, malgré les réticences d'April pour l'utilisation du terme « éveil des consciences » : elle disait que cette expression lui filait les chocottes et évoquait immédiatement l'image d'une troupe de gonzesses des années soixante-dix, entre deux âges, qui s'inspectaient le vagin dans un miroir à main avant de s'envoyer un paquet de viennoiseries danoises au citron).

Elle aurait fait une journaliste hors pair, se disait Sally. Si seulement Ronnie La Conne n'avait pas mis le grappin sur elle en premier.

« Au fait, comment est-ce que vous avez fait pour vous procurer tous ces documents secrets, demanda Sally.

— Eh bien, certains d'entre eux ne sont pas si secrets que ça, c'est juste que personne ne les voit », dit April, manifestement peu encline à donner des détails.

Elle ne voulait jamais que Sally découvre les aspects les plus dangereux de son travail. Mais Sally, à présent, voulait savoir.

« Et les autres ?

— Les autres, disons qu'on a fait une descente et qu'on les a chourés, fit-elle avec un grand sourire fier.

Sally sentit son cœur s'enfoncer dans sa poitrine.

— Vous avez fait une descente dans un bureau militaire ?

— Ouais, c'était génial. Ronnie s'est fait chopper, mais pas moi, dit April. Puis, quand elle remarqua l'horreur qui se dessinait sur le visage de Sally, elle ajouta :

— Sal, ne t'en fais pas pour moi. Je vais bien, et puis Ronnie ne m'enverrait jamais faire quelque chose de réellement risqué. »

Sally n'avait aucun doute qu'il s'agissait d'un mensonge en caractère gras. Ronnie lui rappelait un peu la mère d'April. Elle était vieille, mais elle ne se comportait pas comme un parent. Jamais Sally n'avait rencontré personne qui jurait autant qu'elle (à l'exception, et encore, d'April). Sally, à son contact, ne se sentait pas en sécurité, comme c'était le cas avec la plupart des adultes. Au contraire, elle la faisait se sentir mal à l'aise.

Tous les soirs, quand elles prenaient leur repas toutes les trois ensemble — toujours des plats à emporter de chez l'indien d'en face, ou bien d'un resto thaï qu'April aimait bien — Ronnie s'envoyait des verres de vin à la façon d'un coureur de marathon qui, le souffle court, s'enverrait de grandes rasades d'eau. Elle ne parlait que de la cause qui l'occupait, ne cherchant pas à savoir où Sally vivait, ce qu'elle faisait comme travail, sauf le dimanche, dernier jour du séjour de Sally. Elle était en train de débarrasser les assiettes et venait de prendre celle de Ronnie quand celle-ci lui attrapa la main gauche, en envoyant presque voler la porcelaine sur le sol.

« C'est quoi, ça, dit Ronnie, les yeux fixés sur son anneau de fiançailles.

— Je vais me marier ! » s'exclama Sally.

Même quand c'était à Ronnie qu'elle en parlait, elle avait de la peine à dissimuler à quel point ça la transportait. Et puis, au moins, quelqu'un avait remarqué l'anneau.

« Putain, lâcha Ronnie. T'as quel âge ?

— Vingt-quatre ans, répondit Sally.

— Bon Dieu, c'est tout ce dont le monde a besoin », dit Ronnie à April.

April rigola, et cela fit de la peine à Sally, même si elle se disait qu'elle n'avait pas vraiment d'autre option, étant donné que Ronnie était sa chef.

Puis, sans lien apparent avec ce qui venait d'être dit, Ronnie expliqua :

« En Iraq, un soldat sur dix est une femme, tu sais. Il y en a cent soixante mille là-bas. »

Sally hocha la tête, pas très sûre de ce qu'il fallait répondre. Tout ce qu'elle trouva à dire fut : « Ouah ! »

Elle avait la conviction au fond d'elle-même que quelque chose d'important se passait ici, qu'April était en train d'accomplir le genre de travail courageux qu'elle avait toujours rêvé de faire. Mais Sally était impatiente de rentrer chez elle le lendemain, de voir Jake et de lui raconter tous les événements de ce week-end bizarre.

Le dernier jour de son séjour à Chicago, April réveilla Sally de bonne heure, avant le lever du soleil. Elle avait le sac de Sally en bandoulière et deux thermos de café dans les mains.

« Viens, suis-moi, murmura-t-elle. Ne fais pas de bruit.

Sally sortit de l'appartement en suivant April et entra dans l'ascenseur avant de demander :

— Qu'est-ce qui se passe ?

— J'ai piqué la caisse de Ronnie pour la matinée, et je vais te faire faire le tour de Chicago que tu mérites, annonça April. Désolée que ce soit en version abrégée.

Sally lui adressa un sourire étonné.

— Est-ce que ça ne va pas mettre Ronnie en rogne ?

— Probablement, mais elle te doit bien ça, dit April.

— T'es la meilleure, ma puce », dit Sally.

Elle se sentait soulagée de retrouver, comme un rayon de soleil qui passe à travers les nuages, un peu de cette bonne vieille April, la rebelle d'avant Ronnie.

Dans la voiture, elles burent leur café, regardèrent le soleil se lever et écoutèrent un CD qu'April lui avait gravé pour l'avion. Elles passèrent à côté de la Sears Tower et empruntèrent le Magnificent Mile. Elles se promenèrent sur Clark Street, s'arrêtant dans des petites boutiques, et poussèrent jusqu'à Wrigley Field pour que Sally puisse prendre une photo pour Jake. Puis April dit :

« Dépêche-toi, on a des réservations pour le brunch.

Sally fit une grimace d'étonnement :

— Chez *Ethel's ?* demanda-t-elle.

— Tu vois un autre endroit ? » dit April avec un clin d'œil.

En roulant vers le café, pendant que Sally pensait à des fraises trempées dans du chocolat fondu, à la chance qu'elle avait d'avoir pour amie cette fille aussi barrée et merveilleuse, et à son envie folle d'embrasser Jake, April dit :

« Je suis consciente qu'elle est carrément bizarre et, par certains côtés, un peu chiante aussi, mais putain, tu trouves pas que Ronnie est hallucinante ? »

Le ton qu'utilisa April rappela à Sally celui qu'adoptent certaines nanas pour décrire un petit ami atroce à leurs copines. C'était le genre de voix qu'elle avait adopté une fois pour prendre la défense d'un coup embarrassant ou sournois que Bill avait fait. Ronnie était, version April, l'équivalent d'un cauchemar de petit ami, et il n'y avait rien que Sally puisse dire, juste attendre qu'April s'en rende compte par elle-même. Elle se contenta de sourire et de regarder par la fenêtre, faisant semblant de ne pas avoir entendu.

Plus tard, quand elle raconta l'épisode à Celia, celle-ci lui demanda si elle pensait qu'April était amoureuse de Ronnie, comme le soupçonnait Bree depuis un bout de temps.

« Non, pas du tout, répliqua Sally. Je crois que, d'une certaine façon, c'est plus une mère pour April.

— Pas tout à fait la meilleure qui soit, dit Celia.

— D'accord, mais pas non plus pire que sa vraie mère », rétorqua Sally.

Elle se fit l'impression d'être méchante en disant cela, mais c'était la vérité. Ronnie ne donnait aucun signe qu'elle se souciait d'April autrement que comme d'une assistante, et ce, en dépit de l'intimité étrange dans laquelle elles vivaient. Et April était prête à tout pour obtenir les faveurs de Ronnie.

« Leur relation tient quand même un peu de l'idolâtrie, fit remarquer Sally.

— C'est bien ce que je pense, moi aussi, dit Celia. Et ce qui m'inquiète, c'est que personne ne veille sur April.

Sally répliqua vivement :

— Si, moi. »

Après avoir raccroché, elle s'interrogea : était-ce vrai ? Si April, déterminée et entêtée comme elle l'était, voulait vraiment suivre Ronnie sur les routes dangereuses qu'elle empruntait, est-ce que quiconque serait en mesure de l'arrêter ?

## CELIA

Celia n'était pas le moins du monde étonnée que quatre années après la fac, Sally possède toujours une clé de la résidence King dans son trousseau. Après le dîner de répétition [59], elles s'en servirent pour entrer en douce dans le réfectoire, comme au bon vieux temps. Lara, Jack, Jill et tous les autres adultes étaient partis se coucher. Jake, ses amis et le frère de Sally, étaient allés faire un tour chez *Packard* pour jouer aux fléchettes et boire des bières.

Celia avait dit cela sur le ton de la plaisanterie :

« Et si on entrait par effraction dans la résidence King », lança-t-elle, et elle les imagina monter et descendre les escaliers ivres en courant, et serrer dans leurs bras des première année en pyjama en flanelle en leur demandant si elles voulaient jouer au jeu du tuba. (Les étudiantes hétéros utilisaient le jeu du tuba comme prélude avant de s'embrasser. Une des deux personnes, celle qui recevait, s'allongeait sur le dos. L'autre, celle qui donnait, soufflait fort dans ses narines, ce qui entraînait une poussée d'air qui ressortait par la bouche de l'autre fille.)

59. Dans la tradition nord-américaine, un dîner de répétition (*rehearsal dinner*) est une cérémonie d'avant-mariage qui a généralement lieu après la répétition du mariage, la veille des noces.

Sally fit tinter ses clés.

« Oui ! On peut aller s'asseoir à notre ancienne table et parler entre filles. »

Celia avait atteint un stade d'ébriété qui la rendait insensible aux discussions de filles. Elle ne s'était pas rendu compte à quel point elle était bourrée jusqu'à ce qu'elle se retrouve dans les toilettes du *Pizza Paradiso,* à éponger le chianti qui avait atterri sur sa robe, en chantant « End of the Road » de Boyz II Men, à pleins poumons. À présent, tout ce qu'elle avait envie de faire, c'était de descendre en ville et de trouver un pauvre gars du coin pour se peloter, si possible sur une table de billard. Mais elle se rappela que c'était le week-end de Sally, et si elle avait envie d'une discussion entre filles au réfectoire de la résidence King, elle l'aurait.

C'était une semaine d'examens. Elles le savaient parce que les dames du réfectoire avaient laissé les inévitables saladiers géants, remplis de sucreries, chacun portant l'inscription FK pour « Franklin King ». Il y avait des M&M's dans un des saladiers, des crackers au beurre d'arachide dans un autre, des bâtons de réglisse, des bretzels enrobés de chocolat et une boîte de petits beignets ronds de chez *Dunkin' Donuts.* On aurait dit qu'elles engraissaient pour l'hibernation au lieu d'étudier pour les examens de fin de semestre.

Le réfectoire était vide. Il n'avait pas changé du tout depuis leur départ, se dit Celia. Les lustres dorés n'avaient pas cessé de scintiller, les longues tables et les chaises en chêne massif étaient les mêmes que celles sur lesquelles elles avaient gravé leurs initiales la nuit avant la remise des diplômes. Sally avait fait remarquer que c'était impoli et déplacé, quelque chose que seul un garçon de douze ans ferait. (Ce qui ne l'empêcha pas de graver avec soin ses initiales à elles SPW, à côté des autres).

Les filles se mirent à leur table habituelle, dans le coin, et Bree posa la boîte de beignets au centre.

« On dirait qu'on est arrivées au bon moment, fit-elle remarquer en s'en enfournant un dans la bouche et en léchant la cannelle sur ses doigts. Les petites cochonnes à l'étage ne sont pas au courant qu'il y a un nouvel arrivage de bouffe. »

Comme pour tout le reste à Smith, l'expérience du réfectoire avait un caractère extrême. Soit vous mangiez tout ce qui vous passait sous le nez, soit vous ne mangiez rien. Il y avait des filles à côté desquelles il valait mieux ne pas s'asseoir. On les appelait les TA, l'abréviation de « troubles alimentaires ». Les TA avaient tendance à compenser leur déficience alimentaire par un discours excessif sur la nourriture. Elles pouvaient passer toute une journée à parler du quatre-quarts figurant sur le menu du soir, pour ensuite n'en goûter qu'une bouchée, avant de décréter qu'il était trop riche. Elles étudiaient le contenu de votre assiette et vous faisaient remarquer que vous deviez avoir un métabolisme particulièrement rapide si vous vous serviez trop, ou alors vous avertissaient que vous aviez besoin de consommer plus d'éléments nutritifs si vous ne vous serviez pas assez.

En dernière année, quelqu'un se faisait vomir tous les soirs, entre dix-huit heures et vingt heures, dans une des douches du premier étage. Personne ne l'entendait jamais, mais le résultat était bien là, formant de petites gouttes visqueuses collées sur le carrelage et durcies autour du trou de la douche. Sally disait qu'elle était embêtée pour cette fille, peu importe qui c'était, parce qu'elle devait vraiment être mal en point. Et, du coup, tout le monde pensait que c'était elle. Après tout, elle avait bien admis une fois qu'elle n'arrivait pas à garder tout ce qu'elle mangeait, une façon à la Sally de dire que, peut-être, elle était un peu boulimique.

La fille en question s'avéra être une étudiante squelettique de deuxième année qu'elles surnommaient « le lièvre », parce qu'elle avait un lapin vivant qu'elle gardait dans son placard et qu'elle avait la pire tignasse qu'il leur ait été donné de voir, dans le style Jennifer Aniston.

« Cette façon qu'on avait d'utiliser la nourriture pour remplacer le sexe, disait à présent Celia. C'était assez incroyable. Pas étonnant que je sois devenue si grosse.

— Tu n'as jamais été grosse ! protesta Sally, même si elles voyaient bien, toutes, que Celia avait pris beaucoup de poids pendant leurs années à Smith.

—Délicieusement enrobée, peut-être », lança Bree, et Celia éclata de rire.

C'était le genre de remarque que seule votre meilleure amie, ou votre mère, pouvait se permettre.

Après la fac, Celia commença un régime Weight Watchers. Elle perdit six kilos en un mois, mais elle finit par abandonner parce qu'elle ne pouvait s'empêcher de rire pendant les réunions hebdomadaires. Elle avait envoyé aux autres un long e-mail dans lequel elle expliquait comment elle avait été morigénée après avoir attrapé un fou rire au moment où l'animatrice de leur groupe, une femme du Upper East Side en lycra, au cours d'une présentation sur l'alimentation affective, les avertit que l'astuce était : « Pense à ce qui est dans ton assiette au lieu de vider ton assiette pour te remplir la panse. » Après cela, Celia se contenta de compter ses calories elle-même et évita tous les glucides, sauf dans la bière.

« Je ne sais pas si j'aurais pu tenir pendant les exams sans nos bols de sucreries tous les soirs », dit Bree.

Toutes les quatre avaient été diplômées Phi Beta Kappa. Il y avait beaucoup de pression pour réussir, se préparer à *être* quelqu'un plus tard. Leur classe de dernière année comptait quatre boursiers Fulbright, trois princesses d'Arabie saoudite, une fille qui, à l'âge de dix-huit ans, avait écrit un best-seller sur les femmes exceptionnellement douées, et l'héritière de la fortune des cookies Mrs. Field, qui avait déjà développé un plan d'affaires pour tripler les profits annuels de l'entreprise. Si bien que si vous aviez vingt et un ans et un nom à vous faire, il valait mieux être prêt à vous donner à fond. Depuis, ce sentiment n'avait fait que se renforcer d'année en année. Rhonda Lee, qui avait vécu dans leur résidence en dernière année, était déjà professeur à part entière à l'université de Harvard, putain !

Celia avait toujours rêvé d'écrire des livres. Depuis la sixième, elle fantasmait à l'idée de passer de longues journées dans une maison de campagne, quelque part. Elle se voyait buvant du thé et écrivant à la table de la cuisine, avec un gros chien au poil touffu à ses pieds. Mais comment y arriver ? Comment trouver le temps et l'inspiration pour s'asseoir et écrire, quand vous passiez vos journées à lire les conneries que d'autres avaient écrites et à envoyer lettre de refus sur lettre de refus ?

Chaque fois qu'elle entreprenait de travailler sur son roman, Celia trouvait la tâche insurmontable. Elle voulait écrire dans un beau style des histoires avec des personnages hautement tragiques, comme chez les écrivaines qu'elle vénérait. Elle s'était déjà attaquée à une dizaine d'intrigues, dont un roman policier qui se passait à Austin, une tragédie romantique sur une femme qui découvrait que son mari possède un sombre passé de criminel, un roman historique sur quatre sœurs mentalement instables dans l'Angleterre victorienne, et ainsi de suite… Parfois, elle arrivait à écrire plusieurs pages d'une traite et, aussitôt, elle se sentait pousser des ailes. Mais, le lendemain, elle relisait ce qu'elle avait écrit et voyait clairement ce que cela valait : du travail d'amateur, ridicule. Elle effaçait tout et recommençait à zéro. Ces jours-là, elle pouvait s'estimer heureuse si elle arrivait à pondre en temps et en heure les stupides « Nouvelles des anciennes élèves » pour *Le bulletin trimestriel.*

Cela les avait toutes fait sourire de voir que Celia s'était retrouvée secrétaire pour la classe 2002. Ça ressemblait plutôt à du Sally, mais dans une brève crise de nostalgie smithienne, elle s'était proposée pour ce boulot bénévole, juste après l'obtention de son diplôme. Sa passion de fourrer son nez partout s'exprimait pleinement pour ce job ; elle savait avant tout le monde ce qui se passait dans la vie de toutes les anciennes élèves de sa classe. On comptait six mariages à ce jour, et déjà un divorce. Il s'agissait d'une fille dont Celia n'avait jamais entendu parler et, en recevant l'e-mail, elle se demanda qui pouvait bien ressentir le besoin d'annoncer à toute son ancienne classe de fac que son mariage récent était tombé à l'eau après dix mois seulement.

Celia avait l'habitude d'envoyer toutes les dernières nouvelles juteuses de leurs camarades de classe aux trois autres, accompagnées généralement à la fin de commentaires vaches. April déclara qu'elle était épatée par les succès de leurs anciennes camarades de classe. Bree avoua à Celia qu'elle était obsédée par le fait de savoir qui s'était marié et avait eu des enfants. Sally, avec sa façon parfois morbide, dit qu'elle sautait toujours les nouvelles des anciennes élèves pour aller directement aux avis d'obsèques au dos du magazine.

Celia avait commencé à ricaner au dîner et maintenant elle ne pouvait plus s'arrêter. Elle fouilla dans son sac démesuré et en retira une bouteille de bon champagne qu'elle avait dérobée, plusieurs mois avant, dans le bureau de son patron après une fête de Noël.

« À l'amour ! lança Sally, le visage radieux. Et à vous, mes meilleures amies. Le premier véritable amour de ma vie. »

Elles se firent passer la bouteille de champagne et se disputèrent pour raconter les meilleures histoires de Smith : leur bain de minuit dans Paradise Pond un soir de pleine lune, leur sortie au bal des drag-queens au Dais Center en smoking et fausse barbe collée par Bree, les concerts au Calvin Theatre et les longs retours à pied, remplis de chansons et de rires.

Une demi-heure plus tard, quand deux filles descendirent pour faire de provisions de nourriture, elles avaient terminé la bouteille de champagne.

« Excusez-moi ! les apostropha Celia, et Bree lui fit "chut".

— Hé, là-bas, vous avez quel âge ?

Les filles gloussèrent nerveusement.

— Dix-neuf ans, répondit l'une d'entre elles.

— Mon Dieu, vous êtes des enfants ! répliqua Celia.

— Ne faites pas attention à elle, elle est timbrée », dit Bree.

Les filles se rapprochèrent et bavardèrent avec elles un moment. L'une d'entre elles avait pris bio comme matière principale, comme Sally. L'autre étudiait dans un truc du genre Études sur les femmes, et April nota pour elle, sur une serviette en papier, une liste de livres qu'elle lui conseillait de lire. La fille sembla proche de tomber dans les pommes quand April lui expliqua qu'elle travaillait pour Ronnie Munro, et Celia dut se retenir pour ne pas dire tout fort que Ronnie était une vraie connasse, même si elle avait fait beaucoup pour la cause des femmes.

Sally leur parla de son mariage le lendemain.

« C'est tellement romantique de se marier dans le Quad ! » dit l'une des filles, et Sally l'invita aussitôt à la réception.

Quand les étudiantes furent remontées sans bruit, Celia se remit à fouiller dans son sac.

« J'ai apporté un petit cadeau en souvenir du bon vieux temps. »

Il s'agissait d'une bouteille de gin Bombay Sapphire, l'alcool préféré de Sally à la fac.

« T'es qui, Mary Poppins ? demanda April. Tu as aussi une lampe et un perroquet dans ton sac ?

Celia lui tira la langue.

— Il te faut quelque chose de bleu pour te marier, Sal, ça sera ça, plaisanta-t-elle.

Sally leva la main en l'air.

— Non, ma puce, dit-elle en riant. J'ai déjà trop bu. Je ne veux pas être une mariée avec la gueule de bois !

— Pourquoi pas ? demanda Celia. Tu vas avoir trois demoiselles d'honneur avec la gueule de bois.

— Très juste, dit Sally. Elle attrapa la bouteille, dévissa le bouchon et bu une longue rasade.

— Les filles, je sais que je suis jeune, mais j'aime tellement Jake. J'en suis complètement gaga, continua-t-elle. Je suis vraiment impatiente de devenir sa femme. »

April applaudit à ces mots, et Celia se figura qu'elle essayait de ne pas tenir compte de la partie sur le rêve de devenir une épouse.

« Parmi toutes les têtes de nœud que j'ai vu défiler dans notre vie, je dois avouer que t'as fini par dénicher une perle, dit April.

— Tu te souviens des connards que j'ai pu me taper à la fac ? dit Sally. Le type qui se plantait des agrafes dans le bras quand il était bourré ? Le petit jeune qui disait qu'il avait une boîte de paysagisme, alors qu'en fait, il allait au lycée de Northampton et tondait les pelouses l'été ?

Elles éclatèrent de rire.

— Tu n'oublies personne ? demanda Bree.

— Qui ? dit Sally.

— Bill ! dirent les trois autres en chœur, en continuant de rire.

— Je suis passée devant son bureau, dit Sally en faisant traîner les mots et en levant les pieds sur sa chaise.

— Pourquoi tu as fait ça ? » demanda Bree, d'une voix choquée.

Pourtant, plus tôt, elle et Celia avait parié pour savoir si Sally parlerait de lui ou pas. (Bree avait gagné.)

Sally haussa les épaules.

« J'ai beaucoup pensé à lui. Je rêve de lui, des rêves débiles, vous voyez, quoi, des rêves érotiques. Une partie de moi avait envie de le revoir.

— Pour baiser ? demanda Celia.

— Possible, répondit Sally. Ce n'était pas quelque chose de conscient. Enfin, bref, je ne suis pas passée à l'acte. C'est parfaitement normal. Jill raconte qu'avant d'épouser Jack, elle fantasmait sur tous ses ex.

— C'est arrivé avant ou après que Jack et Jill montent en haut de la colline pour chercher un seau d'eau[60] ? demanda Celia. Elle pouffa de rire, la tête lui tournait légèrement.

— Est-ce que tu as des doutes sur Jake ? demanda April.

— Non ! répondit Sally. Comme je viens de le dire, il ne s'est rien passé. »

Le silence s'abattit sur elles. Celia avait craint qu'April ne dise quelque chose comme ça, bien qu'elle lui ait pourtant dit de ne pas en parler. Depuis quelque temps, l'idée de savoir si elles devaient empêcher Sally de se marier ou non était devenue une véritable obsession chez April. Elle affirmait que Sally était trop jeune et n'avait aucune idée de ce dans quoi elle s'embarquait.

Celia trouvait cela absurde. Sally n'était pas une petite fille. Il n'y avait que dans cette petite sphère que les femmes dans la mi-vingtaine étaient considérées trop jeunes pour se marier. Partout dans ce pays, des filles de vingt-cinq ans pas encore mariées passaient pour trop vieilles et étaient mises au rancart. Merde, à cet âge, sa propre mère était déjà mariée avec un enfant.

60. Paroles d'une comptine pour enfant *Jack and Jill.*

Celia ramassa un des dépliants qui traînaient sur la table, qui faisaient la pub des événements à venir sur le campus.

« Regardez *Straight Eye for the Queer Girl*[61], tous les mardis sur Télé Smith, lit-elle à voix haute. Oh, mon Dieu, c'est tellement Smith, j'hallucine. »

Cela déclencha un rire général, qui détendit un peu l'atmosphère.

Sally se blottit sur les genoux d'April et l'entoura de ses bras.

« On ne t'a pas du tout entendue parler de toi aujourd'hui, ma puce. Qu'est-ce que vous tramez en ce moment avec cette folle de Ronnie ?

— On va commencer le tournage d'un nouveau film. On travaille avec des mineures victimes d'exploitation sexuelle à Atlanta », répondit April.

Celia reconnut la fierté dans sa voix. Elle aurait aimé pouvoir parler de la même manière de son boulot, mais il n'y avait pas franchement de quoi être fière dans le fait d'éditer *Comment sortir avec un beau mec plein de fric : mode d'emploi pour se faire inviter au mois d'août sur la côte.*

« Tu veux dire des prostituées ? demanda Sally.

April sourcilla.

— Ce n'est pas le terme que j'utiliserais, mais oui. On fait un documentaire sur les filles et leurs macs. Est-ce que vous savez que dans ce pays, l'âge d'entrée dans la prostitution est de onze ans. Ces salauds de macs recrutent des petites filles

61. Inspiré de l'émission de télé-réalité américaine *Queer Eye for the Straight Guy,* dans laquelle cinq « experts » homosexuels, débarquant chez un hétérosexuel présenté comme manquant cruellement de style et de goût, ont pour mission de faire de lui un « homme neuf ».

dans les rues, le métro, les centres commerciaux. Et aussi dans des endroits où on s'imagine que les enfants sont en sécurité, comme l'école, les foyers d'accueil ou les églises.

Sally secoua la tête.

— C'est affreux, dit-elle.

— Ouais, continua April. On va suivre ces filles et faire la chronique de ce qu'elles endurent.

— Où est-ce que vous allez rester ? demanda Sally.

— Probablement à proximité de là où les filles vivent, répondit April. Ronnie s'occupera des détails. »

Celia aurait aimé qu'elles ne soient pas saoules pour parler de ça. Elle voulait dire des choses. Mais chaque fois qu'une de ces choses lui revenait en tête, elle l'oubliait aussitôt.

April continua.

« Un des éléments que nous voulons révéler, c'est le niveau de corruption du côté des flics. Par exemple, la moitié du temps, quand ils arrêtent une fille, ils lui disent qu'elle peut partir librement si elle leur fait une pipe.

— La moitié du temps ? demanda Bree, sceptique.

— Mais pourquoi est-ce que tu dois aller à Atlanta ? demanda Sally. Tu ne connais même personne là-bas. Est-ce que ce n'est pas aussi terrible à New York ou Chicago ?

— Ouais, c'est partout pareil, dit April. Atlanta est une des villes les plus connues pour ça. C'est un centre pour les congrès et les événements sportifs, ce qui signifie — les hommes étant des porcs — que l'industrie *légale* des loisirs pour adultes rapporte beaucoup d'argent à la ville : clubs de strip-tease, services d'escortes, salons de massage, et toutes ces conneries. Beaucoup de ces mineures sont maintenues entre quatre murs dans ces endroits. Sinon, les proxénètes utilisent Craigslist pour les vendre, parce que c'est moins dangereux pour eux que de les mettre sur le trottoir.

Bree fit pivoter son siège.

— Ça m'étonnerait que ce soit si affreux que ça », dit-elle.

Celia lui fit un petit sourire. Elle savait que, bizarrement, Bree défendait le Sud, en particulier la Géorgie, et, en même temps, elle savait s'en moquer parfois. C'était un peu comme avec cette règle muette où vous pouviez dire les choses les plus atroces à propos de votre famille, mais dès que ça touchait aux familles des autres, là, c'était veto.

« En fait, si, c'est affreux, répliqua April. L'exploitation sexuelle des femmes et des enfants est la troisième plus grosse source de revenus des organisations criminelles, après les armes et la drogue.

— Tu ne vas pas mettre fin à la prostitution, dit Bree. Enfin, soyons réalistes, c'est le plus vieux métier du monde et tout ça.

April prit un air dégoûté.

— Enfin merde, Bree.

— Quoi ? répliqua Bree. Cite-moi un pays où ça n'existe pas.

— J'en sais rien, mais ça ne rend pas la chose acceptable, dit April.

— Parle-moi de cet article que tu m'as envoyé sur le modèle suédois », dit Sally.

*Un modèle suédois ?* Celia s'imagina une grande blonde, ancienne prostituée, qui poserait maintenant dans *Vogue.*

« En Suède, ils ont créé un modèle où les proxénètes et les clients sont criminalisés, sans criminaliser les prostituées — ils les considèrent comme des victimes, ce qui rend les choses plus simples pour les femmes avec la police et tout le reste, expliqua April.

— Ouais, enfin, est-ce que ce n'est pas un peu sexiste, à partir du moment où les femmes sont majeures ? demanda Bree. Je veux dire, pourquoi est-ce que le gouvernement devrait réglementer ce que font les femmes avec leur corps ? Est-ce que ce n'est pas juste une pente savonneuse menant à remettre en cause les droits liés à l'avortement et tout le reste ? »

L'avocate en Bree commençait à s'échauffer. Celia retint son souffle.

« Putain de bordel de merde, c'est bon, je ne veux plus parler de ça maintenant, explosa April. De toute façon, je vais aller à Atlanta, point barre.

— Ça a l'air dangereux, dit Bree.

— C'est mon avis aussi, dit Sally. Qu'est-ce qu'elle en pense, ta mère ?

— Elle trouve ça génial, très intéressant, dit April. Je vais le faire. On commence la semaine prochaine.

— Je trouve que c'est une très mauvaise idée, dit Sally.

— Pourquoi ? Ça n'a rien de plus dangereux que ce qu'on a fait jusqu'ici, dit April.

— Justement, dit Sally. Et après les conneries que Ronnie a pu te faire faire, tu as de la chance d'être en vie.

— Ronnie ne m'a jamais *fait* faire quoi que ce soit, dit April.

— Chérie, ouvre les yeux, dit Sally. Cette femme est une extrémiste.

April poussa un soupir.

— Une extrémiste ? Putain, c'est pas Al-Qaïda, d'accord ? »

Celia lut de la peine sur le visage d'April et, dans une vaine tentative pour calmer les choses, elle lança :

« Eh bien, maintenant, je suis officiellement jalouse. Tu as un boulot qui fait bouger les choses. Pas moi.

— Oh, tais-toi, dit Bree. Tu as un superboulot, toi aussi. Arrête de flipper juste parce que tu n'en es pas encore au niveau de Danielle Steel[62]. Tu y arriveras.

— Merci, rétorqua Celia. Je déteste Danielle Steel, mais j'apprécie le geste.

— Tu devrais peut-être lâcher ton boulot et devenir écrivain à plein-temps, dit April. La vie est courte. Tu devrais faire ce qui compte le plus pour toi. »

Bree roula les yeux en entendant cela, mais Celia sourit. C'était le genre de chose qu'April disait sans cesse, et ça avait l'air formidable en théorie. Mais April donnait l'impression de ne jamais se soucier des salaires ou des comptes d'épargne ou de retraite. Elle vivait comme si chaque jour pouvait être le dernier, exactement comme ces personnes qui faisaient le serment de vivre comme ça, juste après une expérience de mort imminente (et qui se dépêchaient de vite reprendre leurs vieilles habitudes).

« Je ne sais pas, je me dis que je n'écris pas parce que je me sens étouffée par mon boulot, parce que je suis entourée toute la journée de ratés qui rêvent de devenir des écrivains célèbres et de leurs bouquins minables sur le développement personnel, dit Celia. Mais peut-être que

62. Danielle Steel est une écrivaine américaine de romans d'amour à succès. Elle est considérée comme l'auteure contemporaine la plus lue et la plus populaire au monde.

je suis tout simplement feignante. Ratés ou pas, si je ne l'écris pas maintenant, alors quand ?

— En parlant de ratés, Celia, je t'observai pendant le dîner ce soir avec Anthony, ce type atroce, dit Sally. Je m'excuse pour ça.

Celia balaya ses mots d'un revers de la main.

— Pas de problème, dit-elle. Et il m'a donné une clé de sa chambre pour après. »

Elle sourit pour souligner la plaisanterie, mais, d'un autre côté, elle envisageait cette possibilité.

« Tu ne vas pas oser, dit Bree.

— Il est plutôt mignon, dit Celia. En tout cas, après plusieurs verres de vin.

— Tu devrais vraiment faire attention avec l'alcool, Cee, dit Sally de ce ton moralisateur qu'elle adoptait parfois. Jake et moi, on s'inquiète pour toi.

— Ça va, dit Celia.

— Non, vraiment, dit Sally. Parfois, quand le soir à la maison, on est assis devant la télé avec Jake, je me dis :

"Oh, mon Dieu ! j'espère que Celia n'est pas en train de faire quelque chose qu'elle va regretter demain matin."

Celia eut l'air abasourdi.

— Et bien, tu m'excuseras de ne pas vouloir être une vieille femme mariée, dit-elle. Contrairement à certaines d'entre nous, je suis encore jeune et j'aime encore sortir et m'amuser.

— Alors, juste parce que je me marie, je deviens tout à coup rabat-joie ? dit Sally.

— Ouais, en gros, c'est ça, dit Celia. Elle prit une inspiration. Écoute, peut-être qu'à une époque on passait tout notre temps ensemble, et ça ne posait pas de problème d'avoir un avis sur les faits et gestes de chacune d'entre nous, mais c'est du passé, c'est tout.

— Je ne vois pas pourquoi ça devrait se passer comme ça, dit Sally. J'ai l'impression que vous vous êtes éloignées de moi depuis que j'ai rencontré Jake. C'est comme si vous me punissiez d'être amoureuse et heureuse en fin de compte, alors que vous ne l'êtes pas.

Bree poussa un grognement.

— Sal, c'est le truc le plus prétentieux que tu aies jamais dit. On a des occupations. On a une vie.

— Et en plus, Bree est amoureuse, ajouta Celia.

— Je le sais bien, dit Sally en soupirant. C'est juste que j'ai l'impression que, bon, laissez tomber.

— Non, vas-y? dit Bree sur un ton de défi. Ça ne t'a pas posé de problème d'être honnête jusqu'ici.

— Je me vois avec Jake. Il me rend heureuse. Il me rend la vie plus belle, plus facile. Alors que Lara, comment dire, tu sais que je l'aime, mais…

— N'importe quoi, coupa Bree. Vous n'en avez rien à faire de Lara!

— Hé! dit April.

— Je ne parlais pas de toi », dit Bree.

April eut l'air blessé. Sally poursuivit.

« Je l'aime bien, Lara, ma belle. Ce que je n'aime pas, c'est de voir une de mes meilleures amies détruire la relation qu'elle a avec ses parents et se rendre malheureuse juste pour se prouver quelque chose.

— Prouver! s'emporta Bree. Prouver quoi?

— Que ce truc avec Lara existe vraiment, murmura Sally.

Bree secoua la tête.

— Qu'est-ce qui te fait croire que tu peux me dire ça ? On se la boucle au lieu de te dire que c'est complètement dingue de courir après Bill. On ne dit rien sur le fait que tu te maries avec Jake simplement pour compenser ce que tu ne trouves pas dans ta famille.

— Eh bien, c'est dit maintenant, dit Sally. Et puis, tu crois que je ne vous ai pas vues venir depuis que j'ai rencontré Jake ? J'ai vu cet e-mail, figure-toi. Celui où April et toi disiez que Jake est un crétin parce qu'il n'a pas lu Proust. C'est l'amour de ma vie. Et si tu avais pris la peine d'apprendre à le connaître, tu le saurais bien. »

Celia vit April ouvrir la bouche, et c'est comme si elle arrivait à voir les mots sortir au ralenti :

— Sal, on sait que tu l'aimes, on se demande juste s'il est assez bien pour toi.

Celia en eut le souffle coupé.

— Comment oses-tu ? dit Sally.

— Quoi ? dit April, l'air vraiment désorienté. Tu as le droit de me dire que tout ce que j'ai fait dans ma carrière est débile, mais moi je n'ai pas le droit de te dire ce que je pense réellement de ton petit copain ?

— Non, dit Sally. Tu n'as pas le droit, idiote. Et ce n'est pas mon petit copain, c'est mon mari.

Elle se leva de sa chaise.

— Merci de faire de mon mariage un moment unique, les filles, dit-elle. Vous ne pouvez pas savoir à quel point j'étais impatiente qu'on se retrouve à nouveau ensemble.

— Sal, ne t'en vas pas. On t'aime », dit Celia.

Elle se tourna vers les autres pour trouver du soutien, mais elle vit bien que mariage ou non, elles n'avaient aucune envie de se réconcilier.

Elles s'étaient disputées maintes fois avant ce soir. Leur amitié n'était ni facile ni sans tache. Elles étaient exigeantes les unes envers les autres, et il leur arrivait d'être déçues. Mais, dans le passé, elles n'étaient jamais restées fâchées longtemps.

Cette nuit, dans le réfectoire, c'était différent. Alors qu'avant, il n'y en avait qu'une qui se sentait offensée par une autre, cette fois-ci elles étaient toutes les quatre blessées.

Celia resta debout jusqu'au matin, ressassant ce que les autres avaient dit, pendant qu'April ronflait à côté d'elle, dans son lit.

Elle n'arrêtait pas de penser aux mères — la mère de Sally, morte et enterrée. La mère de Bree, qui avait été comme une amie proche, devenue une quasi étrangère. La mère d'April, du genre pathétique et égoïste, échappant à tout ce que les autres pouvaient connaître. Et la mère de Celia, qu'elle aimait, qu'elle adorait, qui lui manquait chaque jour même si elles se parlaient au téléphone presque tous les matins avant d'aller au travail. Elle avait tellement de chance, pensait-elle, d'avoir une mère présente dans sa vie à ce moment-là, comme elle l'avait toujours été. Cela la mettait à l'écart des autres. Elle se souvint de la nuit où elle avait dit à sa mère qu'elle s'était fait violer. À cette époque, Celia était sortie de la fac depuis deux ans. C'était Thanksgiving. Elles buvaient du gin tonic dans la cuisine après que tous les invités furent partis, en grignotant de la farce dans un bol, et sa mère lui racontait comment, tard un soir, une adolescente de la paroisse s'était fait menacer d'une arme à feu par deux hommes sur le parking du lycée. Elle avait fait tout ce qu'ils demandaient, mais ça ne les avait pas empêchés de l'égorger et, à présent, elle était dans un état critique à l'hôpital de Mass General.

« Ils l'ont forcée à avoir des rapports sexuels, lui raconta sa mère les larmes aux yeux. Oh, Celia, tu te rends compte ? La pauvre fille n'était encore qu'une enfant. Avec tous les membres de la Légion de Marie, nous avons prié pour elle chaque jour et nous continuerons à prier tous les jours jusqu'à ce qu'elle rentre chez elle. »

Celia n'avait jamais imaginé qu'elle raconterait à ses parents ce qui s'était passé à Dartmouth, mais, tout à coup, les images lui revinrent en tête, comme chaque fois que quelqu'un parlait de viol, ou comme parfois quand elle essayait de faire l'amour — le préservatif bleu, la peau foncée de Rob Johann contre ses bras pâles, la lourdeur de son corps sur le sien.

Elle murmura :

« J'ai été violée. À la fac.

Sa mère l'attira à elle et passa ses bras autour d'elle.

— Qu'est-ce qui s'est passé ? » demanda-t-elle.

Celia lui raconta tout. Sa mère la tenait serrée contre elle et écoutait sans rien dire.

« Ne le dis pas à papa, dit Celia après avoir terminé. Je crois que ça le tuerait. »

Peu après, sa sœur Violet arriva dans la pièce en se déhanchant, du haut de ses presque vingt et un ans, tout éméchée après avoir bu du merlot. La conversation s'interrompit, mais, plus tard dans la nuit, la mère de Celia vint se faufiler dans son lit et lui dit :

« Qu'est-ce que je peux faire, ma chérie ? Qu'est-ce que je peux faire ? »

Pour de nombreuses raisons, aucune des autres ne connaissait vraiment sa mère à l'âge adulte. Et, du coup, d'après Celia, elles étaient sans cesse à la recherche de quelque chose qui pourrait remplacer ce lien. À Smith, elles avaient toutes essayé de se materner. Mais ce qui, à une époque, était une inquiétude sincère s'était transformé en quelque chose d'abject ; elles ne pouvaient désormais s'empêcher de juger, de comparer.

Évidemment, c'était vrai pour toutes les femmes, mères et filles y compris. Quelle fille ne se servait pas de sa mère pour sonder ses propres souhaits ou ses craintes ? Quelle mère pouvait regarder sa jeune fille sans désirer retrouver sa propre jeunesse, sa liberté perdue ?

Une fois, en voiture avec sa mère, alors qu'elle n'avait que neuf ou dix ans, Celia avait demandé, sans méchanceté : « Maman, quand je serai grande, est-ce que j'aurai des grosses cuisses comme toi ?

Sa mère avait eu l'air choquée.

— Probablement », lui dit-elle finalement.

Maintenant, elles rigolaient en y repensant, mais pour Celia, cela représentait un moment décisif : une gamine qui s'imagine que sa mère n'est à personne d'autre qu'à elle. Une mère qui est aussi une femme, un être indépendant, qui ne veut pas que qui que ce soit, enfant ou autre, lui rappelle qu'elle a des cuisses de bûcheron.

Le monde tournait la vie privée des femmes en affaires publiques, pour ceux qui les connaissaient et même pour ceux qui ne les connaissaient pas. À New York, des connaissances lui demandaient : « Alors, tu as un petit ami ? » Les rares fois où la réponse était positive, ils exigeaient immédiatement de savoir : « À quand le mariage ? »

Si elle n'avait pas l'impression que tout le monde était en train d'observer, de s'apitoyer, de juger, est-ce que cela lui ferait quelque chose que Sally se marie, alors qu'elle-même soit encore célibataire ?

Le lendemain, par égard pour Sally, elles posèrent pour les photos, mangèrent du gâteau, dansèrent sous la pluie et se rassemblèrent dans le hall de l'hôtel pour porter un toast au champagne et échanger une tempête de baisers, avant de l'envoyer en lune de miel. Mais les blessures de la nuit précédente étaient encore cuisantes. Leurs adieux furent tendus, et, pour la toute première fois, elles se sentirent soulagées lorsque ce moment vint.

Dans le bus qui la ramenait à New York, Celia se rappela avoir suivi une master class en écriture fictionnelle, en première année, avec le célèbre romancier Harold Lance. L'événement en soit était plutôt ridicule. La carrière de Lance avait atteint son apogée dans les années soixante, et il ne cachait pas le fait qu'il enseignait uniquement parce qu'il avait besoin d'argent. Il raconta que son dernier livre avait fait un flop et que, récemment, après un verre de scotch de trop, il avait laissé se consumer une cigarette dans sa maison de famille à la campagne, à Sturbridge, après quoi le bâtiment vieux de deux siècles fut réduit en cendres.

Quoi qu'il en soit, il fut accueilli en fanfare. Des traiteurs installèrent des plateaux de biscuits et de canapés à côté du tableau noir. Un journaliste du *Boston Globe* vint assister au cours. Le président de la fac passa même les voir pour signaler aux élèves à quel point elles devaient se sentir honorées de recevoir les enseignements d'une légende vivante.

Cinq ans plus tard, c'était toujours ce genre de moments, une de ces expériences ultrasmithiennes, qu'elle donnait en exemple lorsqu'elle cherchait à impressionner un ancien étudiant en anglais plutôt mignon, autour de quelques verres.

« La vache, Harold Lance a changé ma vie », disait-il immanquablement, et Celia se contentait de sourire, car elle n'avait jamais vraiment aimé ce qu'il écrivait — elle trouvait ça trop masculin, trop soigneusement *viril,* les personnages féminins étaient réduits aux rôles de victimes, de martyrs ou de putains.

Pourtant, Celia avait appris quelque chose de vital auprès de Harold Lance, quelque chose qui l'aidait à construire une histoire chaque fois qu'elle s'asseyait pour écrire : *Tout bon drame, toute bonne tragédie est comme une pelote de laine, constitué de tant de fils enroulés les uns par-dessus les autres, avait-il expliqué. Vous devriez être capable de dérouler la pelote, d'en voir toutes les parties, jusqu'au début.*

Plus tard, Celia repenserait au week-end du mariage de Sally comme à un commencement, et elle se surprendrait à souhaiter qu'il se soit passé autrement. Si seulement elles avaient trouvé le moyen de changer le début, songeait-elle, peut-être que ce qui s'était passé par la suite ne serait jamais advenu.

# SECONDE PARTIE

## Le bulletin trimestriel des anciennes de Smith

Carnet de classe, printemps 2007 — Promo 2002

Mesdames, j'entends résonner les cloches du mariage. L'ancienne de la résidence Chapin, Robin Austin, nous écrit : « Chase Phillips III et moi sommes fiancés ! On essaie d'organiser un mariage cet hiver tout en continuant de nous préparer à passer l'examen d'admission au barreau. » [...] Noreen Jones ne retient pas sa joie : « Je suis amoureuse ! Mike et moi allons nous marier en mai, et nous attendons notre premier enfant, une petite fille, pour juin. » Une future Smithie en cours de route, qui sait ?... Pour sortir des affaires nuptiales, Nicole Johnson nous écrit : « Monique Hilsen, Mary Gallagher, Caitlin Block-Rochelle et moi avons passé un week-end de retrouvailles de trois jours inoubliables à Paris ! C'était génial de se retrouver entourées d'amour, comme quand on était à la résidence Gillette ! » *Oui, oui*[63]... Susanna Martinson tire bon parti de son doctorat en histoire de l'art puisqu'elle enseigne désormais la peinture japonaise à Kyoto... Et mon héroïne à moi, April Adams, travaille actuellement à la réalisation de son quatrième documentaire avec l'artiste reconnue (et diplômée de Smith !) Ronnie Munro. Sortie prévue pour 2009. Chères camarades de promo, vous ne cessez de m'impressionner et de me surprendre. Continuez de me faire passer vos news !!!

Votre secrétaire de promo,
Celia Donnelly
(celiad@alumnae.smith.edu)

63. En français dans le texte.

## SALLY

D'habitude, Sally allait courir pendant sa pause déjeuner, mais ces derniers temps, à chaque fois qu'elle faisait un effort, elle se sentait vidée de toute énergie et elle avait mal à la tête. Du coup, à la place, elle avait pris le pli de rester à son bureau avec l'exemplaire du *Boston Globe* de son patron qu'elle lisait en prenant une salade et un thé glacé. Le monde était dans un état absolument horrible, et les pages du journal lui faisaient penser à April, à son combat pour que les choses changent, à son engagement sincère pour l'amélioration des conditions de vie des femmes ; des femmes dont la plupart des gens se souciaient comme de leur première chemise, des femmes qu'April elle-même ne connaissait pas. Sally regrettait ce qu'elle avait dit à April pendant le mariage, mais, à chaque fois qu'elle se disait qu'elle allait l'appeler, elle se remémorait ce qu'elle avait dit sur Jake, et ça la mettait immanquablement hors d'elle. Elle ne parvenait pas à croire que, au cours de l'année qui s'était écoulée depuis son mariage, April ne s'était toujours pas excusée, qu'elle n'avait même pas pris la peine de téléphoner pour savoir comment s'était passée leur lune de miel.

On était le mardi qui suit le *Memorial Day* et le week-end avait mis Sally sur les rotules. Ils l'avaient passé avec la famille de Jake à Cape Cod, à faire de la voile, à nager et à boire de la sangria sur le porche. Tous les soirs, elle avait espéré qu'ils pourraient filer en douce pour la maison de son père à Chatham, qu'elle savait vide, mais Jake était pris avec ses oncles, soit à regarder le golf à la télé, soit à écouter raconter les mêmes vieilles histoires qu'elle, Sally, avait déjà entendues des dizaines de fois, et que Jake avait dû entendre, pensait-elle, des centaines de fois. Apparemment, ça n'avait pas d'importance, ça ne l'empêchait pas de se marrer comme une baleine.

Alors que Jake, ses oncles et son père, restaient assis à ne rien faire, Rosemary et ses sœurs échangeaient des ragots dans la cuisine tandis qu'elles faisaient défiler un flot continu de nourriture : sauce salsa aux oignons, boulettes de viande suédoises, rouleaux de coquilles de Saint-Jacques et bacon, brownies et glaces. Sally était choquée de voir la façon dont les femmes dans la famille de Jake étaient au service des hommes. La sœur de Jake étudiait à la fac, dans le Colorado, et Sally s'interrogeait : est-ce qu'elle aurait pris part à cela si elle avait été là ? Cela lui fit prendre conscience que sa propre mère se comportait de manière similaire. La seule différence, c'est que Sally ne le remarquait pas à l'époque.

Elle ne pouvait que perdre. Si elle allait s'asseoir sur le canapé avec Jake, aux yeux de sa mère, elle prendrait des allures de princesse boudeuse. Si, en revanche, elle restait dans la cuisine et subissait une histoire de plus concernant le meilleur rouleau au homard que la grand-mère de Jake avait jamais mangé, elle estimait qu'elle y avait de fortes probabilités pour qu'elle sorte se noyer dans l'Atlantique. Sally opta pour la solution des allers-retours, faisant la navette avec les plats chauds servis aux hommes, en s'envoyant du vin en trop grande quantité et en s'éternisant au-delà du nécessaire dans la salle télé.

Le dimanche soir, elle but six verres de la sangria maison de Rosemary. Le lendemain, en rentrant, il fallut que Jake s'arrête quatre fois sur la route pour qu'elle vomisse par la vitre de la portière. Cela faisait un moment qu'elle ne se sentait pas bien. Tout d'abord, elle avait cru qu'elle était malade et fatiguée à cause de ses règles. Mais les jours passaient sans que son état s'améliore.

« Tu ne crois pas que tu pourrais être enceinte ? dit Jake, d'une voix qui cachait mal une note d'espoir.

— Non, répondit Sally. Je n'ai pas oublié de prendre la pilule une seule fois depuis ma première année à la fac. »

Elle ne voulait pas qu'il sache à quel point elle était terrifiée. Elle pensa à sa mère, à qui un docteur, en qui elle avait une confiance aveugle, avait fourni un mauvais diagnostic. Les maux de tête carabinés pouvaient avoir plusieurs significations : la déshydratation, une cécité imminente, le stress ou bien encore une tumeur au cerveau. Sally était allée chez le médecin la semaine précédente pour faire une prise de sang. Sur le chemin du retour, elle s'était disputée avec Jake dans la voiture quand elle lui avait demandé si, à son avis, elle devait appeler son père pour lui dire qu'elle était malade.

« Tu vois, c'est au cas où les résultats ne seraient pas bons. Peut-être que je devrais préparer le terrain, dit-elle.

— Je suis sûr que ce n'est rien, dit Jake. Ne t'inquiète pas. Tout va bien aller pour toi.

— Tu n'es pas médecin, chéri, rétorqua-t-elle.

— Mais je te connais, et je sais que tu vas bien. »

Sally poussa un soupir. Selon sa religion personnelle, un croisement entre doctrine protestante et superstition, dire à une personne malade qu'elle va bien revient à lui souhaiter de mourir. Juste au moment où vous aviez pris la décision de ne pas vous en faire, *à ce moment précis,* tout partait en vrille. Il était donc bien plus raisonnable de ne pas narguer le sort et de toujours, toujours, s'attendre au pire.

Le laboratoire était désert, le campus de Harvard avait des airs de ville fantôme. Son boss avait pris une semaine entière de congés, Jill était partie avec ses sœurs de la confrérie à Ogunquit, et les internes étaient rentrés chez eux pour l'été. Ça voulait dire que Sally était toute seule à effectuer les tâches routinières du travail de laboratoire : mener les tests de western blot, préparer des solutions pour les cultures cellulaires, rincer les vieilles éprouvettes, en commander d'autres. Mais ça voulait aussi dire qu'elle avait tout loisir pour lire le journal, les pieds sur le bureau, avec « The Immaculate Collection » dans le lecteur CD. Sally ouvrit le journal. Elle parcourut rapidement la première page en prenant une bouchée de sa salade. Comme toujours, elle avait envie d'aller directement aux pages « Culture » et « Votre Vie », mais elle se força à lire les pages sérieuses en premier. En première page, rien que des mauvaises nouvelles : *Douze GI tués près de Bagdad dans l'explosion d'une bombe en bord de route; La grippe aviaire, toujours aussi mortelle, persiste et signe; Morts à cause d'un passage piéton effacé.*

Elle soupira. Jake répétait tout le temps que c'était important de se tenir informé, mais elle commençait à se dire que l'entreprise n'en valait pas la peine. Elle allait tourner la page quand un entrefilet attira son attention : *Décès d'un illustre professeur de Smith College, à l'âge de soixante et un ans.*

Curieuse, elle se jeta sur les avis d'obsèques. Sous ses yeux, en première page du cahier « Décès », il y avait une photo de Bill, jeune et beau. Elle la reconnut : c'était celle de la quatrième de couverture de son recueil de poèmes.

« William Lambert, soixante et un ans, connut la célébrité à l'échelle nationale dans les années soixante-dix grâce à son beau recueil de poésies, *Five Seasons.* Né à Newton, il obtint sa licence, avec les honneurs, à l'université de Harvard, puis passa son master à Columbia et, avant l'âge de trente ans, il avait déjà publié trois livres de poèmes. Le *New York Times* salua ses qualités de "curieux, illuminé et mélancolique : le mix parfait pour un jeune poète." En 1978, il épousa Janice DuPree, dont il divorça l'année dernière, et déménagea à Northampton où il officia en tant qu'artiste en résidence pendant deux ans avant d'intégrer l'équipe enseignante à titre de professeur à part entière. Il cessa dès lors de publier. Néanmoins, il était aimé de tous pour ses qualités pédagogiques et d'encadrement des étudiants. M. Lambert est décédé de complications liées à une pneumonie, a déclaré son fils, William Lambert junior. Il laisse derrière lui deux autres fils, Peter et Christopher. »

Sally reprit à deux fois la lecture avant d'être sûre qu'elle avait bien compris. Bill était mort. Elle se jeta sur le téléphone pour appeler Celia, le combiné plaqué contre son oreille. Il n'y avait pas de tonalité.

« Allô ? fit une voix d'homme. Allô ?

— Allô ? » reprit Sally, vaguement embrouillée. C'était ridicule, mais elle se demanda si ça ne pouvait pas être Bill qui l'appelait pour lui dire qu'il n'était pas mort, que tout ça n'était qu'un des stratagèmes du plan complexe qu'il avait élaboré pour qu'ils se remettent ensemble.

« Sally Brown ? demanda l'homme.

— Oui, répondit-elle. Qui est à l'appareil ?

— C'est le docteur Phillips de la clinique Beth Israel.

— Oh, docteur Phillips, je suis vraiment désolée. Je viens juste d'apprendre une mauvaise nouvelle, et le téléphone n'a même pas sonné et…

Il l'interrompit, apparemment pressé.

— Sally, il va falloir que je vous demande de venir me voir au cabinet cet après-midi », lui dit-il.

Elle sentit un poids lui tomber dans le ventre. D'un seul coup, tout lui apparut avec netteté. Tout se passait exactement comme avec sa mère. D'abord, c'était le docteur qui appelait, pas une quelconque réceptionniste, ensuite, il lui demandait de passer au cabinet pour lui annoncer les résultats, et puis la sentence de mort : le cancer.

Sally ne pouvait plus respirer.

« Est-ce que je vais mourir ? dit-elle à toute vitesse.

— Mon Dieu, non, Sally, mais je voudrais pouvoir m'entretenir avec vous au sujet des résultats de vos examens », dit le docteur Phillips d'une voix chaude et apaisante. Il était au courant de toute l'histoire pour sa mère et il voulait que la nouvelle lui soit donnée dans les conditions les plus douces qui soient. Du moins, c'est ce qu'elle se disait.

Elle se mit à pleurer. Son corps entier était saisi de tremblements.

« Est-ce que c'est un cancer ? demanda-t-elle doucement.

— Non, absolument pas. Sally, venez, c'est tout. Quatre heures, ça vous va ? Je demanderai à Bridget de vous rentrer dans l'ordinateur. »

Quatre heures, c'était dans trois heures.

« S'il vous plaît, dit-elle. Je viendrai, indépendamment de la gravité de ce que j'ai, mais il faut que vous me disiez ce qui ne va pas. »

Ses pleurs tournaient aux sanglots ininterrompus. Il poussa un soupir.

« Très bien, mais ce n'est pas quelque chose que je fais d'ordinaire, dit-il. Malgré tout, je tiens quand même à vous voir à quatre heures, mais vous êtes en parfaite santé. Arrêtez de pleurer ! Sally, vous n'êtes pas malade, vous êtes enceinte d'à peu près trois mois. »

C'est comme si on lui avait donné un grand coup dans le dos. Bien sûr, cette possibilité lui avait traversé l'esprit, mais elle s'était empressée de la balayer.

« Je prends la pilule, dit-elle. Et en plus, je viens d'avoir mes règles.

— Ce n'était peut-être que des pertes de sang, avança-t-il. Ce ne serait pas extraordinaire. En qui concerne la pilule, est-ce que vous ne l'auriez pas oubliée une fois ou deux ?

— Non, dit-elle. Absolument pas.

Le docteur poussa un petit gloussement.

— Dans ce cas, je ne vois qu'une possibilité, c'est que ce petit gars, ou cette petite fille, avait très envie de venir au monde. »

Sally serra la mâchoire. Maintenant, c'était elle qui aurait voulu l'envoyer paître.

Dès qu'elle revit Jake ce soir-là, elle éclata en sanglots.

« Ma chérie ! lui dit-il dans un rire, tandis qu'il lui essuyait les larmes du visage. Pourquoi tu pleures ? Ça se fête.

— Ce n'est pas possible que j'ai un bébé, se lamentait-elle. Pour l'amour du ciel, je viens à peine de quitter la fac !

— Sal, tu as fini tes études, il y a cinq ans », lui fit-il remarquer.

Très vite, elle refit le calcul mentalement, alarmée, comme à l'accoutumée, de voir la vitesse à laquelle le temps passait.

« Toujours est-il que ce n'était pas prévu que ça arrive maintenant, dit-elle. Ce n'était pas ce qu'on avait planifié.

Jake l'attira vers lui.

— Le plan, on l'emmerde. Tu vas voir, ça va être un truc plus grandiose que tout le reste.

— Comment fais-tu pour être aussi calme, mon chéri ? » lui demanda-t-elle, à la limite de l'énervement.

Elle s'était éprise de lui en partie parce qu'il restait toujours calme et mesuré les fois où elle pétait un câble. Mais parfois, ce calme ne la mettait que plus hors d'elle. Quand elle était avec Bill, au contraire, c'était toujours elle la plus adulte des deux.

Bill. D'un coup, elle eut l'impression que son cœur s'était décroché dans sa poitrine. Bill était mort. Elle avait envie de dire quelque chose, mais ce n'était sans doute pas le bon moment pour en parler avec Jake.

« Tu vois autre chose à faire que d'être calme ? demanda Jake. Je sais bien que nous n'attendions pas cela précisément maintenant, mais on se débrouillera. Moi aussi j'étais un accident, et regarde comme ma mère m'adore.

Sally renifla, souriant malgré elle.

— Non, pas un accident, dit-elle.

— Oh que si, reprit-il. C'est Rosemary qui me l'a dit une fois où elle était un peu pompette. Un Nantucket rouge de trop au petit déjeuner.

— Qu'est-ce qu'elle a dit ? » demanda Sally.

—Elle a dit “Ellen était programmée à la minute près. Jakie était une agréable surprise.” »

Sally ne put s'empêcher de rire.

Jake se pencha vers elle, lui souleva le tee-shirt et posa un baiser sur son ventre. « Si c'est une fille, je crois qu'il faudra qu'on l'appelle Eleanor, comme ta mère », dit-il doucement. Sally se remit à pleurer, mais cette fois, c'était parce qu'elle avait épousé un homme tellement adorable, et elle se sentait reconnaissante pour ça plus que toute autre chose au monde.

Elle était censée assister à une réunion du conseil d'administration de NOW en soirée, mais Sally prit la décision qu'il valait mieux annuler. Qu'est-ce qu'elle allait leur dire, à ces femmes ? Depuis des années, elle répétait qu'elle finirait par faire des études de médecine. Les années passant, cela semblait de moins en moins probable et, de toute façon, c'était de moins en moins ce qu'elle désirait faire. Mais ses paroles semblaient tellement donner de plaisir et de fierté à ses collègues de NOW. La plupart d'entre elles avaient l'âge qu'aurait eu sa mère et elles avaient mené un combat dur et de longue haleine pour que les filles de sa génération puissent faire ce qu'elles voulaient. Qu'est-ce qu'elles en diraient, de tout ça ? Une fille de vingt-six ans, promise à un brillant avenir, qui venait juste de se marier, passe encore, mais enceinte ? D'un seul coup, c'est comme si des milliers de portes se fermaient devant elle, des portes dont, jusqu'à présent, elle ne s'était jamais souciée. Elle ne pourrait jamais faire l'Europe en sac à dos, non pas que ce soit quelque chose qui l'ait jamais tenté plus que ça. Elle ne deviendrait probablement jamais docteur.

Cette nuit-là, elle appela Celia à une heure avancée pour lui faire part des nouvelles. C'était la seule d'entre elles qui avait essayé de faire amende honorable après le mariage de Sally en lui envoyant un mot d'excuses écrit à la main. Sally l'avait rangé avec d'autres souvenirs de Smith qu'elle conservait dans une boîte dans l'armoire à linge. Comme le téléphone sonnait, elle plaça sa main sur son ventre à la recherche d'un coup de pied. Elle savait que c'était encore bien trop tôt pour ça, mais elle espérait recevoir une sorte de signe qui ne soit pas juste une ligne rose sur un bâtonnet trempé d'urine. (Entre le moment où elle avait raccroché avec le docteur et celui où elle s'était présentée à son bureau trois heures plus tard, elle avait fait quatre tests de grossesse dans les toilettes à son travail, tous positifs.)

« J'ai de grandes nouvelles, dit-elle à Celia quand celle-ci décrocha. Des nouvelles énormes en réalité.

— Énorme, comme tu t'es acheté des fringues en soldes à Banana, ou plutôt ton univers vient de basculer? demanda Celia.

— Option deux, répondit Sally. Je suis enceinte. »

Il y eut un blanc avant que Celia reprenne la parole, pendant lequel Sally essaya de se représenter quelle tête Celia pouvait bien faire. Elle s'imagina Celia chez elle, devant un miroir en pied, la bouche grande ouverte formant les mots « oh, merde ! » dans une sorte de mime surjoué.

« OK, Sal, ne te vexe pas de ce que je vais te dire, prévint Celia. Mais est-ce que c'est une bonne ou une mauvaise nouvelle?

Sally expira une bouffée d'air.

— Oh, merci de me dire ça, ma puce. Je n'en ai pas la moindre idée. C'est une bonne nouvelle, je dirais, ça a l'air de faire plaisir à Jake.

— Et toi? Tu avais l'intention de tomber enceinte? demanda Celia.

— La vache, non, dit Sally. On est mariés depuis un an seulement! Je n'ai que vingt-six ans! Et je prends la pilule. C'est con, mais je vois pas comment ça a pu arriver.

— Bon, mais tu vas faire quoi? demanda Celia.

— Qu'est-ce que tu veux dire? demanda Sally. Puis comprenant le sens de la question de Celia, elle lâcha d'un trait : Oh, mon Dieu, mais je le garde, j'avais même pas pensé que…

— Excuse-moi, dit Celia. Je ne voulais pas paraître indifférente. Si c'est ta décision, là, tu as une tatie toute prête et qui ne demande que ça. C'est juste qu'à t'entendre, on aurait dit que tu avais peur.

— Je suis pétrifiée », dit Sally.

Et, tout à coup, elle se souvint pourquoi les Smithies étaient ses meilleures amies. Elle entrevoyait le fait que, dans les jours prochains, elle raconterait à des douzaines de personnes qu'elle allait avoir un bébé (la vache, un bébé), et qu'aucun, sans exception, ne manquerait de s'extasier, ni de roucouler parce qu'elle était une femme mariée, et que les femmes mariées qui tombaient enceintes donnaient une occasion de s'extasier et de roucouler. Mais seules les Smithies avaient suffisamment de tripes pour s'inquiéter de savoir si elle était réellement heureuse. Les filles constituaient un refuge, là où elle pouvait toujours aller et se retrouver.

Tout à coup, Sally se souvint.

« Bill est mort, annonça-t-elle. Oh! là, la! avec tous les trucs fous qui se sont passés aujourd'hui, j'avais presque oublié.

— Quoi ?!

Celia faillit s'étouffer.

— Merde, Sally, d'abord tu m'annonces que tu es enceinte, et ensuite ça? Tu ne serais pas en train de faire une expérience sur moi, par hasard, pour mesurer combien de temps il me faut avant de tomber en état de choc ?

Sally éclata de rire.

— C'est vrai, quelle journée, n'est-ce pas? »

Après avoir raccroché, elle ferma la porte de la chambre et décida de passer un coup de fil à April. Elle essaya deux fois, mais son appel fut dirigé immédiatement vers la boîte vocale. Sally ne laissa pas de message.

Depuis son mariage, elle s'était demandé si elle n'adresserait jamais plus la parole à Bree et à April. Cette soirée-là, au réfectoire de la résidence King, avait très clairement mis les choses à plat : peut-être que, progressivement, elles s'étaient éloignées les unes des autres au point que leur amitié s'était tout simplement dissoute. C'était une sensation bizarre, comme de quitter un amant avec qui l'on avait tout partagé. Cette séparation n'était pas le fruit du hasard, ça ne s'était pas du tout passé de façon accidentelle ou à la suite d'une série d'événements, comme dans la plupart des ruptures entre amies. Même si elles étaient amenées à se revoir des années plus tard dans la rue, ou à échanger un regard depuis les deux extrémités d'une pièce un soir de fête, elles pourraient simplement se contenter de détourner les yeux comme si rien ne s'était passé.

Mais à cet instant, Sally prit conscience qu'elle ne pouvait pas laisser les choses en l'état, particulièrement avec April. Elle avait trop besoin de ses amies pour les laisser filer comme ça. Sally n'avait aucun doute : elles avaient les moyens de réparer les choses, à condition qu'elles y mettent du leur.

Cette nuit-là, elle rêva d'April. Dans son rêve, elles descendaient dangereusement une montagne en roue libre à Capri (elle et Jake y étaient allés une fois, et, depuis, elle n'arrêtait pas de rêver de l'île, de ses villas magnifiques et de ses citronniers abondants) à bord d'une toute petite voiture sans portes, et Sally disait à April qu'il fallait qu'elles sautent de la voiture, sans quoi elles allaient s'écraser. Mais April refusait. Elle voulait voir les poissons au fond de la mer et elle maintenait que cette voiture pouvait l'y amener. Sally ne voulait pas la laisser toute seule, mais au dernier moment, elle finissait par s'éjecter. Puis elle voyait la voiture basculer dans les airs et chuter, chuter, jusque dans l'eau. De dessous l'eau, April agitait la main et, à côté d'elle, Bill aussi flottait et saluait, un Bill jeune, brun et barbu, le même que sur la photo qui accompagnait son avis d'obsèques.

Le lendemain, Sally appela April avant d'aller au travail, et puis encore une fois pendant sa pause déjeuner. Les deux fois, elle tomba sur un enregistrement et quand elle voulut laisser un message, une voix mécanique lui indiqua que la messagerie d'April était pleine.

## BREE

Pendant tout l'été, Lara avait souhaité qu'elles aillent dîner chez sa patronne, mais, constamment, Bree trouvait des raisons pour justifier ses empêchements. Pour elle, cela ne faisait aucun doute qu'à ce moment-là, leur relation ne tenait qu'à un fil. Une soirée chez Nora et Roseanna pouvait très facilement conduire au genre d'engueulade qui mettrait définitivement fin à leur histoire. Mais arriva un dimanche soir, en juillet, où il n'y avait rien d'autre à faire, pas de match de foot, pas de réunions tardives, ni de dernier épisode d'une série à la télé. Il n'y avait pas d'alternative : Bree devait y aller.

Nora s'occupait d'un programme d'aide aux enfants défavorisés après l'école, et Lara en était la directrice. Sa conjointe Roseanna avait gagné un fric phénoménal dans des boîtes de la Sillicon Valley et elle s'était retirée du jeu avant même d'atteindre la trentaine, quand il était encore temps. Elle restait désormais à la maison avec son fils de six ans, Dylan, qui était en ce moment dans un camp d'été pour apprendre les claquettes.

Elles vivaient dans une maison ridiculement grande en banlieue, sept chambres et quatre salles de bain, avec une terrasse dallée et, à l'arrière, une piscine bordée d'une fresque représentant des femmes nues dans des positions alanguies. À l'avant de la maison, elles avaient installé un étendard aux couleurs de l'arc-en-ciel et elles conduisaient chacune une Prius, modèles *elle et elle* parfaitement identiques.

On était en juillet, et le parfum des lilas en fleur dans le jardin faisait penser Bree à sa mère.

Au cours du repas, Lara demanda à Dylan ce qu'il voudrait être quand il serait grand. Il prit une expression songeuse. « Une personne qui éteint les incendies, dit-il. Ou alors un astronaute, ou un esthéticien ou un docteur. »

*Une personne* qui éteint les incendies ? pensa Bree. Un *esthéticien ?* Merde. Quand ses frères à elle avaient six ans, tout ce qu'ils voulaient être, c'était des dinosaures.

« Pourquoi pas tous les quatre ? demanda Lara.

— Noooon ! s'exclama-t-il, en partant dans un fou rire.

— Non ? Pourquoi ça ? continua Lara.

— Je dormirais quand alors ? » Dylan se frappa le front du plat de la main, provoquant un rire général.

Après le café et les desserts, elles se rendirent, avec leurs verres de vin, dans la salle de jeu où Dylan avait préparé un numéro spécialement pour elles. Bree lança un regard circulaire à ses jouets : la maison de rêve de Barbie, avec le mini-camping-car qui va avec, une dînette avec un petit lave-vaisselle et un coin avec des déguisements.

« C'est vraiment important pour nous qu'il soit mis en présence de jouets qui n'aient pas de connotation strictement masculine ou féminine, explique Roseanna.

Nora lui donna une tape affectueuse sur le genou. Un jour, sa future femme nous sera reconnaissante d'avoir élevé un homme qui fait la vaisselle et qui connaît la recette du soufflé, du moins la recette du soufflé en plastique.

— Je trouve ça génial, dit Lara. Pas toi, B. ?

— Oui ? »

Bree faisait semblant d'être complètement absorbée dans la lecture d'un livre d'Angeline le Ballerine et, juste à cet instant, Dylan lui évita d'avoir à répondre en jaillissant de derrière la porte avec, sur le dos, une cape pailletée mauve.

« Que le spectacle commence ! s'écria-t-il. Maman, présente-moi au public ! »

Au retour, dans le train qui les ramenait à San Francisco, Bree laissait errer son regard par la vitre en repensant à la soirée. D'un seul coup, elle se mit à s'esclaffer toute seule.

Lara leva les yeux de son livre.

« Qu'est-ce qui te fait rire ? demanda-t-elle en repoussant une mèche du front de Bree.

— Je repensais à Nora et Roseanna. Elles sont tellement über-smithiennes, et pourtant, elles n'y sont même jamais allées. Franchement, San Francisco, c'est la Northampton de l'ouest, non ?

— Qu'est-ce que tu veux dire ? demanda Lara.

— Je veux dire, ces nanas, comment c'est possible d'être plus gay ? Bree secoua la tête en riant. Des jouets sans connotation strictement masculine ou féminine ? Elles se caricaturent elles-mêmes ? Et cette fresque. Et le drapeau arc-en-ciel !

— Nous aussi on a un drapeau arc-en-ciel dans la cuisine, fit remarquer Lara.

— Je sais, mais c'est pas du tout pareil. Le nôtre est accroché au mur, et on l'a depuis qu'on était à la fac. Le leur fait à peu près la taille du dirigeable Goodyear.

— C'est quoi le problème des jouets sans connotation ? demanda Lara.

— Mais rien ! Seulement les jouets du gamin n'étaient absolument pas neutres, il n'y avait que des trucs de filles ! Je te parie que si elles avaient une fille, jamais elles ne la laisseraient jouer à la poupée Barbie, tu vois ? Mais voilà ce pauvre Dylan, et là, ça semble une idée d'enfer de l'enterrer sous des tonnes de trucs en plastique rose. Sa future femme leur en sera reconnaissante ? Je ne vois pas comment il va même y en avoir une, de future femme, s'il continue sur ce chemin.

— Je trouve que c'est vraiment un gamin très intelligent, dit Lara.

— Moi aussi, dit Bree en rigolant. C'est juste que…

— Est-ce que tu es en train de me chercher ? dit Lara.

— Pas du tout ! dit Bree. Bon sang, je croyais que toi aussi tu trouvais ça hilarant. »

Bree savait qu'il n'y avait pas si longtemps, Lara aurait ri en cœur avec Bree de tout ça. Au fil des ans, elles avaient souvent plaisanté sur le fait que toutes les deux étaient issues de ce type de familles du Sud où le politiquement correct était lettre morte. Mais dernièrement, les choses étaient devenues tendues comme elles ne l'avaient jamais été auparavant. Ça avait démarré avec le mariage de Sally un an plus tôt, et cela n'avait fait qu'empirer chaque mois depuis.

« Tu sais, tu es très critique à l'égard de ma boss, et moi, en revanche, je n'ai jamais rencontré personne de ton bureau », dit Lara après un long silence.

Elle dit ces mots comme s'ils lui étaient venus à l'esprit à cet instant, alors qu'en fait, ses récriminations se répétaient avec une régularité quasiment hebdomadaire.

« Les gens avec qui je travaille ne sont pas comme ça, dit Bree pour la six-centième fois.

— Comment ça? Vous sortez tous prendre un verre ensemble chaque semaine.

— OK, mais les gens ne se ramènent pas avec leur moitié. On fait ça plus pour faire tomber le stress que pour réellement créer des liens. C'est un peu comme quand deux enfants jouent côte à côte au lieu de l'un avec l'autre — mais avec des adultes.

— Mais est-ce qu'ils ont des moitiés ou pas ? » demanda Lara.

Les collègues de Bree étaient principalement des mecs célibataires dans la vingtaine et la trentaine, ce qui, elle le savait bien, irritait Lara profondément.

« Les associés sont tous mariés. Mais sinon, pour les autres, je ne sais pas trop, dit Bree.

— Quoi ? Tu ne sais pas trop ? Comment c'est possible ? Ça fait deux ans que tu travailles là !

Bree haussa les épaules.

— Parce qu'on ne parle pas de notre vie privée, c'est tout.

Lara se mordit la lèvre inférieure.

— Donc, tu es en train de me dire que c'est normal s'ils n'ont jamais entendu parler de moi, dit-elle.

Instantanément, Bree se sentit horriblement mal.

— Comme je te l'ai dit, ma puce, on n'aborde quasiment jamais ce genre de sujet.

— J'ai le sentiment que tu ne veux pas que je les rencontre, dit Lara. Après un long silence, elle ajouta : Quand est-ce qu'on va avoir une relation normale, tout simplement ?

— Jamais », lâcha Bree sèchement.

Elles firent le reste de la route qui les ramenait chez elles en silence.

À la vérité, elle n'avait pas spécialement envie que ses collègues entendent parler de Lara. Quand ils sortaient tous ensemble pour boire des bières après le travail le jeudi, Bree, en fait, se maquillait et flirtait avec son copain de bureau, Chris, et leur patron, Peter. Ça ne lui déplaisait pas d'éveiller de l'intérêt chez les hommes à l'occasion. Un soir, après avoir bu trop de margaritas, Chris lui avoua qu'il en pinçait pour elle. Ils finirent par se rouler des pelles dans sa voiture, ce qu'elle se garda bien de raconter à quiconque, pas même à Celia, parce que le fait d'en parler ferait basculer l'épisode dans la réalité.

Bree n'avait pas la moindre idée de pourquoi elle avait fait ça et elle se sentait écrasée de culpabilité. Quand elle commença à toucher le fond avec Lara, elle se mit à se remémorer leur vie heureuse, au début, à Smith. Pourquoi est-ce qu'elles ne pouvaient pas revenir à ça ?

Dans leur univers, certaines personnes les avaient acceptées en tant que couple : la famille de Lara, la plupart de leurs amies de fac et leurs copines du club de foot et du club de lecture. Et d'autres ne saisissaient pas du tout : la famille de Bree, d'une certaine manière Celia, et, d'après ce que Bree pouvait supposer, les mecs de son travail. À eux, elle ne voyait pas à quoi cela servirait de leur mettre cette relation sous le nez. Lara ne cachait pas cette relation et elle l'affichait avec fierté où qu'elle aille. Mais, pour Bree, ça n'avait jamais été aussi facile. Elle faisait partie d'un couple lesbien, mais elle n'était pas lesbienne. Elle aimait Lara, mais, malgré tout, est-ce qu'elle était capable de vivre dans une maison avec le drapeau arc-en-ciel planté juste devant et d'élever des garçons qui dormiraient dans un lit à baldaquin et joueraient à la poupée ?

Elle voyait que Nora et Roseanna poussaient les choses à l'extrême, alors que la plupart des lesbiennes qu'elles fréquentaient étaient des parents normaux. Elle savait bien que Lara ne lui demandait pas une fresque de nanas à poil simplement pour tester son niveau d'engagement. Mais plus Bree vieillissait, plus elle se sentait devenir conservatrice, et plus elle comprenait et appréciait le cadre très hétéro normé, comme dirait April, dans lequel ses parents l'avaient élevée. Elle était partie à Smith, était devenue avocate et avait rencontré cette fille qu'elle aimait. Pourtant, une partie d'elle-même ne rêvait que d'une chose : être à la maison le soir à préparer le repas, pendant que son mari lisait le journal et que ses petits garçons jouaient au camion à ses pieds.

Le samedi après leur soirée chez Nora et Roseanna, Bree et Lara s'éveillèrent de bonne heure pour aller faire un jogging. La nuit précédente, elles avaient fait l'amour pour la première fois en deux semaines et elles étaient sorties pour dîner dans le petit resto français du quartier. Elles avaient pris leur temps, bu du vin en se tenant la main, évoqué les vieilles histoires dans les rires et flirté avec la jolie Parisienne qui travaillait là comme serveuse. Ces bouffées de bonheur ne duraient jamais bien longtemps, mais, à chaque fois, elles espéraient toutes les deux que, peut-être, la malédiction avait été rompue, et qu'elles allaient être heureuses, tout simplement, comme avant.

Tandis qu'elles s'apprêtaient à sortir, le téléphone sonna.

« Ne réponds pas, dit Bree, mais Lara décrocha, puis, l'air perplexe, elle tendit l'appareil à Bree.

— C'est Tim », dit-elle.

Le frère de Bree était sur le point d'entamer sa dernière année à l'université. De sa vie, il ne s'était jamais levé avant dix heures le samedi. En plus, ils n'étaient pas vraiment en contact l'un avec l'autre, sauf par e-mail. Il envoyait à Bree des blagues de mauvais goût ou des liens vers des clips immondes où on voyait un mec avoir des rapports sexuels avec un cheval, ce qui amenait une réponse immédiate de sa part, lui demandant d'arrêter ces messages, sans quoi elle risquait de se faire mettre à la porte.

« Timmy ? dit-elle au téléphone.

À l'autre bout du fil, sa respiration était forte.

— Maman est à l'hôpital », dit son frère.

Il lui expliqua que leur mère avait fait une crise cardiaque pendant qu'elle s'occupait du jardin devant chez eux. Un voisin l'avait vue soulever un énorme pot de tulipes en terre, puis s'effondrer d'un seul coup.

« Est-ce qu'elle va s'en remettre ? demanda Bree.

— On ne peut pas savoir pour l'instant, répondit Tim d'une voix vacillante. Ils vont l'opérer dans quelques jours, une fois que son état se sera stabilisé. À mon avis, il faudrait que tu viennes à la maison. »

Bree pensa à son frère. Comme il était jeune ! C'était son rôle à elle de passer ce genre de coup de fil, pas le sien.

« Oui, bien sûr, dit-elle. Dis à papa que je vais prendre le premier avion. Et dis à tout le monde que je pense bien fort à eux. Et Timmy, toi aussi, je t'aime tu sais. »

Pour toute réponse, il poussa une sorte de grognement. À la pensée de son frère maladroit et luttant contre la sensiblerie comme toujours, Bree sourit l'espace d'un instant. Curieusement, elle en ressentait une sorte de réconfort.

En raccrochant le téléphone, elle se tourna vers Lara.

« Ma mère vient de faire une crise cardiaque, dit-elle.

— Oh ma chérie ! s'exclama Lara. Comment elle va ?

Bree fit un signe négatif de la tête.

— Tim dit qu'ils ne savent pas pour l'instant. Il faut que j'aille là-bas. »

Elle courut dans la chambre, en ressortit avec le vieux sac de foot de Lara qu'elle tira de dessous le lit et entreprit de le remplir d'habits. Lara la suivait de près.

« Je vais faire une réservation sur un vol tout de suite, dit-elle, et elle entoura Bree de ses bras. Tout va bien se passer, dit Lara dans un murmure. Tout va bien, ma belle.

— Une crise cardiaque, dit Bree. Ma mère ? Ce genre de truc n'aurait pas dû arriver avant une vingtaine d'années. Elle est encore tellement jeune.

— C'est horrible », dit Lara.

Plus tard, Lara lui donna un baiser, puis sortit de la pièce pour aller commander les billets sur l'ordinateur. Bree s'assit sur son lit et eut une pensée pour son père. Il avait rencontré sa mère en première année de fac et ne l'avait pas quittée, ne serait-ce que pour une journée depuis. Il ne pouvait rien faire sans elle : nouer sa cravate, écrire une lettre, se faire un sandwich, ou encore parler à l'un de ses enfants de quelque chose d'important.

« Tu crois qu'on peut être à l'aéroport pour attraper celui de neuf heures ? demanda d'une voix forte Lara, depuis le petit bureau.

— Il faudra bien », dit Bree et, à cet instant, elle fut frappée par l'image de sa mère, sortant du sommeil pour les trouver toutes les deux devant elle. Il se pourrait bien qu'elle fasse directement une autre crise cardiaque sur le coup.

Pour les fêtes de famille et autres événements du même genre, Bree avait adopté une position stricte : elle ne pouvait les passer en compagnie de ses parents et de Lara en même temps, et donc elle avait choisi Lara. Mais là, c'était différent. Sa mère avait besoin d'elle, la version d'elle que sa famille aimait. Elle passa ses longs cheveux sur son épaule et s'avança vers Lara. Elle savait que ce qui allait suivre ne serait pas facile à avaler, mais quel choix avait-elle ?

« Chérie, il va falloir que je fasse ça en solitaire, dit-elle.

— Qu'est-ce que tu veux dire ? demanda Lara.

— Je crois que je vais rentrer à la maison toute seule. Tu sais bien ce qu'ils pensent de nous deux et…

Lara eut l'air abattu.

— Tu ne devrais pas te retrouver toute seule maintenant, dit-elle.

— Je ne serai pas seule, il y aura ma famille là-bas, répliqua Bree.

— Et si je venais et que je prenais une chambre d'hôtel juste pour moi ? proposa Lara. Comme ça, on n'aurait pas à partager le lit du péché sous leur toit, ni rien de tout ça. »

*Partager le lit du péché.* Elle avait voulu dire ça d'un ton sarcastique, et cela mit Bree en fureur vu les circonstances.

« Je suis désolée, mais j'y vais toute seule », dit Bree avant de tourner les talons et de retourner dans leur chambre pour finir de faire ses valises.

Lara alla dans la salle de bain et claqua la porte derrière elle. Bree était consciente du fait que cette habitude qu'elle avait restait en travers de la gorge de Lara. Sa faculté de prendre une décision et de déclarer que la discussion était close s'apparentait, pour Lara, « au genre de comportement cruel et égoïste qu'on observe d'ordinaire chez les hommes dotés d'un petit pénis. »

À l'aéroport, Bree regardait les familles passer au contrôle de sécurité et elle repensa à la façon dont elle était devenue un paria pour les siens, cinq ans plus tôt. La rupture avait été très douloureuse, et pourtant elle n'avait jamais semblé réelle à Bree. À présent, elle retournait chez elle pour la première fois depuis la fin de ses études de droit. Elle aurait bien aimé que ce soit en d'autres circonstances.

Bree acheta une gigantesque tablette de chocolat Hershey's dans une boutique duty-free de l'aéroport et entreprit de la manger carré par carré. Cela lui rappela la façon qu'avait Sally de grignoter ses cookies comme une souris et aussi comment celle-ci avait perdu sa mère quand elle était encore très jeune. Si sa mère à elle venait à mourir, elle ne se pardonnerait pas toutes ces années gâchées par un silence quasi-total. L'espace d'un instant, elle souhaita que Sally soit là avec elle. Elles ne s'étaient pas parlé depuis un an. Bree n'avait pas eu de contact avec April non plus, mais elle avait reçu des nouvelles d'elles par Celia, leur infatigable Casque Bleu. Bree n'arrêtait pas de se dire qu'elle allait appeler Sally, mais elle voulait le faire pour lui annoncer de bonnes nouvelles, lui prouver qu'elle s'était trompée au sujet de Lara. Et maintenant, Sally était enceinte, de cinq mois. La naissance d'une autre mère, pensa Bree. Le fait que Sally ne l'ait pas appelée pour lui annoncer la nouvelle, qu'il avait fallu que ce soit Celia qui le fasse, avait fait beaucoup de peine à Bree.

Bree sentit les larmes se former au coin de ses yeux. Elle détestait pleurer en public. Elle extirpa son téléphone des tréfonds de son sac à main et appela Celia, qui trouvait toujours les bons mots. Fidèle à elle-même, elle dit des choses apaisantes mais pas condescendantes. Elle ne dit pas à Bree de ne pas pleurer ni de ne pas s'inquiéter. Elle proposa de venir la rejoindre à Savannah sur-le-champ.

« Merci, mais ça va aller, dit Bree.

— Vous allez habiter dans la maison de tes parents ? demanda Celia.

— Il n'y a que moi, répondit Bree. Lara n'est pas venue.

— Pourquoi ça ?

— Elle, elle voulait, mais j'ai dit non, dit Bree. Je me suis dit que ce serait sans doute mieux pour tout le monde d'éviter un drame familial.

À l'autre bout de la ligne, Celia garda le silence.

— Tu crois que j'ai merdé ? dit Bree.

— C'est vraiment délicat comme situation, et tu dois faire ce que tu as à faire, ma belle, dit Celia.

— Est-ce que c'est affreux, ce que je fais à Lara ? dit Bree. Vas-y, ne prends pas de gants avec moi, s'il te plaît.

Celia poussa un soupir.

— Bon, écoute, tu es ma meilleure amie, c'est toi ma priorité. Savoir si ce que tu fais à Lara est affreux ou pas, n'est pas ma priorité. Je me dis juste qu'une des seules raisons pour lesquelles c'est bien d'avoir un compagnon dans la vie, c'est précisément pour les coups durs comme celui-là. Si tu la tiens à l'écart maintenant, à quoi bon ?

Bree ne savait pas quoi dire.

— Écoute, on embarque là, dit-elle finalement. Je t'appelle quand j'arrive. »

Elle raccrocha et sut immédiatement à qui elle devait téléphoner à présent. Malgré la longue période de temps qui s'était écoulée, elle composa le numéro par cœur. Six, puis sept sonneries retentirent. Au bout du compte, le répondeur s'enclencha.

« Vous avez rejoint la famille Brown ! » Sur l'enregistrement, la voix de Sally était fluette, mais tellement enjouée. « Laissez un message à l'intention de Sally ou Jake après le bip. »

Bree raccrocha. Un instant plus tard, son portable sonna.

« Bree ?! dit Sally. J'étais en train de revenir avec les courses. J'ai raté ton appel ! Qu'est-ce qui se passe ?

— C'est ma mère », dit Bree et elle fondit en larmes.

Elle dit à Sally pour sa mère, pour Lara. Elle prit des nouvelles de la grossesse de Sally, et Sally l'étonna en parlant d'une voix complètement dénuée de sentimentalisme sur le sujet : elle expliqua qu'elle se réveillait chaque matin avec l'impression qu'elle s'était envoyé une bouteille de tequila premier prix la veille. Vingt minutes plus tard, avant de raccrocher, Bree murmura :

« Je m'excuse pour ce qui s'est passé à ton mariage. Et je m'excuse de ne pas t'avoir appelée plus tôt.

— L'amour, ça veut dire qu'on a jamais besoin de demander pardon[64], dit Sally avec emphase, et elles explosèrent de rire toutes les deux, parce que de toutes les expressions cataloguées depuis la nuit des temps, celle-ci avait la palme du ridicule.

64. *Love means never having to say you're sorry.* Célèbre phrase tirée du film *Love Story*

— Non, mais sérieusement, moi aussi je m'excuse, dit Sally.

— Merci de m'avoir fait rire, dit Bree.

— Quand tu veux », dit Sally.

À vingt-quatre ans, Roger, le frère de Bree, tenait de son père sa silhouette élancée et ses cheveux bruns. Quand elle s'avança dans le terminal de l'aéroport de Savannah, il la serra fort sans ses bras. Ses frères lui avaient rendu visite plusieurs fois à San Francisco, et, chaque fois qu'elle revoyait Roger, il ressemblait de plus en plus à un homme.

Les parents de Bree n'étaient jamais venus dans son appartement. Six mois s'étaient écoulés depuis la dernière fois qu'elle les avait vus, au cours d'une grosse réunion de famille dans le Tennessee. « Comme c'est en terrain neutre, on peut espérer éviter la troisième guerre mondiale », avait-elle dit à Lara, en redoutant qu'elle lui demande de la suivre. Elle ne le fit pas, et quand Bree revit les membres de sa famille toute seule comme ça, la joie l'envahit. Son père l'avait embrassée sur les joues. Sa mère lui avait pris la main comme si elles étaient deux copines de collège. Elle prit alors conscience qu'ils l'aimaient toujours, et toujours autant.

« La vache, ça fait drôlement plaisir de te voir, dit Roger. Puis, en regardant derrière elle, il s'enquit : Où est la meuf L. ? »

*La meuf L.,* pensa Bree. Comme s'ils étaient tous les deux des vieux copains de poker ou un truc du même genre.

« Elle ne vient pas, dit Bree.

Il hocha la tête.

— C'est sans doute mieux comme ça, non ? »

Roger proposa de passer par la maison d'abord pour qu'elle mange un morceau, mais Bree voulait aller directement à l'hôpital.

« Comment ça va, papa ? demanda-t-elle une fois dans la voiture.

Roger haussa les épaules.

— Je dirais qu'il est en état de choc. C'est ce pauvre Tim qui a dû appeler l'ambulance, et puis toi et moi, ensuite. Papa est comme qui dirait dans les choux.

— Elle est tellement jeune, dit Bree.

— Cinquante-deux ans, dit son frère, et Bree n'était pas très sûre de savoir s'il allait dans son sens ou pas.

— Est-ce qu'elle a été malade récemment ?

Les larmes lui montaient aux yeux.

Quel genre de fille ignorait l'état de santé de sa mère ?

— Non, fit Roger. Emily et moi, on était là-bas pour un barbecue justement hier soir.

— Emily ? dit Bree.

— La nana que je vois depuis un moment, dit Roger.

— C'est sérieux ? le taquina-t-elle.

— Elle aimerait bien, dit-il avec un sourire en coin. Maman parlait de toi hier soir. Elle a raconté à Emily qu'elle continuait de ne pas mettre de paprika dans sa salade de pommes de terre parce que, quand tu étais petite, tu disais que ça ressemblait à des fourmis rouges, et tu refusais d'en manger.

Bree éclata de rire.

— Bon, en tout cas, Emily n'est au courant de rien, alors elle a demandé quand est-ce que tu reviendrais à la maison. Elle disait qu'elle avait envie de te connaître. Et maman a dit qu'elle aimerait bien que tu reviennes à la maison bientôt, parce qu'elle n'a qu'une fille et que deux garçons qui puent, c'est pas vraiment ça.

— Elle n'a pas dit ça, dit Bree en souriant.

C'était typiquement le genre de truc que sa mère était capable de dire.

— Oh que si, dit Roger. Tu nous as manqué à tous, mais en fait, surtout à maman.

— Mais alors, merde, pourquoi elle n'appelle jamais, pourquoi elle ne vient jamais me rendre visite ? lança-t-elle, surprise d'entendre ses propres paroles.

— Ça leur a fait un tel choc, à tous les deux, Bree. Tu leur as littéralement jeté à la figure ton nouveau style de vie.

— C'est absurde », dit-elle.

Ça la mettait hors d'elle quand elle entendait des gens utiliser l'expression style de vie pour parler de la vie.

« T'as couché avec elle dans ta chambre à la fac pendant tout ce temps-là ! Et tu faisais comme si vous étiez juste copines ! Et tu ne mets plus jamais les pieds à la maison. Bon, je veux dire, je sais bien que t'es superoccupée, mais quand même, Noël ? »

Les mains de Bree se refermèrent pour former deux poings. « Je vis avec ma petite amie, et elle n'est pas la bienvenue dans la maison de mes parents. Si je leur passe un coup de fil, ils me disent deux mots et après ils raccrochent. Qu'est-ce que tu veux que je fasse ?

— Je sais, je sais, dit-il. C'est juste que je me dis que si les choses s'étaient passées différemment… Bon, on s'en fout. De toute façon, tu es ici maintenant.

Ils se turent un moment puis il reprit :

— Tu sais, ils sont superfiers de toi. Papa raconte sans arrêt aux gens que tu es avocate sous le soleil de Californie. »

Bree émit un petit rire moqueur. Elle repensa à ce fameux week-end, deux ans plus tôt, où ils avaient fait le voyage jusqu'à Stanford pour la remise des diplômes. Lara nourrissait l'espoir que cela pourrait déclencher un changement radical, mais Bree ne pouvait pas s'empêcher de repenser à la remise des diplômes de Smith, quand, au milieu du Quad, elle avait dit à ses parents qu'elle aimait une femme, et à leur réaction.

À Stanford, elles habitaient dans une studette exiguë, bien trop petite pour contenir toutes leurs affaires. Le jour où les parents de Bree étaient arrivés, Lara avait envie de leur montrer l'endroit où elles vivaient. Elle avait passé tout son week-end à récurer, faire un gâteau au café et elle avait acheté des fleurs. Mais quand la famille de Bree entra dans l'appartement, tout ce que les parents de Bree virent, ce fut le lit, avec d'un côté des piles de livres de droit, et de l'autre, des piles de magazines *Sports Illustrated.*

« Facile de deviner laquelle de nous dort de quel côté, non ? » dit Lara en souriant.

La mère de Bree vira au rouge brique.

Le soir, pendant le repas, son père porta un toast. Roger, que les dix bières ou plus qu'il s'était envoyées dans la journée avaient rendu complètement saoul, décida que lui aussi, finalement porterait un toast. À la fin de celui de Roger, Bree vit Lara commencer à se lever de sa chaise et elle eut envie de se cacher dans un trou de souris.

« Eh bien, je crois qu'il va falloir que je dise un mot ou deux, moi aussi », dit-elle.

Le père de Bree prit un air effaré. Sa mère s'excusa et s'enferma dans les toilettes pendant vingt minutes.

Le lendemain matin, une fois qu'elles eurent déposé la famille à l'aéroport, Lara sourit à Bree et lui dit :

« Bon, ça, c'était un week-end de merde ou je ne m'y connais pas. »

Bree avait envie de se mettre à hurler. Elle voulait demander à Lara pourquoi elle ressentait constamment le besoin de rappeler qu'elles étaient en couple. Elle était en rage aussi contre sa famille. Sa mère, avec cette sortie ridicule vers les toilettes, comme si elle était un personnage de mélodrame de merde. Bree était prise entre les deux, et chaque camp la rendait folle.

Roger la déposa dans la gigantesque allée circulaire de l'hôpital et partit garer la voiture.

« Elle est chambre 481 », dit-il.

Bree entra dans le bâtiment, ne prenant que de petites respirations dans un effort pour ne pas avoir à respirer l'odeur âcre et médicamenteuse qui y régnait. Elle eut un accès de panique à l'idée de revoir ses parents après tout ce temps. Elle se renseigna auprès d'un agent de sécurité aux cheveux blancs pour savoir où étaient les ascenseurs, et il lui indiqua un endroit situé juste en face d'elle.

« Quelle cruche, dit-elle. Je suis complètement larguée, je suis désolée.

— Ça va aller, mon petit », dit-il. Il lui fit un sourire chaleureux qui lui donna envie de se mettre à pleurer.

Cet homme devait voir chaque jour des dizaines de personnes qui traversaient la pire période de leur vie. Elle l'imaginait rentrant à la maison le soir pour retrouver une femme du genre Mère Noël. Il lui déballait son sac d'histoires pendant qu'elle préparait un chocolat chaud. Ou bien peut-être qu'il était veuf et qu'il trouvait du réconfort à travailler là où tant de gens connaissaient le même type de chagrin que le sien.

Elle se dirigea vers les ascenseurs. Peu de temps après, les portes en face d'elle s'ouvrirent, et une famille sortit de la cage d'ascenseur. Bree laissa tomber son regard sur une petite fille qui portait un tutu rose et un maillot de bain une pièce violet avec des paillettes. Elle avait un plâtre au bras et elle tenait dans son autre main une poupée qui se balançait. Elle avait deux couettes d'un roux éclatant et des taches de rousseur autour du nez.

Bree lui fit un petit coucou, et la petite fille le lui rendit avec les deux doigts qui n'étaient pas recouverts par le plâtre.

« Je me suis cassé le bras à la piscine pendant la fête de Madison, s'exclama-t-elle d'un adorable ton nasillard.

— Oh ! là, là ! dit Bree, levant les yeux pour sourire aux parents.

— Bree ? fit l'homme. Est-ce que c'est bien toi ? »

Doug Anderson portait un enfant aux cheveux roux dans un sac kangourou, avec une couche en tissu passée sur son épaule. La dernière fois qu'ils s'étaient parlé, elle lui passait un coup de fil depuis sa chambre de première année à Smith pour mettre fin à leurs fiançailles. Il l'avait suppliée de revenir sur sa décision, mais elle n'avait pas l'intention de changer d'avis. Sur la suggestion d'April, elle lui avait même renvoyé l'anneau par la poste dans une enveloppe kraft, un peu plus tôt ce jour-là, pour être sûre de ne pas faire machine arrière.

Il n'avait absolument pas changé. Il portait un tee-shirt Shooter Jennings et un jean élimé. Il donnait de petits coups de pieds avec le dessus de sa chaussure dans la moquette, et Bree aurait pu jurer que ces dix dernières années ne s'étaient pas écoulées.

« Ouah, Doug » fut la seule phrase qu'elle parvint à sortir.

À ses côtés se tenait une femme rousse assez fluette, qui portait une robe portefeuille blanche, et Bree pensa immédiatement au personnage de Wilma Pierrafeu.

« Voici ma femme, Carolyn. Sous son nom de jeune fille, Carolyn Dempsey. Elle était dans la promo juste après nous au lycée, dit Doug.

— Ah oui, très bien. »

Bree lui adressa un sourire et lui tendit la main, bien qu'elle n'ait aucun souvenir de cette femme. Elle était reconnaissante à Doug de ne pas avoir épousé la petite ordure qui avait causé leur séparation — quoique, à tout prendre, cette inconnue lui avait sans doute rendu le meilleur service de sa vie.

« Moi, c'est Bree, dit-elle.

— Oh, je sais qui tu es », dit Carolyn gentiment, avec cet accent du Sud que Bree n'avait pas entendu depuis des années. Ses frères le décrivaient comme une lame de rasoir plongée dans un pot de miel.

« Et voici nos enfants, Rose et Oliver », dit Doug.

Bree fit un rapide calcul. Il n'avait vraiment pas perdu de temps. Il fallait quand même lui reconnaître ça. C'était le genre de type à vouloir se marier pour avoir plein de gamins et il s'était bâti la vie qu'il avait toujours voulue. Elle n'arrivait pas à croire qu'ils avaient le même âge. Il y avait tellement de façons d'avoir vingt-six ans.

« Alors, Bree, tu habites par ici ? s'enquit Carolyn.

— Non, j'habite à San Francisco, dit-elle. Avec ma copine. »

Qu'est-ce qu'on en a à foutre après tout, se dit-elle. Doug haussa le sourcil.

« Et qu'est-ce que tu deviens ? demanda-t-il.

— Je travaille dans un cabinet là-bas.

— Comme avocate ? demanda-t-il.

Bree fit oui de la tête.

— Et Stanford ? Ça s'est réalisé ou pas ? »

Elle acquiesça en rougissant. Voilà qui était typiquement féminin se dit-elle : avoir l'impression de passer pour une prétentieuse, alors qu'elle ne faisait que dire la vérité.

« C'est génial pour toi, dit Doug avec un large sourire amical.

Bree haussa les épaules.

— Et toi, sinon ? On dirait que tu n'as pas chômé.

— C'est bien vrai, dit-il. Je bosse avec mon père en tant qu'assistant juridique grosso modo. En fait, je fais le chauffeur quand il a ses rendez-vous au golf et je fais en sorte qu'on ne soit jamais à court de café. J'envisage toujours de passer mon diplôme de droit un de ces jours.

Bree se demanda l'espace d'un instant s'il n'était pas un peu gêné, mais très vite son visage s'éclaira.

— Tu vois ce que je veux dire, un jour hypothétique où j'aurais plus de dix secondes pour réfléchir, et où je ne serai pas en train de poursuivre cette petite citrouille dans la maison. »

Il passa tendrement sa main dans les cheveux de sa fille. Pendant une seconde, ce geste déclencha chez Bree le désir de revenir en arrière, à l'époque des étés qu'ils avaient passés dans son arrière-cour, étendus dans l'herbe brûlée par le soleil et parlant de tous les bébés qu'ils auraient un jour. Si les choses s'étaient passées différemment, c'est elle qui serait à la place de Carolyn aujourd'hui. Elle ne rêvait pas de ce genre d'existence, mais il y avait quelque chose d'extrêmement rassurant dans le fait de savoir qu'on était finalement arrivé à son but, au lieu de constamment courir après sa vie.

« Tu es jolie, dit Rose. Tu veux faire une signature sur mon plâtre ?

Bree éclata de rire.

— J'aimerais beaucoup ! »

Elle sortit un stylo de son sac et se pencha pour écrire son nom. Elle s'était réveillée ce matin-là avec l'intention d'aller faire un jogging avec Lara, d'aller acheter des avocats frais au marché bio pour faire du guacamole, et de passer le reste de la journée à regarder du base-ball à la télé. Et voilà qu'elle se retrouvait ici, à quatre mille cinq cents kilomètres de son point de départ, à donner un autographe à la fille de Doug Anderson. C'était officiel : c'était la journée la plus bizarre de sa vie. D'un coup, elle aurait aimé que Lara soit ici pour le voir.

« Sinon, tout va bien ? » demanda Doug.

L'espace d'un instant, elle pensa qu'il lui demandait comment elle se sentait d'être tombée sur lui comme ça, puis elle se souvint où ils se trouvaient, et pourquoi elle était venue là en premier lieu.

« Ma mère a fait une crise cardiaque, dit-elle. En fait là, je montais pour aller la voir.

— Oh, mon Dieu, je suis désolé, dit Doug. Est-ce qu'on peut faire quelque chose pour toi ? »

Sa femme lui lança un regard plein de venin, qu'elle tenta immédiatement de camoufler avec un sourire qui laissait voir ses dents.

« Oui, je t'en prie, dis-nous si on peut faire quoi que ce soit. N'hésite pas, dit-elle.

— Non, ça va, dit Bree. Mais je ferais mieux d'y aller maintenant.

— Très bien. Enfin, c'était chouette de te revoir, dit Doug.

— Pareil pour moi », dit-elle.

Les portes de l'ascenseur s'ouvrirent, et elle s'engouffra à l'intérieur, en faisant un au revoir de la main, tout en priant pour que les portes se referment rapidement.

Quand l'ascenseur s'arrêta au quatrième, Bree reconnut tout de suite la voix de Tim, son frère. À l'oreille, elle se guida jusqu'à une chambre mal éclairée, au bout du couloir. Ils étaient tous là : son frère et son père, tous les deux l'air fatigué, sa mère, dans un lit d'hôpital, sous perfusion et raccordée à un moniteur cardiaque, avec un tuyau dans le nez.

« Bree ! dit-elle doucement. Mon ange, tu es venue !

— Bien sûr que je suis venue, dit Bree. Comment te sens-tu ?

— Ça va, fit sa mère d'une voix faible. Dieu merci, je vais bien.

— Le ciel soit loué ! prononça Tim en imitant une voix de pasteur, tandis que Bree embrassait son père.

— Tais-toi, dit sa mère. Ce n'est pas le moment de Le mettre en colère.

— Alors, que disent les docteurs ? demanda Bree.

— Il va falloir qu'elle fasse un petit effort pour se remettre sur pied, mais ça va aller, dit son père. L'opération aura lieu d'ici un jour ou deux, et quelques jours après, on la ramène à la maison.

— Quel genre d'opération ? demanda-t-elle.

— Un pontage, dit sa mère en portant la main à son front. Un triple pontage, Bree, le croirais-tu ? C'est la fin des gâteaux à la noix de pécan pour la famille. »

Roger entra alors, en faisait tinter les clés de sa voiture dans sa main.

« Allez, mettez-vous tous ensemble, dit la mère de Bree. Je vais faire une photo.

— Chérie, il n'y a pas d'appareil photo, dit le père de Bree doucement.

— Oh, je sais bien, dit-elle. Je voulais dire une photo mentale. Je veux revoir toute ma famille rassemblée. »

Le père et les frères de Bree formèrent un groupe qui se serrait autour d'elle, en s'attrapant les uns les autres pour l'écraser au milieu, comme ils le faisaient quand ils étaient petits.

« Ho, là ! cria-t-elle en riant.

— Les garçons, arrêtez-moi ça », fit leur mère.

Un moment après, ses frères et son père partirent à la cafétéria pour vérifier la véracité d'une rumeur lancée par un autre patient dans le couloir, selon laquelle on y trouverait du gâteau red velvet. Sa mère, assommée de morphine, se mit à divaguer. C'était un peu effrayant de la voir dans cet état, mais Bree essaya du mieux qu'elle pût de faire comme si de rien n'était.

« Celui-là, il m'a vraiment fait peur, dit sa mère. Tu fais juste *ploop,* et puis d'un coup, *weeee.*

— Ah bon, dit Bree comme si c'était la déclaration la plus sensée du monde.

— *It's been a hard day's night,* dit sa mère.

— C'est sûr, commenta Bree en souriant, car, malgré le fait que sa mère débitait des mots sans queue ni tête, ceux-ci étaient plutôt appropriés.

— *I should be sleeping like a log,* dit sa mère en soupirant. La tristesse envahit soudain son visage. Tu sais quoi ? Tu aurais dû lutter contre nous. Lutter, et lutter, jusqu'à la mort. Je vais te dire un secret : tu aurais gagné.

— Qu'est-ce que tu veux dire ? » demanda Bree, voulant en savoir plus, mais sa mère ferma les yeux et sombra dans le sommeil.

Après que tout le monde fut parti se coucher ce soir-là, Bree se faufila dehors et s'installa sous le porche devant la maison pour réfléchir. Ses parents avaient montré tellement de joie de la revoir, sans pourtant demander des nouvelles de Lara. C'était leur façon à eux, se dit-elle, de lui faire savoir que tout pouvait redevenir comme avant pour elle à condition qu'elle laisse tomber Lara. C'était sa famille, elle les aimait, mais comment est-ce qu'ils pouvaient lui demander de faire un tel choix ?

On était en juillet, la nuit était chaude et poisseuse. Des nuages pourpres de mousse espagnole dégringolaient des arbres et luisaient à la lumière de la lune. À Savannah, elle se sentait vraiment chez elle, et, encore à ce jour, c'était le plus bel endroit où elle soit jamais allée. Bree essaya de s'imaginer marchant main dans la main avec Lara dans Congress Street, toutes les deux tenant une poussette double sous un soleil éclatant. Elle secoua la tête. Impossible.

Les lumières de deux phares brillèrent au loin, les seuls qu'elle avait vus de toute la soirée. Il n'était que onze heures du soir, mais dans le quartier, les gens se couchaient tôt. La voiture, un vieux break Volvo, se rapprocha et roula jusque devant chez elle. Le conducteur descendit en claquant doucement la portière. Bree plissa les yeux dans l'obscurité pour voir si elle parvenait à distinguer de qui il s'agissait tandis que la silhouette s'approchait.

« Coucou, fit Doug. Tomber sur toi ici… incroyable !

— Salut, dit-elle en se levant pour l'embrasser. Pour une surprise.

— Pas trop mauvaise, j'espère, dit-il. Je suis descendu chercher des couches pour le bébé au supermarché, et je me suis dit que je ferais le détour par chez vous pour voir si vous aviez besoin de quoi que ce soit.

— C'est gentil de ta part, merci », dit-elle.

Ils s'assirent côte à côte sur les marches du porche. Il demanda des nouvelles de sa mère, et Bree l'informa des derniers développements. Ils parlèrent des parents de Doug et de son frère, accro à la coke, qui était en cure de désintoxication, alors que beaucoup de gens en dehors de la famille pensaient qu'il était parti à un camp d'entraînement de base-ball qui n'existait pas. Puis il y eut un moment de malaise pendant lequel aucun des deux ne sut vraiment quoi dire.

« Ben dis donc, fit-elle en riant. Regarde-toi.

— Non, toi, regarde-toi, dit-il. Tu es devenue quelqu'un de complètement différent.

— Comment ça ? dit-elle, voyant en fait très bien ce qu'il voulait dire.

— Eh bien, voyons voir, répondit-il avec un sourire en coin. Quand tu es partie d'ici, il y a neuf ans, tu étais la bonne fille du Sud qui, même à la maison, mettait sa couronne de reine de la fête des anciens juste pour se marrer. Tu faisais une fixation sur le maquillage et les magazines. Sans parler du fait que tu étais fiancée.

— Avec toi, si je me souviens bien. »

Est-ce qu'elle était en train de draguer son amoureux du lycée ?

« C'est vrai. Vous m'avez brisé le cœur, ma chère.

— C'est moi qui t'ai brisé le cœur ? dit-elle en levant un sourcil.

— Mais bien sûr. Ça n'a fait aucun doute pour moi : dès que tu es partie à Smith, j'ai su que je te perdais, que c'était ce groupe de harpies avec qui tu vivais qui allait l'emporter. Tu leur parles toujours ?

Elle sourit.

— Oui, ce sont mes meilleures amies.

— Bref, dit-il. Je voulais simplement te dire que je suis désolé pour ce que j'ai fait, même si ça n'a plus la moindre importance pour toi maintenant. Vraiment désolé, Bree. J'ai paniqué et j'avais l'impression que les choses entre nous prenaient une tournure très différente de ce que j'avais imaginé, et je me suis tourné vers quelque chose de…

— Pas compliqué, dit-elle, en repensant à ce baiser débile avec Chris du travail.

— C'est ça, dit-il.

Elle fit un geste de la main pour chasser tout ça.

— Franchement, tout va bien, je t'assure, dit-elle. On était encore des enfants. »

Elle découvrit avec surprise et soulagement qu'elle pensait sincèrement ce qu'elle venait de dire : elle n'était plus en colère contre lui. C'est comme si tout ça s'était passé un million d'années auparavant. Elle était sidérée : ainsi on pouvait passer sa vie à attendre qu'une conversation ait lieu, ou de recevoir des excuses puis, lorsque cela arrivait, on avait finalement l'impression qu'on n'en avait plus besoin.

« En parlant de gamins, dit-elle. Je peine à croire que tu sois papa.

— Même chose pour moi, dit Doug. Je sais que tout le monde dit ça, mais dans mon cas, c'est la vérité : j'ai les gamins les mieux géniaux qui soient.

— Les *mieux géniaux?* dit Bree en riant.

— OK, Miss Smith Stanford. On s'en fout comment on dit. Les gamins sont trop incroyables. Les premiers mois, on dirait des miches de pain qui chient. On se demande dans quel genre de sale coup on s'est fourré. Mais ensuite, ils deviennent des personnes. C'est le truc le plus fou que j'ai jamais vu.

— Des miches de pain qui chient, répéta Bree. C'est une image de toute beauté.

Il lui donna une bourrade.

— Allez, dégage, tu vois bien ce que je veux dire.

— Honnêtement, je crois que ce que tu fais est remarquable, dit-elle. Avec Lara, on voulait prendre un chiot l'année dernière, mais finalement, au bout du compte, on a décidé qu'on n'était pas prêtes à prendre cette responsabilité.

— C'est ta copine? demanda-t-il.

Bree acquiesça.

— Ouais. Ça m'étonne que tu n'aies pas écouté les histoires qui circulent dans toute la ville.

— Peut-être que j'ai entendu un truc ou deux, dit-il. Il se pourrait que j'ai entendu des choses sur la façon dont tu es devenue gay à cause de moi. Je ne me souviens pas vraiment.

Elle fit la moue.

— Je m'excuse.

Doug lui fit un clin d'œil.

— T'en fais pas, dit-il.

— Bon, alors, tu n'as pas envie que je te parle d'elle? dit-elle.

Doug fit non de la tête.

— Bon sang, ça faisait bizarre de t'écouter en parler tout à l'heure. *Ma copine.* La vache. J'ai cru que la tête de Carolyn allait se détacher de son cou. Bon, retour au sujet des marmots. Je crois que toi et moi, on n'est pas dans la même catégorie de personnes. Toi, tu planifies. Il faut que tout soit bien tiré au cordeau avant que tu t'engages, sinon tu flippes et tu te dis que le monde entier va s'écrouler. Pour moi, c'est plus du genre "On va avoir un bébé, c'est quoi la suite?"

Bree éclata de rire.

— Je suis jalouse de toi pour ça.

— Peut-être que ça facilite un peu tout, dit-il dans un haussement d'épaule. De ne pas trop se prendre la tête.

— Je crois que tu as raison, dit-elle. J'ai passé les trois quarts de ma vie d'adulte à analyser les choses. C'est épuisant à force. »

Elle se demanda ce qui se serait passé si elle avait seulement exigé que ses parents fassent l'essai de s'adapter à sa nouvelle vie. *Tu aurais dû lutter contre nous,* lui avait dit sa mère. Et si elle avait insisté pour ramener Lara à la maison pour les vacances, pour faire d'elle un membre de la famille ? Est-ce que ça aurait marché ? Elle aurait dû laisser Lara l'accompagner cette fois. Peut-être que ce n'était pas trop tard. Peut-être qu'elle pouvait attraper un vol demain, Roger pourrait la prendre à l'aéroport, lui faire faire le tour de la ville.

Au moment même où elle se représentait la scène mentalement, Bree savait que ça n'arriverait pas. Elle n'avait pas encore le cran de prendre ce risque.

« Et Carolyn, elle planifie, elle ? demanda-t-elle.

— C'est une directrice de croisière sans paquebot, expliqua Doug. Elle fait tourner le ménage comme un baraquement militaire. Avec amour, bien sûr.

Il fit un sourire.

— Bien sûr, dit Bree. Est-ce qu'elle reste à la maison avec les enfants ?

Il fit signe que oui.

— Elle est formidable pour ça.

— Qu'est-ce qu'elle voulait être, tu sais, avant de les avoir ? demanda Bree.

Doug haussa les épaules.

— Une maman ? dit-il.

Son regard survola la cour.

— Je passe par ici en voiture de temps en temps quand j'ai les nerfs. Pas pour espionner ou quoi. J'aime bien me souvenir de notre vie à l'époque du lycée, comme c'était facile, comme on se marrait, c'est tout. Et je repense à ces grands rêves dont on parlait tout le temps. En ce qui te concerne, Bree, tu les as réalisés. Je suis fier de toi.

— Que tu prennes une direction ou une autre, il y a toujours quelque chose que tu dois abandonner, dit-elle. Tu as une femme, des gamins, une maison, une putain de Volvo. Je peux même pas te dire comme tout ça est loin de moi.

— En parlant de ma putain de Volvo, va falloir que j'y aille, dit Doug. Carolyn pourrait se mettre à croire que j'ai rejoint un gang de bikers, ou un truc dans ce genre.

Bree éclata de rire.

— Avant que tu y ailles, je peux te poser une question.

— Demande-moi n'importe quoi, dit-il.

— Est-ce que tu laisserais ton fils jouer avec des poupées Barbie ?

— Putain, non, dit-il sans même réfléchir. Tu donnerais à ton chat un bon gros nonos à ronger, toi ?

— C'est bien ce que je pensais », dit Bree.

Il l'embrassa sur la joue, et ils se dirent au revoir. Elle se dit qu'ils ne se reverraient peut-être plus jamais, à moins qu'ils tombent l'un sur l'autre en ville.

Après qu'il fut parti, Bree alla dans la chambre qui était la sienne quand elle était petite, toujours décorée de chaussons de danse roses et des rideaux pétale de rose en mousseline. Elle se glissa sous sa couette et appela Lara. Le téléphone dans leur appartement sonna quatre fois, cinq fois, et Bree se demanda si elle n'était pas sortie avec des amies.

Puis elle entendit la voix de Lara à l'autre bout du fil.

« Salut chérie, dit-elle.

— Salut, dit Lara. Comment va ta mère ?

— Elle est dans un état stationnaire, ce qui est une bonne chose.

— Oh, Dieu merci. Passe-lui mon bonjour. Ou pas, si ça peut faciliter les choses, dit Lara. Je me suis vraiment inquiétée. J'aurais bien aimé que tu appelles plus tôt.

La tension dans sa voix étonna Bree.

— C'est un vrai souk ici, dit Bree. Oh, mon Dieu, tu ne devineras jamais sur qui je suis tombée. Doug Anderson ! Je l'ai vu à l'hôpital avec sa femme et ses gamins, et puis il est passé ici ce soir.

— Il est passé ? demanda Lara. Ah.

Elle marqua une pause.

— Est-ce que tu veux que je les appelle à ton travail, ou que je fasse quelque chose ? Ou alors, si tu veux, je peux venir te rejoindre.

— Non, non, dit Bree. Ce n'est vraiment pas la peine. Je ne veux pas te déranger ma puce.

— Comme tu veux, dit Lara.

— Tu es fâchée contre moi ? » demanda Bree en s'indignant. Elle savait que les choses n'avaient pas été au mieux entre elles deux, et c'était sans doute sa faute pour une grande part. Mais enfin, merde, sa mère venait de faire une crise cardiaque. Elle n'avait pas besoin de ça maintenant.

« Je ne sais pas ce que je représente pour toi, c'est tout, dit Lara.

— De quoi tu parles ? dit Bree.

— Depuis qu'on a quitté Smith, j'attends que tu changes d'avis et que tu parles ouvertement de nous avec les gens qui t'entourent. Je n'arrêtais pas de me dire que si j'étais patiente, au bout d'un moment, tu finirais par être plus à l'aise. Mais je sais que ça ne va jamais arriver.

— C'est vraiment injuste, dit Bree. Pourquoi est-ce que tu ramènes ça sur la table, précisément maintenant ?

Elle entendait Lara qui se mettait à pleurer.

— Je sais que le moment est vraiment mal choisi, avec ta mère hospitalisée. Et je donnerais n'importe quoi pour qu'il en soit autrement. Mais je ne peux plus continuer comme ça.

— Bébé ! dit Bree. Ce n'est pas ce que tu veux dire.

— Si, dit Lara. Ça ne s'arrangera pas. J'ai le sentiment que c'est terminé. Complètement terminé, tu comprends ? Ta mère a fait une crise cardiaque, et tu ne veux pas que je sois près de toi ? Tu ne m'appelles même pas, mais tu as quand même le temps de traîner un moment avec ton ex-fiancé ? Je ne veux pas d'une relation comme ça.

Bree sentit qu'elle se mettait à paniquer.

— Oh, arrête ! mon ex-fiancé ? On était des gamins ! Et puis, c'est pas comme si on était sorti se taper des hamburgers et des bières. Il est passé chez moi à peine une minute.

Lara ne disait rien.

— Après huit ans, tu vas déclarer forfait juste comme ça ? dit Bree. Et pile quand j'ai besoin de toi plus que jamais ?

— Je t'aime, dit Lara. Je crois que tu es sans doute le grand amour de ma vie. Mais il ne faut pas se voiler la face. Je ne suis pas le tien. »

Elle raccrocha. Bree essaya de la rappeler tout de suite, mais Lara laissa le téléphone sonner encore et encore. Quand elle revint chez elle la semaine suivante, Lara avait déménagé.

# CELIA

Celia avait la certitude qu'en été, New York était ce qui se rapprochait le plus de l'enfer sur terre. L'air devenait lourd et dense à cause de la chaleur, les rues étaient imprégnées de la puanteur des poubelles, des gouttes d'eau trouble suintaient des climatiseurs pour tomber sur ses joues, et elle n'arrivait plus à rien faire de ses cheveux, un véritable désastre.

On était en juillet, au milieu de son cinquième été à New York. Celui-ci avait été particulièrement exécrable du fait que Kayla, sa collègue de bureau et amie depuis quatre ans, s'était mariée durant le week-end de *Memorial Day.* En une nuit, leurs conversations étaient passées des ragots et de la politique aux centres de table et aux demoiselles et garçons d'honneur, en passant par les vertus du grand magasin de robes de mariées Kleindel par rapport à la boutique prétentieuse Vera Wang sur Madison Avenue.

Celia était fière de voir que la ville ne l'avait pas vraiment changée. Ses amies de New York faisaient des trucs qu'elle et les Smithies n'avaient jamais faits, comme sniffer de la cocaïne, parler sérieusement de régimes, regarder de travers les gens qui venaient au restaurant avec des enfants, suivre la vie des célébrités avec un intérêt réel et acheter des tenues dont le prix était plus élevé que ce qu'elle gagnait en une semaine. Maintenant, il fallait qu'elle ajoute à la liste *se mettre dans tous ses états pour son mariage.*

Au bout d'une semaine à entendre Kayla déblatérer sur son mariage, Celia appela Sally pour la remercier de ne pas être une de ces jeunes épouses diva.

« Oh, *vraiment ?* dit Sally sur le ton de la plaisanterie. Moi, je croyais que vous me preniez toutes pour une épouse diva.

— Bon d'accord, c'est vrai, répondit Celia. Mais c'est parce qu'on n'avait pas d'élément de comparaison. »

Un après-midi, Celia et Kayla déjeunèrent dans la sandwicherie juste en bas de leur bureau. Derrière le comptoir, des gros types en tee-shirts blancs préparaient des sandwiches *Philly cheese steak* et des baguettes grillées fourrées au poulet et au parmesan, tandis que leurs visages pâteux dégoulinaient de sueur. De jeunes hommes en costume se tamponnaient le front avec des mouchoirs en papier premier prix tandis que les femmes poussaient de grands soupirs tout en relevant leurs cheveux en queue-de-cheval haute. Kayla ne semblait rien voir de tout ça. Son visage était radieux et bien sec. Ses cheveux blonds, coupés au carré, tombaient impeccablement sur ses épaules et Celia en vint à se demander si le fait d'être fiancée avait même le pouvoir d'agir sur les glandes sudoripares.

« Au fait, dit Kayla. Je suis allée voir un match des Mets[65] hier soir avec Marc et ses fils. Il y avait un type

65. Équipe de base-ball de New York.

supercraquant avec nous. Je me suis dit qu'on pourrait sortir tous les quatre un de ces soirs. »

Celia haussa les épaules, essayant de s'interdire de penser que plus personne ne sortait à quatre depuis 1953.

« Bonne idée, dit-elle. Organise quelque chose.

— Je sais que ça a l'air égoïste, mais je veux que tu sois au bras d'un supercavalier pour mon mariage.

Elle avait raison, se dit Celia. C'était totalement égoïste et stupide avec ça.

— Et qui sait, continua Kayla. Peut-être que vous allez bien vous entendre tous les deux et que vous finirez mariés.

— Franchement, je ne sais pas si je me marierai jamais, dit Celia, avant tout pour changer de sujet.

Les yeux de Kayla s'écarquillèrent l'espace d'un instant, puis elle se mit à sourire.

— On connaît toutes des moments de doute avant de rencontrer le bon, dit-elle. Tu verras. »

Celia ne dit rien, mais elle pensait aux amies de sa mère dont les maris les laissaient tomber pour des femmes bien plus jeunes.

« Est-ce que tu as peur que papa fasse pareil ? avait demandé Celia à sa mère un jour.

— Mon Dieu, non, répondit sa mère. Il sait très bien que je lui ferais la peau. »

Le mariage n'était pas une sécurité, c'est ce que Celia s'était toujours dit. Ce n'était pas non plus nécessairement synonyme de bonheur. Quand sa mère et ses tantes venaient lui rendre visite à New York, elles poussaient des « oh ! » et des « ah ! » en voyant son studio, et l'envie qui se peignait sur leurs visages faisait penser à l'expression que prendraient ses copines célibataires devant une nana, portant une bague de fiançailles démesurée, en train de choisir de la porcelaine chez Bloomingdale pour sa liste de mariage.

Elle avait rencontré plein de femmes à Manhattan qui admettaient sans rougir qu'elles ne travaillaient, pour tuer le temps, que jusqu'à ce qu'elles se marient. On se serait cru dans un mauvais film en noir et blanc, des femmes sortant tout droit de l'ère précambrienne. Et pourtant, on les croisait dans des soirées, des dîners d'anniversaire donnés par des copains et dans la file d'attente des toilettes dans les bars. Elles étaient généralement menues et jolies, et la plupart d'entre elles travaillaient dans le marketing. Celia commença à penser que « marketing » était en fait le nom de code de célibataire et en recherche active.

« Mon boulot, c'est pas la panacée », disaient-elles. Ou : « En fait, il n'y a rien que je ne désire plus que fonder une famille. »

Celia se rappela une conversation téléphonique qu'elle avait eue avec April juste quelques mois avant le mariage de Sally.

« Ces putains de bonnes femmes me font carrément enrager, disait-elle. Au lieu de se réjouir à l'idée de faire leur propre bonheur et de courir après un rêve fou, elles n'aspirent qu'à un truc, la sécurité, et renoncent à tout le reste.

— Je suis d'accord avec toi, mais est-ce que le mouvement des femmes n'était pas justement basé sur les choix ? dit Celia. Est-ce qu'on ne devrait pas respecter leur décision ?

— Quelle décision ? La décision de ne prendre aucune décision ? dit April en bouillonnant. La décision de jouer un mauvais délire des années cinquante.

— Oh, là, dit Celia. Je vais te faire réciter le serment d'Hippocrate tous les jours jusqu'au mariage de Sally et te le faire mettre en application pour ton rôle dans son mariage.

— Comment ça ? demanda April.

— Je m'abstiendrai de tout mal. »

Comme d'habitude avec April, Celia voyait où elle voulait en venir, mais elle doutait que les choses fussent aussi simples pour la majorité des femmes. Parfois, elle regardait le prix des maisons ou des appartements de luxe en ligne, et elle se voyait écrire des romans dans une maison à façade de grès rouge à Brooklyn ou dans une ferme dans les Catskills[66]. Elle savait quels prénoms elle donnerait à ses enfants (Ella, Max, Charlie) depuis l'âge de onze ans et elle n'avait jamais changé d'idée là-dessus. Devant l'insistance de Sally, elle avait ouvert un plan d'épargne retraite dès qu'elle s'était mise à travailler, et elle en suivait le cours chaque lundi depuis cinq ans.

Sur bien des aspects, elle avait une idée très précise de ce qu'elle voulait dans la vraie vie, mais pour une raison qu'elle ignorait, elle avait du mal à s'imaginer avoir un mari. Celia n'était jamais arrivée à se sentir aussi à l'aise devant un homme qu'avec ses amies, et cela semblait constituer un frein capital. Si elle devait passer toute sa vie avec quelqu'un, est-ce qu'elle ne devrait pas se sentir vraiment bien en sa compagnie ? Est-ce qu'elle ne devrait pas être en mesure de le ramener chez elle, au milieu de sa famille survoltée et grande gueule, et s'attendre à ce qu'il les aime autant qu'elle les aimait ? Est-ce qu'elle ne devrait pas être capable de partager sa passion pour

66. Les Catskill Mountains sont une région de reliefs de l'État de New York, située au nord de la ville et au sud d'Albany.

Frank Sinatra et les vieux films, sa maladresse extrême ou son horreur des musées, sans se soucier de savoir s'il la trouverait idiote ou inculte ?

Ce n'était pas de leur faute, mais lorsqu'elle se retrouvait avec un homme qui l'intéressait, elle se transformait en Celia Version 2.0 — assez similaire à la vraie mais pas aussi affûtée ni pleinement formée. Elle perdait son humour et son ironie. Elle n'arrivait plus à avoir son propre avis comme quand elle était avec les filles. Par ailleurs, elle perdait toute lucidité lorsqu'il s'agissait de déterminer qui elle trouvait séduisant ou intéressant. Elle savait que Smith était en partie responsable de ses problèmes dans ce domaine. Durant les quatre années qu'elle avait passées là, rencontrer un homme s'était avéré quasiment impossible et, quand elle y arrivait, ce qu'elle cherchait, ce n'était ni une âme sœur ni un partenaire de discussion, elle avait déjà ses amies pour ça. Les hommes étaient purement décoratifs, des sujets bons à disséquer et avec qui s'envoyer en l'air.

Cette mentalité lui était restée depuis. Elle avait une théorie là-dessus : d'après elle, les étudiantes diplômées des universités pour femmes étaient semblables aux personnes qui avaient connu la crise — même si elles avaient à présent suffisamment à manger, elles récoltaient tout jusqu'à la dernière miette. Lorsqu'elle rencontrait un type, n'importe quel type, elle était bien contente de le prendre avec ses défauts, parce que Dieu seul savait quand elle retomberait sur un morceau de chair fraîche ? C'était une chose de sortir avec des minables, mais c'en était une autre d'en épouser un.

Quand ses amies commencèrent à se fiancer, au lieu de se sentir jalouse ou de se montrer impatiente de faire la même chose, Celia réalisa quelque chose : il était tout à fait possible que personne ne vienne la sauver. Elle devrait décider pour elle-même. Si un jour elle avait envie d'arrêter de travailler pour écrire des livres, elle devrait se mettre à écrire des livres pour que cela se réalise, et non attendre qu'un type dans les fonds de placement spéculatifs finance ses rêves. Quand elle se sentirait prête à avoir des enfants, elle serait résolue à les avoir, sans se soucier de savoir si elle avait trouvé l'amour de sa vie.

C'était dur à avaler pour des filles comme Kayla et Sally, et Celia avait l'impression qu'elles pensaient qu'elle jouait les courageuses pour cacher sa déception et son angoisse d'être seule. Mais ce qui la terrifiait bien plus que la solitude, c'était l'idée de se réveiller un beau jour et de réaliser qu'elle s'était liée à la mauvaise personne, par peur ou par pression, ou Dieu sait quoi encore. Par conséquent, elle s'était résolue à ne voir dans les hommes qu'un moyen de passer du bon temps, et rien de plus.

Le soir après le déjeuner avec Kayla, Celia sortit avec des copines et rencontra un producteur de cinéma nommé Daryl. Il avait trente-deux ans et il était légèrement grassouillet mais non dénué de charme. Ils étaient dans un bar branché du Lower East Side, et il lui demanda si elle voulait aller marcher. Main dans la main, ils traversèrent les rues, et (légèrement éméchée), elle se dit que c'était plutôt romantique.

Ils s'arrêtèrent quelque part pour faire une partie de billard et boire un verre — un Jameson pour lui et un cocktail *lemon drops* pour elle. Il la fit rire avec ses imitations parfaites d'écrivains et de rédacteurs en chef et il avait très bon goût en matière de livres. Elle le ramena chez elle, à Brooklyn, et ils firent l'amour sur le canapé, rapidement mais de façon agréable. À son réveil, il avait disparu.

Beaucoup d'hommes new-yorkais faisaient comme ça. Ils vous baisaient et se cassaient avant le petit déjeuner, ce qui convenait très bien à Celia. Elle s'en était sortie indemne, dans l'ensemble, jusqu'ici. Il y avait eu un cas de chlamydia très embarrassant, elle pria pour qu'elle en reste éloignée pour toujours (et, en même temps, elle se dit que de toutes les choses pour lesquelles on pouvait faire des prières, celle-ci était sans doute celle qui ferait le plus enrager Dieu). Et puis, il y avait eu ce matin où elle s'était réveillée recouverte de son propre sang. Cela l'avait d'abord terrifiée, puis elle s'était vaguement rappelée ce qui s'était passé : c'était le chanteur du groupe, ils s'étaient pelotés dans une cabine téléphonique, elle lui dit qu'il pouvait aller chez elle, mais, ensuite, elle s'était souvenue qu'elle avait ses règles. « C'est pas un problème, dit-il. C'est plutôt mon truc. »

« Il aurait au moins pu rester pour t'aider à laver les draps », dit Sally le lendemain, après que Celia lui eut raconté toute l'histoire. Pour Celia, laver ses draps ensanglantés avec un type avec qui elle n'avait passé qu'une nuit aurait été le comble de l'humiliation.

Après le départ de Daryl, Celia prit une longue douche et releva ses cheveux mouillés en queue-de-cheval. C'était le quinzième mec avec qui elle avait couché dans sa vie, même si elle avait arrêté de compter officiellement à dix et qu'elle s'en tenait là quand on lui posait la question. La plupart de ses copines arrivaient à sept. Si elle ne rencontrait pas l'homme de sa vie rapidement, il y avait fort à craindre qu'elle atteigne les vingt. À Smith, elles n'utilisaient jamais de mots comme « salope », et cela choquait encore Celia d'entendre quelqu'un prononcer ce mot. Mais vingt mecs, quand même ! Elle savait de source sûre que sa mère avait couché avec deux hommes seulement : son père et un petit copain de fac qui était devenu prêtre par la suite.

Celia s'habilla, but une tasse de café, debout devant la fenêtre, puis partit prendre le métro. La tête lui tournait. Elle aurait pu se passer des verres de *lemon drops.*

À l'intérieur de la station High Street, il faisait chaud comme dans à un four à briques. Elle commençait déjà à transpirer à travers son haut en lin.

Le train arriva rapidement, comme c'était toujours le cas aux heures de pointe. Celia se fit une place au milieu de la foule et aspira une bouffée d'air conditionné. Elle ferma les yeux tandis que le train émettait des bruits de grincement jusqu'à l'arrêt suivant. De l'extérieur, elle était quelqu'un de très paisible. Mais la rage qui l'animait chaque jour dans le métro new-yorkais laissait peut-être deviner que la seule différence entre elle et les sans-abri complètement barjots du wagon tenait au fait qu'elle savait garder son calme. Tous les comportements qu'elle observait dans le train l'agaçaient et, du coup, elle prenait plaisir à lancer des insultes muettes aux passagers.

Aux gros dégueulasses qui mataient sans vergogne ses seins : *Tu me fais complètement craquer. Ça te dit de descendre pour aller tirer un coup ?*

Aux crétins de Wall Street en costume à rayures qui s'asseyaient et se cachaient derrière leur *Financial Times,* pour ne pas voir la femme enceinte debout, les vieilles dames avec leur canne et les jeunes assistantes qui vacillaient sur les talons aiguilles : *Message à l'attention des passagers! Est-ce que tous les hommes en bonne santé sont bien assis confortablement? Un grand putain de merci.*

Aujourd'hui, elle était parvenue à trouver une place sans qu'on lui en cède une, ce qui la mit dans un état de calme relatif. Elle observa une mère typique de Brooklyn (cheveux longs et raides avec quelques zones de gris, muscles des bras et des mollets apparents, Birkenstocks) qui essayait de négocier avec son enfant de deux ans, le persuadant de s'asseoir au lieu de gigoter comme il le faisait dans tous les sens, manquant se casser les dents sur l'accoudoir en métal.

« Qu'est-ce que je peux faire pour toi, Luca? » répétait sa mère en chuchotant à voix haute.

*Qu'est-ce que je peux faire pour toi,* comme si c'était sa serveuse chez *T.G.I. Friday*[67], au lieu de sa mère, putain. C'était une des millions de raisons pour lesquelles Celia n'élèverait jamais ses enfants ici où être parent devient une performance artistique. Elle voulait se réserver le droit de pouvoir dire au petit Luca qu'il avait intérêt à caler ses fesses sur un siège s'il voulait avoir la chance de revoir les *Télétubbies,* sans craindre que vingt-neuf inconnus appellent le service de la protection de l'enfance.

Le train dépassa la Trente-Quatrième Rue, arrêt où des familles de touristes portant des sacs banane et arborant des sourires assortis se tassèrent dans le wagon. Leurs enfants à tête blonde se tenaient aux barres verticales, se balançant d'un côté, puis de l'autre, enjoués par chaque mouvement de secousse et chaque ballottement du train. Un moment,

67. Chaîne de restaurants américaine, où les serveurs et serveuses amusent et divertissent les clients.

Celia réfléchit au caractère étrange que recouvrait le simple fait de vivre — travailler, aller à la gym, faire ses courses et attendre le train — dans un endroit où il y avait tellement de touristes qui s'émerveillaient de tout ce qui les entourait.

Elle descendit à la Quarante-Deuxième Rue, avec un sourire pour des jumeaux en poussette double manœuvrée par une femme noire d'un certain âge, probablement leur nounou.

La plupart de gens qui vivaient à New York détestaient Times Square, mais elle adorait observer les étrangers qui découvraient les lumières vives et la démesure de tout ce qui se trouvait ici. Elle ressentait un léger frisson en les voyant prendre leur pied comme des fous, alors qu'elle essayait juste d'arriver à son bureau avant dix heures.

Celia se fraya un chemin à travers la foule sur la Huitième Avenue. Elle avait affreusement mal aux pieds. Elle se dit qu'elle aurait dû apporter une paire de tongs.

Elle avait vingt minutes de retard. À l'intérieur du bâtiment, on entendait le vrombissement de la clim. Elle passa devant le bureau de sécurité, en saluant les gardiens, puis appuya sur le bouton de l'ascenseur plusieurs fois de suite. Les portes s'ouvrirent, et elle monta au dix-septième étage en priant pour que son boss se soit souvenu de son rendez-vous de neuf heures chez l'oculiste et qu'il soit encore en train de lire le *National Review* dans une salle d'attente dans le haut de la ville. *(Je vous salue, Marie pleine de grâces…)* Il l'avait réprimandée à cause de ses nombreux retards, même si lui-même rentrait plus souvent que de raison très tard de sa pause déjeuner.

Elle passa la tête par la porte de son bureau. Les lumières étaient encore éteintes. Elle poussa un soupir de soulagement et se dirigea vers son bureau.

Kayla n'était pas encore arrivée. Son bureau était recouvert de petits morceaux de dentelle : *Idées pour le voile!*

Celia roula des yeux en les voyant.

Son téléphone sonnait déjà, et elle souleva le combiné en toute hâte.

« Celia Donnelly », dit-elle.

À l'autre bout de la ligne, Bree avait du mal à faire sortir ses mots. Celia sentit son estomac se nouer. La mère de Bree était morte, elle en était sûre.

« Ma chérie, dit-elle faiblement. Qu'est-ce qui ne va pas? Est-ce que c'est… ?

— Je t'ai appelée vingt fois hier soir, dit Bree d'un ton sec. Pourquoi est-ce que tu ne décroches jamais ton bon Dieu de portable?

— Je suis désolée, dit Celia. Ma batterie était morte. »

En réalité, elle avait vu les appels de Bree et elle les avait ignorés. Elle était dans un bar bruyant et elle s'était dit qu'elle rappellerait plus tard. Maintenant qu'elle avait les idées claires, elle se rendit compte à quel point cela avait été égoïste de sa part. Mais Bree lui avait dit que sa mère allait bien. L'opération s'était bien passée, et Bree était censée être rentrée chez elle en Californie en avion la nuit avant.

« Est-ce que c'est ta maman? murmura Celia.

— Non, dit Bree la gorge serrée. Lara m'a quittée.

— Qu'est-ce que tu veux dire par elle t'a quittée?

— Je veux dire qu'elle est partie. Toutes ses affaires ont disparu. Elle a emmené les draps du lit et tout le reste. Sa brosse à dents. Tout. »

Bree avait dit à Celia, quelques jours plus tôt, qu'elles s'étaient engueulées, et que Lara ignorait ses appels. Celia trouvait que c'était égoïste de la part de Lara, compte tenu de la situation dans laquelle se trouvait la maman de Bree, mais elle était loin d'imaginer ça.

« Est-ce qu'elle a laissé un mot ? demanda-t-elle.

— Non, dit Bree. Elle a laissé un chèque pour le loyer du mois prochain, et c'est tout.

— Mon Dieu, dit Celia. Bon, est-ce que tu as appelé une de ses copines ?

— Sa connasse de copine du boulot, Jasmine, qui, d'ailleurs, est carrément dingue d'elle, m'a dit qu'elle était en sécurité et heureuse, mais qu'elle ne peut pas se trouver près de moi pour l'instant. Tu imagines ça ? Ma mère aurait pu mourir, et je n'aurais eu aucun moyen de la prévenir.

— Oh, mon chou, dit Celia.

— Là, je vais pas y arriver, dit Bree. D'abord ma mère et maintenant Lara. J'ai appelé au boulot ce matin. Je leur ai dit que je prenais trois autres semaines.

— Tu peux faire ça ? demanda Celia.

— Non, mais je me suis cassé le cul pour cette boîte, et je le mérite bien. Et puis j'ai dit que c'était pour ma mère. Ils croient que je suis toujours à Savannah.

— Est-ce que ça ne porte pas malheur ? » demanda Celia. Jamais elle n'aurait songé dire un mensonge qui impliquait la santé d'une personne qu'elle aimait. Dans son esprit, ça équivalait à invoquer une tragédie, de l'invoquer, même en fait.

« J'aime ma mère, mais pour l'instant je leur en veux tellement que ça me donne envie de hurler, dit Bree. C'est à cause d'eux, d'abord, si je me retrouve dans cette situation.

— Et si quelqu'un du boulot te voit ? demanda Celia.

— Je n'ai pas l'intention de rester longtemps dans les parages, dit Bree. Est-ce que ça te dérangerait si je venais m'installer chez toi ?

— Bien sûr que non », dit Celia.

Elle adorait avoir son propre espace dans son petit deux pièces de Brooklyn Heights. Imaginer de le partager avec presque n'importe qui l'horrifiait. Mais c'était différent avec Bree. Elle pouvait emménager sur-le-champ avec sa collection démesurée de chaussures, Celia serait heureuse de l'avoir avec elle, avec ses bagages et tout.

« Mais tu détestes New York, et il fait cent degrés ici en ce moment, dit Celia.

— Ouais, mais j'ai besoin de te voir. Oh, Celia ! Pourquoi est-ce que je l'ai traitée si mal ? »

Celia marqua une pause, incertaine sur ce qu'elle devait dire. Elle avait toujours pensé que si elles se séparaient ce serait parce que Bree avait finalement cédé à ses parents ou qu'elle avait rencontré un mec. Elle n'avait jamais imaginé la possibilité que ce soit Lara qui quitte Bree et qu'elle lui brise le cœur.

« Ramène-toi ici, dit Celia. On verra ce qu'on peut faire. »

Bree arriva le lendemain dans l'après-midi.

Elles dînèrent de bonne heure dans un petit resto italien sur Cranberry Street et burent une bouteille de vin rouge. Ensuite, elles se mirent dans le lit de Celia et discutèrent.

« Je sais que tu n'es pas sa plus grande fan, mais je devrais appeler Sally, dit Celia au bout d'un moment. Je crois que toute cette histoire autour de sa grossesse lui fout les jetons. Je voulais monter la voir à Boston, et elle m'a téléphoné plusieurs fois récemment, mais je ne l'ai pas rappelée. Soudain, j'ai un gros accès de culpabilité catholique parce que je filtre ses appels.

— Je t'ai pas dit ? On s'est réconciliées », dit Bree.

Le jour où elles étaient rentrées du mariage de Sally en avion, Celia appela Bree et dit : « Ben dis donc, c'était plutôt un désastre. Il faut qu'on analyse tout ça à fond. » Elles se mirent à rire. Celia expliqua qu'elle se sentait mal d'avoir rajouté de l'huile sur le feu ce jour-là, et Bree dit qu'elle espérait que Sally s'étoufferait en mangeant les restes du gâteau de mariage.

Celia s'était sentie envahie par la culpabilité, et suivant les conseils de sa mère, elle avait écrit de longues lettres à Sally et à April. Elle leur demandait pardon, leur disait qu'elle les aimait plus que tout au monde. Bree l'avait fustigée d'avoir fait amende honorable avec April et Sally, mais Celia savait bien qu'elles se raccommoderaient toutes, les unes avec les autres, à leur façon. En attendant, elle devait les écouter dire du mal les unes des autres, à tour de rôle.

« Est-ce que je devrais lui dire que tu lui dis bonjour ? demanda Celia.

— Évidemment », dit Bree.

Celia lui lança un petit sourire.

« Je savais bien que vous alliez vous rabibocher toutes les deux au bout du compte.

— Elle est un peu siphonnée du bulbe avec ses jugements sur tout, mais c'est ma siphonnée du bulbe à moi, dit Bree. Sally avait raison pour Lara et moi, non ? »

Celia commença à lui répondre, puis s'arrêta. Il était peut-être trop tard pour dire ça, encore plus ces derniers temps, mais elle se souvenait comme elles étaient amoureuses en fac, et à quel point Lara était gentille avec Bree, qu'elle l'aimait toujours et que, peut-être, Bree devrait simplement franchir le pas.

« Non, elle avait tort. Mais je crois qu'il ne faut pas lui en vouloir », finit par dire Celia.

Sally décrocha à la première sonnerie.

— Comment tu te sens, bébé ? demanda Celia, sans dire bonjour.

— C'est l'horreur, gémit Sally. Je n'arrête pas de vomir. J'ai mal partout. Même mes gencives et mes yeux me font mal. J'ai dû arrêter de porter mes lentilles et j'ai remis ces affreuses lunettes que je portais à la fac. Je ressemble à un Harry Potter obèse. Et je fais pipi, genre toutes les cinq minutes.

— Est-ce que c'est normal ? demanda Celia.

— J'imagine. Le docteur dit que ça fait partie de la grossesse, c'est comme ça, dit Sally. Est-ce que tu as eu des nouvelles d'April récemment ? Ça fait des semaines que je l'appelle. Elle n'est même pas au courant pour le bébé.

Celia réfléchit. Elles ne s'étaient pas parlé depuis des mois.

— Je ne lui ai parlé qu'une seule fois, au printemps, dit Celia. C'est bizarre. J'ai l'impression que cette tarée de Ronnie ne la laisse pas vraiment parler au téléphone. »

Elles parlèrent du boulot de Celia, de ses rencontres amoureuses et des nouveaux meubles de cuisine de Sally, et Celia réalisa à quel point leurs vies étaient devenues totalement différentes. Sally et Jake avaient construit une foutue terrasse l'automne précédent, pendant que Celia se demandait si elle devait dépenser son fric dans l'achat d'un nouvel égouttoir après avoir découvert plein de moisi dans le fond de l'ancien.

Finalement, Celia dit :

« J'ai un invité mystère à côté de moi qui veut te dire bonjour.

Bree prit le combiné du téléphone des mains de Celia.

— Sal ? dit-elle. C'est moi. »

Cette nuit-là, avant de s'endormir, Celia murmura à Bree :

« On doit se réunir à nouveau. Rien que nous quatre.

Bree bâilla.

— Je suis prête, dit-elle. Je me dis qu'on ne peut pas se faire la gueule pour toujours. On est des Smithies, après tout, et les liens du sang de Smith sont plus forts que tout.

Celia gloussa.

— C'est franchement naze, dit-elle.

— Je devrais envoyer un e-mail à April, dit Bree. Je crois que j'aurais pu lui apporter un peu plus de soutien dans son projet de tarée.

Celia éclata de rire.

— Comme paroles de soutien, il y a mieux franchement.

— Tu vois bien ce que je veux dire, dit Bree. Sinon, comment elle va ?

— Franchement, je stresse à l'idée qu'elle finisse par craquer, dit Celia. Elle a le nez dans ces trucs horribles en permanence, maintenant. Les macs, les prostituées et Dieu sait quoi encore. Je n'arrive pas à comprendre pourquoi elle doit vivre au milieu de ces gens pour faire un film, tu comprends ?

— Oui, je comprends, dit Bree.

Pour changer de sujet, Celia dit :

— Est-ce que tu aurais des copines en Californie qui veulent juste se marier et ensuite, ben, se retirer du monde ?

— Qu'est-ce que tu veux dire ? demanda Bree. Aller vivre dans une communauté, ce genre de trucs ?

Celia se mit à rire.

— Heu, non. Quitter son boulot et rester au foyer.

Bree marqua une pause pour réfléchir à tout ça.

— Je suis allée au lycée avec des tonnes de filles comme ça. Mais toutes les personnes que je connais en Californie sont soit avocates, soit lesbiennes. Et dans les deux cas, je ne crois pas que le délire mère-au-foyer soit leur truc. Je me rappelle le soir où je t'ai rencontrée pour la première fois à Smith. Tu m'as expliqué ce que faisait ta mère dans la vie et tu avais l'air tellement fière d'elle. Je voulais qu'un jour mes enfants parlent de moi comme ça. »

Le téléphone vibra sur la commode, pendant qu'un sms s'affichait. Bree se redressa d'un coup, probablement parce qu'elle s'attendait à ce que ça vienne de Lara.

Elle avait l'air décontenancée.

« Ça venait de ton téléphone », dit-elle.

Bree le tendit à Celia. Le message était de Daryl, son coup de la nuit précédente qui s'était volatilisé. Celia l'avait déjà oublié, ce qui expliquait pourquoi il revenait à la charge. Si elle avait passé quarante-huit heures à penser à lui, elle n'en aurait plus jamais entendu parler. La vie était ainsi faite.

Elle le lut : *Désolé d'avoir filé précipitamment. J'avais un rendez-vous très tôt. Merci pour l'invitation à dormir.*

*J'aimerais beaucoup dîner avec toi le week-end prochain — soirée pyjama optionnelle.*

« Ça vient de qui ? demanda Bree d'une voix endormie en se remettant sous les couvertures.

— C'est juste ma sœur, dit Celia. Elle a une nouvelle paire de chaussures. Passionnant, non ?

— Fascinant, dit Bree. Merci de m'avoir prise chez toi, ma douce.

— Quand tu veux.

Après que Celia se mit au lit, Bree chuchota :

— Est-ce que tu arrives à croire que Sally est enceinte ?

— C'est complètement fou, non ? dit Celia. Elle est super flippée. Quand j'ai expliqué à ma mère que le docteur avait annoncé à Sally qu'elle était enceinte de trois mois, ma mère m'a dit qu'une femme qui réalise qu'elle attend un enfant aussi tard dans sa grossesse est dans un état de déni total.

— Je ne lui lance pas la pierre, dit Bree. Hé, tu te rappelles de ce qu'April nous avait dit le jour de la cérémonie de fin d'année, juste après qu'on a reçu nos diplômes ?

Celia sourit dans le noir.

— Absolument. Elle s'est penchée et elle a dit : "Félicitations. C'est officiel, vous ne pouvez pas tomber enceinte à la fac." »

## APRIL

La petite maison que Ronnie louait pour elles deux grouillait de cafards de la taille d'une soucoupe à thé. Ronnie les appelait des punaises d'eau, mais April avait croisé suffisamment de cafards dans sa vie pour savoir à quoi ça ressemblait. En général, les insectes et les souris ne la dérangeaient pas. Mais les cafards de Géorgie étaient coriaces. Ils se perchaient sur sa tasse à café et ne détalaient pas quand elle la portait à ses lèvres. Ils se fourraient jusque dans ses draps et il lui arrivait d'être réveillée par un bruit et la sensation qu'une de ces bestioles remontait petit à petit le long de sa jambe et quand elle levait la main pour l'écraser, elle restait là, sans bouger pendant une minute, comme pour la narguer, puis elle s'envolait en direction du plafond.

April trouvait cela étrange que Bree n'ait jamais fait allusion à cela quand elle parlait de Savannah, car, évidemment, ça aurait été suffisant pour la faire se jeter d'un toit. Quoiqu'elle aurait parié que Bree n'avait jamais vu ce côté-ci de la Géorgie. April s'était mis en tête qu'il y avait deux Géorgie. La Géorgie polie, réputée pour ses pêches, et l'autre Géorgie, bigote, misogyne et révoltante. Elles habitaient en plein milieu de la deuxième.

Ronnie disait qu'il était crucial qu'elles résident sur English Avenue, dans un quartier qui s'appelait « le Bluff », où vivaient beaucoup de filles et leurs proxénètes. En tant que femmes blanches, elles se démarquaient d'office et elles ne pouvaient pas risquer d'attirer davantage les suspicions. Heureusement, l'amie de Ronnie, Alexa, habitait le quartier et était au courant de leur projet. C'était une prostituée occasionnelle qui avait quitté son mac, mais continuait de faire le trottoir de temps à autre. (April n'avait aucune idée de comment ces deux femmes s'étaient rencontrées, mais bon.) Alexa leur fit rencontrer des gens. Elles avaient inventé une histoire : Ronnie était dans la profession depuis qu'elle avait douze ans, et April (sa fille) l'avait suivie sur cette voix. Étant donné que ce genre d'histoire était assez banale, tout le monde semblait les croire. Elles passèrent une année entière à essayer de se fondre dans le décor. Ronnie exigea qu'April coupe ses dreadlocks et qu'elle se laisse pousser les cheveux pour avoir une coupe au carré ridicule qui lui donnait l'impression d'être une espionne dans un film de James Bond. Elle dut abandonner les pantalons de velours délavés et les tee-shirts que Ronnie surnommait « ton uniforme branchouille ». À la place, April portait des maillots échancrés et près du corps et, pour la première fois de sa vie, des jupes. Elle essayait de ne pas penser à quel point sa flanelle adorée lui manquait. Elle traînait avec les filles à l'angle de la rue, elle connaissait les noms de tous les proxénètes, mais elle faisait semblant d'avoir choisi de travailler à son compte. Elle allait jusqu'à se tenir à leurs côtés sur Metropolitan Parkway et suivait des hommes en voiture que Ronnie avait payés pour que les filles croient qu'elle travaillait.

C'était le genre d'information que Ronnie avait interdit à April de partager avec les Smithies, parce qu'elle savait à quel point elles désapprouveraient.

Le quartier était dangereux, et Ronnie gardait un pistolet dans sa table de nuit pour se protéger. Elle dit à April que si jamais un de macs essayait de l'emmerder ou de rentrer chez elle par effraction, elle devrait faire feu sans hésitation. April se demanda en silence comment elle parviendrait à atteindre la chambre de Ronnie avant que le type lui tire dessus en premier, mais c'était une autre histoire.

April trouvait que c'était beaucoup plus difficile de vivre avec Ronnie de cette façon qu'elle ne se l'était imaginé. À Chicago, leur appartement était immense, et elles pouvaient s'éviter quand elles en avaient envie. Mais ici, leur espace était bien trop confiné. Elles s'engueulaient, se cherchaient des noises, s'ennuyaient et buvaient trop. Ronnie était devenue plus vigilante que jamais. Elle confisqua le portable d'April. Elle la suivait dans la maison. Parfois April se sentait observée quand elle déambulait sur le trottoir et quand elle se retournait, Ronnie était là, qui la suivait sans vergogne.

Les doutes que nourrissait Ronnie sur la loyauté d'April n'avaient jamais été si nombreux. Cela exaspérait April. Elle était là, à tout risquer pour un projet sur lequel Ronnie avait déclaré qu'elles auraient leur mot à dire autant l'une que l'autre. Ce projet, April y croyait de tout son cœur, et pourtant Ronnie continuait de se comporter comme si elle ne pouvait pas faire totalement confiance à April.

April avait dit des tonnes de fois à Ronnie qu'elle comprenait pourquoi elle ne devait rien dire aux filles. En plus, elle n'avait pas parlé à Sally ou à Bree depuis plus d'un an. Elle était consciente d'avoir agi de la sorte en partie pour leur prouver quelque chose — que leur mission avec Ronnie était cruciale, une question de vie ou de mort. Au moment voulu, elles apprendraient ce qu'elle avait fait et pourquoi.

Ronnie et April restaient presque toujours entre elles, même s'il arrivait à April de descendre au magasin en bas de la rue pour discuter avec les filles qui faisaient le trottoir, ou le tapin, comme elles disaient, juste en face. Elles restaient là presque toute la journée, ne s'absentant qu'entre quatre heures et six heures du matin. Elles portaient des shorts courts, des hauts à bretelles et des talons. Des hommes d'affaires s'arrêtaient en voiture sans montrer aucun signe de honte, et les filles montaient dans la voiture et partaient Dieu sait où. Parfois, un taxi plein de touristes, en ville pour un match de basket ou un enterrement de vie de jeune homme, passait dans les parages ; les filles lui expliquèrent que les conducteurs de taxis touchaient des pots de vins des macs pour amener des types dans ce coin de la ville.

Les filles disaient tout à April. Elles mouraient d'envie de parler. Et puis, elles la voyaient comme l'une de leurs. Une plus vieille, bien sûr, parce que ces filles avaient pour la plupart treize, quatorze ou dix-sept ans. Elles avaient toutes atterri là pour plus ou moins les mêmes raisons. La pauvreté, une vie de famille sordide, probablement des abus sexuels, des parents absents. Puis, tout à coup, un prince charmant en armure dorée apparaissait, un type gentil, avec une voiture, qui les emmenait dîner, leur disait qu'il les aimait, les couvrait de compliments et leur demandait un petit service.

Il avait besoin d'argent, disait-il, et si elle acceptait de coucher avec son meilleur ami, cet ami leur donnerait cinq mille dollars. Cette fois-là seulement, la fille réfléchissait. On est là-dedans tous les deux. Il m'aime. Et elle couchait avec l'ami, qui, en réalité, n'avait pas cinq mille dollars. Mais la fille se disait « Comme c'est facile ». Quand son homme lui demandait de le refaire, plus souvent, parfois avec des étrangers, même si ça lui semblait être mal, elle disait « oui ». Quand il lui demandait de danser les seins nus dans un club et d'entraîner des inconnus dans l'arrière-salle, et de faire tout ce qu'ils demandaient, elles obéissaient.

Ensuite venait l'aveu : « Bébé, je suis un mac. Mais je t'aime. » Certaines d'entre elles ne savaient même pas ce que « mac » voulait dire. Il lui révélait qu'il avait d'autres filles. Il allait peut-être l'emmener vivre avec elles, et, à titre d'initiation, il allait inviter dix amis pour la violer en groupe dans une chambre, et ensuite les plus anciennes des filles la dérouilleraient. Mais ce qu'il faisait n'avait plus vraiment d'importance. À présent, elle était complice de tout ça, une criminelle que personne ne voulait secourir. Et elle l'aimait. Et pour April, c'est ce qui lui trouait le plus le cul. Une fois qu'une femme tombait amoureuse, un homme pouvait lui foutre le feu, et elle refuserait de voir le mal qu'il incarnait.

La nuit, April s'allongeait dans son lit et regardait les fissures au plafond, en repensant à tout ce que les filles d'English Avenue lui avaient dit. Leurs mots la hantaient. Dans le passé, elle et Ronnie avaient fait des voyages d'une semaine ou d'un mois pour rassembler de la documentation pour un film. Mais cette fois-là, elles vivaient carrément avec leurs sujets. April avait fini par connaître les filles du coin de la rue et les prendre en sympathie : Linette et Rochelle, deux sœurs adolescentes qui s'étaient retrouvées sur le trottoir après la mort de leur mère célibataire. Angelika, une fille douce, à la voix grave, à qui on aurait donné environ treize ans. Shalika, rude et mal embouchée. Le jour où April l'avait rencontrée, un gars lui avait cassé la mâchoire, et pourtant elle retourna à son poste comme si rien ne s'était passé, par peur que son mac la maltraite encore plus si elle allait à l'hôpital ou chez les flics.

Pour la première fois, April comprit la version de Sally du féminisme. Elle comprit pourquoi elle se rendait dans le foyer pour femmes maltraitées semaine après semaine, pour aider des femmes chaque fois nouvelles sans pouvoir s'attaquer au problème en profondeur. Parce que lorsque les femmes, prises individuellement, vous regardaient bien en face, vous ne pouviez faire autrement que de vouloir les mettre en sécurité tout de suite. Quand deux sœurs, de tout juste quinze et dix-sept ans, vous expliquaient calmement que leur mère était morte d'un cancer qui aurait pu être soigné, parce qu'elle n'avait pas d'assurance-maladie, et qu'après cela, vous étiez confrontée à la vision de ces deux sœurs montant dans des voitures avec des étrangers jour après jour, vous ne pouviez vous empêcher de vouloir réduire en miettes ce monde totalement atroce et injuste et tout reprendre de zéro.

Un après-midi, alors qu'il commençait à pleuvoir des cordes, April invita les filles à venir prendre un café. Elles refusèrent toutes, sauf Angelika.

Angelika marcha aux côtés d'April, en souriant et en parlant de sa vie comme s'il s'agissait d'un conte de fées.

Elle avait dix-sept ans, était née et avait grandi à Baltimore, et avait été vendue à Redd, son mac, par le propriétaire d'un club de strip-tease de chez elle, à tout juste quatorze ans.

Lorsque Ronnie les vit passer la porte d'entrée, elle prit April à part et siffla : « Tu es trop proche, April. Débarrasse-toi d'elle. »

Après ça, April invita la fille trois ou quatre fois, uniquement lorsque Ronnie n'était pas là. Elles s'asseyaient toutes les deux à la table de la cuisine et échangeaient des histoires. Tout ce qu'April racontait sur son enfance était vrai, pourtant elle se sentait toujours coupable de mentir à Angelika sur sa personne. Angelika lui dit qu'elle prenait du crack, et parfois de l'héroïne, depuis qu'elle avait quatorze ans.

Les gens avaient tendance à croire que les filles se tournaient vers la prostitution pour payer leurs doses de drogue. Ils prenaient le problème dans le mauvais sens : la plupart des filles qu'April rencontrait n'avaient jamais touché à la drogue avant d'entrer dans la profession. C'est à partir de là qu'elles en avaient besoin pour endormir la douleur, pour continuer à vivre normalement. Ronnie disait que l'on trouvait plus de cas de névrose traumatique chez les prostituées que chez les vétérans qui revenaient du combat.

« Putain de saloperie de *Red Lobster* », hurla Ronnie un soir, alors qu'elles buvaient une bouteille de gros rouge.

Le *Red Lobster* était le restaurant de prédilection des proxénètes pour recruter les filles.

« C'est tout ce qu'il faut pour transformer une enfant en esclave sexuelle, dit Ronnie en tapant du poing sur la table. Une barquette de crevettes panées et un putain de coca light, et les filles prennent ça pour de l'amour. Ce n'est pas de leur faute, évidemment. C'est des filles du ghetto, putain de merde. La plupart n'ont jamais mis les pieds dans un restaurant avec des couteaux et des fourchettes sur la table et un vrai menu. Elles croient que le *Red Lobster,* c'est comme le putain de *Ritz-Carlton.* On parle d'enfants là. »

Alexa leur parla de deux sœurs, de juste neuf et dix ans, qui avaient été incarcérées à Atlanta plus tôt dans l'année. Les flics les avaient cueillies sur Parkway et les avaient envoyées dans un centre fermé parce qu'elles avaient accosté une voiture de police banalisée en circulation et demandé aux policiers en civil à l'intérieur s'ils voulaient se faire tailler une pipe. Un après-midi, quelques mois plus tard, deux flics accompagnèrent les sœurs au tribunal, à l'arrière d'une voiture de police. La plus jeune portait des talons aiguilles et s'agrippait à une poupée.

Quand les flics s'arrêtèrent à un feu rouge, les filles commencèrent à pousser des cris perçants sur les sièges arrière.

« Qu'est-ce qui se passe ? Qu'est-ce que vous voulez les petites ? » demanda l'un des officiers gentiment.

C'était une femme qui avait des enfants.

Les filles firent signe en direction du McDonald's par la fenêtre.

« Happy Meal ! s'exclama la fillette de neuf ans. S'il vous plaît. »

Happy Meal. Là dehors, il y avait des hommes qui payaient pour avoir des relations sexuelles avec des enfants qui en étaient encore à s'exalter pour un Happy Meal.

Parfois, elle ne supportait plus le poids de tout ça. Une nuit, tard, April se faufila dans la chambre de Ronnie pendant qu'elle dormait et ouvrit doucement le tiroir où elle savait que son téléphone avait été rangé, juste à côté de son pistolet.

Plus que tout, elle mourait d'envie de parler avec Sally. Mais en se rappelant du commentaire de Sally sur le fait que cette mission était totalement stupide, elle savait qu'elle ne pouvait pas l'appeler. Sal lui dirait de tout laisser tomber, de retourner à Chicago et de trouver un travail de bureau chiant avec Amnesty International ou une merde dans le même genre. Finalement, elle alla dans la cuisine et décida d'appeler Celia à la place.

« J'en peux carrément plus, dit April. On compte pour rien dans ce monde. Les filles et les femmes sont en danger constant, et tout le monde s'en fiche.

Celia acquiesça.

— Comme ce qui m'est arrivé à Dartmouth », dit-elle.

Elle n'en avait plus reparlé depuis la nuit où elle leur avait raconté toute l'histoire, quand elles étaient encore à la fac.

Elle poursuivit :

« Je me suis demandé des tonnes de fois quel est le rapport avec le reste — les clubs de strip-tease, les pornos, les prostituées. Les hommes en arrivent à penser que les femmes sont des objets, des choses dont on peut disposer.

— Tu y penses souvent, encore aujourd'hui ? » demanda April.

Certaines des filles qu'elle avait rencontrées sur Parkway s'étaient fait violer un incalculable nombre de fois. L'une d'entre elles était particulièrement belle, toute en jambes et mince, mais elle n'avait plus de dents. Elle expliqua à

April qu'un type l'avait emmenée dans un hôtel une nuit. Elle ne se rappelait plus de ce qui s'était passé, mais en se réveillant, elle avait été salement dérouillée. Il lui avait pété les dents. Comment cette fille pourrait-elle encore regarder un homme dans les yeux à présent, sans même parler de tomber amoureuse ?

« Après ça, pendant deux ou trois ans, les rares fois où je couchais avec quelqu'un, je revoyais des images de la scène, c'était horrible, dit Celia. Je me rappelais ce préservatif bleu débile, et je n'arrivais plus à respirer. Je détestais le sexe. Je détestais les pénis, aussi taré que ça puisse paraître. Rien que de les voir. Mais je suis arrivée à passer outre. Maman m'a aidée, curieusement. J'ai appris à séparer, et maintenant, je n'assimile plus les relations sexuelles à un viol. Le viol, ce n'est pas le sexe. C'est autre chose.

— Qu'est-ce que tu ferais si ça t'arrivait à nouveau ? » demanda April.

Celia répondit du tac au tac, comme si elle avait déjà réfléchi à la question.

« Mon seul regret, c'est que je n'ai pas essayé de m'échapper à Dartmouth. Ce n'est pas comme si on avait toujours le choix, mais là, je l'avais. Si j'en étais capable, je tuerai le type avant de me laisser violer encore une fois. »

Celia poussa un soupir, comme si elle laissait aller quelque chose. Puis, sa voix se ranima un peu.

« Maintenant, j'aime faire l'amour, vraiment. Je ne fais pas toujours attention avec qui je couche, mais ça, c'est une autre histoire. Je sais que Bree et Sally pensent que je ne devrais plus coucher qu'avec mon futur mari, mais je refuse. Je ne veux plus avoir peur du sexe. »

Là était le problème, se disait April. Pour les femmes, le sexe offrait toujours des plaisirs et des dangers à parts égales.

Elle se demandait souvent ce qui clochait chez les hommes. Le sexe pouvait être quelque chose d'amusant, de naturel, d'agréable. Pourquoi fallait-il qu'ils le dépravent ? Pourquoi étaient-ils si nombreux à préférer coucher avec une victime ou une enfant plutôt qu'avec une partenaire consentante ? Et d'ailleurs, en quoi c'était mieux de coucher avec une inconnue qu'avec sa propre femme ?

Alexa, leur seule véritable amie dans le Bluff, avait vécu à New York à un moment donné, et elle y avait épousé un type. Il lui proposa de la faire sortir du métier, et elle accepta après avoir vu une de ses amies prostituées se faire tirer une balle dans la tête par un client qu'elle avait refusé.

Ils s'installèrent dans une maison dans le Queens. Ils eurent une petite fille. Le mari d'Alexa la battait avec un cordon électrique et lui grava ses initiales sur les seins avec un couteau de cuisine. Un jour, en ramenant sa fille de l'école, elle le trouva à la maison en train de baiser avec une inconnue, en plein milieu du salon. « Qu'est-ce que tu regardes, salope ? » lui dit-il pendant que leur enfant le regardait et qu'il était toujours à l'intérieur de l'inconnue.

C'est là qu'Alexa décida de venir à Atlanta, où vivait sa sœur. Le tribunal refusa de lui donner la garde de sa fille à cause de son lourd casier judiciaire concernant prostitution et drogue. Pour la même raison, elle n'arriva pas à trouver de travail. Elle recommença à faire des passes, mais elle se jura de ne plus jamais donner un centime à un autre homme, tant qu'elle serait en vie.

Ronnie avait été mariée une fois, elle aussi, à un acteur de cinéma plus ou moins connu (elle refusait de donner son nom). Il la quitta pour quelqu'un d'autre, « une adolescente », disait Ronnie. « Je dis ça au premier sens du terme. Une vraie adolescente, putain. Je crois qu'elle avait dix-neuf ans, mais quand même. »

Tant d'hommes que les Américains considéraient comme des figures importantes avaient été des coureurs de jupons. John F. Kennedy, Martin Luther King Junior, Albert Einstein et Bill Clinton. Et le père d'April, même si, bien sûr, très peu de gens lui accordaient la moindre importance. N'importe quel psy dirait probablement que tout remontait à lui, cet étranger qu'elle n'avait fait qu'apercevoir une seule fois dans une file d'attente de toilettes portatives, un homme qui ne l'avait jamais recherchée, ne lui avait jamais envoyé de carte d'anniversaire ou versé le moindre sou de pension alimentaire.

Le sexe et le pouvoir allaient de pair ; c'était la ligne du parti. Comme si ce que ces hommes avaient fait n'était qu'une bonne tranche de rigolade, une petite blague. En réalité, ils avaient traité les femmes comme de la bagatelle, des moins que rien, et, néanmoins, cela n'avait aucunement terni l'opinion que les gens se faisaient de leurs réussites. Même les macs ne craignaient pas vraiment de se faire punir pour leurs crimes. D'après Alexa, la plupart d'entre eux s'étaient tournés vers le proxénétisme parce qu'ils risquaient mille fois moins de se faire arrêter ou mettre en prison que les dealers de drogue. Vous aviez le choix entre vendre du crack dans la rue et risquer de vous faire enfermer pour des dizaines d'années. Ou alors vendre le corps d'une femme et sortir de taule le lendemain matin.

# CELIA

Après seulement une semaine à New York, Bree avait reçu des propositions, de la part de six mecs, à sortir avec eux. Elle refusait, mais ils insistaient encore et encore. Celia avait oublié que Bree avait cette emprise sur les hommes. La dernière fois qu'elle avait dû rivaliser avec Bree pour un mec remontait à la première année de fac. À cette époque, c'était joué d'avance, peu importait le nombre de filles qui se rendaient à une soirée, tous les types qui étaient là n'en avaient qu'après Bree. C'est là que Celia avait décidé qu'être jalouse de Bree équivalait à être jalouse de la *Vénus de Milo* : il n'y avait aucune chance pour que vous deveniez aussi belle qu'elle, alors pourquoi se prendre la tête ? (Quoique, lorsque Bree fit la connaissance de Lara et arrêta totalement de faire la fête avec des mecs, Celia s'était sentie soulagée à l'idée d'être considérée pour elle-même plutôt que comme la fille insignifiante à côté de la star de ciné.)

Bree était toujours aussi belle, bien sûr, mais c'était plus que ça. Elle respirait la confiance et la bonne humeur, même lorsqu'elle se sentait nulle et qu'elle avait le cœur brisé.

Elles sortaient tous les soirs, et tous les soirs, de nouveaux types lui tournaient autour. Ce qu'ils voulaient, ce n'était pas la ramener chez eux ou l'embrasser gauchement derrière l'issue de secours. Non, ils voulaient vraiment l'appeler et l'inviter à sortir dans les formes. Celia n'avait jamais rien vu de pareil dans un bar new-yorkais, et cela l'agaçait prodigieusement. Mais elle essaya de se rappeler que Bree était sa meilleure amie, et qu'elle avait bien mérité de reprendre un peu confiance en elle après tout ce qu'elle avait traversé.

Le vendredi soir, Celia rentra du travail et trouva Bree dans la salle de bain, avec sa trousse de maquillage pleine à craquer. Elle était en train de se mettre du rouge à lèvres rose vif, qui aurait eu l'air ridicule sur n'importe qui d'autre, mais qui lui donnait à elle un air de poupée Barbie.

« Quoi de neuf? demanda Celia en entrant dans la salle de bain étroite et en se perchant sur le rebord de la baignoire.

— Tu te souviens de ce type, Adrian, qu'on a rencontré à la Maison de la bière l'autre soir? demanda Bree.

— Oui. »

Il ressemblait à un personnage de Disney — grand, fort, avec des cheveux noirs ondulés et un sourire magnifique. On s'attendait presque à voir voleter des oiseaux de dessin animé autour de ses épaules. Celia l'avait déjà croisé dans son quartier des dizaines de fois, et il n'avait jamais fait mine de l'aborder. Mais quand Bree était entrée dans le bar, il se jeta sur elle de la même façon qu'un chien idiot se jette sous les roues des voitures. Celia fut prise d'une soudaine envie de hurler *Elle est lesbienne!* et de balancer une bière à la figure du type.

« Il est mignon, dit Celia.

— Mignon? reprit Bree. Ce type pourrait arrêter la circulation enfermé dans un sac à patates.

Celia tiqua.

— D'accord, j'ai piqué ça dans une chanson de Dolly Parton[68], dit Bree. Bref, il m'a demandé mon numéro pendant qu'on discutait, et je lui ai dit que je n'étais pas intéressée. Mais ce matin, au réveil, j'ai vérifié mon e-mail du boulot et j'ai vu qu'il m'avait écrit sur mon adresse du bureau. Il a dû faire une recherche sur Internet pour trouver mon adresse e-mail. C'est mignon, tu ne trouves pas ?

— Vraiment mignon, dit Celia, en essayant d'ignorer sa propre irritation. (Aucun homme n'avait jamais fait de recherche sur elle.) Et alors, qu'est-ce qu'il disait ?

— Il me demandait si j'étais d'accord pour dîner avec lui ce soir, dit Bree. Je lui ai répondu, pour voir s'il voulait toujours qu'on se voie, et il m'a répondu "oui" dans la seconde. Il passe me prendre à dix-neuf heures.

— Il passe te prendre ? demanda Celia.

Encore un rituel de drague qui semblait inconcevable et préhistorique dans cette ville.

Bree hocha la tête.

— Est-ce que c'est un rencart ? demanda Celia.

— J'ai l'impression, dit Bree. Je ne crois pas qu'il se serait donné tout ce mal juste pour faire ami-ami.

— OK, je sais bien que lui voit ça comme un rencart, mais ce que je te demande, c'est si toi aussi tu vois les choses comme ça. »

Celia réalisa qu'elle mettait de côté la question la plus importante : *Tu es lesbienne, oui ou merde ?*

Bree haussa les épaules.

68. La chanson est « *Why'd You Come In Here Lookin' Like That* » et les paroles empruntées par Bree sont : *When you could stop traffic in a gunny sack.*

« Tout ce que je sais, c'est que la personne que j'aime m'a laissé tomber sans même un au revoir. Si quelqu'un d'autre veut me sortir dans un beau restaurant, de quel droit je l'arrêterais ? Ce n'est rien qu'un dîner. On ne parle pas de mariage. »

Celia sourit. *On ne parle pas de mariage* était une des phrases qu'on entendait le plus fréquemment dans la bouche de femmes célibataires qui se demandaient secrètement si elles étaient vraiment destinées à épouser le mec en question.

« En plus, tu sors avec Barrel O'Daryl ce soir, donc si je n'y vais pas, je vais me retrouver toute seule à rien faire à la maison, dit Bree.

— Tu veux bien arrêter de l'appeler comme ça, s'il te plaît, dit Celia. J'ai peur de lâcher un "Barrel O'Daryl" par mégarde, après quelques verres.

— Ou pendant que vous ferez l'amour, dit Bree. Oh, Barrel O'Daryl ! B.O.D. ! Oh, prends-moi tout de suite Barrel O'Daryl !

Celia leva les yeux au ciel.

— Arrête ça, je t'en supplie.

— Parle-moi de lui, dit Bree en plongeant un pinceau à poudre démesuré dans une énorme bassine de poudre rose. Rappelle-moi ce qu'il fait. »

La poudre rose tomba sur le sol de la salle de bain comme si c'était de la poussière de fée.

« Il dit qu'il produit des films, ce qui doit probablement vouloir dire qu'il fait des vidéos avec des petits soldats de plomb dans le sous-sol de sa mère dans le Bronx, dit Celia.

— Il est allé dans quelle école ? demanda Bree.

— J'en sais rien, dit Celia. Probablement à l'université de Floride, à Marzipan.

Bree poussa un petit grognement.

— Qu'est-ce que c'est que cet endroit, putain ?

— Je viens de l'inventer. Il me fait penser à un de ces types qui ont étudié dans une fac dont personne n'a jamais entendu parler.

— Purée, pourquoi tu le rabaisses déjà comme ça ? demanda Bree.

— Je ne sais pas, j'imagine que j'ai appris à ne pas m'emballer, dit Celia.

— Et bien, avec une attitude comme celle-ci, faut pas espérer aller bien loin, ma petite dame », dit Bree.

Puis elle prit son pinceau et le passa sur le nez de Celia pour appuyer ses paroles.

Le lendemain matin, Celia fut réveillée par le bruit des gouttelettes sur la climatisation. C'était la première semaine d'août et même avec la foutue machine à fond, l'appartement était suffocant. Elle s'extirpa péniblement du lit et trouva Bree assise sur le canapé en culotte devant le *Today Show*[69], une couche de crème décolorante étalée sur la lèvre supérieure.

Celia s'assit à côté d'elle.

« Salut, beauté.

— Je dois me débarrasser de ma moustache, marmonna Bree en essayant de ne pas trop faire bouger ses lèvres.

— Tu es blonde, tu n'as pas de moustache, dit Celia. Alors, comment c'était cette soirée amoureuse ? »

69. Émission de télévision matinale américaine, diffusée depuis soixante ans sur NBC.

Lorsqu'elle était rentrée de sa propre soirée — totalement ratée — aux alentours de minuit, Bree n'était pas là.

Bree fit mine d'ouvrir la bouche, mais au lieu de cela elle leva un doigt en direction de Celia pour signifier qu'elle revenait et elle se rua dans la salle de bain. Elle réapparut un instant plus tard, la crème décolorante envolée.

« Du café ? demanda-t-elle. Je viens d'en faire.

Celia sourit.

— Oui, s'il te plaît. »

Lorsque Bree revint avec le café, elle rayonnait.

Qu'est-ce qui se passe ? demanda Celia en tendant la main pour attraper une des tasses fumantes.

— Adrian est incroyable, dit Bree. Il est tellement drôle et charmant. Il fait du mentorat avec des jeunes, il adore le VTT et il fait des tas de trucs en tant que bénévole dans sa boîte. Oh, et son film préféré est *Last Night.* Comme moi. Et on aime tous les deux les sushis et Kurt Vonnegut, et les Carpenters. Tu te rends compte, il aime les Carpenters ! »

Celia rigola en essayant de cacher la jalousie qui la rongeait et ses réflexions sur Bree et Lara. Elle soupçonnait aussi fortement qu'Adrian était capable de déclarer que lui aussi aimait Mussolini et les choux de Bruxelles si Bree les aimait.

Bree s'enfonça dans le canapé et posa ses pieds sur la table basse.

« On a parlé toute la nuit. On s'est assis sur le front de mer, au niveau de l'eau et on a regardé le soleil se lever sur la ville. C'était agréable de pouvoir à nouveau être romantique avec quelqu'un, sans le poids du passé et le chagrin. Tu vois ? Bon. Et toi, ton rencart avec B.O.D. ?

— B.O.D., c'est du passé, dit Celia.

— Aïe. Comment ça se fait ?

— Pour te donner un exemple, quand l'addition est arrivée, il a dit, je cite : "Celia, tu es une littéraire. Est-ce que tu connais une façon plus élégante de dire faire moit-moit ?"

— Il n'a pas osé.

— Si, il a osé.

Bree laissa échapper un sifflement.

— Quel fumier, dit-elle.

— Est-ce que tu crois que tu vas revoir Adrian pendant que tu restes ici ? demanda Celia.

— Il me sort ce soir, dit Bree. Je vais jeter un œil dans ton placard pour trouver un truc à me mettre, d'accord ? »

Un moment plus tard, Bree essayait des tenues devant le miroir de la salle de bain pendant que Celia somnolait sur le canapé. C'était une matinée paisible, et dehors la pluie commença à tomber. Celia rêvait à moitié et, bizarrement, elle entendait quelqu'un répéter interminablement le nom d'April Adams : *April Adams, April Adams, April Adams.*

Tout à coup, elle vit Bree penchée au-dessus d'elle en train de la secouer pour la réveiller.

« Oh, là là ! Celia. Regarde ça. Oh, là là ! »

D'abord, Celia pensa qu'elle faisait allusion à sa tenue : une longue tunique noire à décolleté profond par-dessus un jean Seven.

« C'est une robe, pas un haut, dit Celia en refermant les yeux.

— Cee, je t'en prie, réveille-toi ! » dit Bree.

Elle secoua Celia fortement et juste au moment où Celia émergeait, elle vit Bree se précipiter vers le poste de télévision et monter le son. Une photo d'April remplit l'écran, avec le mot « DISPARUE » écrit dessous. Elle avait un large sourire et portait sa robe rouge préférée, celle qui avait appartenu à sa mère. Celia se souvint instantanément de la photo : c'est elle qui l'avait prise lors de la *Celebration of Sisterhood* en dernière année de fac.

« La femme recherchée par la police s'appelle April Adams, dit la présentatrice blonde du journal, avec un air trop enjoué. Elle était ici, à Atlanta, pour réaliser un documentaire sur les enfants et la prostitution. Elle n'est pas rentrée de sa promenade hier, tôt dans la soirée, et personne n'a eu de ses nouvelles depuis. La police craint que, par un étrange coup du sort, Mlle Adams ait été elle-même victime du trafic sexuel pratiqué de façon illégale dans cette ville. »

Bree s'assit à côté de Celia sur le canapé. Elles se regardèrent un instant, comme si elles croyaient toutes les deux qu'il s'agissait d'un rêve.

« Qu'est-ce que c'est que ce bordel ? » dit Celia. Son cœur battait.

Un peu plus tard, une femme noire avec des cheveux courts et les dents de travers apparut à la télévision. On avait du mal à lui donner un âge. Elle aurait aussi bien pu avoir quarante ou soixante-six ans. « UNE VOISINE », pouvait-on lire au bas de l'écran.

« Mme Alexa Jones indique qu'elle était devenue amie avec April Adams quand cette dernière habitait ici sur English Avenue. »

« April est une brave fille, très gentille », a expliqué la femme.

Pour Celia, l'idée que cette femme puisse seulement connaître April, son April, était bizarre.

« Elle va toujours parler avec les petites devant le magasin en bas de la rue. Hier soir, je l'ai vue, April, elle s'est fait arrêter par un de ces jeunes types, un proxénète. Il l'a poussé dans sa voiture, comme ça, et ils sont partis. »

« Les autorités sont à présent à la recherche de l'homme que M^me^ Jones a vu. Il est connu par le voisinage sous le nom de Redd, dit la présentatrice. Il se peut qu'il conduise une Cadillac rouge, et on pense qu'il est l'un des nombreux proxénètes installés dans le quartier. »

On montra des photos de prostituées en train de faire le trottoir la nuit, dans la ville.

« M^lle^ Adams ne semble pas correspondre au type de victimes habituelles du trafic sexuel, poursuivit la présentatrice. Elle est âgée de vingt-six ans, de race blanche, diplômée de l'université Smith dans le Massachusetts. »

« Je crois que je vais vomir, dit Celia. Est-ce que tout ça est vraiment en train de se passer ?

Bree secoua la tête.

— Il doit y avoir une erreur. April ne laisserait jamais une telle chose lui arriver.

— Peut-être qu'on ne lui a pas laissé le choix, murmura Celia.

— Et où se trouvait Ronnie, putain ? » dit Bree.

Celia resta silencieuse. Elle repensa à toutes les fois où Ronnie l'avait laissée se débrouiller toute seule.

« Qu'est-ce qu'on fait ? » demanda Celia. Elle essayait de ne pas imaginer le pire, mais le pire lui revenait en tête sans arrêt — April, morte des mains d'un horrible proxénète, son corps retrouvé au fond d'un étang glauque ou dans une benne quelque part.

Bree avait l'air calme.

« On appelle la police. »

Après avoir été interrogées chacune à leur tour au téléphone (Quand est-ce qu'elles avaient vu April pour la dernière fois ? Eu de ses nouvelles ? Dans quel état psychologique était-elle ? Est-ce qu'elle avait peur de quelqu'un ?), Bree, Celia et Sally s'appelèrent. L'officier de police à qui elles avaient parlé expliqua à Bree qu'ils avaient organisé des recherches de grande envergure le matin même, pour lesquelles ils avaient fait appel à des dizaines de bénévoles du quartier afin de passer la zone au peigne fin à la recherche d'indices. Les filles n'avaient rien d'autre à faire qu'attendre.

La voix de Sally était hystérique.

« Je savais bien que c'était une très mauvaise idée, dit-elle en sanglotant. Je lui ai dit de ne pas le faire. Mon Dieu, les filles, j'ai rêvé qu'April était morte.

— Ma puce, il faut que tu te calmes, dit Celia. Il y a une explication derrière tout ça, et on va la trouver. La police fait tout son possible.

— Est-ce que tu es toute seule à la maison, Sal ? demanda Bree.

— Oui, dit Sally en s'étouffant dans un sanglot. Jake est parti une semaine pour son travail. Il vient de s'en aller il y a une heure. Puis elle ajouta, comme si elle s'attendait à ce qu'elles lui posent la question : ça fait des mois que c'est planifié.

— Est-ce que vous voulez venir ici pour le week-end ? demanda Celia.

On était samedi et il était déjà quatre heures, ce qui ne laissait pas beaucoup de temps pour le week-end.

— Oui », dit Sally. Elle prit une longue inspiration, mais recommença à pleurer. Oh, mon Dieu, je ne crois pas que je vais arriver à conduire. Et je ne veux pas ressembler à une folle en pleurs dans le train.

— Est-ce que tu veux qu'on vienne chez toi ? demanda Celia, et Bree lui lança un regard de surprise.

— Vous pourriez ? demanda Sally.

— Et merde, mon patron est en vacances toute la semaine, dit Celia. Et Bree est ici jusqu'à dimanche prochain.

— Et Jake est parti ! dit Sally.

— Ouaip. On peut être ensemble pendant une semaine, peut-être descendre en Géorgie si on a besoin de nous pour les recherches », dit Celia. Elle pensa aux dizaines d'émissions sur des filles disparues qu'elle avait vues depuis des années. Chaque fois, les équipes de recherche partaient confiantes et revenaient avec rien, ou encore pire, un corps.

« Mais je suis certaine qu'on en n'arrivera pas là, dit-elle en essayant de chasser cette pensée de son esprit. Elle va bientôt revenir à la maison. »

Sally et Jake habitaient dans une magnifique demeure victorienne de deux étages, qui rappelait à Celia sa maison de poupée de petite fille. Celia se dit que c'était le genre de maison que même sa mère regarderait avec envie. L'extérieur était peint en jaune pâle, et il y avait une vraie balancelle sur le porche à l'entrée. À l'intérieur, les parquets cirés étaient recouverts d'épais tapis orientaux dans des tons de rouge profond et bleu encre. (« Ceux de ma mère », dit Sally fièrement). Leur mobilier était en bois massif, avec des coussins moelleux jetés ça et là et de longs rideaux épais dans chaque pièce.

« J'imagine que vous avez fait l'impasse sur la période Ikea, hein ? » dit Celia, tandis qu'elles buvaient de la limonade dans la cuisine, tard dans la soirée du samedi. La pièce regorgeait d'appareils électroménagers flambant neufs — un frigo en acier inoxydable, des comptoirs en marbre, la totale.

Sally n'arrêtait pas de pleurer.

Celia se demanda si Sally était plus émotive parce qu'elle savait ce que c'était de perdre un être cher, ou parce qu'April et elle avaient toujours été tellement proches, alors que, pourtant, elles s'ignoraient obstinément depuis un an. Ou bien alors avec la grossesse, ses hormones étaient déjà en folie et ce surplus de stress, ça faisait tout simplement trop pour elle. (Cette simple évocation fit penser à Celia à quel point April aurait trouvé ça sexiste. « Une femme est dans l'incapacité d'exprimer la moindre émotion sans qu'on lui demande : "Tu as tes règles ?" » disait-elle chaque fois qu'elle avait ses règles et se sentait enragée.)

La maison de Sally comprenait cinq chambres, et elle avait préparé les lits dans les deux chambres d'amis qu'elle préférait, pour Celia et Bree. Mais, finalement, aucune d'entre elles ne parvint à dormir cette première nuit. À la place, elles se blottirent dans le lit de Sally et de Jake et parlèrent d'April.

« Elle m'a tellement manqué toute cette année, mais je n'arrivais pas à me convaincre de téléphoner la première, dit Sally. Je n'arrêtais pas de penser à ce qu'elle avait dit sur Jake et je n'arrivais pas à lui pardonner.

— Elle me manquait aussi, dit Bree. J'ai toujours eu l'impression qu'elle était vraiment quelqu'un qui soutenait les choix que j'avais faits, quoi qu'il arrive. Et je me suis toujours dit qu'on finirait par se réconcilier et tirer un trait sur cette engueulade débile.

— Ça viendra, dit Celia. Dès qu'ils l'auront retrouvée. »

Plus tard, elles parlèrent de Lara qui avait quitté Bree, et cette dernière (trop fatiguée pour faire de l'autocensure, pensa Celia) dit : « Je crois que c'était l'amour de ma vie et je l'ai repoussée. » Elles parlèrent du mariage de Sally, en quoi c'était totalement, ou pas du tout, ce à quoi elle s'était attendue. Elle admit que Jake avait voulu annuler son voyage d'affaires pour rester avec elle à la maison, après qu'ils eurent appris pour April, mais Sally l'avait forcé à y aller.

« Depuis que je suis tombée enceinte, il me traite comme si j'étais en sucre, dit-elle. S'il disait une fois de plus : "Tout va bien se passer, bébé", je crois que j'aurais explosé.

— Il se fait du souci pour toi, ma puce, c'est tout, dit Bree. Il faut que tu laisses les gens qui t'aiment s'occuper de toi.

— Ça fait bizarre de ne pas être toutes les quatre dans le lit, dit Sally.

— Je sais, dit Bree. Et ça fait encore plus bizarre qu'on soit quatre, en fait. »

Elle pointa en direction du ventre arrondi de Sally.

Elles restèrent un moment sans parler avant de reprendre la conversation. Celia ne le dit pas aux autres, mais elle fit une prière dans sa tête pour saint Anthony, saint patron des choses perdues, pour faire qu'April les appelle là maintenant et leur dise que tout cela n'était qu'un énorme malentendu.

Le téléphone ne sonna pas.

Dès que le soleil fut levé, Bree appela le département de police d'Atlanta. Elle continua d'appeler, au moins une fois par heure. Les détectives aimaient son accent familier et, du coup, cela ne semblait pas les contrarier, mais chaque fois, ils disaient la même chose : « Rien à signaler. » Sally essaya de joindre la mère d'April chez elle, mais le téléphone sonnait dans le vide sans jamais arriver sur une boîte vocale. Un détective expliqua qu'elle avait appris ce qui s'était passé et qu'elle était en route pour Atlanta. Il lui dirait qu'elles la cherchaient quand elle arriverait.

« Est-ce que nous devrions venir nous aussi ? Pour aider à faire les recherches ? demanda Bree avec espoir.

— Non, madame. Je vous l'ai déjà dit, cela ne sert à rien, répondit le détective. Nous avons déjà mené des recherches minutieuses. »

Toutes les dernières nouvelles qu'elles apprenaient provenaient des journaux en ligne de Géorgie ou des parents de Bree, qui leur lisait l'*Atlanta Journal-Constitution* au téléphone. Personne n'arrivait à mettre la main sur le proxénète dont avait parlé Alexa Jones le jour d'avant. Sa maison avait été fouillée, et les flics avaient trouvé de la cocaïne et de l'herbe, ainsi que deux filles de dix-huit ans, passées à tabac, ensanglantées et attachées à un radiateur. Ce dernier fait les effraya au plus au point.

« Mon Dieu, regardez de quoi il est capable, murmura Celia.

— Pourquoi on n'a pas arrêté ce psychopathe avant », dit Bree.

Sally restait silencieuse. À midi, elle prépara des croque-monsieur au fromage avec de la mayonnaise au pesto et la salade de pommes de terre de sa mère. Aucune d'entre elles n'avala une seule bouchée.

La pluie commença à tomber. Toutes les trois allèrent se blottir sous une couverture sur le canapé, alors qu'il faisait plus de trente degrés dehors et pas particulièrement froid dans la maison. Si elles s'étaient retrouvées ici dans n'importe quelle autre circonstance, pensa Celia, cela aurait constitué une façon quasi parfaite de passer la journée. Au lieu de cela, elle avait la nausée et elle continuait d'espérer qu'elle n'aurait qu'à ouvrir les yeux pour réaliser que ces deux derniers jours n'avaient été qu'un rêve.

Les parents de Celia passèrent dans l'après-midi, et Celia se sentit légèrement coupable de ne pas habiter chez eux, sachant qu'ils vivaient seulement quelques kilomètres plus loin. Violet avait terminé sa dernière année à UVM[70] et passait l'été chez des amis dans le Vermont, et Celia savait qu'ils se sentaient parfois seuls sans enfant à la maison.

« On comprend, dit sa mère. Tu as besoin d'être avec tes amies en ce moment. »

Ils avaient apporté suffisamment de nourriture pour nourrir un bataillon — une dinde farcie, de la soupe de palourdes, une mijoteuse remplie de chili et de pain au maïs, des sandwiches au rôti de bœuf et un gâteau au chocolat.

70. University of Vermont.

« Dans notre famille, quand on est stressé, on mange », Celia entendit dire sa mère à Sally, comme s'il s'agissait d'un concept révolutionnaire.

Le téléphone sonna, et Sally se précipita pour répondre.

« Oh, dit-elle. Euh, je ne pense pas, euh, attendez un instant.

Elle posa le combiné sur le comptoir et leur siffla :

— Oh, mon Dieu ! c'est quelqu'un de l'équipe de *Nancy Grace*. Ils nous veulent toutes les trois pour l'émission de ce soir.

— Non, dirent Bree et Celia en cœur.

— Je sais, je sais, dit Sally. Mais qu'est-ce que je leur dis à eux ? » Elle fit signe en direction du téléphone.

La mère de Celia attrapa le combiné.

« Bonjour, dit-elle. Écoutez, ces filles ne vont pas venir vous parler pour l'instant. Elles traversent une épreuve terrible, et je sais que vous me comprendrez quand je vais raccrocher le téléphone. Au revoir. »

Les filles restèrent en arrière, impressionnées. Celia était fière. Elle oubliait parfois à quel point sa mère pouvait être une dure à cuire. Et, en plus de faire des ventes de gâteaux, d'enseigner le catéchisme et d'écouter les problèmes de ses filles avec la gente masculine, elle était aussi la directrice adjointe de la deuxième plus grosse agence de pub de Boston.

La plupart du temps, lorsque Celia rentrait du travail, tout ce qu'elle arrivait à faire, c'était de s'effondrer sur le canapé, allumer la télé et commander un sushi au restaurant en bas de chez elle. Dans le même temps, elle était inondée de culpabilité toute catholique de ne pas allumer l'ordinateur et écrire quelque chose. Comment avait fait sa mère qui, après toutes ces longues journées passées au bureau, passait ses soirées à préparer le dîner et les casse-croûte pour l'école, régler les disputes et corriger les exercices de maths ?

Un jour, elle avait dit qu'elle croyait que le mouvement de libération des femmes des années soixante et soixante-dix était en fait un stratagème inventé par les hommes pour rajouter du boulot aux femmes.

« Je gagne autant d'argent que ton père et pourtant je fais environ quatre-vingt-dix pour cent des tâches ménagères dit-elle. Qui de lui ou de moi jouit d'une meilleure qualité de vie du fait que je travaille. Je te donne un indice : ce n'est pas moi. »

Un moment plus tard, ses parents commencèrent à ramasser leurs affaires pour partir.

« Les filles, vous me direz si vous avez besoin de quoi que ce soit », dit sa mère à Bree et à Sally sur le pas de la porte au moment de dire au revoir.

Celia sentit une envie folle de se glisser en douce dans son imperméable et de se cacher, comme elle l'avait fait le jour de la rentrée des classes en maternelle, en 1986. Au lieu de cela, elle se contenta de dire :

« Merci maman.

— Avec les membres de ma paroisse, nous allons prier pour April chaque jour, d'accord? dit sa mère comme Celia les accompagnait à leur voiture.

Celia sourit :

— Merci.

Sa mère lui prit la main et murmura :

— Dis-toi bien qu'un miracle peut arriver.

Celia hocha la tête, sachant qu'elle n'y croyait pas une seconde.

— Ça me fait bizarre de vous laisser, dit sa mère. Est-ce que ça va aller pour vous ?

— Mais oui, dit Celia. Et puis, Sally est presqu'une adulte.

— Je n'arrive pas à croire qu'elle va avoir un bébé, dit sa mère.

— Moi non plus, dit Celia.

— Je lui ai déjà acheté quatre bodies et un adorable petit tutu au magasin *Treasure Chest* en ville.

Sa mère rayonnait.

— Et si elle a un garçon ? demanda le père de Celia.

— Et bien, je garderais le tutu pour ma première petite fille, dit-elle.

— Ou tu pourrais le mettre à Molly, dit son père. (Molly était leur springer anglais.)

— Est-ce que vous repassez demain ? demanda Celia tandis que ses parents ouvraient les portières et entraient dans la voiture.

— Absolument, dit sa mère. J'ai un *conf call* à neuf heures et ensuite je vous apporte un cheese-cake au potiron. »

Plus tard, ce soir-là, le visage de Ronnie Munro apparaissait sur toutes les chaînes télé d'information. Après seulement un jour, la disparition d'April faisait la une des journaux.

Dans une interview sur CNN, Ronnie parlait du documentaire qu'elles étaient en train de faire et elle pleurait pour de vrai chaque fois qu'on montrait la photo d'April.

« Si j'avais su ce qui lui arriverait, je n'aurais jamais fait venir April ici. Mais nous devons nous rappeler de ceci — la plupart des filles ici n'ont pas autant de chance qu'April. Ce sont des adolescentes, qui ont disparu de chez elles, mais il n'y a jamais eu d'alerte Amber [71] mise en place pour elles. Ce sont des esclaves sexuelles dans leur propre pays, et personne ne fait rien. »

« La plupart des filles n'ont pas autant de chance ? Je vais tuer cette femme de mes propres mains, dit Sally. Elle utilise April pour vendre son film débile et sa putain de cause. »

Celia et Bree la regardèrent fixement. Il en fallait beaucoup pour que Sally dise le mot de six lettres.

Ronnie continuait de parler des enfants prostituées.

« Ce n'est pas la peine de regarder plus loin que Metropolitan Parkway ou le Hilton d'Atlanta, ou encore Craigslist sur votre ordinateur personnel, pour voir que, tous les jours, des milliers d'enfants innocentes sont contraintes à se prostituer. »

— Qui ça intéresse, putain ? dit Sally hargneusement. April n'est pas une enfant prostituée !

Bree lui tapota le genou.

— Ça va, ma puce. Au moins, ils montrent sa photo et parlent d'elle. »

Sally changea de chaîne quand même.

« Un donateur anonyme a fait savoir qu'il offrirait une somme d'un million de dollars en échange du retour d'April Adams saine et sauve, expliqua un présentateur

71. L'alerte Amber est un système d'alerte enlèvement à grande échelle mis en place aux États-Unis et au Canada lorsqu'une disparition d'enfant est signalée.

du journal aux cheveux laqués. Il s'agit de la plus grosse somme d'argent proposée dans un cas comme celui-ci. Cela démontre, une fois de plus, à quel point l'histoire d'April Adams diffère de celle de la majorité des femmes victimes du trafic local, la plupart d'entre elles étant jeunes, pauvres et Afro-Américaines, avec peu de ressources et de soutien. »

Et ils en remettaient une couche, avec encore une autre histoire sur le trafic sexuel en Amérique.

« Un million de dollars ! » dit Celia avec stupéfaction.

Elle se tourna vers Sally qui s'affairait avec les assiettes restantes du dîner, essayant très fort de ne pas croiser son regard. Celia oubliait souvent que Sally avait ce genre d'argent. Malgré la belle maison et les meubles luxueux, elle ne ressemblait pas à une millionnaire.

« Sal ? dit Celia.

Sally se contenta d'un haussement d'épaule.

— Je ne savais pas quoi faire d'autre.

— Tu es une femme incroyable, dit Bree.

Sally secoua la tête.

— April est une femme incroyable. »

Après cela, personne ne dit rien, pendant un long, long moment.

# BREE

Bree ne rentra pas en Californie à la fin de leur semaine dans la maison de Sally. L'appartement vide, la penderie et les commodes à moitié pleines, la poussière qui s'accumulait dans les placards de la cuisine dégarnis où se trouvaient auparavant les casseroles en cuivre et les saladiers en faïence de Lara : c'était trop pour elle. Au lieu de cela, elle rentra chez elle à Savannah, et se mit en congés illimités, indifférente au fait qu'elle se ferait probablement virer quand elle retournerait au travail, si elle retournait. Elle appela ses parents de chez Sally et leur raconta sa rupture, et ce qui était arrivé à April.

« Reviens à la maison, et on prendra soin de toi, ma chérie », lui avait souvent dit sa mère. C'était une proposition impossible à refuser. Bree avait communiqué avec sa famille bien plus souvent qu'à l'accoutumée depuis la crise cardiaque de sa mère. Bien sûr, elle se rendait aussi compte que cela coïncidait avec le départ de Lara, et, du coup, elle n'était pas très sûre de ce qui constituait le facteur déterminant dans ce rapprochement.

Adrian, le mec qu'elle avait rencontré dans un bar dans le quartier où habitait Celia, à Brooklyn, et que d'ailleurs elle connaissait à peine, lui avait téléphoné et envoyé des e-mails plusieurs fois depuis la disparition d'April. L'excitation qu'elle avait ressentie après leur premier rendez-vous était rapidement retombée, et Bree, qui savait pourtant qu'il n'était pas malintentionné, n'avait pas répondu à ses appels. Cela ne servait qu'à raviver la douleur due au fait que Lara ne s'était pas manifestée. Pour elle, il ne faisait aucun doute que Lara avait appris la nouvelle pour April. Toutefois, il n'y avait eu aucun appel, rien. Est-ce que Lara ne pensait plus à elle, ou bien est-ce que, tout simplement, elle était passée à quelque chose ou (cette pensée rendait Bree malade) quelqu'un d'autre ? Avant d'aller se coucher ce soir-là, elle essaya de joindre Lara sur son portable. Elle savait pourtant à l'avance ce qui se passerait. À chaque fois, une voix enregistrée lui disait que l'abonnée avait changé de numéro.

Le dimanche après-midi, le père de Bree vint la chercher à l'aéroport. Elle insista pour qu'il change de station sur l'autoradio et qu'il passe sur une fréquence nationale. Il lui jeta un regard triste et dit :

« Il n'y a rien de nouveau. Mais écoute-moi, ces types de la police d'Atlanta, c'est des sacrés coriaces. Ils vont la retrouver, ton amie. »

Quand ils arrivèrent à la maison, sa mère avait sorti sa plus belle porcelaine et, sur la table, il y avait des saladiers remplis à ras bord de tous les plats préférés de Bree : purée de pommes de terre, biscuits, poulet frit, chou vert, maïs à la crème et tarte aux fraises.

« Je n'ai pas mis de beurre sur les choux », annonça sa mère. C'était sa version à elle d'un régime alimentaire censé prévenir les accidents cardiaques.

Elle prit Bree dans ses bras et la serra fort.

« Moi, je ne vais en prendre qu'une bouchée, ne t'en fais pas. Mais vu ce qui t'arrive, tu as bien mérité ces bons petits plats », dit-elle.

Bree ne savait pas très bien si elle faisait référence à April, à Lara ou bien aux deux.

« Les garçons ne viennent pas ? demanda Bree en s'asseyant à table et en prenant un biscuit tout chaud dans un des plats.

— Non, on est juste tous les trois », répondit sa mère.

Bree ne se souvenait pas de la dernière fois où ils s'étaient retrouvés tous les trois sans personne d'autre. Probablement pas depuis l'été de ses neuf ans, quand elle s'était cassé une jambe et qu'elle avait dû rester à la maison tandis que ses frères étaient partis en colonie de vacances dans les Berkshires.

Elle jeta un coup d'œil circulaire à la cuisine, aux placards en bois pâle et aux murs bleu ciel, qu'elle connaissait si bien, au ventilateur en osier au plafond, qui ronronnait la nuit, à la moquette jaune passé. Dans cette pièce, elle avait révisé pour d'innombrables contrôles d'orthographe, elle avait fait un millier de gâteaux à la noix de coco avec sa mère, et elle s'était cachée dans le débarras où dormait le chien, en emportant avec elle le téléphone sans fil pour pouvoir parler avec Doug Anderson une nuit entière. Ici, cela n'avait plus d'importance qu'elle soit sortie parmi le groupe des 3 % en tête de sa promo en école de droit, ni qu'elle ait les moyens de se payer un appartement dans le beau San Francisco avec chambre d'ami, pas plus qu'elle ait très probablement foutu en l'air sa carrière en l'espace des trois dernières semaines. Ici, on l'adorerait toujours pour avoir construit un village en carton pour ses figurines

She-Ra, pour s'être souvent levée de bonne heure afin de préparer un bol de céréales à son père avant le travail, et pour avoir convaincu ses frères de se laisser mettre du vernis à ongles sur les doigts de pied. Quand elle revint vivre chez ses parents, elle redevint instantanément cette version rajeunie et plus nature d'elle-même.

Dans les années qui suivirent la fin de ses études à Smith, Bree s'était contrainte à oublier que ce niveau de confort existait afin d'amoindrir la douleur que lui causait l'absence de sa famille. Et, à présent, en un clin d'œil, elles les retrouvaient. Mais Lara était partie.

Pendant le repas, ce soir-là, ils parlèrent d'April et de l'enquête. Le père de Bree connaissait quelques flics à la police d'Atlanta, des gars qui avaient eu leur mutation de Savannah des années auparavant. Il raconta qu'il essayait de faire pression sur eux pour obtenir des renseignements, mais personne ne savait rien. La police interrogea le maquereau que tout le monde soupçonnait, et puis ils le relâchèrent, ce que Bree ne comprenait absolument pas. Les filles du quartier, interviewées sur CNN, l'avaient vu arpenter les rues du Bluff tête haute, comme si de rien n'était. Les deux ados que la police avait trouvées enchaînées à un radiateur chez lui avaient refusé de témoigner et avaient déclaré qu'elles nieraient toutes les accusations faites à son encontre. Au bout de cinq jours, la police n'ayant rien pu retenir contre lui, il fut relâché.

Quand la discussion sur April commença à devenir trop électrique, ils se mirent à parler de ses frères : les choses prenaient un tour sérieux entre Roger et Emily, et ils étaient partis pour leur maison sur la côte de Charlestown pour le week-end.

« Ils seront rentrés demain matin, et tu vas enfin pouvoir rencontrer notre Emily », dit sa mère.

*Notre Emily.* Bree en eut envie de pleurer. Pourquoi est-ce qu'elle n'a jamais pu voir Lara sous cet angle ?

Tim vivait sur la plage avec des amis pour l'été. Il travaillait comme livreur de pizza, ce qui mettait la mère de Bree dans tous ses états car, comme elle disait :« Une fois, j'ai pris le break pour le suivre, et il a tourné à gauche au feu rouge trois fois[72] ! Quand je l'ai engueulé à cause de ça, plus tard, il a seulement dit : "Quoi ? On n'a pas le droit de faire ça ?" »

Après le dîner, le père de Bree leur servit à chacun une grosse part de tarte aux fraises. Quand il déposa la part de sa mère en face d'elle, sur la table, elle se tourna vers lui, les yeux brillants, et ils s'embrassèrent. Cela ne dura qu'une seconde, suffisamment pour rappeler à Bree une photo de leur album de mariage : sa mère, le visage tourné vers l'homme qui était son mari depuis quelques heures et qui se levait pour porter un toast, un verre de champagne à la main.

Bree sentit sa gorge se serrer, en même temps qu'arrivait une douleur dans sa poitrine. Était-ce possible qu'elle leur dise à quel point Lara lui manquait ? Est-ce qu'ils pouvaient comprendre ? Elle aurait voulu, plus que jamais, que la personne qui comptait le plus pour elle soit un homme. Sa mère, alors, la cajolerait et la dorloterait contre son cœur pour sa plus grande joie, son père lui donnerait des conseils pratiques sur comment convaincre le petit ami de revenir vers elle.

72. En Amérique du Nord, on est autorisé à tourner à droite à un carrefour même quand le feu est rouge.

Peut-être le même souhait avait-il traversé l'esprit de la mère de Bree, car au même instant elle posa sa fourchette et dit :

« Dis donc, tu ne devineras jamais sur qui je suis tombée dans la file d'attente des produits frais au *Food Lion* ce matin. Betsy Anderson, la mère de Doug.

Bree sourit.

— Ah bon ?

— Et elle a fait sa mijaurée, elle a demandé des nouvelles de tout le monde, mais surtout de toi. Elle a dit que Doug avait été soufflé quand il t'a revue. Il a dit que tu étais plus belle que jamais. »

Bree leva les yeux au ciel mais le rouge lui monta aux joues. Est-ce qu'il avait réellement dit ça à sa mère, ou bien alors sa mère à elle était tout simplement en train de se mêler de ce qui ne la regardait pas ?

« Il n'a pas dit ça ? dit-elle enfin.

— Si ! dit sa mère. Je jurerais qu'il a toujours un faible pour toi.

— Maman ! dit Bree dans un éclat de rire. On a discuté cinq minutes en tout et pour tout. Et puis, quand même, il est marié.

Sa mère poussa un soupir.

— C'est sa femme qui porte le pantalon, d'après ce que j'ai entendu dire. Je me demande s'il est heureux avec elle.

— Papa ! dit Bree. Aide-moi à sortir de ce pétrin, tu veux bien ?

Son père leva une main.

— Tu vois ma chérie, quand elle fait ça, je crois que la meilleure chose à faire, c'est de laisser glisser.

Sa mère poursuivit, sans tenir compte de sa remarque.

— Il y a des mariages qui sont destinés à tenir, et d'autres pas. Il n'y a rien de honteux là-dedans. Dès l'école primaire, je savais déjà que j'épouserais ton père. Tout le monde chahutait ce gamin avec des lunettes, le genre premier de la classe, comment est-ce qu'il s'appelait déjà ? Bref, ton père s'est levé de sa chaise, je m'en souviendrai toujours, il s'est ramené juste à côté du gamin dont j'ai oublié le nom, et il a fait comme s'ils étaient les meilleurs amis du monde. Tu aurais dû voir le sourire du môme, comme il était reconnaissant. Ça, je ne suis pas près de l'oublier. Je me suis penchée à l'oreille de Pasty Foster (c'est vrai, tu peux lui demander) et je lui ai dit : "Je vais me marier avec Steven Miller."

— Et tu l'as fait, dit Bree.

Elle avait entendu cette histoire une centaine de fois.

— Oui, je l'ai fait, dit sa mère avec fierté.

— Bon, très bien, dans ce cas, tu m'as convaincue, dit Bree. Je vais prendre la voiture, descendre chez Doug sur-le-champ, et exiger qu'il prenne la tangente avec moi.

— Oh, tais-toi ! dit sa mère en lui donnant une petite tape avec sa serviette. Franchement ! Ça ne me viendrait pas à l'esprit de te demander de faire une chose pareille.

Son père se contenta de secouer la tête et de rire. Il tourna son regard vers Bree.

— Encore de la tarte ? demanda-t-il. Une chose est sûre, c'est que tu l'as bien méritée. »

Le lendemain matin, Bree se leva de bonne heure, avec pour projet de prendre la voiture pour aller rendre visite à la mère d'April, Lydia. Bree se disait qu'elle pouvait au moins aller l'embrasser et l'inviter au restaurant, c'était la moindre des choses. Elle ne s'était jamais retrouvée toute seule avec Lydia auparavant. Pour les week-ends des parents, à Smith, cette dernière ne s'était jamais déplacée, et elles ne s'étaient rencontrées qu'une seule fois, pour la remise des diplômes. Sally l'avait prévenue que Lydia était bizarre.

« Bizarre comme April ? avait demandé Bree.

— À un degré bien supérieur, avait répondu Sally. Avec la folie d'April, on remplirait un gobelet en carton, avec celle de sa mère, on ferait déborder le réservoir d'essence d'une bagnole. »

April avait disparu depuis plus d'une semaine. Bree avait appris en regardant *48 Hours Mystery* que, après une journée, les chances de retrouver un disparu vivant étaient quasiment nulles. Elle luttait contre les idées noires de ce genre, mais il lui était impossible de penser à rien d'autre.

À sept heures du matin, elle avait déjà pris sa douche et s'était habillée. Cinq minutes plus tard, elle était dans la cuisine et se préparait un café. Son père était déjà parti au bureau, et sa mère était dehors, où elle travaillait dans le jardin derrière la maison, son occupation préférée du matin. Bree s'assit à la table de la cuisine. De là, elle pouvait entendre sa mère chanter à travers la porte-moustiquaire une chanson de Patsy Cline que reconnut Bree sans qu'elle puisse lui donner un titre. L'odeur du café et de quelque chose de sucré dans le four lui remplissait les narines. Elle aurait aimé rester là toute la matinée, juste comme ça, puis, plus tard, accompagner sa mère au country club pour le déjeuner, et ensuite passer l'après-midi sous la véranda avec un bouquin. Au lieu de cela, il allait falloir qu'elle marche dans la rue où April avait été vue pour la dernière fois. Il allait falloir qu'elle regarde la mère très étrange d'April dans les yeux et qu'elle lui mente en lui disant que tout allait bien se passer.

Bree prit le double des clés de sa mère dans le placard situé sous le vieil évier en pierre de la cuisine. Elles étaient bien là, tenues ensemble par le même bout de lacet rouge et suspendues au même petit crochet, juste à côté des gants de jardin avec des motifs de roses que Bree avait offerts à sa mère, en troisième, pour la fête des mères. Elle fut frappée de voir à quel point rien ne changeait jamais ici. C'était tellement différent de sa vie à elle, ou de celle de ses amies, dont on aurait dit qu'elles changeaient chaque jour, chaque minute.

Dehors, elle entendit sa mère parler à quelqu'un, un homme. Bree s'approcha de la porte-moustiquaire et elle vit qu'il s'agissait de son frère, qui prenait la cisaille des mains de sa mère pour couper le bout d'une branche de quelque chose.

« Oh, merci mon trésor. Je n'arrivais à les couper celles-ci, elles sont drôlement épaisses. Tu ne voudrais pas en emporter une ou deux à Emily. Elles ne payent pas de mine maintenant, mais si elle s'en occupe bien, elles seront magnifiques au printemps prochain.

— Non merci, maman, dit Roger.

Il regarda en direction de la maison et aperçu Bree dans l'encadrement de la porte.

— Emily ne le sait pas, mais en réalité, c'est avec maman qu'elle sort, dit-il.

Bree éclata de rire.

— Je suis désolé pour April, Biscuit », dit Roger utilisant le surnom qu'il lui donnait lorsqu'ils étaient enfants.

Bree l'avait toujours détesté, mais à présent, le son de ce mot lui apportait un réconfort incomparable.

« Il n'y a pas de raison d'être désolé, dit-elle. April est solide comme un roc. On va la retrouver bientôt. »

Roger monta l'escalier, passa devant Bree pour entrer dans la cuisine et se dirigea vers le frigo. Il entreprit d'aligner ce qu'il en sortait sur le comptoir de la cuisine : une boîte de muffins anglais, un pot de moutarde au miel, un paquet de blancs de poulet, la moitié de la tarte de la veille enveloppée dans du papier alu.

« Qu'est-ce que tu fais ? demanda Bree.

— Je fais mes commissions, dit-il.

— Maman ! cria Bree, tournée vers le jardin. Roger est en train d'embarquer la moitié du frigo !

— Alors comme ça, maman m'a dit que Doug Anderson t'avait rendu visite la dernière fois que tu étais ici, fit Roger pour la taquiner.

— Pas vraiment, dit Bree. C'est plutôt qu'on s'est revus par hasard.

— Revus par hasard juste devant chez nous, d'après ce qu'on m'a dit, dit-il. Il m'a tout l'air d'être dinnnnnnngue de toi.

— Oh, la ferme ! dit-elle. C'est ahurissant, maman continue de croire qu'il est le Bon, même s'il est marié et qu'il a deux enfants.

— D'accord, mais toi, qu'est-ce que tu en penses ? demanda Roger.

— Je crois qu'elle est dingue, dit Bree. Est-ce que tu n'as pas l'impression que maman a une emprise sur toi, parfois ? C'est comme si tu voulais tellement qu'elle soit fière de toi que tu serais prêt à faire n'importe quoi.

Il leva un sourcil.

— Je suis l'aîné de ses fils, Biscuit. Ça demande pas tant de boulot que ça. Mais quand même, je vois ce que tu veux dire. J'ai pleuré comme un bébé quand j'ai appris que maman avait fait une crise cardiaque. Je crois que ça faisait bien dix ans que je n'avais pas pleuré. C'est ça, l'effet que peut avoir maman sur nous.

— Ça faisait dix ans que tu n'avais pas pleuré ? » dit Bree.

C'était bien là une de ces choses incroyables qui caractérisaient les hommes et qui la rendaient heureuse de ne pas en être un. Comment pouvait-on ne pas pleurer une seule fois en dix ans ?

« C'est pareil, j'en viendrais presque à vouloir que Doug soit le Bon, tellement ça ferait plaisir à maman si c'était le cas, dit Bree.

— Comme c'est romantique », commenta-t-il.

Elle éclata de rire, puis ajouta à voix basse pour que sa mère ne l'entende pas :

« Ça me fait de la peine de voir à quel point ils aiment Emily. Comment ça se fait qu'ils n'ont jamais pu aimer Lara de la même façon ?

— Alors elle te manque ? » demanda-t-il.

Elle lui raconta toute l'histoire, comment Lara l'avait quittée, comment ça l'avait dévastée d'entrer dans leur appartement vide.

« Pourquoi tu ne lui passes pas un coup de fil ? demanda-t-il.

— J'ai essayé. Elle a changé de numéro. Je ne sais même pas où elle est, dit Bree. En plus, il y a des fois, ça se passe tellement mal que c'est à se demander si les choses pourront redevenir comme elles étaient, tu vois. »

Leur mère entra à ce moment-là et posa le ridicule chapeau de jardin mou qu'elle avait sur la tête.

Bree la prit dans ses bras.

« Il faudrait que j'y aille maintenant, dit-elle.

— Attache ta ceinture et gare-toi sur le côté de la route si tu sens que tu es fatiguée, lui dit sa mère.

— Je vais à Atlanta, dit Bree en riant. C'est seulement à trois heures et demie de voiture d'ici. Ça ne devrait pas trop me fatiguer.

— Il y a plus d'accidents qui arrivent à cause de conducteurs qui s'assoupissent au volant que tu ne le crois. »

Bree leva les yeux au ciel.

Une fois dehors, la chaleur la percuta de plein fouet. Sur la route d'Atlanta, elle mangea les cookies mous et tout chauds que sa mère lui avait préparés pour le voyage. Elle mit la radio et essaya de ne pas pleurer quand elle entendit une des chansons de Bob Dylan préférées d'April, mais elle ne put pas retenir ses larmes.

Elle pensait à Doug Anderson à chaque fois qu'elle voyait une Volvo sur l'autoroute. Il avait occupé ses pensées bien plus ces derniers temps qu'au cours des neuf dernières années confondues. Apparemment, sa mère pensait qu'il n'était pas trop tard pour qu'ils reprennent les choses là où ils les avaient laissées après le lycée, et pourtant, ce type avait une femme et des mômes. L'espace d'un court instant, Bree se laissa aller à imaginer la scène : la nuit, elle viendrait se blottir contre lui, tout comme sa mère, vêtue de sa mince chemise de nuit en coton couleur coquillage, venait se blottir contre son père. Au matin, les petits bruits de pas des enfants dans le couloir les réveilleraient. Puis, ils sentiraient sur eux le poids des bambins venus les rejoindre dans leur lit. Elle pensa aux longs cheveux roux de cette mignonne petite fille, comment elle les brosserait et les maintiendrait en place à l'aide d'une barrette en forme de papillon. (Les cheveux lui rappelleraient sans doute leur mère biologique, qui avait péri tragiquement des suites d'une attaque de requin, mais Bree ferait avec.) Elle se représenta les crêpes qu'on fait sauter, les chansons qu'on chante dans la voiture et les cris pour leur faire avaler leurs légumes et les envoyer se coucher. Elle se vit, seule avec Doug, sur le porche les longues soirées d'été, à discuter de leurs parents et de leurs années de jeunesse. Peut-être que cette base d'expériences communes constituait le ciment de l'intimité vraie. Pas de lutte, pas de passion, pas de différences, mais purement et simplement : *ma maman connaît ta maman, et je me souviens de ta tête l'été où on t'a mis un appareil dentaire et où tu as perdu toutes tes tâches de rousseur.*

Tout à coup, la détonation d'un Klaxon de poids lourd retentit, et Bree l'interpréta comme un signe qu'il fallait qu'elle arrête de voir les choses ainsi. Elle changea de fréquence et passa sur NPR. Elle tomba sur une discussion sur l'éthanol et elle fit comme si cela la passionnait. Bien évidemment, il n'y avait personne d'autre qu'elle-même à qui jouer la comédie, mais c'était déjà bien suffisant.

Quand Bree gara la voiture devant l'hôtel minable, la mère d'April était là, juste devant, en jean avec une longue chemise flottante, en train de fumer une cigarette. Lydia avait l'air d'avoir pris vingt ans depuis la dernière fois que Bree l'avait vue. Des rides profondes sillonnaient son visage, et ses cheveux étaient ramassés en une queue-de-cheval austère. Bree faillit ne pas la reconnaître.

Elle ne fit pas de sourire en montant sur le siège passager. Bree se demanda si Lydia était au courant de tout ce qui s'était passé entre April et elle au cours de cette dernière année. Est-ce qu'April avait raconté à sa mère leur engueulade débile pour le mariage de Sally et la façon dont leur amitié s'était effritée ?

Elle prit le parti de ne pas s'en inquiéter.

« Ça fait plaisir de vous voir, dit Bree.

— La vache, c'est fou ce qu'il fait chaud dehors, dit Lydia. Je transpire à des endroits de mon corps que je ne connaissais même pas. »

À l'entendre, on aurait dit qu'elle était saoule. Il n'était que onze heures du matin.

« Je meurs de faim, déclara Lydia. La bouffe à l'hôtel est absolument dégueulasse. J'ai repéré un boui-boui, juste à côté de l'autoroute, qui a l'air pas trop mal. »

Elles firent la route jusqu'au restaurant sans dire un mot, et allèrent s'asseoir à une table près de la fenêtre. Au-dessus de leur tête, un éclairage au néon s'éteignait par intermittence à peu près toutes les minutes. L'arrière des jambes nues de Bree collait à la moleskine rouge des sièges.

Après avoir commandé un café et en avoir bu quelques gorgées, Lydia se radoucit.

« C'est gentil de ta part d'être venue jusqu'ici pour me tenir compagnie pour la journée, dit-elle. Je sais même pas ce que je suis venue faire ici, à Atlanta. Concrètement, il n'y a pas grand-chose à faire. Mais sinon, j'aurais fait quoi ? Griller cigarette sur cigarette dans mon appartement toute seule ? »

Bree lui adressa un sourire triste. Elle avait toujours trouvé que Lydia était quelqu'un de bizarre, mais, malgré tout, à cet instant, elle éprouvait de la pitié pour elle. Sa fille unique était portée disparue, et elle n'avait aucun moyen de faire quoi que ce soit.

« Ma mère m'a chargée de vous dire que vous êtes la bienvenue chez nous, à Savannah, dit Bree.

Lydia fit un geste de la main pour balayer l'invitation.

— Crois-moi, c'est souhaitable pour personne. »

Elles commandèrent des pancakes et du bacon à une ado à l'air las, affublée d'un uniforme rose trois fois trop grand.

Lydia sortit de son sac deux flacons blancs qu'elle agita pour en sortir quelques pilules. Elle engloutit la poignée d'un coup avec un verre d'eau.

« Cette femme, Ronnie Munro, c'est pas n'importe qui, dit Lydia. On a pris un café ensemble hier. J'aurais été prête à tout pour décrocher un job comme le sien, avoir un statut, être une artiste sérieuse. Un travail qui compte, tu vois ? »

Bree hocha la tête, bien qu'au fond d'elle, elle trouvait que c'était un truc incroyablement bizarre à dire. Sans Ronnie, April serait très probablement en parfaite sécurité à présent et en train d'enseigner dans une ZEP, devant une classe de petits monstres désobéissants.

« Dis donc, c'est fou ce qu'elle aime April, dit Lydia. J'étais fière d'entendre Ronnie parler d'elle, de ses qualités de combattante. Ma petite fille. »

Son regard se perdit dans le vide pour un instant avant de revenir se braquer droit dans les yeux de Bree.

« Tu sais, quand j'ai reçu le coup de fil de la police pour me prévenir qu'elle avait disparu, eh bien, c'était la première fois que j'entendais dire qu'April était à Atlanta. À ma connaissance, elle habitait toujours à Chicago avec

Ronnie. Ça donne une idée de l'état de nos relations depuis quelques années. »

Bree était abasourdie. April n'avait-elle pas dit que sa mère trouvait le projet d'Atlanta génial ? Est-ce que c'était possible qu'elle n'ait pas non plus parlé à sa mère depuis au moins un an ?

« Est-ce que vous avez été en contact avec la police aujourd'hui ? demanda Bree.

Lydia fit non de la tête tristement.

— Rien de neuf. Tu savais qu'ils avaient dragué quelques étangs dans le coin ?

Bree en perdit le souffle.

— Non, fit-elle, et la pensée qu'April était morte la fouetta soudain.

— Ah, si, j'ai bien reçu un coup de fil du père d'April, si on peut l'appeler comme ça, qui était dans tous ses états, dit Lydia. Il voulait savoir comment il pouvait se rendre utile. Qu'est-ce que tu dis de ça ? Il voulait engager des enquêteurs privés et offrir plus d'argent pour les informateurs. Je lui ai dit qu'il pouvait aller se faire foutre. »

Bree était choquée d'entendre cela, mais elle essaya de le dissimuler. Elle aurait voulu que Celia soit là. Elle saurait exactement quoi dire.

La serveuse arriva avec, dans une main, les pancakes et un pichet poisseux de sirop de sucre posés sur un plateau, et dans l'autre, la cafetière.

« Voilà le petit déjeuner », dit-elle en faisant glisser les assiettes sur la table.

Après qu'elles furent sorties du restaurant, Bree conduisit Lydia à travers la ville. Elle l'aida dans ses démarches avec la police et l'arrêta à l'épicerie pour qu'elle fasse ses courses. Sur le chemin du retour, elle sanglota en repensant à quel point tout ça était injuste : pourquoi fallait-il que ça arrive à April, qui avait toujours œuvré pour que le monde soit meilleur ?

Bree demeura en Georgie pendant toute la fin du mois d'août et tout septembre. À San Francisco, tout le monde avait appris ce qui s'était passé, et ils exprimèrent, temporairement, leur sympathie. La maison de ses parents était devenue son cocon, et les journées passaient pendant lesquelles elle aidait sa mère au jardin, lisait des romans de huit cents pages, et prenait la voiture pour aller, à son bureau, porter le lunch de son père quand celui-ci l'oubliait accidentellement à la maison.

Sally n'arrêtait pas de dire que ça n'était pas sain, qu'il fallait que Bree reprenne un rythme de vie normal. Elle savait que Sal avait raison, mais quand son patron appela pour lui envoyer l'ultimatum auquel elle s'attendait depuis qu'elle était partie (à savoir reprendre le travail sur-le-champ, sans quoi il serait contraint de la remplacer), elle l'informa qu'elle comprenait tout à fait sa position, et qu'elle demanderait à l'une des aides juridiques de débarrasser son bureau.

Bree ne pensa pas aux efforts qu'il lui avait fallu pour décrocher ce job, ni à ce cabinet vers lequel toutes ses aspirations étaient tournées depuis le début. Elle ne pensa pas aux innombrables heures qu'elle avait passées avec Lara à essayer des tenues pour l'entretien, tandis que Lara se plongeait dans l'étude de sites Web à la recherche d'informations concernant les associés. Elle finit d'ailleurs par découvrir que Peter Morris avait, sur Amazon.com, une liste de vœux où il révélait son amour du golf, des chiens et des histoires de meurtres vécues, tandis que Katherine White avait couru le semi-marathon de Big Sur à l'automne dernier, et qu'une fois elle avait traîné son propriétaire en justice. Elle ne pensa pas à la façon dont elle s'était défoncée sans compter, bossant nuit et jour au bureau, ni au rush qui s'emparait d'elle quand elle entamait un nouveau dossier.

Quand elle annonça à ses parents qu'elle ne retournerait pas au travail, son père en eut le souffle coupé.

« Bree, ma chérie, est-ce que tu veux venir travailler avec moi ? »

Elle sourit, en réfléchissant à cette proposition. Elle imaginait ce que serait sa vie si elle se réinstallait à Savannah pour de bon : prendre un studio en ville, se rendre à pied au bureau tous les jours, défendre les clients aux côtés de son père. Tim voulait poursuivre ses études de droit après son DEUG, et elle le voyait rejoindre l'équipe. Comment est-ce qu'ils s'appelleraient ? Miller, Miller & Miller ? Miller et Fils ?

Mais Bree avait pris sa décision.

« Je crois que je vais retourner à New York pour passer un peu de temps avec Celia », dit-elle.

À sa grande surprise, aucun d'entre eux ne tiqua.

Au lieu de cela, sa mère dit :

« J'aimais beaucoup ma grand-mère et, quand elle est morte, je suis allée vivre avec votre tante Kitty pendant deux semaines d'affilée. Elle a pris soin de moi en me mettant au régime whiskey-sandwich au fromage jusqu'à ce que j'arrête de pleurer. Parfois, tout ce dont une fille a besoin, c'est de sa meilleure amie. »

Et donc, Bree retourna à New York. L'automne s'installa. Des bourrasques de vent frais arrivèrent, les feuilles virèrent à l'orange et au jaune, lui rappelant ses automnes à Smith, leurs combats de feuilles mortes sur le Quad, et les joyeux visiteurs d'Halloween qu'elles attendaient avec des sucettes et des Milky Way.

Pendant des semaines, Bree et Celia préparèrent les repas ensemble à partir du livre de cuisine de Celia, *The Silver Spoon,* et firent des parties de scrabble au lit. Elles essayèrent de dresser la jeune chienne de Celia, Lola, et elles descendirent tellement de bouteilles de vin que Celia décida de fabriquer un tableau d'affichage géant pour la cuisine avec les bouchons en liège. Pendant la journée, Bree allait faire les courses, sortait le chien au parc et nettoyait des recoins de l'appartement dont Celia elle-même n'aurait jamais remarqué qu'ils étaient sales. Elle astiqua les rebords des fenêtres, fit briller les cercles autour des plaques de cuisson et rinça le support des brosses à dents. Celia répétait qu'elle était heureuse d'avoir Bree chez elle, mais Bree était consciente du fait que, quand quelqu'un habite chez vous indéfiniment — même votre meilleure amie —, ça finit toujours par vous taper sur les nerfs. D'ailleurs, elle n'avait pas vraiment laissé le choix à Celia. Celle-ci était la personne avec qui elle avait besoin de passer du temps pour l'heure, et elle faisait en sorte d'apporter sa contribution.

Certains après-midi, quand l'air était vivifiant, Bree se promenait dans Brooklyn toute seule, engageait la conversation avec des vieilles dames solitaires dans les cafés, prenait dans ses mains chaque petite bouteille en verre des magasins d'antiquités de Montague Street, tout en essayant de se vider l'esprit des épisodes de l'été. Mais lorsque Celia rentrait du travail, elles se mettaient en boule sur le canapé et parlaient d'April et de Lara.

« Elle te manque, Lara ? » demanda Celia un soir alors qu'elles étaient toutes les deux sur le canapé, un bol de pop-corn entre elle avec la chienne qui, par terre, s'escrimait sur une oreille de cochon.

Bree haussa les épaules.

« Tu y crois, toi ? Elle ne m'a toujours pas appelé. Je suis sûre qu'elle est au courant pour April.

— Aujourd'hui, dans la rue, j'ai vu une fille qui ressemblait exactement à April, dit Celia. Elle avait de longs cheveux roux, et elle portait une robe chasuble en velours, tout à fait dans le style d'April. Et elle avait une façon de marcher avec des mouvements exagérés comme l'aurait fait April. Et même si je savais bien que ce n'était pas elle — je veux dire, April n'a plus sa chevelure rousse — j'avais tellement envie que ce soit elle.

— Ça m'est arrivé, à moi aussi, dit Bree. Je n'arrête pas de la voir partout où je vais. »

Celia entama une réponse, mais Bree n'écoutait plus. Elle regardait, par la fenêtre, la Tour de Garde, le siège international des Témoins de Jéhovah, qui avait été érigée afin qu'ils soient les premiers à voir l'arrivée du Christ le jour de l'Apocalypse.

Il y en avait des dizaines dans le quartier, qui se promenaient toujours affublés de leurs habits du dimanche : les hommes en costumes impeccablement repassés, les femmes en jupes longues et fluides. Une fois, Bree avait demandé à Celia s'ils étaient toujours habillés comme ça.

« Quand tu te dis qu'aujourd'hui, c'est peut-être le jour où tu vas rejoindre ton Créateur, tu fais un petit effort vestimentaire », avait dit Celia avec un sourire narquois.

Cela avait fait rire Bree mais, à présent, en y réfléchissant, elle se disait que, d'une certaine façon, les Témoins de Jéhovah n'avaient pas complètement tort. On ne savait jamais vraiment ce que Dieu ou la vie avait en réserve, et quand, sans avertissement, sans qu'on ait eu le temps de s'y préparer, on prenait un coup de plein fouet, peut-être qu'on en ressentait la morsure que plus intensément.

# SALLY

Sally laissa tomber la serviette de bain sur le sol de la salle de bain et observa son corps dans le miroir. Elle hurla à pleins poumons, comme une adolescente dans un film d'horreur qui vient de voir un meurtrier à la hache sortir de la cave.

« Bébé ? appela Jake en haut des escaliers, d'une voix moyennement concernée.

— Désolée, je viens encore de me voir nue, cria-t-elle.

— Tout va bien, dit-il.

Elle l'entendit retourner à la salle télé.

Elle était enceinte de sept mois. À cinq mois, chaque partie de son corps avait subitement explosé. Elle n'avait pas côtoyé de femmes enceintes jusque-là et elle avait présumé que la seule partie du corps qui allait changer était son ventre. Le corps de Sally — qu'elle avait entretenu pour le maintenir en forme au prix d'efforts constants — avait gonflé dans tous les sens. Ses seins s'alourdissaient. Son visage s'empâtait, comme chez les deuxième année de Smith qui se goinfraient de pudding et de rôti de porc au réfectoire. Ses cuisses étaient recouvertes de vergetures rougies qui se dessinaient çà et là, comme des nationales sur une carte routière. Ses doigts et ses pieds avaient tellement gonflé que sa bague de mariage ne lui allait plus et elle ne pouvait plus mettre aux pieds que des tongs, même pour aller travailler (elle n'avait aucune idée de ce qu'elle ferait quand le temps se refroidirait d'ici un mois).

Son docteur lui avait dit qu'il n'avait jamais vu quelqu'un connaître une grossesse si intense. Lorsqu'elle ressentait le plus léger frisson, ses jambes et ses pieds devenaient bleus et marbrés. (« C'est normal ! » disait Jake rayonnant. C'est à cause des tous ces œstrogènes que tu produis ! ») Elle avait mal au dos ; elle était constipée tout le temps, elle avait des sautes d'humeur insensées qui lui tombaient dessus sans avertissement et elle ressentait parfois l'envie de tuer Jake dans son sommeil pour l'avoir mise dans cet état.

Sally n'avait jamais vraiment été intéressée par la nourriture, mais, durant sa grossesse, elle devint vorace. Elle avait des envies irrépressibles d'oranges sanguines, de steaks saignants, de cheeseburgers et de Devil Dogs[73] (avait-elle seulement goûté à un Devil Dogs avant cela ?), de milk-shakes et de brioches à la cannelle, celles qu'on ne trouvait qu'au centre commercial. Jake passait son temps à la nourrir et à lui dire qu'elle était belle, mais elle avait pris vingt-deux kilos depuis qu'elle avait appris qu'elle attendait un bébé, ce qui était insensé, elle le savait bien.

Comme Rosemary l'avait si délicatement dit :

« Ralentis ! Tu manges peut-être pour deux, mais vous n'êtes ni l'un ni l'autre des sumos.

— Les bébés dont les mères prennent moins de neuf kilos ont de plus grandes chances d'être prématurés et de

73. Gâteau moelleux au chocolat fourré à la crème.

souffrir d'un retard dans l'utérus, rétorqua Jake. Une prise de poids raisonnable et sans risque pour la grossesse se situe entre onze et seize kilos, mais tout va bien pour Sally. C'est notre docteur qui l'a dit. Elle était déjà en forme avant d'être enceinte. Néanmoins, dans le cas d'une prise de poids majeure comme chez elle, une naissance vaginale devient difficile ou impossible, et…

Sally l'interrompit.

— Chéri, ferme-la s'il te plaît. »

Rosemary eut l'air choqué, mais Sally refusait que l'on parle de son intimité en société, uniquement parce qu'elle était enceinte.

« Il cite *À quoi s'attendre lorsqu'on attend un bébé* à tout bout de champ, dit-elle. Et ça me rend dingue.

Rosemary fronça les sourcils.

— Oh, c'est embêtant. Jake, garde ça pour toi. »

Jake eut l'air triste. Sally s'en fichait. Il était tellement rempli de fierté à l'idée de devenir papa que, parfois, il lui donnait l'impression qu'elle n'existait même plus.

Il ne voulait plus faire l'amour, parce qu'il avait peur de faire mal au bébé, même si tous les livres disaient l'inverse.

Une semaine plus tôt, elle s'était réveillée et le trouva en train de rouler le tapis dans le couloir à l'étage.

« Qu'est-ce que tu fais ? dit-elle.

— Je mets des antidérapants sous tous les tapis aujourd'hui, dit-il.

— Pourquoi ? demanda-t-elle.

— Eh bien, dans *À quoi s'attendre*, ils disent que c'est une bonne idée, tu comprends, parce que plus tu prends du poids plus ton centre de gravité se déplace et plus tu as de chances de faire une chute. »

Sally inspira profondément. Est-ce que c'était censé lui faire plaisir ? Elle se posa la question. Est-ce qu'il y avait des femmes qui mouraient d'envie de voir leur mari s'occuper autant d'elles ?

Plus tard, ce jour-là, elle ouvrit un bocal d'olives au-dessus de l'évier et elle s'apprêtait à en manger une quand Jake lui dit :

« Est-ce que ça a fait un petit bruit ?

— Quoi ? dit-elle d'une voix irritée.

— Le bocal, je n'ai pas entendu de petit bruit. Les olives sont peut-être abîmées, Sal. Je crois que tu devrais les jeter. La plus petite quantité de bactéries pourrait tuer le bébé. »

Sally leva le bocal à sa bouche et le secoua fort jusqu'à ce que les olives remplissent ses joues et que le jus salé coule sur son menton et descende le long de son cou. Elle mâcha et mâcha et après avoir finalement avalé, elle cria : « Je ne suis pas le putain de cockpit de ton bébé ! Je suis ta femme ! » et elle sortit en trombe de la pièce.

Elle avait lu quelque part que les femmes devenaient mères à partir du moment où elles apprenaient qu'elles étaient enceintes, alors que les hommes ne devenaient des pères qu'à partir du moment où ils voyaient leur bébé pour la première fois. Dans son couple, on aurait dit que c'était l'inverse. D'un point de vue personnel, cela l'inquiétait. Mais d'un point de vue intellectuel, elle trouvait cela fascinant et elle aurait aimé qu'April soit là pour en parler avec elle — la différence entre l'inné et l'acquis, le rôle des deux sexes et tout le reste. Quand elle avait essayé d'aborder le sujet avec Jake, il s'était contenté de dire, « Oh, mon amour, tu vas être une mère fantastique », ce qui n'était pas vrai, elle le savait bien, et puis, de toute façon, là n'était pas la question.

Jake parlait au bébé, il lui chantait des chansons, lui lisait des histoires — des albums de *The Family Circus* [74] et de *Snoopy,* le *Boston Globe,* des critiques de musique et le *Sports Illustrated,* de la première à la dernière page.

Sally ne parlait jamais au bébé. Elle n'arrivait pas à imaginer cette forme floue dans son ventre comme une vraie personne. Évidemment, comme Jake lui fit remarquer, on lui avait donné la nouvelle de ce qui était arrivé à April à peine deux mois après qu'elle eut appris qu'elle était enceinte. Il était impossible de savoir quelle incidence ces deux nouvelles avaient l'une sur l'autre, ou comment elle se sentirait si April était là. Ça avait toujours été comme ça pour Sally, aux bonnes nouvelles succédaient les périodes de désespoir. Comment est-ce qu'elle aurait ressenti les choses, quand elle avait eu son bac ou démarré la fac, s'il n'y avait pas eu le décès récent de sa mère ? À quoi aurait ressemblé son mariage si, sous l'emprise de l'alcool, elle ne s'était pas disputée bêtement avec les filles le soir d'avant ? Sally ne le saurait jamais.

Elle alla dans la chambre et s'allongea nue, se recouvrant d'un drap pour ne pas voir ce corps qui la révoltait. Ils étaient attendus pour le dîner chez les parents de Jake dans une heure, et Sally se demanda si elle ne pourrait pas y couper, juste cette fois. Ce serait formidable d'avoir la maison pour elle toute seule une soirée. Elle pourrait regarder une série B sur Lifetime et boire un verre de vin rouge. (Jake paniquerait, mais elle savait de source sûre

74. Bande dessinée américaine de Bil Keane.

qu'à Paris, les femmes enceintes buvaient deux verres de cabernet par jour, et leurs bébés ne s'en portaient pas plus mal.) Elle pourrait appeler Bree et Celia, et parler aussi longtemps qu'elle voudrait, sans que Jake lui fasse son regard de cocker battu comme à chaque fois qu'elle l'ignorait trop longtemps.

Les vies de Bree et de Celia avaient plus visiblement changé durant ces deux derniers mois qu'au cours de toutes les années post-Smith. Elle croyait que la disparition d'April avait eu un effet étrange sur elles deux, différent de ce qu'elle aurait imaginé. Bien sûr, elles étaient toutes tristes et sur les nerfs, et elles s'attendaient à apprendre la nouvelle terrible chaque fois que le téléphone sonnait. Mais c'était plus que cela. C'était comme si Celia et Bree ne voyaient plus le monde qu'au travers de ce seul événement : April avait disparu, et tout découlait de cela.

Bree était retournée à New York, une ville qu'elle n'aimait même pas, pour vivre avec Celia. Dans un e-mail, elle avait parlé de l'affreux petit déjeuner qu'elle avait eu avec la mère d'April. « À présent, plus que jamais, je comprends l'importance que joue la famille, écrivit-elle. Et du coup, je me sens bénie de ce qui est arrivé dans ma vie, alors que j'aurais pu en être affectée. » Faisait-elle référence à l'attaque cardiaque de sa mère ? Ou bien à April ? Ou à Lara ? Sally soupçonnait qu'il s'agissait un peu des trois.

Elle avait été choquée quand Bree avait démissionné de son boulot. Autant Bree semblait se sentir tout à fait à l'aise de foutre en l'air tous ses efforts de travail, autant Sally trouvait cela criminel et elle se demandait si Bree n'était pas en train de faire une dépression. La Bree qu'elle avait connue à la fac avait pleuré, une fois, à cause d'un A– pour un partiel de fin d'année, lequel, affirmait-elle, allait briser sa carrière entière.

Celia aussi avait changé, et Sally ne savait dire si c'était pour le meilleur. Sa réaction face à la disparition d'April était compréhensible. Prenant conscience de la brièveté de la vie, Celia avait décidé de se débarrasser de tout ce qui ne la rendait pas heureuse, ici et maintenant. Elle disait travailler sur son roman plus sérieusement que jamais. Elle avait arrêté de faire des régimes et avait pris cinq kilos. Elle faisait du poulet rôti au citron et à l'ail, du ragoût de bœuf ou des spaghettis aux boulettes de viande. Elle avait acheté un bichon maltais, adorable petite boule de poils blancs, qui lui avait déjà dévoré quatre paires de talons hauts, un porte-monnaie Marc Jacobs et un billet de cinquante dollars, sans parler des pipis partout sur le canapé. Elle faisait un break d'au moins six mois avec les mecs et elle refusait de nettoyer sa salle de bain, la corvée qu'elle redoutait le plus (cependant, Sally soupçonnait Bree de le faire à sa place).

Certains soirs, Sally se mettait au lit avec Jake, et elle aurait voulu être avec ses amies. Leurs vies entières avaient basculé si soudainement et de tant de façons, et elle ne pouvait s'empêcher de se sentir jalouse de Bree et de Celia, qui étaient arrivées à former un petit cocon autour d'elles pour faire face à ce qui pourrait se produire.

La seule personne qui semblait ne pas avoir changé dans les semaines qui suivirent la disparition d'April était Ronnie. Elle était restée ce carnivore qui faisait sa propre promotion. Elle voyageait avec son histoire de trafic sexuel, et on la voyait apparaître dans des émissions comme *Charlie*

*Rose, Larry King Live* et *Fresh Air* avec Terry Gross. Elle s'apprêtait aussi à sortir un livre sur le sujet. Et puis, il y avait le film qu'elles avaient projeté de faire depuis le début.

Sally était consciente que c'était une bonne chose d'entendre enfin parler de la prostitution infantile et du trafic sexuel aux informations, April en aurait été fière. Mais la façon dont Ronnie récupérait la disparition d'April pour faire passer son message la dégoûtait. Chaque histoire commençait de la même manière : « April Adams n'avait pas le profil type de la victime du trafic sexuel. Elle était blanche, avait bénéficié d'une bonne éducation, et bla-bla-bla. » Ça avait le don de hérisser Sally, parce que, en réalité, il n'y avait aucune preuve qu'April avait été kidnappée par un proxénète, hormis le témoignage d'une vieille femme. Elle pouvait se trouver n'importe où, avec n'importe qui.

En repensant à tout cela, tandis qu'elle remontait les draps jusqu'à son menton, Sally se sentit envahie de colère — contre cette salope de Ronnie de tirer avantage de l'idéalisme d'April et de faire d'elle une autre victime de sa mission. Contre April elle-même de se montrer si naïve (est-ce qu'elle n'avait pas été suffisamment chanceuse de s'être sortie à chaque fois de tous les autres projets stupides de Ronnie, saine et sauve ?). Sally était également enragée contre sa mère, de façon irrationnelle, pour l'avoir abandonnée avant qu'elle ait eu le temps de lui poser les questions importantes. Les premières années après sa mort, Sally pouvait prédire exactement ce qu'elle aurait dit en réponse à n'importe quel problème. Maintenant, elle n'en avait vraiment aucune idée. Aurait-elle été ravie de devenir grand-mère si vite ou, au contraire, déçue par Sally de ne pas suivre son rêve d'études de médecine ? Comprendrait-elle à quel point Sally se sentait coupable d'avoir laissé passer une année sans qu'elles s'adressent une seule fois la parole ?

Jake fit un peu la moue mais, au bout du compte, il accepta de dire à sa mère que Sally se sentait trop mal pour sortir. Dix minutes après qu'elle eut entendu sa voiture sortir de l'allée, elle descendit en peignoir dans la cuisine à la recherche de nourriture. Elle se sentit tout excitée, comme la première fois où ses parents l'avaient laissée seule à la maison lorsqu'elle avait onze ans. Elle pouvait faire tout ce qu'elle voulait ! Ce qui se résumait pour le moment à mettre un CD de Faith Hill, se faire deux sandwiches au beurre de cacahouètes et à la banane, se servir un grand verre de chocolat au lait et manger debout devant le comptoir. Mais bon, c'était déjà ça.

La voix de Faith résonnait à travers toutes les vastes pièces du rez-de-chaussée. *I believe in Peter Pan and miracles, anything I can to get by.*

La maison était trop grande pour eux deux seulement. Elle était trop grande même pour eux deux et un bébé, vraiment. Ni l'un ni l'autre n'avaient jamais possédé un appartement avant cela, sans parler d'une maison entière, et les travaux d'entretien constants les faisaient halluciner. Alors qu'avant, pour une fuite de robinet ou un tuyau cassé, il suffisait d'appeler le propriétaire, à présent, la tâche était tout autre. Ils allaient chez *Home Depot* au moins une fois par week-end.

« Comment tu fais pour supporter ça ? » lui avait demandé Celia un jour au téléphone. Et Sally avait dit : « Honnêtement, je ne sais pas. Crois-moi, je n'ai jamais imaginé que je serais enceinte et fourrée chez *Home Depot* à l'âge de vingt-six ans. » En même temps que les mots sortaient de sa bouche, elle eut l'impression qu'elle avait trahi Jake. En fait, elle aimait leurs tours en voiture du dimanche à la jardinerie et au magasin de peinture. Après ça, ils s'arrêtaient toujours chez *Brigham's* pour un sundae chaud au caramel, et Jake tirait un plaisir incommensurable à mettre à fond un vieil album de Bruce Springsteen et à chanter par-dessus.

Le père de Sally adorait leur maison. Elle le voyait plus souvent ces derniers temps, ce qui n'était pas particulièrement agréable. Il ne posait jamais de questions sur le bébé ou sur April, seulement sur leur taxe foncière ou le prix que Jake avait payé pour ses clubs de golf. Il s'était installé avec une nouvelle femme, Barbara, et Sally supposait que c'était elle qui essayait de les rapprocher tous les deux. Elle n'arrivait pas à se résoudre à parler de Barbara comme la petite amie de son père. Elle était grosse, il n'y avait pas de mot gentil pour le dire. Elle avait des cheveux plats et grisonnants et, même lorsqu'elle apparaissait sous son meilleur jour, elle n'arrivait pas à la cheville de sa mère, même au pire de sa forme. Elle avait quarante-sept ans, travaillait au service comptable d'une maison de retraite de banlieue et elle ne semblait avoir aucune qualité pour compenser ses défauts. Sally n'avait pas la moindre idée de ce que son père lui trouvait. Peut-être, comme sa mère avait dit une fois, les hommes ne pouvaient-ils tout simplement pas rester seuls.

« Les femmes quittent leurs maris quand elles sont au bout du rouleau, avait-elle dit à Sally. Les hommes partent lorsqu'ils trouvent une nouvelle femme. »

Sally mordit dans son sandwich et but une bonne gorgée de lait pour le faire passer. En mâchant, elle le sentit, le premier coup de pied à l'intérieur. Elle laissa échapper un petit cri. Puis vint un autre coup.

« Mon Dieu », dit-elle en riant.

C'était la chose la plus étrange et la plus incroyable qu'elle ait jamais ressentie. Son enfant, vivant, à l'intérieur d'elle.

Pendant deux mois, le docteur et les infirmières lui avaient demandé si elle sentait quelque chose. Elle détestait ce sentiment de culpabilité qui grandissait en elle chaque fois qu'elle leur disait non, comme si elle était une mauvaise mère, même quand il s'agissait de recevoir des coups de pied dans le ventre.

« Est-ce que tu aimes les bananes ? » demanda-t-elle, et elle ressentit simultanément monter en elle un élan d'amour, de panique et de sécurité.

Le téléphone sonna, et Sally tendit le bras pour saisir le téléphone sans fil, en espérant qu'il s'agissait de Jake. Finalement, il faudrait peut-être qu'elle aille traîner ses fesses jusque chez sa belle-mère, mais elle était heureuse d'avoir eu cet instant juste pour elle.

« Allô ? » dit-elle.

D'abord, elle n'entendit qu'un bruit de friture à l'autre bout du fil. Puis, elle crut entendre un murmure.

« Sal ? fit une voix faible.

— April ? » dit Sally sans y croire.

Le téléphone raccrocha. Silence.

Elle avait besoin de s'asseoir. Elle marcha vers la table de la cuisine. Le téléphone sonna à nouveau, et elle répondit à la première sonnerie. Elle entendit encore une fois un bruit de friture. Des larmes se formèrent au coin de ses yeux.

« April, tu m'entends ? cria-t-elle.

— Ma louloute, non, c'est Celia. Je suis désolée. Est-ce que tu croyais que… oh, je suis désolée.

Son cœur se serra.

— Oh, dit-elle.

— Je t'appelais juste parce que, avec Bree, on est dans un bar, près de chez moi, et ta chanson est en train de jouer.

— *You Keep Me Hanging On,* dit Sally.

— Comment ? dit Celia.

En arrière-fond, elle entendait le son faible d'une musique, des voix de femmes qui discutaient et une espèce de bourdonnement, comme un ventilateur.

— C'est pas grave, dit Sally. Hé, Cee, devine quoi. Le bébé vient de donner un coup de pied.

— Mon Dieu, dit Celia. Puis elle dit à quelqu'un d'autre : “Le bébé a donné un coup de pied !”

(Bree dit : “Mon Dieu” aussi.)

Sally entendit le bruit d'une chasse d'eau.

— Vous êtes en train de m'appeler des toilettes pour femmes ? dit-elle.

— Oh ! Ouais. Bree a vu ce type, Adrian, au bar. On essaye de filer d'ici sans qu'il nous voie. On échafaude un plan de sortie dans les toilettes. Dis, ma puce, ma réception est vraiment nulle ici, je peux te rappeler plus tard pour… ? »

La communication coupa.

Sally retourna à son sandwich sur le comptoir et mordit dedans un grand coup. Elle se mit à rire, en s'imaginant Celia et Bree se dissimuler d'un type dans les toilettes. Elle était heureuse d'en avoir fini avec ce genre de choses dans sa vie.

Elle frotta son ventre et envoya un texto à Jake sur son portable : *Tu peux rentrer à la maison, minou ?*

Il lui répondit aussitôt. *Bien sûr. Tout va bien ?*

*Oui,* écrit-elle. *J'ai juste envie de te voir.*

Jake arriva vingt minutes plus tard, et elle alla le trouver à la porte avec une tasse de lait au chocolat.

« Merci », dit-il avec un sourire de surprise.

Elle savait qu'elle n'avait pas été tendre avec lui récemment.

« Tu as l'air plus en forme, dit-il.

— Le bébé a donné un coup de pied, dit-elle.

Le regard de Jake s'éclaira.

— Quoi ? Je n'arrive pas à croire que j'ai loupé ça.

— Elle va peut-être le refaire si on attend suffisamment longtemps, dit Sally en lui prenant la main et en le tirant vers le canapé.

— Elle ? » dit Jake.

Devant l'insistance de Sally, ils avaient décidé de ne pas poser la question du sexe, mais maintenant elle était certaine que les coups de pieds dans son ventre venaient d'une petite fille.

Ils s'assirent sur le canapé.

« Comment allait ta mère, mon cœur ? demanda-t-elle.

— Bien. Rien de neuf. Tout le monde a demandé de tes nouvelles.

Jake la prit dans ses bras.

— Qu'est-ce qui s'est passé ici ?

Sally sourit.

— J'ai découvert que le bébé aime les bananes, dit-elle.

Elle blottit son nez contre lui.

— Tu sais, dit-il, je ne te vois pas uniquement comme le cockpit de mon bébé.

— Je sais bien, dit-elle. Je crois qu'on flippe un peu tous les deux, c'est tout.

— Ouais, dit Jake. Est-ce que tu arrives à croire que les gens font ça tous les jours ? Ils continuent d'avoir des enfants. J'étais coincé dans la circulation hier et je me disais : Putain de merde. Pour chaque personne sur la route, là en ce moment précis, il a fallu une pauvre femme innocente qui traverse ce que traverse Sal. »

Sally rigola. Parfois, elle enviait la liberté des filles, leurs rancarts nazes, leurs appartements de location et leurs soirées folles. Parfois, mais pas ce soir.

## BREE

Bree et Celia prirent une table au *Old Town Bar* sur Union Square et burent des bières en attendant Ronnie. Cette dernière avait envoyé un e-mail à Celia une semaine auparavant pour l'informer qu'elle serait en ville pour l'enregistrement d'une émission de télé, le *Montel Williams Show.* Elle voulait les voir toutes les deux pour leur parler d'April. Tout d'abord, Bree refusa d'aller au rendez-vous, la vue de cette femme la rendait malade. Mais Celia avança l'idée que sa visite pouvait être utile. C'est sûr, Ronnie était une sale conne qui ne pensait qu'à elle, mais, à chaque fois qu'elle passait à la télé, ils diffusaient une photo d'April. Bree savait que Celia s'était imaginé qu'April vivait perdue au fin fond de l'Utah, complètement lobotomisée ou embringuée dans une secte. Tout ce qu'il fallait, d'après Celia, c'est qu'une personne innocente voit April à la télé et la repère, un bonnet sur la tête, en train d'acheter des œufs frais au marché.

Cela faisait deux mois qu'April avait disparu, et Bree savait depuis longtemps qu'elle était morte. Elle le sentait dans ses tripes. Bien sûr, même dans ses pires rêves, elle ne se voyait pas confier cela à quiconque, mais ce fait était aussi réel pour elle que quand on l'appelait par son nom. Elle attendait seulement que le corps remonte à la surface.

Les journalistes de la presse écrite et de la télévision les appelaient à intervalles réguliers, mais le père de Bree leur avait conseillé de ne pas parler aux médias. On continuait de parler de l'affaire dans les nouvelles ; ça, Ronnie s'en chargeait. Et même après huit longues semaines, elles étaient toujours en état de choc. Quand Bree essayait de se représenter sous les projecteurs, face au monde, en train d'évoquer April, son April, elle savait qu'elle serait bien incapable de dire le moindre mot ; elle se contenterait de pousser des gémissements et serait prise de brusques soubresauts. Ensuite, il faudrait sans doute qu'ils balancent une pub pour que quelqu'un l'attrape et la traîne jusqu'à l'asile.

C'était un mardi soir, et le long et rutilant bar en bois de chêne était presque vide, à l'exception de deux ou trois types qui regardaient un match de football américain sur un écran installé dans un coin. La lampe verte qui répandait une lumière faible était suspendue entre elles deux et envoyait une lueur aérienne sur le visage de Celia. Elle ressemblait plus à la fille qu'elle avait été en fac ces derniers temps, son visage s'était adouci, avait pris de la consistance. Elle avait abandonné les talons aiguilles et les jupes fourreau noires pour revenir à sa garde-robe de jeans et de ballerines. Elle écrivait page sur page sur son ordinateur portable le soir, pendant que Bree feuilletait des magazines sur le sofa. Parfois, elle lui en lisait des passages. Tout comme elle l'avait été à l'époque de la fac, Bree était toujours impressionnée par la capacité de Celia à susciter des émotions en elle avec des mots. Elle avait foi dans le talent d'écrivain de Celia, et pas seulement parce qu'elles étaient amies.

« J'avais terminé quatre-vingt-dix pages de mon roman en date d'hier soir, et tu sais ce que j'ai fait ce matin ? lui demanda Celia.

— Quoi ? répondit Bree.

— J'ai tout effacé, dit Celia. Je me suis rendu compte que la raison pour laquelle c'était tellement nul, c'est parce que j'avais tout inventé. Du coup, j'ai décidé d'essayer un nouveau truc : un livre sur une famille de catholiques irlandais mabouls à Boston. Entièrement fictif, comme tu l'imagines.

Bree sourit.

— J'adore, dit-elle. Oh, est-ce que Gwyneth Paltrow pourrait jouer le rôle de la meilleure amie du personnage principal, dans l'adaptation cinéma ?

— Ça doit être possible », répondit Celia.

Bree savait qu'il faudrait qu'elle quitte New York avant peu. C'était une ville sale et surpeuplée, hostile et froide. Mis à part Celia, elle n'avait rien à lui offrir. Et elle s'inquiétait de, peut-être, en demander trop à Celia. Celle-ci ne voyait presque plus ses autres amis ces derniers temps. Au lieu de cela, elle rentrait directement à la maison pour Bree, comme si elles formaient ce genre de couple qu'elles détestaient pourtant toutes les deux dans la vraie vie, où chacun est pathologiquement dépendant de l'autre. Les feuilles des arbres étaient sur le sol à présent, et le gel s'était installé. Le compte en banque de Bree commençait à fondre, ses journées s'enchaînaient dans une sorte de flou, et elle prit conscience qu'il était temps qu'elle passe à autre chose : partir à la conquête d'une ville nouvelle ou retourner chez elle, à Savannah, et vivre la vie à laquelle elle avait toujours aspiré. Et d'ailleurs, la mère de Bree avait déjà arrangé deux rendez-vous avec les fils de deux de ses amis du country club, pour la prochaine fois où elle rentrerait chez elle.

« Tu vas me manquer quand je partirai, dit Bree à Celia.

— Qui a déclaré que tu devais partir ? répondit Celia.

Elle jeta un œil par-dessus l'épaule de Bree, vers l'entrée du bar. Elle prit une expression sérieuse.

— Voilà Ronnie », fit-elle dans un souffle.

Bree se retourna. De toutes les quatre, c'était elle qui, à la fois, connaissait le moins bien Ronnie et s'intéressait le moins à elle. À la fac, elle voyait dans Ronnie le genre d'idole qu'on adorait si on était une militante, et qu'on détestait si on était une féministe lambda. (Bree elle-même n'appartenait à aucun de ces deux groupes.) Elle avait vu cette femme à la télévision depuis la disparition d'April, mais pas en personne. Elle évitait Ronnie quand elle passait par Atlanta : elle avait peur de ce qu'elle pourrait lui dire si elles se retrouvaient face à face.

Ronnie était beaucoup plus petite que ce qu'elle s'était imaginé, mince, presque fragile. Elle avait les cheveux couleur aubergine trop mure. Elle portait un jean, des Converse All Stars et un tee-shirt noir.

« Par ici », l'appela Celia.

Ronnie s'avança vers elles, et, quand elle fut près d'elles, Bree s'aperçut qu'elle avait le visage sillonné de lignes profondes.

« Attendez une seconde », dit Ronnie.

Elle alla au bar pour se commander une bouteille de vin rouge. Elle ne leur demanda pas si elles voulaient quelque chose, et ce, alors que leurs verres étaient vides. Elle but presque un verre entier de vin, debout au comptoir, avant de venir les rejoindre à leur table.

« Bien, dit-elle en se glissant à côté de Bree. Finalement, on se rencontre. »

Ronnie la mettait mal à l'aise. Elle ne leur demanda rien sur elles, elle embraya directement sur ses théories concernant April : peut-être qu'elle s'était battue avec un des maquereaux, et qu'il l'avait kidnappée pour lui apprendre à vivre. Aucune chance pour qu'elle ait suivi l'un d'entre eux volontairement, ou même sous la menace d'une arme à feu.

« La méfiance d'April pour les hommes ne date pas d'aujourd'hui, continua Ronnie. Et son père n'explique pas tout. Pour moi, ça ne fait aucun doute, c'est parti de là, comme toujours. Mais je crois que, plus encore, c'est avec Gabriel qu'elle a vraiment appris à quoi il fallait s'en tenir avec les hommes.

— C'est qui, Gabriel ? » demanda Celia.

Quelqu'un qui ne la connaissait pas aurait pu penser qu'il ne s'agissait que de curiosité de sa part, mais Bree discerna son envie d'étrangler cette femme parce qu'elle livrait les informations concernant April au goutte à goutte, comme si c'était sa propriété.

« Un ami de sa mère, une espèce de fumier qui l'a agressée sexuellement quand elle n'était encore qu'une gamine, fit Ronnie l'air de rien.

Sur ce, elle but une longue gorgée de vin.

— Il l'a foutue enceinte, et puis il s'est barré. »

Bree en était bouche bée. C'était un tel soulagement d'avoir Celia ici, à ses côtés. Celia, qui n'avait jamais un mot de travers dans ces moments-là.

« Est-ce que c'est Lydia qui t'a dit ça? demanda-t-elle.

— Non. C'est cette pauvre April qui me l'a dit. J'ai quand même posé la question à Lydia quand elle était à Atlanta. Elle était très ouverte à ce sujet, d'ailleurs.

— Comment ça? demanda Celia.

— Disons qu'elle a été très honnête. Elle a dit qu'elle était tombée folle amoureuse de ce connard elle-même. Si on me donnait un dollar à chaque fois qu'on me racontait cette histoire… Bref, elle avait des soupçons, c'est chaque fois la même chose, mais elle voulait croire que ce type était du genre chevaleresque, du coup… »

Elle leva les bras au ciel, l'air de dire *Faut pas chercher plus loin.*

Celia s'éclaircit la gorge.

« En gros, tu es en train de me dire que Lydia t'a raconté qu'elle savait que ce type avait agressé sa fille sexuellement, mais qu'elle n'a pas réagi. »

Sa voix avait des accents enflammés, comme si elle trouvait que toute cette histoire n'était qu'un horrible mensonge. Bree n'en était pas si convaincue.

Ronnie planta son regard dans les yeux de Celia.

« Il y a savoir et *savoir*, dit-elle. Cette culture a engendré un mythe selon lequel une fois qu'une femme devient mère, elle perd ses droits de femme : elle s'interdit tout désir sexuel, toute passion, tout rêve. Et ça, c'est tout simplement faux. Notre âme ne se transforme pas sous prétexte qu'on a des enfants, ça ne produit pas de changement moléculaire. »

Celia répondit qu'en théorie, elle était d'accord avec Ronnie, mais le moins qu'on pouvait attendre d'une mère, c'était quand même qu'elle protège son enfant. Bree ne parvenait plus à se concentrer. Elle était entrée dans une colère extrême, une colère qui, prenant une tournure physique, lui tendait tous les muscles du corps. À quoi ça rimait tout ça, cette conversation à la con ? Ça n'avait, en fait, rien à voir avec April, se dit-elle. Tout tournait autour de Ronnie, ses théories et ses conneries féministes. D'après ce que Bree avait pu en voir, la manière dont devenir mère changeait une femme pouvait très bien être du domaine de la biologie moléculaire. Elle repensa à sa propre mère chez elle, à Savannah. Elle ferait n'importe quoi pour ses enfants, absolument n'importe quoi. Appeler Lydia une « mère » et donner au mot la même signification que quand elle parlait de sa mère à elle était ridicule.

Puis Bree repensa à Lara et à l'expression sur le visage de sa mère, le jour où elle lui avait dit qu'elles étaient amoureuses l'une de l'autre. Un frisson lui remonta l'échine jusqu'au cou. L'avis d'une mère pouvait déterminer le tracé d'une vie, si on se laissait faire.

Finalement, elle interrompit la discussion.

« Pourquoi est-ce que tu voulais nous voir ? demanda-t-elle.

Ronnie haussa les épaules.

— Je sais à quel point vous comptez pour April, dit-elle. Et donc, je me demandais si vous saviez quelque chose qui puisse nous aider à la retrouver. »

De qui est-ce qu'elle voulait parler quand elle disait « nous » ? C'est comme si c'était à Ronnie, et pas à elles, de s'inquiéter des recherches.

« Tu ne crois pas que si on avait su quoi que ce soit, on aurait averti la police ? dit Celia.

— Hé, les filles, moi je ne vous connais ni d'Ève ni d'Adam, lança Ronnie sèchement. Elle prit une profonde respiration. J'essaye de faire tout ce qui est en mon pouvoir pour April et, puisque, de toute façon, il fallait que je passe par ici, je me suis dit que ça serait mieux qu'on se voie pour qu'éventuellement vous me donniez des renseignements et qu'on apaise les tensions entre nous.

— Tu n'as qu'à te dire que tout est apaisé, dit Celia de cette voix cassante qu'elle savait prendre en de telles circonstances.

— April m'a rejoint parce qu'elle l'a bien voulu, tu sais, reprit Ronnie. Elle voulait participer pour faire bouger les choses. Je n'ai rien à voir dans ce qui s'est passé, ce n'est pas moi qui lui ai fait ça.

— C'est ça, continue de te chanter ce refrain, dit Celia brusquement. Viens Bree, on y va. »

Le cœur de Bree vacilla tandis qu'elles se levaient et prenaient la direction de la porte. Jamais elle n'aurait pu faire preuve d'une telle démonstration de force — pas plus que Celia avant qu'elle vive à New York, d'ailleurs.

Dehors, dans l'air glacé, Celia poussa un cri, sa respiration formant une boule de barbapapa blanche devant elle.

« Je n'ai jamais vu aucun coupable rejeter les accusations avec autant de culot avant elle. Et toi ? » dit-elle tandis qu'elles s'avançaient vers le métro.

Bree fit non de la tête, consciente que ce n'était pas le moment de contredire Celia. Mais, au fond d'elle, elle se demandait si Ronnie n'avait pas avancé un argument valable : elles savaient toutes qu'April s'était aventurée en territoire dangereux, qu'elle l'avait fait en connaissance de cause, et en dépit de leurs conseils. Avaient-elles fait preuve d'assez de fermeté ? Avaient-elles pris le temps nécessaire pour s'opposer à April, ou bien avaient-elles été distraites par leurs propres petites histoires minables ?

Peut-être qu'après tout, c'étaient elles, et pas Ronnie, qui étaient responsables de la mort d'April.

Le week-end suivant, Bree alla à San Francisco par avion pour vider son ancien appartement. Après deux mois et demi chez ses parents puis chez Celia, elle continuait de payer le loyer. Mais là, elle avait fini par donner son préavis au propriétaire, Eddie, et elle avait décidé qu'elle irait y faire un dernier tour.

Elle partit à neuf heures du matin, un samedi, et opta pour le retour dans la foulée deux jours plus tard. Pendant le vol, Bree fit tous les efforts possibles pour ne penser à rien. L'été avait été dur pour elle, et, à sa suite, l'automne avait été presque insupportable. Elle en était arrivée à la conclusion qu'elle ne tirait jamais rien de bon de ces longues périodes passées à ressasser. Elle se consacra donc à la lecture du magazine de l'avion, et acheta même, pour sa mère, une écharpe en soie complètement ridicule. (« Les gens font vraiment ça ? se demanda-t-elle. Ils font du shopping en traversant le pays à onze mille mètres d'altitude ? ») Elle regarda deux comédies romantiques qu'elle avait déjà vues sur HBO avec Celia le mois précédent. Elles avaient jugé que, au mieux, ces films tombaient dans la catégorie médiocre, et elles avaient eu une longue conversation sur pourquoi c'était si dur pour les scénaristes de trouver la bonne recette. Pourquoi toutes les comédies romantiques ne sont-elles pas du niveau de *Quand Harry Rencontre Sally ?* Est-ce réellement si difficile ? Et, est-ce que cela n'est pas, en définitive, comme l'amour même, avait philosophé Celia après une demi-bouteille de sauvignon blanc. On pensait que ça ne demanderait pas d'effort, un truc tout con, mais c'était en fait bien plus compliqué que ça.

Pendant la durée du vol, Bree refusa de laisser ses pensées prendre le dessus. Après les films, elle entama une discussion avec le couple de personnes âgées assis à côté d'elle. Elle lut de vieux numéros de *Vogue*. Elle écouta Tom Petty sur son iPod. Elle but trois cocas — au diable les calories.

Dès que l'appareil se posa à Oakland, elle se mit à repenser aux voyages en avion, en partance de cet aéroport, qu'elle avait faits avec Lara, toutes les deux se donnant la main au décollage et à l'atterrissage, mais elle s'adressa une mise en garde personnelle : arrête ça tout de suite, sinon... Malgré cela, sur le chemin de son ancien appartement, elle se souvint des moments qu'elles y avaient passés ensemble : quand elles avaient repeint les murs du salon en bleu pâle, quand elles avaient assemblé les étagères et la table basse.

Ses parents étaient soulagés qu'elle finisse par quitter cet endroit.

« C'est juste un poids inutile sur tes finances, ma chérie », dit sa mère. Mais Bree se doutait bien que ça cachait autre chose. C'était la dernière chose qui la rattachait à Lara, la seule preuve physique de ce qui les avait unies.

Quand elle leur dit qu'elle retournait là-bas pour récupérer ses affaires, son père lui dit qu'il préférerait qu'elle appelle quelqu'un sur place pour lui tenir compagnie, une de ses anciennes collègues de travail ou une copine de l'équipe de foot.

« Ça va aller, papa, l'avait-elle rassuré. Je prendrai mon portable.

— Ton portable ne te servira pas à grand-chose si tu te fais agresser, dit-il. Je sais que tu es quelqu'un d'indépendant, mais c'est dangereux pour une femme seule de se retrouver toute seule dans une ville qu'elle ne connaît pas. »

Bree n'avait pas l'impression que San Francisco était une ville inconnue. Les fortes pentes près de Russian Hill, la Marina avec ses touristes bruyants et ses lions de mer qui somnolaient, les minuscules restos mexicains, les marchands de glaces italiennes et de doughnuts tout frais, tout ça, c'était chez elle, bien plus qu'aucun autre endroit ne l'avait été auparavant. Le premier endroit qu'elle avait choisi par elle-même. Qu'elle et Lara avaient choisi ensemble. Bree ne voulait pas qu'on lui tienne compagnie, ni pour la sécurité ni pour aucune autre raison. Elle avait envie de déambuler dans sa vie passée comme un fantôme, sans avoir à se souvenir que tout ça (l'appartement, le cabinet d'avocats et, plus que tout, Lara), était toujours ici et continuait à aller de l'avant sans elle.

Bree regarda par la fenêtre du taxi ces rues si familières, des rues qu'elle et Lara avaient parcourues tant de fois que c'en était étonnant de ne pas y trouver leurs traces de pas dans le ciment.

Arrivé à Vallejo Street, le taxi se gara juste en face de leur immeuble. Il n'était qu'une heure de l'après-midi, et le soleil brillait à travers les arbres. Bree paya le chauffeur et sortit de la voiture. Et voilà, c'était comme si elle n'était jamais partie. Elle monta les marches et inséra la clé dans la serrure de la porte qui émit son grincement familier. Bree l'ouvrit et entra dans l'immeuble.

Elle prit l'escalier pour monter au second et, en entrant dans l'appartement, elle s'attendait à moitié à y trouver Lara, assise à la table de la cuisine, une tasse de café à la main, lisant le journal en écoutant NPR. Mais l'endroit était vide.

Rien n'avait changé : leurs vieux meubles, le bol de céréales et la tasse de Bree, à leur place dans l'égouttoir, là où elle les avait laissés à sécher à la fin du mois de juillet, quand elle pensait qu'elle ne serait absente qu'une semaine pour rendre visite à Celia. C'était avant la disparition d'April. Avant que tout ne bascule. L'horloge murale, qu'un précédent locataire avait laissée, indiquait 11:11, la même heure depuis que les piles étaient mortes, la première semaine où elles avaient emménagé. (Lara soutenait que c'était un bon présage, et qu'elles ne devaient pas y toucher.)

Bree déambula de pièce en pièce, elle ouvrit les fenêtres pour aérer. Le lit était toujours fait, le canapé toujours recouvert des mouchoirs en papier qu'elle avait laissés après sa crise de larmes la fois où elle était revenue de Savannah pour découvrir que Lara était partie. Au robinet de la salle de bain, une eau marron coula pendant une minute avant de reprendre une couleur normale. Mis à part ça, on aurait dit qu'elles n'étaient jamais parties. Bien sûr, les affaires de Lara n'étaient plus là, disparues ses fringues dans l'armoire et son VTT de derrière le canapé (Bree n'arrêtait pas de râler qu'il n'avait rien à faire là). Tout ça avait été trimballé ailleurs, dans un nouvel endroit dont elle ne savait rien.

Lara avait laissé leurs photos accrochées au frigo avec des aimants, comme si ça lui était égal de se rappeler ou pas de Bree. Les instantanés noir et blanc des cabines photo de la Marina, les Polaroïd pris pendant des vacances dans la famille de Lara, les vieilles photos racornies des jours de Smith, toutes les deux ayant l'air saoules mais visiblement transportées de bonheur.

« Comment as-tu pu faire ça ? » dit Bree à haute voix, avant de se moquer d'elle-même dans un grand rire, tellement ça ressemblait à un mauvais téléfilm. Elle pouvait voir Celia lever les yeux au ciel à quatre mille cinq cents kilomètres de distance.

Bree ressentit le besoin de sortir. Elle attrapa ses clés et courut sur le trottoir, de toutes ses forces, jusqu'à ce qu'elle atteigne l'angle de la rue. Elle passa en marchant d'un bon pas devant les maisons alignées et les pelouses parfaitement tondues. Elle passa devant des chênes bicentenaires, descendit la colline jusqu'à l'océan, en traversant des quartiers qu'elle ne connaissait pas, des rues remplies de gamins hurlant sur leurs vélos, et les odeurs de dîners qu'on préparait qui emplissaient l'air.

Il commençait à faire sombre et l'air se chargeait d'humidité. Bree ne s'arrêtait pas de marcher. Le mariage de Sally aurait très bien pu avoir lieu cent ans plus tôt, vu tout ce qui s'était passé depuis. Elles avaient perdu April à jamais, et pourtant, elles en savaient plus sur elle maintenant que jamais auparavant. Sally allait bientôt devenir maman. Et Lara avait disparu, comme April, sans laisser aucune trace derrière elle.

Elle est partie, il faut que je m'y fasse, pensa Bree.

De retour de sa marche vers neuf heures ce soir-là, elle passa devant les boîtes aux lettres près de la porte d'entrée, puis fit demi-tour. Elle avait demandé un transfert d'adresse pour que son courrier lui soit envoyé chez Celia à New York, mais seulement ses factures de téléphone et d'électricité et son abonnement à *Runner's World* lui étaient parvenus.

Bree peina à ouvrir la petite porte. La boîte aux lettres était pleine à ras bord de prospectus pour des salons de manucure, des restos de sushi et la salle de muscu en bas de la rue. Elle était sur le point de refermer la porte quand elle la vit, une petite enveloppe bleue, adressée à son nom, avec, dans le coin en haut à gauche, et d'une écriture si fine qu'elle en était quasiment indéchiffrable, ce nom, Lara Matthews, suivi d'une adresse à Novato, pour la réponse, qui rappela quelque chose à Bree sans qu'elle puisse dire quoi exactement.

Elle retourna à l'appartement et se servit un verre d'eau au robinet. Elle s'assit à la table de la cuisine, et ses mains tremblaient tandis qu'elle ouvrait l'enveloppe en la déchirant. Le tampon de la poste datait de la semaine de la disparition d'April.

C'était une carte de vœux bleue avec une image de Wonder Woman traversant le ciel en premier plan. À l'intérieur, Lara avait écrit : *Je viens d'apprendre pour April, B. Je suis sincèrement désolée. Mais tu es la femme la plus forte que je connaisse, et tout va bien aller. Je suis ici pour toi, et le serai toujours si tu veux de moi. Je t'aime, L.*

Bree prit son téléphone et appela Celia.

« Écoute ça, tu ne vas jamais me croire », dit-elle.

Elle lut la carte à Celia dix ou douze fois, pour qu'elles puissent l'analyser en détail, mot à mot. Lara avait écrit qu'elle l'aimait toujours. Elle avait écrit qu'elle serait toujours là pour elle. Mais si c'était ce qu'elle ressentait vraiment, pourquoi alors avait-elle changé de numéro de téléphone ? Pourquoi est-ce qu'elle n'avait pas appelé ?

« Peut-être parce qu'elle avait besoin de savoir que tu ferais un pas dans sa direction, dit Celia.

— OK, mais qu'est-ce qui se passe si j'ai attendu trop longtemps ? dit Bree. Et si elle s'était déjà fiancée avec un des canons de son équipe de foot ?

— Hum, je vais m'avancer un petit peu : je doute fort qu'elle se soit fiancée, dit Celia. Elle a clairement fait un geste dans ta direction dans l'espoir que tu ferais un geste grandiose en retour.

— Tu crois que je devrais faire un geste grandiose ? demanda Bree.

— Et toi, qu'est-ce que tu en penses ? dit Celia.

— Je ne sais pas trop quoi en penser, dit Bree. Quand j'ai vu sa carte, avec son écriture dessus... Je ne me souviens pas de la dernière fois où j'ai été aussi heureuse.

— Tu devrais être capable de déchiffrer ça, non ? dit Celia.

— Si, mais ce n'est pas aussi simple, dit Bree.

— Écoute, mon ange, d'après toi, pourquoi est-ce que tu es retournée là-bas, si ce n'est pas pour la ramener à toi ? demanda Celia.

— Je suis venue vider l'appart, dit Bree. Tu le sais bien.

— OK, dit Celia.

— OK, quoi ? dit Bree. Allez, miss Freud 2007, c'est le moment de livrer ton analyse, c'est maintenant que j'en ai besoin.

Celia éclata de rire.

— Est-ce que tu as quelque chose à boire chez toi ? Je crois qu'un petit remontant te ferait du bien. »

Elles se parlèrent pendant trois heures, ne faisant qu'une seule pause pour que Celia aille faire pipi et sorte le chien pour le même motif.

Finalement, et sans qu'elles n'aboutissent à aucune conclusion, elles se souhaitèrent bonne nuit.

Bree n'arrivait pas à trouver le sommeil. Elle se leva et alla dans la cuisine. Là, elle mit sa vieille bouilloire sur le feu et prit un sachet d'Earl Grey dans le placard.

Elle se servit une tasse de thé et s'assit sur le sol de la cuisine, découvrant la pièce vue d'en bas. Est-ce qu'elle l'avait déjà regardée sous cet angle ?

Pourquoi maintenant ? Bordel, pourquoi est-ce que Lara n'avait pas pris son téléphone pour l'appeler ? Pourquoi la carte n'avait-elle pas été réacheminée vers l'adresse de Celia avec le reste de son courrier ? Si elle l'avait reçue plus tôt, les choses auraient-elles été différentes ? Peut-être qu'elle habiterait ici à présent, et qu'elle aurait repris son ancienne vie. Est-ce qu'il fallait qu'elle s'estime heureuse de la façon dont les choses s'étaient conclues ? Ou bien, au contraire, est-ce que sa chance, ce n'était pas qu'elle avait trouvé le mot de Lara et qu'il était encore possible qu'elle change d'avis ?

Bree jeta un œil sur le frigo et regarda une photo en particulier : Lara prise d'une crise de fou rire tandis qu'elle et un petit garçon, Devon Samuels du centre de loisirs, franchissaient la ligne d'arrivée pour la course en sac par équipe.

D'un seul coup, cela revint à Bree, elle savait pourquoi elle reconnaissait l'adresse de retour sur la carte de Lara : il s'agissait de la maison de Nora et Roseanna, en banlieue. Elle fut surprise de constater à quel point elle était soulagée de savoir que Lara n'était pas allée rejoindre une de ses copines, célibataire et bien gaulée, et qu'au contraire, elle était chez sa patronne, en compagnie de sa femme et de leur fils.

Elle avala d'un trait le reste de son thé et pria pour que le matin soit bientôt là.

Vers neuf heures du matin le même jour, Bree prit une douche et se sécha les cheveux devant la glace de la salle de bain, la glace même où, un jour de Saint-Valentin, Lara lui avait laissé un mot cochon écrit au rouge à lèvres. Elle appliqua son maquillage avec autant de soin qu'elle en avait mis à l'époque pour le bal de fin d'année du lycée, et elle vaporisa ses poignets d'un peu du parfum Burberry qu'aimait Lara et qu'elle-même trouvait trop citronné. Elle n'avait rien amené de formidable à se mettre, du coup elle ressortit de sa penderie une vieille robe bain de soleil qui datait de la fac, une des préférées de Lara.

Une demi-heure plus tard, elle sautait dans un taxi, les mains moites. Le temps avait changé, à présent le ciel était d'un bleu pur, et, à cause de la chaleur inhabituelle pour l'époque, le trottoir rendait une odeur de four à pain.

« Pouvez-vous me conduire jusqu'à Novato ? demanda-t-elle au chauffeur.

Il la reluqua dans son rétroviseur.

— Pour vous ma belle, j'irais au bout du monde. »

Les rangées de maisons et les rues en pente cédèrent bientôt la place à une autoroute bordée de palmiers. Bree n'avait pas la moindre idée de ce qu'elle dirait, ni même si Lara habitait toujours là-bas. Cela ne faisait aucun doute : Nora et Roseanna la considéraient comme la méchante de l'histoire. Elle ferma les yeux et prit une série d'inspirations longues et profondes. Elle envisagea la possibilité d'appeler Celia, mais finalement, s'abstint : à partir de maintenant, il fallait qu'elle prenne ses décisions toute seule.

Très vite, ils furent entourés de maisons immenses, perchées au milieu des pelouses les plus vertes que Bree avait jamais vues. Et puis la maison de Nora et Roseanna apparut, avec son drapeau arc-en-ciel qui s'agitait doucement dans le vent léger.

« C'est celle-ci » dit-elle en la montrant du doigt.

Elle paya le chauffeur pour cette course de vingt minutes dont le prix s'élevait à plus du quart de ce que lui avait coûté la traversée du pays en avion. Elle se rendait compte qu'elle aurait mieux fait de prendre le train, et que le taxi avait un côté légèrement dramatique, mais elle ne voulait pas attendre une minute de plus que nécessaire.

Bree remonta lentement l'allée du drapeau. Un instant plus tard, elle arriva devant la porte de la maison et sonna. Elle lissa sa robe et compta jusqu'à dix, tout en s'efforçant de ne pas s'évanouir ni de faire demi-tour et de reprendre l'allée dans l'autre sens au pas de course.

Quand la porte s'ouvrit, Dylan, six ans, se tenait de l'autre côté affublé d'une blouse de médecin, un stéthoscope autour du cou.

« Dylan ! dit joyeusement Bree.

Apparemment, il ne la reconnaissait pas.

— Docteur Dylan, oui, dit-il. Qu'est-ce qui ne va pas ?

— Qui est là mon chéri ? »

Nora apparut. Elle portait un maillot de bain une pièce rouge et s'essuyait les mains dans un torchon à fleurs.

Elle caressa les cheveux de Dylan.

« Sors de l'autre côté et va chercher Lara, murmura-t-elle.

— Tu veux dire l'infirmière Lara, dit-il dans un sifflement.

— Oui, oui, dit-elle. Vas-y. »

Nora n'invita pas Bree à entrer. Au lieu de ça, elle ouvrit la porte à moustiquaire et s'avança sur le porche. Maladroitement, elle prit Bree dans ses bras.

« Pour une surprise, dit-elle. Comment ça va depuis le temps ?

— Je vais bien », dit Bree.

Elle regardait à l'intérieur de la maison. Elle sentait la présence de Lara et se demandait pourquoi Nora ne l'avait pas laissée courir la rejoindre.

« J'étais chez une amie à New York, dit Bree.

— Oh…

— J'ai essayé d'appeler Lara si souvent, mais… »

La voix de Bree s'éteint. Pourquoi était-elle en train de se justifier devant cette femme ?

« Je me mêle de ce qui ne me regarde pas, mais je veux juste te dire ceci, commença Nora. Elle jeta un coup d'œil derrière elle avant de continuer. Il faut que tu sois bien sûre de ce que tu fais, Bree. Ne lui fais pas ce coup-là si tu n'es pas sûre. »

Bree allait répondre, mais la porte s'ouvrit, et Lara apparut. Lara ! Bronzée et ferme, dans un bikini bleu marine incroyablement petit, une serviette de plage nouée autour de la taille. La respiration de Bree s'arrêta un instant quand leurs regards se croisèrent.

« Je vais vous laisser toutes les deux, dit Nora. Sur le point de rentrer dans la maison, elle toucha le bras de

Lara. Il y a du café dans la cuisine et de la salade de fruits au frigo si tu en veux.

— Merci, dit Lara.

Enfin, elles se retrouvèrent toutes les deux.

— Salut, dit Bree un peu bêtement.

Un énorme sourire apparut sur le visage de Lara.

— Salut toi.

— Tu es superbe, dit Bree. Tu es plus belle que jamais. »

Lentement, Lara passa ses bras autour du dos de Bree et enfouit son visage dans le cou de Bree, ses cheveux mouillés ruisselant sur leurs épaules.

« Tu m'as manqué, dit Lara.

— Toi aussi », dit Bree.

De l'autre côté de la rue, un père de famille en short kaki démarra sa tondeuse à gazon.

« Depuis combien de temps tu vis ici ? demanda Bree.

— Depuis que je suis partie, dit Lara. À quoi ressemble notre ancien appart ?

Bree secoua la tête.

— Je l'ai revu pour la première fois hier, dit-elle. Je le rends, puisque aucune de nous deux n'y habite plus.

— T'étais passée où ? demanda Lara.

— Chez Celia

— À New York ? Lara avait l'air étonnée. Mais tu détestes New York.

Bree rigola.

— Je sais.

— Je suis tellement désolée pour April, dit Lara. Je voulais t'appeler, mais…

— Mais quoi ? demanda Bree.

— Rien, laisse tomber.

— OK, maintenant, il faut que tu me dises.

— Quand tout ça a commencé, ça remonte à quand tu étais chez toi avec ta mère, Nora et moi, on a eu une longue discussion un soir. Elle m'a raconté qu'elle et Roseanna étaient passées par quelque chose de vraiment similaire, il y a des années de ça. Elle m'a dit que la meilleure chose à faire pour nous deux, c'était que je coupe tous les liens.

— Pourquoi est-ce que ça me ferait du bien à moi ? » dit Bree.

Elle s'était mise à pleurer, tout en prenant conscience d'un coup à quel point ça lui avait manqué.

« Une bonne chose pour toi parce que nous connaissons toutes les deux mes sentiments, mais toi, il fallait que tu fasses la part des choses dans ce que tu ressentais, sans aucune aide de ma part », dit Lara.

Bree avala sa salive. Est-ce qu'elle avait fait la part des choses ? Est-ce qu'elle avait eu tort de venir ?

Lara s'habilla et elles prirent le train qui les ramenait en ville, main dans la main, en se racontant tout ce qui s'était passé entre-temps pendant tout le trajet — on aurait dit des confessions de petites filles. Roseanna avait arrangé un rendez-vous entre Lara et une fille qui ressemblait trait pour trait à Bree, dans l'espoir que ça l'aiderait à faire la transition. Mais, à chaque fois qu'elle la regardait, Lara avait envie de pleurer. Bree expliqua comment sa mère avait voulu la jeter dans les bras de son ex-petit copain du lycée, aujourd'hui marié. Lara éclata de rire, mais l'horrible histoire sous-jacente fut passée sous silence, du moins pour l'heure. Elles passèrent la journée ensemble, enroulées sur le sofa, et sortirent dîner dans un nouveau restaurant thaï au Trocadero.

Ce n'est que tard dans la nuit, alors qu'elles étaient étendues nues sur le lit qui leur était si familier, que Lara dit :

« C'est quoi la suite ?

— Je prends l'avion pour New York demain matin, murmura Bree.

— Est-ce qu'il le faut vraiment ? » dit Lara.

Elle avait l'air totalement affligée, et Bree se remémora les mots que Nora lui avait dits plus tôt dans la journée, *Ne lui fais pas ce coup-là si tu n'es pas sûre.*

« J'ai envie que tu reviennes à la maison, dit Lara. J'ai envie qu'on revienne vivre ici toutes les deux.

— Je crois qu'il me faut un peu de temps pour y voir clair, dit Bree au bout d'un moment. Hier, je n'étais même pas sûre de te revoir un jour.

— Tu vois, je suis ici, dit Lara sans dureté. Je suis ici, maintenant, Bree. »

## SALLY

Comme d'habitude, Sally fut réveillée par la voix de Jake qui chantait sous la douche. Ce n'était que la première semaine de novembre, mais il entonnait déjà des chants de Noël avec un enthousiasme lyrique.

« *We wish you a merry Christmas! We wish you a merry Christmas! We wish you a merry Christmas, and a happy New Year!* »

Sa voix résonnait dans la salle de bain et jusque dans leur chambre, où Sally était allongée sur le lit, un oreiller plaqué sur le visage.

« Chéri ! appela-t-elle en riant. Je t'en supplie, arrête. »

Il continua, démarra au milieu de « Jingle Bells » :

« *Dashing through the snow, in a one horse open sleigh, o'er the fields we go, laughing all the way* — ah ! ah ! ahh ! »

Sally grogna mais elle ne put s'empêcher de sourire. Comment diable était-elle arrivée à séduire un homme qui aimait la vie à ce point et ne semblait jamais s'en faire ? Un homme qui démarrait chaque journée avec entrain, comme s'il était un gamin de maternelle en route pour l'atelier peinture avec les doigts, et pas du tout banquier, mari et futur père de famille.

Très tôt dans leur relation, alors que Jake ne se distinguait aucunement dans la longue liste des mecs dont elles parlaient et à qui elles donnaient des surnoms avant de les oublier, Celia avait dit qu'il lui faisait penser à un Golden Retriever, toujours content, amical avec tout le monde. Cee avait dit cela comme une blague, mais Sally avait trouvé qu'il s'agissait d'une description plutôt juste. Elle espérait qu'elle n'en viendrait jamais à lui faire abandonner cette pureté qu'il avait en lui.

Il restait encore quinze minutes à Sally avant que son réveil se mette à sonner, mais elle descendit du lit et se leva — pas une mince affaire avec un ventre de la taille d'un enfant de trois ans, à peu près. Elle descendit sans bruit et démarra la cafetière. Par solidarité, Jake buvait du déca comme elle ces derniers temps.

Sally ouvrit le frigo et se dit qu'elle pourrait lui préparer un petit déjeuner copieux avec œufs, bacon, toast et jus d'orange. Mais la seconde d'après, elle sentit l'épuisement la gagner rien qu'à cette idée et elle déballa deux Pop-Tarts à la place.

En arrivant dans la cuisine et en voyant ce qu'elle avait préparé, son visage s'illumina.

« Tu m'as fait des Pop-Tarts ! dit-il. Merci, mon amour. »

Sally regretta de ne pas avoir opté pour le petit déjeuner copieux. C'était tellement facile de faire plaisir à Jake. Trop facile. Parfois, elle avait envie de lui dire qu'il suffirait qu'il se plaigne juste un poil plus pour que, très probablement, ce mariage, et la situation qui allait avec, lui apporte mille fois plus.

Vingt minutes plus tard, il sortit de la maison, après l'avoir d'abord embrassée sur la bouche, comme d'habitude : « Au revoir, mon bébé, dit-il. Puis il embrassa son ventre : Et au revoir, mon bébé, dit-il encore.

— Passe une bonne journée au bureau, mon cœur », dit Sally.

D'ici un mois, un nourrisson dans les bras, elle l'enverrait au travail. Elle avait prévu de prendre un congé maternité de trois mois seulement. Ensuite, elle retournerait directement travailler. La mère de Jake n'arrêtait pas de revenir sur une évidence. « Vous n'avez pas besoin d'argent », répétait-elle inlassablement, comme si Sally aurait mieux fait de quitter son boulot pour rester à la maison et passer la journée à stériliser des biberons et apprendre par cœur des livres de contes, uniquement parce qu'ils en avaient les moyens.

« Passe une bonne journée au travail, toi aussi », lui dit Jake à son tour, et Sally lui ouvrit la porte, avec un sourire.

Aujourd'hui aurait été le soixante-deuxième anniversaire de Bill. Sally y avait vaguement songé depuis quelques semaines. Elle n'allait pas travailler. Elle avait demandé cette journée à son patron une bonne semaine auparavant. Elle voulait se retrouver, même juste une journée, comme à l'époque où son amour pour lui était la seule chose dont elle se souciait, lorsqu'il s'agissait d'un secret grisant au lieu d'être un poids. Dans les semaines à venir, tout allait changer. Elle allait avoir un enfant, chose quasi inimaginable et dont les suites étaient encore plus difficiles à prévoir. Sa mère ne lui avait jamais autant manqué qu'en ce moment. Peut-être que cela aussi la conduisait à vouloir passer encore une journée toute seule, comme un secret de plus.

Sally se rappela d'une après-midi, des années en arrière ; elle devait être au collège. Sa mère et son frère arrivaient avec le break pour la prendre chez une amie à elle, et comme elle sautait sur le siège arrière, son frère lui lâcha, « Devine ce que je viens de découvrir ?

— Quoi ? dit Sally en mettant son cartable rempli de livres derrière elle avant de claquer la porte.

— Maman a un secret inavouable, la nargua-t-il, trop content d'être celui qui savait quelque chose qu'elle ne savait pas.

— Quoi ? dit Sally. De quoi il parle ? »

Sa mère haussa les épaules tout en tournant le volant. La voiture déboucha sur la rue, et ils passaient devant des rangées de maisons coloniales perchées sur de vastes étendues de gazon vert.

« Qu'est-ce que c'est, insista Sally. Elle mourait d'envie de savoir.

— Tu me donnes quoi ? dit son frère.

— Ça vaut le coup ? dit Sally.

— Ça vaut le coup, dit son frère. Carrément.

Sally regarda sa mère, qui éclata de rire.

— Il n'est pas en train de raconter des bobards, dit-elle.

— Bon, qu'est-ce que tu veux en échange ? demanda Sally, impatiente.

— Tu prends ma place pour la vaisselle pendant une semaine ?

— Ça marche.

— Maman boit du Dr Pepper ! Et pas qu'un peu !

— Tu bois du Dr Pepper ? » dit Sally, le souffle coupé. C'était comme si on venait de lui apprendre qu'elle était accro à l'héroïne.

Elle ne leur avait jamais laissé boire du soda, même leur père n'avait pas le droit d'y toucher. Lorsqu'ils rouspétaient au restaurant ou pour les fêtes d'anniversaire, elle débitait une longue liste des dangers : tout y passait, des dents jaunies à la maladie osseuse. La substance sucrée n'avait franchi les lèvres de Sally que trois ou quatre fois dans sa vie et, à chaque fois, elle était touchée par un sentiment de culpabilité qu'elle imaginait être courant chez les maris infidèles ou les cambrioleurs de banque novices.

« Quand j'ai mis mes affaires de hockey dans le coffre après l'entraînement, j'ai vu un sac-poubelle rempli de bouteilles vides, jubila son frère. Elle a vite avoué.

— J'avais prévu de les emporter au recyclage aujourd'hui, mais ça m'est sorti de la tête », dit sa mère.

Elle haussa une nouvelle fois les épaules, comme s'ils allaient laisser tomber l'affaire.

« Maman ! dit Sally. Je suis scandalisée.

— Toute femme a besoin d'avoir un jardin secret, dit sa mère en souriant, puis son regard croisa celui de Sally dans le miroir du rétroviseur. Rappelle-toi de cela quand tu auras mon âge, ma chérie, parce que le monde est ainsi fait que la vie des femmes devient l'affaire de tous ; il faut se faire un petit coin juste à soi. »

Sally était fière que sa mère ait ce minuscule secret, qu'elle soit quelque chose d'autre que ce que l'on attendait toujours exactement d'elle. Elle s'imaginait sa mère assise dans le break, en train de les attendre devant l'école, sirotant en douce avec une paille rouge et blanche. Elle pensait à elle, en train de faire les commissions de la semaine, son chariot débordant de légumes, de blancs de poulet, de tranches de fromage sous vide, de jus de pomme et de pain au blé entier. Elle s'arrêtait au rayon sodas, lançant un regard pour s'assurer que personne ne la regardait, et glissait un pack de six cannettes sous les autres courses.

Ils se turent pendant qu'elle ralentissait pour laisser traverser un couple de personnes âgées. Le couple leva les yeux et salua, et la mère de Sally leur rendit leur salut, bien que Sally fût certaine qu'elle ne les connaissait pas. À cet instant, elle sentit un déclic en elle, et la mère qu'elle connaissait refit surface.

« Il faut que vous fassiez vos devoirs tous les deux dès qu'on rentre. J'ai un rendez-vous à l'école ce soir, et c'est votre père qui va vous garder, et je veux que tout soit réglé, dit-elle, presque sans y faire attention. En parlant de papa, gardons cette petite découverte pour nous, d'accord ? »

Sally n'avait jamais oublié les mots de sa mère : *Toute femme a besoin d'avoir un jardin secret,* avait-elle dit, bien qu'en réalité elle voulait parler des petites choses innocentes, boire du soda par exemple, mais pas filer en douce et puis mentir à son mari pile au moment où vous vous apprêtiez à pondre un marmot d'un instant à l'autre.

Le secret, voilà ce dont elle voulait le plus parler avec April maintenant. À Smith, Sally avait cru qu'elles partageaient tout. Mais April ne lui avait jamais parlé du fait qu'elle était une enfant violée — Sally l'avait entendu dire par Bree, qui elle-même le tenait de Ronnie. Pourquoi est-ce qu'April avait gardé cela pour elle ? Sally se posa la question. Et qu'est-ce qu'elle avait gardé d'autre encore ? Elle imagina une April, jeune adolescente apprenant qu'elle était enceinte. Est-ce qu'elle avait fait des tests, toute seule chez elle ? Vomi en classe de gym ? À qui, à part l'immonde

Lydia, s'était-elle confiée ? Sally s'imagina retourner en arrière et prendre April, effrayée et sans personne, dans ses bras. Être enceinte, là, à vingt-six ans, c'était déjà trop pour elle. Comment April s'était-elle débrouillée ?

Elle passa la matinée à se préparer ; elle s'appliqua un soin en profondeur pour cheveux qu'elle laissa agir en lisant *Vanity Fair*. Elle se rasa lentement les jambes, et se frictionna la peau avec du beurre de cacao, qui, d'après ce qu'elle avait lu, éliminait les vergetures. Elle se maquilla pour la première fois depuis des semaines.

Sally quitta Northampton dans l'après-midi avec la copie de Bill de *Collected Poems of W.H. Auden* à côté d'elle sur le siège passager. Il y avait une photo en noir et blanc du poète sur la couverture du livre. Son visage était ridé, ses yeux, petits et tristes. Il avait la tête d'un homme qui avait vu, sentit et dit beaucoup de choses. Comme cette photo était différente de celle de Bill sur la jaquette, avec ce vain et beau sourire, ne laissant rien paraître.

En voiture, elle chanta en écoutant la station des classiques pop, s'égosillant sur des titres des Beatles et d'Elton John. Elle repensa à leurs années à Smith, quand elle entendait frapper un léger coup à la porte de sa chambre et que derrière se trouvait Celia, qui faisait des glissades dans le couloir en petite culotte, chantait Cher, un sèche-cheveux à la main en guise de micro, et répétait à tue-tête les paroles de façon grotesque, ce qui ne manquait pas d'attirer deux ou trois autres filles du couloir. Sally ne chantait plus jamais comme cela, sauf lorsqu'elle était seule. Pourquoi ? Ce n'était pas Jake qui allait la décourager d'aller dans ce sens, mais plutôt elle qui n'arrivait pas à se monter en spectacle devant lui. Les épouses ne faisaient pas la sérénade avec un sèche-cheveux, pas plus qu'elles ne sautaient sur le lit en petite culotte en chantant « *If I could turn back time.* » Sally passa sa main sur son ventre et sourit. Les mères pouvaient faire cela, en revanche, pensa-t-elle. Faire le clown, l'imbécile, la débile, faire des imitations ou des interprétations loufoques de comédies musicales de Broadway, faire se tordre de rire leurs enfants. Avec qui avait-elle ri autant que comme elle avait ri avec les Smithies ? Avec sa mère, ça s'arrêtait là.

Depuis qu'elle avait ressenti le premier coup de pied du bébé dans son ventre, elle était tombée amoureuse. Tout ça avait pris des allures de réalité ; elle allait vraiment avoir un bébé. À présent, toutes ses craintes se focalisaient sur l'accouchement et sur la personnalité que son bébé allait avoir. En un sens, elle était excitée à l'idée de concevoir une personne faite d'une moitié d'elle et d'une moitié de Jake. Sally espérait que leur enfant prendrait le meilleur des deux : le tempérament insouciant, le bon sens et le talent athlétique de Jake. Ses cheveux noirs, son sens de la propreté, et ce côté imprévisible qui faisait d'elle ce qu'elle était. Mais parfois, surtout lorsqu'elle était seule dans la voiture, comme là, Sally imaginait d'horribles scénarios. Et si leur enfant devenait une criminelle, ou bien une mère adolescente, ou une scientologue ? Et si elle décidait de s'enrôler dans l'armée ?

Malgré les supplications de Jake, quelques soirs auparavant, Sally avait regardé à la télé une rediffusion d'une interview de la mère de Jeffrey Dahmer[75] par Stone Phillips.

75. Tueur en série américain, dix-sept victimes, hommes et jeunes garçons, recensés. Les crimes impliquent viols, démembrement,

« Quel genre de garçon était-il ? demandait Stone, d'une voix rude et concernée.

— Semblable à tous les autres garçons, disait-elle. Je le trouvais merveilleux. »

Le problème était là, dit Sally à Jake. Il n'y a aucun moyen de savoir que votre enfant est un tueur en série cannibale, avant qu'il ne soit trop tard.

En atteignant la sortie 18 et en voyant le panneau familier de l'université Smith, elle descendit sa fenêtre. L'air de la montagne était frais et vif. Elle repensa à Bill et se rappela April, non pas *une dernière fois,* décida-t-elle, parce qu'*une dernière fois* ne voulait rien dire. Personne ne pouvait dire de façon certaine s'il faisait quelque chose pour la dernière fois, à moins d'être mort. Le jour de la mort de sa mère, ils étaient dans le hall de l'hôpital, devant une fenêtre trop familière qui surplombait la Jamaicaway[76]. Le frère de Sally était replié par terre, près du rebord de la fenêtre, les écouteurs hurlant dans ses oreilles. Son père parlait avec le médecin à voix basse en signant de papiers sur une tablette. Tout à coup, une infirmière aux lèvres minces s'approcha d'eux. Sally la regarda pendant qu'elle les passait en revue les uns après les autres. Quand son regard croisa celui de Sally, elle sourit tristement et lui tendit une pochette en plastique.

« Ses effets personnels », dit l'infirmière avec un accent irlandais prononcé.

Le souffle coupé, Sally regarda la bague de fiançailles et la montre de sa mère, ses clés de maison suspendues à un affreux porte-clés Cape Cod, son portefeuille débordant

nécrophilie et cannibalisme.

76. Autoroute à côté de Boston.

de bons d'achats. Combien de fois est-ce que Sally avait vu tout ce fouillis sans y prêter attention ? Et maintenant, c'était tout ce qui lui restait d'elle.

Comment est-ce qu'une personne pouvait faire tous ces trucs débiles, posséder des bons d'achat, fermer la porte d'entrée à double tour, et un jour, comme ça, cesser d'exister ? Si April était morte, qui récupérerait ses affaires ? Et qu'est-ce qu'elle pourrait même bien avoir à montrer de sa courte et courageuse vie ?

Quand elle arriva sur le campus, Sally se gara devant le trottoir et descendit en serrant Auden contre elle. Elle avait lu que Bill était enterré dans le cimetière au bout de Main Street, ce qui la surprit. Elle n'arrivait plus à se rappeler s'ils en avaient discuté, mais il ne semblait pas être du genre à vouloir d'un enterrement. Sally se demanda si l'idée venait de ses enfants. Elle se souvenait à quel point cela avait été insoutenable pour elle de penser au corps familier et chaud de sa mère réduit en cendres. Mais finalement, est-ce que c'était préférable de mettre un parent dans la terre, pour le laisser se décomposer comme un détritus, jusqu'à ce qu'il ne reste rien ? Elle ne voudrait jamais voir Jake comme ça, dont la mémoire serait symbolisée par une pierre froide, un tas de boue et quelques fleurs fanées. Ou pire, par un de ces atroces arbres de Noël miniatures que les gens apportaient au cimetière à cette époque de l'année, comme si les défunts étaient des jeunes dans la vingtaine, vivant dans de minuscules studios.

Le froid était mordant. Sally essaya de tirer sa veste en laine sur son énorme ventre. Même enceinte, elle était trop snob pour s'acheter un manteau de femme enceinte.

« Je n'aurai jamais d'occasion de le remettre ! dit-elle à Jake quand il lui dit qu'il lui en fallait un, lors d'un récent périple au centre commercial pour trouver du mobilier de bébé.

— Et comment tu feras quand tu tomberas enceinte de notre deuxième enfant ? dit-il.

— Oh, c'est pas vrai, dit-elle sèchement. Est-ce qu'on peut déjà faire sortir celui-ci avant de commencer à parler du prochain, s'il te plaît ? »

Elle sortit ses moufles de ses poches et commença à marcher sur le sentier du Campus Central en direction du Quad.

« Ça va ? » demanda-t-elle au bébé. Elle espérait qu'elle n'était pas en train de faire mourir de froid sa fille. Une fois que cette petite viendrait au monde, Sally savait qu'elle vivrait dans la terreur constante de la blesser ou de la perdre, d'une manière ou d'une autre. Elle ne pouvait pas imaginer son enfant plus en sécurité que là, en boule, au fond de son ventre, mais même ça, c'était terrifiant.

Sally avança lentement. Combien de fois avait-elle pris ce chemin avec les filles, en s'échangeant paresseusement les derniers potins sur le chemin de la classe, ou en marchant d'un pas traînant dans la neige, bras dessus, bras dessous, ou, à l'occasion, d'un pas vif pour se rendre à *Take Back the Night*[77] ou *Celebration of Sisterhood,* avec April toujours en tête. Smith lui avait laissé son empreinte, si bien qu'ici, elle se sentait toujours comme chez elle. Pourtant, à présent, elle était une étrangère. Sa part de Smith survivrait toujours

77. Marches organisées partout dans le monde, et en particulier sur les campus, pour sensibiliser le public à la question de la violence faite aux femmes.

dans chacune de ses amies de fac. C'était peut-être pour cela qu'elles avaient encore tant d'importance les unes pour les autres, malgré tout ce qui avait changé.

Deux filles s'approchaient d'elle à présent, main dans la main, se chuchotant des choses à l'oreille. Elles lui rappelaient Bree et Lara. Bree avait appelé Sally quelques jours auparavant pour lui raconter comment elles s'étaient remises ensemble à San Francisco. Elle avait dit que c'était magique, comme dans un de ces vieux films que Celia leur faisait regarder à la fac. Mais Bree retournait à New York quand même le lendemain, comme prévu.

Quand Sally lui avait demandé ce qui allait se passer ensuite, Bree dit :

« Je n'en sais rien. Peut-être que je devrais déménager et prendre ce boulot que mon père m'a proposé. Ça pourrait être pire, non ? J'avais envie de la revoir depuis si longtemps, Sally, mais j'ai besoin de ma famille, aussi.

— Peut-être que tu peux avoir les deux, avait dit Sally avec douceur.

— Non, dit Bree. Je ne crois vraiment pas. »

Sally s'arrêta devant la bibliothèque, le lieu de sa première conversation avec Bill, le premier endroit où ils avaient fait l'amour. Pendant son mariage, elle avait eu peur d'y pénétrer, car le passage du temps l'avait transformé à ses yeux. Elle ne pouvait se faire à l'idée de le revoir, tel qu'il était vraiment. Mais à présent, Bill avait disparu et elle pouvait se souvenir de lui comme il était tout au début.

Elle entra, et l'odeur familière emplit l'atmosphère, un mélange de cuir, de vieux papier et de cire. Elle se dirigea vers le bureau de Bill.

Dans la grande salle, les Smithies étaient assises à des tables de travail individuelles, sérieuses comme des moines, leur visage plongé dans de vieilles copies de Thackeray et Joan Didion. Sally fut prise d'une irrépressible et ridicule envie d'aller vers elles pour leur caresser les cheveux et leur dire de savourer chaque minute de tout cela. Mais aucune des filles ne leva les yeux vers elle. Sally avait vingt-six ans, ce qui, en termes d'années pour les étudiants de fac, était à la limite du troisième âge. Quand on partait dans une nouvelle ville pour étudier, on aimait jouer avec l'idée que cette ville était la nôtre, mais, à la différence des habitants, la connaissance intime de l'endroit, ses cimetières, ses auto-écoles, ses bibliothèques, ses écoles primaires, nous faisait toujours défaut. On percevait son campus comme un monde à lui seul et les habitants de la ville comme des aimables figurants. Est-ce qu'à présent les gamins de Harvard la voyaient ainsi ? Une vieille femme, mariée et enceinte, un élément anonyme de plus dans Cambridge, cette toile de fond paisible ?

Elle emprunta les escaliers au fond de la salle, et les battements de son cœur accélérèrent tandis qu'elle approchait de son bureau. Elle avait souvent imaginé la scène ces dernières semaines : des boîtes en carton débordant de livres et de papiers lui appartenant, ici ou là, un Post-it égaré sur le sol. Or, lorsqu'elle arriva, elle trouva la pièce entièrement vide, à l'exception de son vieux bureau métallique et de quelques étagères nues. Tous les objets familiers et personnels — le fauteuil à haut dossier, le tapis en peau d'agneau — avaient été emportés. Par qui ? Ses enfants ? Sa femme ?

Sally entra dans la pièce et ferma la porte derrière elle. Elle s'assit sur le sol et essaya de trouver des traces de lui, mais même son odeur avait disparu. Elle ouvrit sa vieille copie d'Auden et lut pendant près d'une heure — les poèmes épiques, les poèmes d'amour, les mots de deux lignes bâclés qu'il adressait à d'autres poètes célèbres. Puis, elle arriva à celui qui lui rappelait le plus Bill. C'était un des poèmes qu'il lui avait lu et relu en maintes occasions, tôt le soir dans son bureau, tous les deux enlacés sur le tapis, buvant du vin dans des gobelets en plastique en forme de vrais verres. Plus tard, seule allongée dans son lit une place, dans un bâtiment peuplé de filles seules allongées dans leur lit une place, elle récitait les mots tout haut. Elle le refit une fois de plus, lisant à voix basse pour la pièce vide qui l'entourait :

*Tout comme la matière, l'amour est bien plus*
*Bizarre que nous ne le pensions*

*L'amour nécessite un Objet*
*Mais cela varie tellement*
*Presque tout, j'imagine,*
*Peut faire l'affaire*
*Quand j'étais enfant,*
*Je suis tombé amoureux d'une pompe mécanique*
*Que je trouvais, dans le détail*
*Et dans l'ensemble,*
*Aussi belle que toi.*

Bill disait toujours que chaque poème était différent pour chaque lecteur, parce que chaque personne incorporait les pensées personnelles du poète avec les siennes, insufflant une nouvelle vie aux poèmes. Lorsque Bill lui avait lu ce poème, dans son esprit à elle il signifiait qu'il l'aimait d'une façon si pure, si honnête, si absolue que c'était comme s'il redevenait un petit garçon, courant dans tous les sens en culotte courte. Elle avait ignoré la partie la plus importante : *Presque tout peut faire l'affaire.*

Maintenant qu'il était trop tard, elle réalisait que les poèmes qu'il préférait étaient des formes de confessions. Elle s'attarda sur celui-ci, ses doigts traçant chaque mot lentement. Quand elle eut fini, elle posa le livre sur son bureau et quitta la pièce en fermant la porte derrière elle.

Dehors, flottait une odeur de neige. En se dirigeant vers le Quad en passant devant l'étang gelé, elle visualisa l'image de flocons blancs qui tombaient et recouvraient ce qu'il restait de lui.

Quand elle arriva à la hauteur de la résidence King, Sally était essoufflée par sa marche et elle sentait sa vessie prête à exploser. Elle regarda autour d'elle, il n'y avait pas d'étudiante en vue, aussi, elle alla directement à la porte arrière de la résidence, prête à utiliser son ancienne clé pour entrer et utiliser les toilettes. À la vue de la porte, elle sursauta : la serrure avait été bouchée, et, à la place, on avait installé un petit cube en plastique avec une lumière rouge clignotante, comme pour faire glisser les cartes de crédit magnétiques.

Elle repensa à une vieille chanson de Joni Mitchell qu'April mettait quand elles faisaient leurs devoirs. « Nothing lasts for long, nothing lasts for long. »

Sally appuya sur la sonnette, mais personne ne vint. Elle retourna en direction des escaliers de pierre qui descendaient au Quad et s'assit sur le béton. Où était April ? se demanda-t-elle pour ce qui lui semblait être la millionième fois. Quand sauraient-elles ce qu'il lui était vraiment arrivé ?

Sally sentit un coup de pied du bébé et eut un petit rire. « C'est ici que j'ai épousé ton papa », dit-elle. Un jour, elle viendrait là avec sa petite fille. Elle pensa à présenter sa fille à Celia, Bree et April, quand cette dernière reviendrait.

« Pardon, m'dame ? » dit une petite voix derrière elle. Sally fit pivoter sa tête et vit une petite fille souriante avec un sac à dos, tenant ouverte la porte de la résidence. Elle devait avoir dans les onze ans.

« Vous vouliez rentrer ? » demanda-t-elle, d'un ton serviable de fille scout.

Sally réfléchit un instant. Elle se vit entrer dans la résidence King, ce qui ne rimait à rien sans les filles à ses côtés.

Finalement, elle secoua la tête.

« Non, merci, dit-elle. Je suis bien là où je suis. »

## CELIA

C'est par un beau samedi après-midi ensoleillé à New York qu'elles entendirent la nouvelle pour la première fois. D'après la télévision, la police d'Atlanta avait obtenu un tuyau d'une source inconnue selon laquelle on avait retrouvé des restes humains — un bras et un mollet de femme — enterrés dans la cour arrière du mac que tout le monde croyait responsable de l'enlèvement d'April. Le mac, lui, s'était volatilisé. Cela prendrait une semaine ou plus pour être certain que c'était elle, mais, pour Celia, il n'y avait pas de doute.

Celia et Bree passèrent tout le week-end assises côte à côte sur le canapé à pleurer.

Celia n'arrivait pas à dormir et, le lundi, elle dut se faire donner de l'Ambien par son docteur, un type maigrichon qui la regarda d'un air soupçonneux, comme si elle avait demandé de l'héroïne. Il finit par lui faire une ordonnance (et lui donna le numéro d'un bon psy qui avait un cabinet juste à côté de chez elle) lorsqu'elle commença à sangloter de façon incontrôlable. Bree allait la quitter bientôt, vraisemblablement pour retourner chez elle à Savannah et travailler dans la société de son père, et la pensée de se retrouver toute seule hantait Celia la nuit.

Le lundi soir, leur contact à la police d'Atlanta téléphona pour dire que le lendemain, ils organiseraient une dernière fois des recherches.

« Une recherche pour faire quoi ? demanda Celia.

— Chaque fois que nous trouvons une nouvelle preuve, comme des restes humains, notre équipe de recherche inspecte encore une fois le quartier où la preuve a été découverte et fouille les zones naturelles à proximité, au cas où. Nous voulons prendre toutes les mesures possibles pour faire en sorte que ce type soit arrêté. Parfois, cela se résume à trouver une douille ou un bout de tissu. »

La police était à la recherche de civils volontaires pour l'aider, et Celia et Bree achetèrent deux billets pour le premier vol du matin suivant. Les parents et la sœur de Celia avaient également décidé de descendre à Atlanta, et la famille de Bree fit de même.

Celia n'arrêtait pas de penser au jour où, un peu avant le week-end du mariage de Sally, April avait appelé pour dire qu'elle s'était fait tabasser, alors que Ronnie avait carrément pris la tangente. *Il fallait qu'elle se protège, c'est tout,* avait dit April pour défendre Ronnie. Qu'est-ce qui aurait changé si Celia lui avait dit : *Ah oui ? Et bien, moi je dois te protéger et je te somme de laisser tomber l'affaire.* Ça aurait probablement fait rire April. Mais maintenant, il n'y avait plus aucun moyen de le savoir.

« Qu'est-ce qu'on devrait emporter ? » demanda Bree. Elle était toute congestionnée à force de pleurer, et sa voix était voilée.

Celia savait où elle voulait en venir, mais elle ne pouvait se résoudre à le dire à voix haute : qu'en réalité, elles allaient en Géorgie pour l'enterrement d'April.

Le docteur de Sally lui avait dit qu'elle ne devait sous aucun prétexte voyager en avion si tard dans sa grossesse, mais elle allait quand même les rejoindre à Atlanta. Jake était paniqué à cette idée, mais elle ne lui avait pas laissé le choix.

« Putain, il a pété un câble parce que la descente a commencé, dit-elle à Celia au téléphone.

Depuis qu'elle était enceinte, Sally jurait autant qu'April, si ce n'était plus.

— Qu'est-ce que tu veux dire par “la descente a commencé” ? demanda Celia.

— Je veux dire que le bébé est descendu dans mon bassin ou quelque chose comme ça, dit Sally. Jake t'expliquera quand tu le verras, fais-moi confiance. Mais il peut se passer encore quatre semaines avant le début du travail.

— Est-ce que c'est douloureux quand ça descend ? » demanda Celia, avec un frisson.

Quand Sally parlait des détails de la grossesse, Celia ressentait toujours un malaise physique qui, à son tour, lui donnait l'impression d'être une femme indigne, mais que faire ?

« Oh, non, dit Sally. Mon estomac est plus bas, c'est tout. Maintenant, je respire mieux, mais je fais pipi toutes les dix minutes. Littéralement, Cee. Toutes les dix foutues minutes.

— Bouh, dit Celia.

— Ouais et ça ne s'arrête pas là, dit Sally. J'ai aussi des hémorroïdes. J'ai vingt-six ans et j'ai des hémorroïdes. Mes gencives saignent, j'ai des douleurs aux jambes, mes fesses me font mal. Je vais te dire carrément, Celia. Si tu as un tout petit peu de cervelle, tu adoptes. »

Il pleuvait des cordes quand tous se rassemblèrent devant le poste de police le lendemain. On avait annoncé les recherches sur les chaînes de télévision nationales, et des dizaines de Smithies vinrent pour donner un coup de main, des gens auxquels Celia ne pensait plus depuis des années, et d'autres dont elle n'avait même jamais entendu parler et sur lesquels April avait fait impression d'une façon ou d'une autre. Il y avait Jenna The Monster Truck, qui avait fait les présentations à leur arrivée à Smith. Et Toby Jones, l'ami trans d'April, qui était devenu beau à mourir, à tel point que Celia vint à se demander si, parmi les types avec lesquels elle avait couché à New York, il n'y en avait pas qui s'étaient appelé à une époque Lucy ou Tina.

Lara vint également. Elles s'étaient parlé au téléphone avec Bree tous les soirs depuis que cette dernière était revenue de Californie, et Celia se demanda pourquoi elles retardaient encore le moment où elles annonceraient la chose officiellement. Oui, il y avait des complications. Évidemment. Mais elle connaissait suffisamment Bree pour savoir ce qui la rendrait heureuse.

Devant le poste, Lara et Bree se tenaient côte à côte et se donnaient la main.

Celia jeta un coup d'œil aux parents de Bree qui les regardaient.

« Vous êtes sous surveillance, dit-elle à Bree et Lara.

— Je m'en fiche, dit Bree.

Lara écarquilla les yeux.

— Bon, peut-être pas complètement, mais j'essaye », dit Bree, et elles se mirent à rire.

Les recherches avaient aussi attiré des habitants du coin, des gens de l'église, ainsi que des groupes de femmes de partout dans le pays, soixante-dix personnes en tout. La mère d'April était là, mais aucun signe de Ronnie. Le commissaire de police les fit sortir dans le parking et les divisa en groupes de dix.

« Merci à tous d'être ici, beugla-t-il en direction d'une mer de parapluies noirs. Ce genre de recherche doit être exhaustive et la police ne dispose pas de suffisamment d'hommes pour mener cette opération à elle seule. C'est pourquoi nous nous tournons vers des civils comme vous pour nous aider dans une situation comme celle-ci. »

Des bénévoles distribuèrent des affichettes sur lesquelles étaient imprimés une photo d'April et un descriptif des habits qu'elle portait la dernière fois qu'on l'avait vue. Celia baissa les yeux sur la photo en se demandant qui l'avait fournie — Ronnie ?

Le commissaire expliqua que les recherches allaient s'effectuer dans le quartier où April avait vécu et disparu, ainsi que dans les parcs, terrains et zones marécageuses. Chaque équipe aurait un policier pour les accompagner.

« Beaucoup d'entre vous étaient ici avec nous pour effectuer les recherches le matin de la disparition d'April, mais pour ceux qui n'étaient pas là, voilà comment on va procéder : ceux d'entre vous qui seront dans les zones les moins développées devront se prendre par le bras pour former une sorte de chaîne humaine, pendant que vous regarderez au sol et autour de vous, dit-il. Ainsi, pas un seul centimètre ne sera oublié. »

L'écrivain à l'intérieur de Celia trouva cela amusant de se représenter une chaîne humaine constituée de diplômées transgenre de Smith, de nonnes catholiques, de femmes aux cheveux grisonnant de la deuxième vague féministe et de commerçants. Elle se dit qu'il y avait quelque chose là-dedans qui aurait aussi fait plaisir à April, et cela la fit sourire un instant.

Puis, quelqu'un cria dans la foule :

« Qu'est-ce qu'on est supposés chercher ? »

De la main, le commissaire essuya son front qui était mouillé par la pluie, malgré son parapluie.

« Malheureusement, à ce stade, nous n'espérons pas retrouver April en vie. Nous cherchons des indices de ce qu'il a pu lui arriver, dit-il. Tout élément suspect — vêtement, chaussure ou restes humains — doit être signalé immédiatement à votre officier de liaison. »

Celia se força à ne pas regarder la mère d'April.

Il poursuivit : « Pour ceux d'entre vous qui chercheront dans le quartier, votre rôle consiste à poser des questions : Est-ce que quelqu'un aurait vu April ? Est-ce que quelqu'un aurait entendu quelque chose que nous voudrions savoir ? »

Cette idée effraya Celia — et si elle allait frapper à une porte et qu'elle se retrouve face à face avec le meurtrier d'April ? Saurait-elle, d'une manière ou d'une autre, qu'il s'agissait bien de lui ? Allait-elle crier, s'enfuir ou juste s'effondrer en larmes ?

À ce moment, le commissaire commença à leur indiquer où ils devaient aller : Celia, Bree, Sally et Jake faisaient tous partie du groupe assigné pour les recherches dans le quartier d'April, avec un officier de police du nom de Dan Daniels, à qui elle aurait donné plus ou moins l'âge de son père.

« Z'étiez tous ses amis proches, dit l'officier Daniels pendant qu'ils se regroupaient tous. On sait tous que vous voulez que justice soit faite ici. Je vais vous dire comment parler aux gens dans le quartier. Ils aiment pas trop voir des flics dans leur coin. Du coup, vous aurez plus de chance qu'ils vous parlent à vous, plutôt qu'à moi. »

Ils s'adressèrent à peine la parole pendant qu'ils frappaient aux portes le long d'English Avenue et dans le Bluff. Celia savait bien que, dans leur imagination, ils espéraient frapper à une porte et voir April leur ouvrir, une tasse de café à la main. Ou même simplement un signe d'elle : un de ses pantalons en velours sur une rampe d'escalier, quelque chose.

Au lieu de cela, quand ils arrivaient devant les rangées de maisons étroites, à quelques pas les uns des autres, d'une personne à une autre, toutes disaient la même chose : elles n'avaient pas vu April, ou même entendu parler d'elle, et est-ce que Celia voulait bien avoir la gentillesse de descendre de leur perron.

Elle ne s'était jamais sentie aussi blanche de toute sa vie.

À chaque heure qui passait, Celia perdait de plus en plus espoir et, en même temps, elle se sentait de plus en plus soulagée.

Enfant, elle s'était rendue à des tas de veillées funèbres, tenant la main de son père pendant qu'ils contemplaient le cadavre d'un vieux parent ou de quelqu'un d'autre. Les corps ne semblaient jamais vraiment morts pour Celia. Si elle les contemplait suffisamment longtemps, elle aurait juré qu'ils prenaient de petites inspirations. Gamine, elle s'accrochait à l'idée qu'il était possible qu'il ne s'agisse que d'une maison hantée bien faite, comme celle où ils allaient à Castle Island pour chaque Halloween, et que, d'un instant à l'autre, la personne dans le cercueil se redresserait d'un bond en criant « Bouh ! »

Mais il ne s'agissait pas d'un vieil oncle qu'elle ne voyait qu'à Noël. Il s'agissait d'April. Celia ne voulait pas voir son corps, ou ce qu'il en restait. Elle ne supportait pas même d'y penser.

Malgré tous leurs efforts, les bénévoles et la police firent chou blanc ce jour-là. La pluie s'était intensifiée et on prévoyait des orages durant les prochaines vingt-quatre heures. La police décida de reporter la fin de recherches et de recommencer deux jours plus tard.

Ce soir-là, une fois tous réunis — Sally et Jake, Bree et Celia et leurs familles — ils restèrent devant l'hôtel, indécis sur la suite des événements.

« Ça nous ferait plaisir d'emmener tout le monde dîner, dit le père de Celia. Si ça vous tente. »

Mais le dîner n'eut jamais lieu. Les familles de Bree et de Celia partirent séparément pour trouver quelque chose à manger. Bree dit qu'elle allait faire une longue promenade seule et Sally devait s'allonger, du coup Celia et Jake l'accompagnèrent jusqu'à sa chambre.

Dans la chambre d'hôtel, Sally s'effondra sur son lit.

« Vous arrivez à y croire que Ronnie ne se soit pas ramenée pour aider à la rechercher ? dit-elle. Cette salope de merde. Si je lui mets la main dessus un jour, Cee, je jure devant Dieu…

— Je vais chercher de la glace, dit Jake en attrapant le seau à moitié plein et en sortant dans le couloir.

— Sacré Jake, dit Celia en souriant. C'est au moins la quatre-vingt-dix-septième fois qu'il va chercher de la glace depuis qu'on est arrivé.

— Je lui ai dit qu'il me faudrait beaucoup de temps avec toi et Bree, dit Sally. Je crois que ces derniers temps, je lui fais un peu peur. J'ai l'impression de m'enliser en ce moment, Celia. On se croirait dans un mauvais rêve.

Celia hocha la tête.

— Je sais. Je dors mal depuis quelques nuits, toi aussi ?

— Moi aussi, dit Sally doucement. Je ne sais pas si je peux faire naître un enfant dans un monde si affreux.

Celia tâta son ventre avec le doigt.

— Je ne crois pas que tu aies vraiment le choix là, dit-elle. Cet enfant va venir au monde, que tu le veuilles ou non.

— Je sais, dit Sally. Putain, je suis comme le bonhomme Michelin. »

Cette nuit-là, pour la première fois depuis l'école primaire, Celia dormit dans un lit avec sa sœur et sa mère. En revenant de la chambre de Sally et Jake, elle trouva son père déjà endormi, en train de ronfler sur un lit d'appoint. Violet aussi dormait, un exemplaire du magazine *Rolling Stones* étalé sur sa poitrine. Leur mère était allongée sur le lit, à côté d'elle, les yeux grands ouverts. Celia se blottit tout prêt d'elle, s'imprégnant de l'odeur familière de sa chemise de nuit et se disant qu'elle ne voulait plus jamais repartir à New York.

« À quoi tu penses ? demanda-t-elle.

— À la maman d'April », dit sa mère.

Elles avaient été mises dans la même équipe de recherches plus tôt dans la journée, arpentant un parc immense près de l'ancien quartier d'April.

« C'était tellement déchirant de la voir. Je suis sûre qu'une partie d'elle avait envie de trouver quelque chose d'April. Et une autre partie ne voulait pas — une partie d'elle fait probablement comme si April vivait à Tallahassee ou quelque chose comme ça, qu'elle était dans un champ d'orangers et qu'elle se moquait bien de nous voir tous nous faire du souci. »

Le souvenir le plus ancien de Celia était celui de sa mère en train de faire des petits gâteaux avec des personnages du cirque pour ses trois ans, avec sur chacun une danseuse ou un clown, ou une otarie avec une balle rouge sur le nez. Elle était enceinte de neuf mois de Violet et son ventre buttait contre le comptoir de la cuisine pendant qu'elle mixait le glaçage rose chaud. Elle semblait invincible, magique. Même à présent, si Celia l'appelait pour se plaindre d'un mal de gorge, sa mère savait s'il s'agissait d'une angine ou d'un virus, rien qu'au son de sa voix. Elle connaissait toujours la réponse à toutes les petites questions, que ce soit pour graisser la patte au serrurier, trouver un cadeau de Noël pour son patron, faire face à un agent exigeant ou à un supérieur répugnant, donner le temps de cuisson exact pour la cuisson parfaite d'un œuf à la coque. Tant que sa mère était vivante, Celia se sentirait protégée, peu importe la distance qui les séparait. Elle se dit qu'April n'avait jamais connu ce genre de sécurité.

Sa mère ferma les yeux.

« Ça peut rendre les choses encore pires. Quand on a une fille, ce genre de choses est votre pire cauchemar. Peu importe qui vous êtes. En fait, pour la première fois de ma vie, je suis en colère contre Dieu. Pourquoi continue-t-Il de laisser des choses comme cela se produire ? Les filles, je n'ai jamais voulu que vous traversiez la vie en vous disant que des choses terribles arrivent sans raison, mais…

— Est-ce que ce n'est pas le cas ? interrompit Celia. Est-ce que ce n'est pas ce qui la rend merdique ?

Sa mère lui donna un baiser sur la joue.

— Peut-être. Je n'en sais rien. Essayons de dormir.

Un moment plus tard, d'une voix fatiguée et lointaine, elle ajouta :

— Et ne dit pas "merdique", Cee Cee. C'est indigne de toi. »

Ils furent réveillés par la sonnerie du téléphone dans le noir. Violet la première se leva d'un bond.

« Debout tout le monde, dit-elle. Elle décrocha le téléphone et dit "Merci", puis raccrocha et s'affala à nouveau dans son lit.

Le téléphone sonna encore une fois.

« Zut.

Violet décrocha et dit :

— Oui ?

Au bout d'un instant, elle lâcha un petit cri et dit :

— Oh, Oh, mon Dieu ! »

Celia était toujours dans un demi-rêve, et la première pensée qui lui vint était qu'April n'était peut-être pas morte en fin de compte. Peut-être que c'était la police qui appelait pour dire que les ossements qu'ils avaient trouvés appartenaient à quelqu'un d'autre, qu'April était saine et sauve et bien au chaud dans son lit.

Puis Violet commença à la secouer.

« Réveille-toi ! hurla-t-elle. Sally est en train d'avoir son bébé ! »

Celia ouvrit les yeux et regarda le réveil. Il était quatre heures et quart du matin.

Sa mère jaillit de son lit et avait déjà ses chaussures aux pieds avant que Celia ait eu le temps de poser les siens par terre. L'hôtel était immense. Elles arrivèrent toutes les deux dans la chambre de Sally cinq minutes plus tard, essoufflées par leur course. Lorsque Celia frappa à la porte, Jake leur ouvrit en leur lançant un regard de supplication, comme s'il avait été maintenu en otage.

Derrière lui, Sally était assise sur le lit, en train de se vernir les ongles des pieds, tranquillement.

Le cœur de Celia battait la chamade.

« Heu, Sal, qu'est-ce que tu fais, là ? dit-elle.

— Je me prépare, dit Sally.

— Mais, est-ce que tu ne devrais pas être en route pour l'hôpital ? demanda Celia, en cherchant une réponse dans le regard de sa mère.

— Mes contractions viennent de commencer, dit Sally. On en a pour des heures. Jake a trouvé un obstétricien en ville qui va nous prendre. Je voulais juste me raser les jambes, me laver les cheveux et tout ça. Je ne connais même pas ce docteur, alors je n'ai pas l'intention de débarquer avec l'air d'un ragamuffin. »

La bouche de Celia forma un O parfait. Celle de Jake aussi.

Sa mère s'avança et s'assit à côté de Sally sur le lit. Doucement, elle passa sa main dans les cheveux de Sally. « Tu as raison, ma chérie. Tu as sans doute le temps, dit-elle. Mais il se peut que tu aies commencé le travail dans ton sommeil sans le sentir, et tu es peut-être bien plus dilatée que ce que tu penses. C'est ce qui m'est arrivé avec Violet, et elle est quasiment née à l'arrière d'une Cutlass Supreme.

— Oh, mon Dieu, vraiment? dit Sally en retrouvant sa voix habituelle.

Jake frappa dans ses mains.

— Voilà! C'est exactement ce que je lui ai dit!

— Bébé, ferme-là, coupa Sally. Elle prit une longue inspiration. Pardon, dit-elle. D'accord, c'est parti pour l'hôpital. »

Ils l'aidèrent à se mettre sur ses pieds.

Sally attrapa la main de Celia.

« Je vous veux, toi et Bree, dans la chambre avec nous, dit-elle. D'accord?

Celia était abasourdie.

— Oui, dit-elle dans un rire. Je vais aller chercher Bree et on se retrouve tous devant.

Avant de sortir, Celia attira Jake à l'écart.

— Est-ce que ça va? dit-elle. Tu préférerais qu'on ne vienne pas avec Bree?

— C'est Sally qui mène la danse. Je ne fais que suivre le mouvement, dit-il. C'est sympa quand même de demander.

Celia serra son bras.

— Tu es vraiment génial. Tu vas être un papa incroyable.

Jake sourit.

— Merci. Maintenant va chercher Bree, avant que Sally me poignarde à mort avec sa lime à ongles. »

La chambre de Bree était située trois étages au-dessus de celle de Sally, et Celia grimpa les escaliers deux par deux.

Elle frappa un grand coup à la porte.

« Bree ! appela-t-elle. Ma puce, sors d'ici ! Sally est sur le point d'éclater. »

Ce fut Lara qui lui ouvrit la porte, les yeux emplis de sommeil, en soutien-gorge et en caleçon.

« Cee ? dit-elle la voix rauque.

Celia rigola.

— J'ai besoin de Bree pour une mission, dit-elle.

Bree arriva derrière Lara d'un pas feutré.

— Quel genre de mission ? dit-elle, la lumière du couloir lui faisant plisser les yeux.

— Sally va avoir son bébé et elle nous veut avec elle dans la chambre, dit Celia.

— Oh, mon Dieu, dit Bree.

Celia pencha la tête sur le côté.

— Décidément, vous êtes inséparables, vous deux, dit-elle en souriant. On s'est décidé ?

Bree enfila un jean et des tongs.

— Ouais, ouais, dit-elle nonchalamment. C'est pas le moment d'en parler. »

Mais, avant de sortir, elle embrassa Lara sur la bouche et lui dit : « Je t'aime. »

« Il faut qu'elle s'étende à l'arrière », dicta Jake comme ils entraient dans la voiture de location. Celia s'assit à l'arrière, la tête de Sally sur ses genoux. Elle avait perdu les eaux à un moment donné durant la nuit, sans que cela la réveille et le liquide à l'odeur sucrée continuait de couler. Le prochain conducteur de cette voiture après eux, peu importe qui ce serait, était sans doute loin de s'attendre à ce qu'il allait trouver, se dit Celia. Elle aurait aimé pouvoir lui laisser un mot : *Ne quittez jamais vos chaussures dans le véhicule. Croyez-moi.*

Ils se perdirent en essayant de trouver l'hôpital. Bree appela son père et le réveilla pour lui demander de leur indiquer la route.

Quelques minutes plus tard, ils s'arrêtèrent à un feu rouge. Jake donnait l'impression d'être sur le point de tomber en hyperventilation sans crier gare.

« *Allez,* les gars ! Ma femme est en train d'avoir son bébé, là ! »

Bree se retourna et sourit à Celia.

« Oh, Bree, dit Sally. Est-ce que vous avez partagé une chambre avec Lara hier soir ?

Bree se mit à rire.

— Je vous donnerai tous les détails plus tard.

— Non, dis-le nous maintenant, dit Sally. J'ai besoin de quelque chose pour ne pas penser au fait que je vais faire sortir un bébé de quatre kilos d'un orifice de la taille d'une pièce de monnaie.

Bree sourit.

— Dans ce cas-là, d'accord. Bon, vous savez que je suis allée me promener après les recherches. Je pensais à April et au fait qu'il y a tellement de choses dans la vie qui sont incontrôlables. Mais ça, c'est quelque chose que je peux contrôler. Lara est bien ici. Je lui ai demandé de venir dans ma chambre, et on a parlé un long moment. C'était vraiment bien.

— Et après, demanda Celia.

Bree leva les yeux au ciel.

— Et après, on a couché ensemble.

En entendant ça, Jake se ranima.

— Est-ce que je peux poser une question, demanda-t-il honteusement. Qu'est-ce que tu veux dire exactement par coucher ensemble ? Est-ce que vous… ?

— Oh, là, là ! ta gueule avec ça, dit Sally.

Soudain, Jake lança son poing en l'air.

— Je suis l'homme, ici ! hurla-t-il.

— Mon cœur, tu viens de trouver la route de l'hôpital en suivant les indications de MapQuest, dit Sally. Ce n'est pas exactement la découverte du Nouveau Monde.

Jake rigola.

— Tu peux dire que tes hormones de grossesse vont me manquer », dit-il.

Une infirmière avec des cheveux blancs en brosse emmena Sally dans une pièce privée pour la préparer à l'arrivée des docteurs. Celia, Bree et Jake attendirent dans le couloir à côté des distributeurs automatiques.

Celia se sentait encore tellement jeune, comme une enfant. Le fait qu'ils se retrouvent tous les quatre ici semblait déplacé. Elle aurait aimé que sa mère les accompagne. Tout ce qu'elle pouvait faire, c'était d'imaginer ce que Sally ressentait. À la fin de tout cela, elle aurait un enfant, une vraie personne dont il faudrait s'occuper et qu'il faudrait élever.

Au bout d'un moment, un aide-soignant s'approcha d'eux. « Vous pouvez venir, maintenant », dit-il.

Dans la pièce, Sally était debout dans sa blouse d'hôpital et elle parlait d'un ton brusque à l'infirmière aux cheveux blancs :

« Écoutez, je veux un lavement, dit-elle. Cela fait partie de mon plan de naissance que j'ai fait à Boston. Appelez mon docteur si vous ne me croyez pas.

L'infirmière sourit.

— Ce n'est pas que je ne vous croie pas, dit-elle. Ce n'est pas dans nos pratiques de faire des lavements, voilà tout.

— Ma puce, pourquoi tu voudrais un lavement, d'abord ? » demanda Bree, et Celia ne put s'empêcher de rire.

Voilà un mot qu'elle ne se serait jamais attendue à entendre dans leur bouche, ni de l'une ni de l'autre.

« Pour ne pas faire un gros caca sur la table pendant que j'accouche ! » coupa Sally.

Bree et Celia échangèrent un regard horrifié. Après cela, se dit Celia, il était fort possible qu'aucune d'entre elles ne soit jamais en mesure d'avoir un enfant.

Le docteur leur dit que la naissance du bébé n'arriverait pas avant plusieurs heures. Sally avait eu raison de ne pas se presser. Elle aurait pu rester dans leur bel hôtel en peignoir moelleux à se peindre une réplique miniature de la Cène sur chacun de ses ongles, et elle aurait encore eu du temps devant elle. Ils jouèrent aux cartes, arpentèrent les couloirs et mangèrent des tranches du pain à la banane de la cafétéria. Sally était paniquée de ne pas avoir son « nécessaire de naissance », apparemment une sorte de valise qu'elle avait remplie avec sa robe de chambre préférée, de belles serviettes, de la lotion, une compil CD que Jake et elle avaient gravée pour écouter pendant la naissance, un ensemble rose de chez Rosemary pour ramener le bébé, des snacks santé et de l'eau pour Jake, « pour éviter qu'il tombe dans les pommes pendant l'accouchement », dit Sally.

Ils regardèrent la pluie tomber et parlèrent d'April, et Sally dit qu'elle espérait que le bébé serait né d'ici jeudi matin pour qu'ils puissent tous poursuivre les recherches.

Dans les heures qui suivirent, Celia apprit ce que c'était que la vie. Ce furent les mots de sa mère lorsque Celia l'appela du hall de l'hôpital pour lui faire un point à dix heures du matin.

Lorsqu'elle remonta, Bree courut à sa rencontre comme une folle.

« Elle a fini le travail ! dit-elle.

— Oh, mon Dieu ! elle a eu son bébé ? dit Celia.

Bree se mit à rire.

— Non, ma puce, elle doit encore accoucher du bébé. C'est là que ça devient franchement gore. Tu n'as jamais eu un cours sur la santé en première ?

Celia fit non de la tête.

— C'est ça, l'école catholique. Ils nous disaient que les bébés étaient déposés dans leurs berceaux par des équipes d'anges qui transportaient des couvertures moelleuses roses ou bleues. »

Quand elles arrivèrent à la chambre de Sally, l'infirmière lui faisait une péridurale dans la moelle épinière. Celia n'avait jamais vu une si longue seringue de toute sa vie.

« Jésus, Marie, Joseph », souffla-t-elle à Bree.

Sally assurait. Elle ne criait pas comme les femmes le faisaient généralement dans les films. Son docteur chez elle lui avait dit que c'était une perte d'énergie et que ça pouvait rallonger la naissance sans raison. Elle serra la main de Jake dans l'une des siennes et celle de Celia dans l'autre.

« Qu'est-ce que c'était la première chanson sur la compil que tu as faite ? » demanda Bree au moment où Sally commençait à faiblir.

Entre les grognements, Sally répondit :

« Les Supremes. "Can't Hurry Love." »

Celia, Bree et Jake lui chantèrent le CD en entier — "Don't Stop Believing", de Journey, "Manic Monday", des Bangles — pendant que l'infirmière les regardait avec un mélange d'agacement et d'amusement.

Il y eut plus de sang que ce que Celia avait pu s'imaginer. Il y en avait partout, et elle était soulagée que Sally ne voie pas ça. Elle s'était toujours demandé pourquoi les femmes donnaient naissance allongées, avec un drap sur leurs jambes. Là, apparemment, en était la raison.

Après quatre heures de poussée, Sally était épuisée. Elle poussa, poussa, à en faire éclater les vaisseaux sanguins de son visage, et on aurait dit qu'elle saignait par tous les pores. Celia et Bree n'y pouvaient rien, mais elles étaient horrifiées. Sous leurs yeux, la Sally impeccable qu'elles connaissaient — jamais un cheveu de travers, jamais le moindre faux pli sur sa jupe, la moindre éraflure sur ses chaussures — semblait sortir d'un ring de boxe.

« Qu'est-ce qu'il y a ? dit Sally en serrant fort la paume de Celia, au risque de la broyer.

— Rien, dit Celia.

Elle se tourna vers Jake.

— Mon Dieu, qu'est-ce qui s'est passé ? Je ne ressemble plus à rien, c'est ça ?

— Tu es belle. Je te jure », dit Jake, et Celia faillit éclater en sanglots.

Quand la tête du bébé apparut, Sally cria à s'en perforer les poumons.

Ses ordres, le docteur pouvait s'asseoir dessus, pensa Celia. Est-ce que l'obstétricien de Sally à Boston, un homme du nom de docteur Finkle, avait déjà accouché ? Non. Alors qu'est-ce qu'il pouvait bien avoir à dire ?

— Sally, nous avons un petit problème pour faire sortir les épaules du bébé, dit le docteur. Nous allons devoir pratiquer une légère épisiotomie.

— Légère comment ? dit-elle.

— Légère, dit le docteur. Je vous promets. Pas plus de sept points de suture. »

*Des points de suture ?* Celia se dit qu'il faudrait qu'elle s'inscrive sur la liste d'attente pour avoir un ou deux orphelins roumains, dès qu'elle rentrerait chez elle.

« Non, dit Sally en secouant la tête. Je ne veux pas de ça. »

Celia était sur le point d'ouvrir la bouche, sur le point de dire à ces gens-là qu'il fallait écouter Sally et que, vraiment, est-ce que la pauvre fille n'en avait pas suffisamment bavé sans qu'on lui ouvre le corps ?

« Bébé, dit Jake avec douceur. Je sais que tu ne voulais pas en avoir une, mais ça guérira tellement mieux qu'une déchirure irrégulière. »

Les yeux de Bree sortirent de leurs orbites.

Le docteur sourit.

« Je vois que papa a lu *À quoi s'attendre lorsqu'on attend un bébé.* J'ai bien peur qu'il ait raison.

— Bon d'accord, dit Sally. Faites juste en sorte de me sortir cette chose du ventre. »

Elle laissa retomber sa tête, résignée.

À voir et à entendre les dernières poussées, on aurait dit une agonie, mais juste après arriva la fille de Sally : April Eleanor Brown, avec une tignasse brune, comme celle de sa mère. Elle était recouverte d'une substance visqueuse, et Celia fut surprise de voir le docteur l'allonger comme ça sur la poitrine de sa Sally. Celle-ci rayonnait, elle avait un sourire éclatant comme Celia n'en avait jamais vu, et ça voulait vraiment dire quelque chose quand on voyait le visage de Sal recouvert entièrement de tâches rouges ensanglantées.

Celia et Bree laissèrent Sally et Jake avec le bébé un moment et retournèrent à la cafétéria pour prendre quelque chose pour le dîner.

Bree picorait dans sa salade César ramollie.

« Il s'est passé tellement de choses ces deux derniers jours que j'ai l'impression que ça va prendre une année pour tout digérer.

— Est-ce que Lara est repartie à San Francisco ? demanda Celia.

— Non, elle reste pour participer aux prochaines recherches, dit Bree.

— Et ensuite, qu'est-ce que vous comptez faire ? dit Celia.

— Ces dernières semaines j'ai vraiment cru que j'allais finir chez moi à Savannah, l'endroit d'où je viens, dit Bree. Mais maintenant…

Celia sourit.

— Je pense que tu vas retourner en Californie, dit-elle.

— Moi aussi, dit Bree. Elle siffla tout doucement. Ben, mon vieux, Maman n'a pas fini d'en parler. Est-ce que ce n'est pas comique qu'elle préfère du fond du cœur que je brise le mariage de Doug, plutôt que je sois lesbienne.

Elles rigolèrent.

— On ne sait jamais, peut-être que tes parents changeront d'avis, dit Celia. La vie est longue. »

C'était une des expressions préférées de sa grand-mère et elle commençait tout juste à la comprendre.

Elles allèrent à la boutique cadeaux pour chercher du champagne, des fleurs et une douzaine de ballons roses. Celia savait que ça leur faisait bizarre à tous de fêter cela, mais elle se disait qu'il fallait honorer une vie nouvelle, maintenant plus que jamais.

Quand elles revinrent, elles portèrent le bébé chacune à leur tour. Celia sentit son cœur fondre en berçant la petite chose dans ses bras.

« Je suis ta tata Celia », murmura-t-elle.

Jake ouvrit la bouteille de champagne, et ils portèrent un toast. Sally but quelques gorgées mais elle tendit la fin de son verre à Jake, car elle allaitait. Celia se dit que si elle était à la place de Sally, elle demanderait à se faire injecter la bouteille entière par intraveineuse. Ou peut-être qu'ils auraient dû picoler au début plutôt qu'à la fin.

« C'était incroyable à regarder, dit Celia à propos de la naissance, même si elle savait qu'il y aurait eu beaucoup d'autres adjectifs pour la décrire.

— Et vous trouviez toutes les deux que mon mariage était pénible, dit Sally en souriant.

Bree se mit à rire.

— Oh, mon Dieu, Sal. Tu es maman.

— Je suis maman, dit Sally. J'aimerais que ma maman soit là pour le voir. Et aussi April. »

Celia ne savait pas quoi répondre. Si sa mère avait été là, elle aurait dit quelque chose comme : *Elles sont là, Sally ; elles veillent sur toi.* Mais ça aurait sonné aussi faux dans la bouche de Celia que « lavement » dans la bouche de Sally.

Finalement, Bree dit :

« Le bébé a les yeux de ta maman.

— C'est vrai, n'est-ce pas ? » dit Sally.

Celia sourit à Bree. C'était la chose parfaite à dire, se dit-elle, même si elle n'avait pas la moindre idée de si c'était vrai ou pas.

« Bon, dit Celia après que tout le monde eut fini son verre et qu'elles eurent ramené le bébé à la nursery. Et maintenant ?

— Maintenant, il nous faut une bonne nuit de sommeil pour être en forme demain pour retrouver April, dit Sally.

— Pas toi, quand même ma puce, non? dit Jake nerveusement. Tu restes ici, n'est-ce pas ?

— On verra comment je me sens, dit Sally. Je ne trimballe plus autant de kilos qu'hier. Je devrais être sur pied d'ici à demain matin.

— S'il te plaît, dis-moi que c'est une plaisanterie, dit Bree.

— Ou que tu parles sous l'effet de la drogue, dit Celia.

— Non, dit Jake. C'est notre Sally.

Celia et Bree échangèrent un regard.

— T'es cool, Jake, dit Bree. Il se peut même que tu sois le premier homme à se voir décerner le "titre honorifique de Smithie".

— Mon mari le Smithie », dit Sally rayonnante. Un moment plus tard, elle ferma les yeux et commença à ronfler.

Jake s'éclipsa dans la salle de bain, et Bree se tourna vers Celia.

« Est-ce qu'il y a une chance pour qu'on la retrouve en vie demain ? demanda-t-elle.

Celia hocha la tête tristement.

— Je crois qu'elle nous a quittés.

— Moi aussi, dit Bree. Et je ne supporte pas l'idée que la vie continue malgré tout. »

## APRIL

Le plan de Ronnie était simple.

Partout dans le pays, des petites filles noires quittaient la maison chaque matin et ne rentraient jamais. Elles se faisaient tuer par des membres de gangs ou étaient kidnappées par des étrangers et forcées à se prostituer. Cependant, aucune alerte d'enlèvement n'était jamais déclenchée. L'émission *Today* ne mettait jamais leurs photos souriantes à la une sur les écrans de télévision de l'Amérique. Quand une fille blanche avec une bonne éducation disparaissait, les médias ne se lassaient pas des détails.

Ronnie avait un véritable don pour changer le regard des gens sur les choses en utilisant leurs propres défaillances. Elle disait qu'elle voulait sensibiliser les gens au trafic sexuel des enfants en Amérique tout en montrant à quel point le pays se préoccupait peu du sort des personnes qui ne sont ni nanties ni blanches.

C'est comme ça qu'April avait fini par dire à ses amies qu'elles faisaient un documentaire, sans mentionner le reste. Et c'est comme ça qu'elle fit ses valises pour aller habiter avec Ronnie dans ce trou à rats sur English Avenue.

Après un an, juste au moment où April commença à se demander si elles ne faisaient pas une erreur, Ronnie annonça qu'elles allaient enfin mettre leur plan en action.

Au milieu de la nuit, un vendredi poisseux d'août, April s'introduisit dans la maison d'Alexa et, en silence, descendit lentement le long d'une corde artisanale, jusqu'à un emplacement sous les lattes du plancher du salon, de la taille de sa petite penderie à Smith. Il n'y avait pas de lumière, ça sentait le moisi, et le sol était en pierre. Alexa avait essayé de rendre l'endroit agréable. Elle avait mis des coussins et une couverture de bébé. Elle dit à April de ne pas s'en faire, elle avait déjà planqué des filles là, avant, dit-elle, lorsqu'elles fuyaient la police ou les macs. Aucune d'entre elles n'avait jamais vu de cafards ni de souris, et Alexa dit qu'il était impossible d'entendre les filles d'en haut, même lorsque l'une d'entre elles éternuait ou toussait. Pourtant, April dut comprimer la paume de sa main contre sa bouche pour éviter de pleurer. Elle n'avait jamais aimé les espaces exigus, mais elle savait que c'était le seul moyen.

Le lendemain matin, Ronnie lui dit qu'elle avait appelé la mère d'April et les filles de Smith, comme prévu, pour leur expliquer la situation. Comme ça, dit Ronnie, personne ne pourrait dissuader April de suivre le plan, mais elle obtiendrait ce qu'elle souhaitait — que ceux qui l'aimaient le plus sauraient qu'elle allait bien.

Plus tard ce jour-là, Ronnie annonça la disparition d'April, et Alexa vint témoigner pour dire qu'elle avait vu Redd forcer April à monter dans une voiture la nuit précédente. Cette dernière partie était pur mensonge, comme le reste, évidemment, mais Ronnie et Alexa avaient jugé que punir Redd pourrait s'ajouter en prime au projet. À Atlanta, c'était le pire de tous, connu dans le quartier pour frapper ses filles à coup de batte de baseball, les laissant se faire violer par des dizaines d'hommes en une nuit sous couvert de rite initiatique au sein du gang. Une fois, il avait puni une gamine de quinze ans qui refusait d'avoir des relations sexuelles avec un homme d'affaires saoul en lui enfonçant un tesson de bouteille dans le vagin et en lui faisant un trou dans la lèvre inférieure en la mordant. Il fut arrêté pour agression à main armée et mutilation, puis libéré sous caution au bout d'un mois seulement. Personne ne semblait savoir ce qu'était devenue la fille, mais Alexa dit que Redd s'était vanté à qui voulait l'entendre que ses potes l'avaient terminée.

La police considérait ces jeunes filles comme des criminelles, qui habitaient le même monde sordide que leurs macs et qui méritaient bien leur sort. Ce que les flics et la plupart des gens oubliaient de voir, c'était que les macs avaient choisi, alors que les filles avaient été forcées. Ronnie espérait que le projet attirerait l'attention du public là-dessus. Elle faisait référence à la violence conjugale et comment, quarante ans auparavant, personne n'en parlait : aucun mouvement, même pas un nom. Pourtant, des femmes pionnières avaient sorti ce problème de l'ombre et, à présent, elles feraient la même chose avec l'exploitation sexuelle.

Parfois, April se demandait si ce projet représentait une dernière tentative pour Ronnie de rétablir sa réputation dans la communauté féministe. Malgré tout le bien qu'elle avait fait au cours de ces trente dernières années, elle était généralement considérée comme une figure en marge, une exclue. Peut-être qu'à ses yeux, c'était sa dernière chance.

April ne devait pas rester sous le sol de la maison d'Alexa plus d'un mois. C'était leur accord. Au début. Alexa lui glissait un sandwich et un morceau de fruit ou des biscuits et une bouteille d'eau pendant la journée. Si elle devait faire pipi, Alexa lui apportait un bassin. April essayait cependant de toutes ses forces de ne pas les mettre, ni l'une ni l'autre dans cette situation. Elle savait qu'Alexa croyait en la cause autant qu'elle et Ronnie, et elle savait, qui plus est, que Ronnie payait Alexa une somme injustifiable pour la cacher.

Après minuit, une fois que tout le monde dans la maison se trouvait derrière la porte close, Alexa la laissait sortir un moment, la faisant monter sans bruit dans ses appartements. Là, April prenait une douche et utilisait les toilettes. Elle étendait ses jambes et mangeait un repas chaud à la petite table à couture d'Alexa : du poulet frit et du vin rouge, des spaghetti avec du pain à l'ail. Ça lui faisait mal d'avoir à retourner sous terre après une heure en haut, mais Alexa la tranquillisait toujours en lui disant : « Demain soir va arriver si vite, tu verras. »

Ronnie insistait pour que, même lorsqu'il n'y avait apparemment pas de menace et que personne ne regardait, April ne dorme jamais à l'étage. « Trop risqué », s'obstinait-elle. April lui donnait raison. Alexa lui donna une boîte de somnifères qu'une des filles avait laissée derrière elle dans l'armoire à pharmacie, et April commença à en prendre un chaque soir. Les pilules avaient expiré six mois auparavant mais elles faisaient toujours leur effet.

Les quatre premières semaines, Ronnie apportait des nouvelles tous les lundis soirs. À la fin du mois, dit-elle, elles révéleraient la vérité sur le fait qu'April était saine et sauve, que tout cela constituait une œuvre d'art, une façon de montrer au monde l'étendue de l'ignorance des gens au sujet de l'exploitation sexuelle, et de qui ils choisissaient de parler dans la presse. Ronnie espérait que certains organismes de presse feraient état de sa disparition. Elles ne s'étaient pas imaginé que l'histoire prendrait une telle ampleur.

À la fin du premier mois, April s'assit en face de Ronnie dans la chambre d'Alexa, et Ronnie lui prit la main.

« Écoute, petite, dit-elle. Je sais que j'avais dit que ce serait pour un mois seulement, mais ça se passe mieux que tout ce que j'avais pu imaginer. Il faudrait que tu continues encore un peu plus longtemps. »

Les semaines passant, le nombre des visites de Ronnie commença à diminuer. Elle était toujours en voyage à New York, Los Angeles ou Chicago pour enregistrer une séquence télé sur les dangers du trafic sexuel dans le pays et pour faire la promotion du livre qu'on venait de lui commanditer sur le sujet. (Elle dit à April qu'une fois qu'elles révéleraient la vérité, elles écriraient le livre ensemble et se partageraient les droits d'auteur.)

April essayait de s'occuper l'esprit avec d'autres choses, comme compter aussi haut que possible, imaginer ce que les filles étaient en train de faire dans leurs petits coins de monde, traduire des phrases de l'anglais à l'espagnol dans une tentative pour réapprendre une langue qu'elle n'avait pas étudiée depuis la terminale.

L'air en bas, sous le sol, était stagnant et vicié. April avait mal aux jambes à force de rester assise sans bouger si longtemps et ses yeux lui piquaient à cause du manque de lumière. L'attente semblait insupportable par moments, et son esprit errait dans les coins les plus reculés de la solitude. Est-ce que c'était cela que ressentaient les vieilles femmes confinées à la maison ? Elle se le demandait. Ou les bergers allemands qui, au départ, devaient errer dans les collines, mais qu'on forçait à rester derrière des grilles toute la journée pendant que leurs traders de maître étaient au travail ? Elle décida que dès qu'elle serait sortie d'ici, elle apprendrait à connaître les personnes âgées dans son voisinage et qu'elle n'achèterait jamais de chien de sa vie, même si ses futurs enfants (éventuellement, car il restait à déterminer si elle en voulait) la suppliaient d'en avoir un.

Souvent, April arrivait à entendre des bruits étouffés venant de la pièce au-dessus d'elle, la télé et les gens qui parlaient. Même après cinq, six ou sept semaines, aux bulletins télévisés, on parlait de sa disparition — elle entendait des officiers de police parler des recherches qu'ils effectuaient et des habitants faisaient part de leur inquiétude à son sujet. Elle se sentait coupable en entendant cela, et ça lui faisait peur aussi. Elle savait qu'il y aurait des répercussions judiciaires lorsqu'elles raconteraient enfin la vérité sur l'endroit où elle était restée, peut-être même de la prison. Ronnie disait qu'on se contenterait de leur coller une énorme amende, qu'elle paierait elle-même. April n'en était pas si sûre, mais cela n'avait que peu d'importance, à partir du moment où elles arrivaient à faire passer leur message en premier. Elle trouvait son seul réconfort dans le fait que les filles et sa mère connaissaient la vérité.

À chaque visite de Ronnie, April lui demandait si elle avait eu de leurs nouvelles.

« Non, disait Ronnie. Rien du tout.

April essayait de ne pas laisser percer la déception dans sa voix.

— J'imagine qu'elles veulent nous aider en gardant le silence, disait-elle. Ou peut-être qu'elles sont encore fâchées à cause de l'engueulade qu'on a eue. »

Elle pensait souvent à elles — Sally en femme mariée, Bree et Lara qui préparaient peut-être leur propre mariage, et Celia, qui menait sa vie new-yorkaise, à la fois courageuse, effrayante et solitaire. April regrettait plus que tout la façon dont elle avait laissé les choses en plan avec Sally. Elle aurait aimé pouvoir retourner en arrière jusqu'à cette dernière soirée dans le réfectoire de la résidence King et effacer tous les mots stupides et mesquins qui avaient été échangés entre elles.

En même temps, elle était triste et étonnée qu'aucune d'entre elles n'ait pris contact avec elle à travers Ronnie. C'était peut-être fini, pensa-t-elle. Elle se rappela d'une époque, remontant au lycée, où elle avait rêvé d'avoir des amies comme les filles de la résidence King. Maintenant, elle connaissait le revers de la médaille de la vraie amitié : lorsqu'elle se terminait, cela pouvait être plus cuisant que même la plus amère solitude.

Un soir, elle entendit une publicité à la télé sur un magasin de costumes d'Halloween en ville et en vérifiant avec Alexa plus tard dans la nuit, elle réalisa, choquée, que c'était début octobre. Elle était restée là-dessous pendant deux mois.

C'est vers cette époque que Ronnie commença à devenir paranoïaque.

« J'ai peur que la police ne soit pas dupe, et nous suscitons encore tellement d'intérêt, dit-elle. On ne peut pas s'arrêter maintenant ! »

Elle affirmait que cela ne durerait plus très longtemps et elle avait une dernière chose à demander à April :

« Plus de sorties la nuit, dit-elle. Tu peux utiliser le bassin, et Alexa t'apportera des linges humides pour te laver, mais il faut que tu restes sous le plancher à partir de maintenant. Il n'y en a plus que pour quelques jours. »

April voyait qu'il n'y avait pas à discuter. Et puisqu'elles en étaient presqu'à la fin, pourquoi remettre en question ce que demandait Ronnie ?

Dans le salon d'Alexa, on trouvait souvent plein de filles qui avaient fui leurs macs et travaillaient depuis des petites chambres chez elle qu'elle leur facturait. Parfois, quand elles discutaient au-dessus d'elle, April avait envie d'être assise avec elles sur le canapé défoncé, à boire du thé sucré et à dire des ragots sur les garçons. (Elle n'en revenait toujours pas de voir que certaines des filles continuaient de sortir avec des garçons et d'avoir des amourettes de façon normale, bien qu'une parodie de sexe, immonde et violente, consumât leur vie de tous les jours. Comment arrivaient-elles à regarder les hommes, quels qu'ils soient, sans mépris ?)

April entendait aussi des choses terribles, des choses qu'elle savait qu'elle ne pourrait jamais plus oublier. Les filles retrouvaient leurs michetons dans le salon et les entraînaient à l'étage.

« Hé, mon chou, April entendit un des michetons dire une nuit. Il avait une voix tonitruante et rauque. Je veux que tu portes ça. »

April n'arriva pas à comprendre la réponse de la fille, mais elle perçut le ton de sa voix — craintif, essayant de paraître doux et léger. Elle se demanda ce qu'il pouvait bien vouloir qu'elle porte.

« Tu n'aimes pas ça ? dit-il. C'est à ma petite fille. Je veux te baiser là-dedans. Je veux que tu m'appelles papa et je veux que maintenant tu sois mon petit ange, compris ? Tu vas être ma petite fille, et papa va être gentil avec toi. »

Une autre nuit, juste après qu'Alexa eut apporté le dîner, un groupe de garçons de la fac qui étaient en ville pour un match de football américain entrèrent dans la pièce. Leurs pas retentissaient sur le plancher, et April eut peur que l'un d'entre eux ne traverse les lattes, stupéfait de la trouver là, à les écouter discuter d'un voyage qu'ils avaient fait au Mexique pour aller voir une jeune fille avoir des rapports sexuels avec un âne sur scène.

Après cela, April dit à Ronnie sans détour qu'elle ne pourrait plus supporter ce bordel bien plus longtemps. C'était une chose d'être sous le plancher en sachant qu'elle pouvait en sortir une fois par jour. Mais là, son dégoût et sa peur augmentaient de plus en plus.

« Ça commence à me taper sur le système, dit-elle. Il faut que tu me fasses sortir d'ici.

— Je vais le faire, dit Ronnie. Soit encore patiente. April, nous accomplissons tellement de choses là, et c'est uniquement grâce à toi. »

Un jeudi soir, un groupe des filles du coin de la rue s'était réuni pour regarder des vidéos de musique dans le salon. Elles rigolaient, se coupaient la parole et chantaient ensemble avec la télé. Elles se comportaient comme des ados ordinaires, pour une fois. Parmi les voix, April reconnaissait celle d'Angelika, une de filles de Redd, qui avait le timbre bas et séduisant d'une vieille chanteuse de jazz. Elle venait très souvent dans le salon depuis quelque temps, du coup April se dit qu'elle avait quitté Redd pour de bon.

Au bout d'une heure environ, les filles baissèrent d'un ton. Elles faisaient des commentaires ici et là, rigolaient d'une pub sur des tampons, poussaient des gémissements en voyant Chris Brown, appelaient une copine dans la cuisine pour qu'elle rapporte du thé et des cigarettes. April se sentit détendue pour la première fois depuis des semaines.

Un moment plus tard, quelqu'un d'autre entra dans la pièce. April n'arrivait pas à savoir qui c'était au son de sa voix, mais elle entendit la fille dire : « Mets les infos. Ils font un reportage là, juste dans la rue. Ils cherchent cette nana blanche. Vous avez entendu comment ils ont retrouvé ses os il y a quelques jours ? »

Son corps se raidit. Elle avait vu Ronnie juste le jour d'avant, et Ronnie n'avait fait aucune allusion à cela. Elle s'efforça d'entendre la télévision tout en souhaitant mentalement que les filles se la ferment.

Une voix douce de présentateur télé dit :

« Après la découverte sinistre des restes humains que l'on pense être ceux d'April Adams, la police d'Atlanta a lancé un appel à la population de l'État et du pays entier pour trouver des bénévoles qui pourraient lui venir en aide pour chercher des indices. »

April pensa aux filles, puis à sa mère : elles avaient certainement entendu tout cela. Comment avaient-elles pu laisser la situation aller aussi loin ? À moins que Ronnie ne les ait jamais prévenues à son sujet ? Est-ce qu'à présent, elles étaient chacune dans leur petit coin de monde, la croyant morte ?

Avant de pouvoir commencer à digérer tout cela, elle entendit le bruit d'un claquement de porte au-dessus. Les filles crièrent. April les entendit sortir en courant. Son cœur s'accéléra. Il y avait quelqu'un avec un pistolet là-haut.

Puis, elle entendit sa voix.

« Putain de balance, dit Redd.

Angelika avait l'air affolé.

— Non, non, non, bébé. C'était pas moi.

— C'est des conneries ! Les flics disent que quelqu'un leur a parlé de ce bordel dans ma cour. Je sais que c'est toi.

— Je leur ai dit que dalle, je te jure, dit Angelika d'un ton qui se voulait rassurant, alors que sa voix tremblait.

— Tu me racontes des cracks, maintenant ? Ils vont essayer de m'embarquer à cause de ces conneries. Je n'ai même jamais touché cette pute blanche, mais à cause que t'as ouvert ta putain de grande gueule de merde — tu vaux rien, hurla-t-il. Oublie pas ça.

— Je sais, je sais, dit Angelika. Je t'en supplie, il faut que tu me croies.

— Rien à foutre, dit-il. Je t'ai vu parler avec elle tout le temps sur le bitume, lui lécher son cul de blanche. T'es même allée chez elle. Maintenant, elle s'est barrée, et les flics sont après moi.

Angelika sanglota.

— Y sont venus me demander des tas de questions, parce que les autres filles leur ont dit que j'étais amie avec elle. Mais j'te jure, je leur ai dit que dalle. Bébé, je t'aime, dit-elle.

— Agenouille-toi, putain, et suce-moi, et là, peut-être que je te pardonnerai, dit-il.

Elle pleurait toujours.

— S'il te plaît, pose ce pistolet, cria-t-elle.

— Fais-le ! » vociféra Redd, et elle émit un faible geignement.

Il y eut un silence pendant un moment. April tremblait. Elle sentait qu'elle allait vomir en pensant à ce qui se passait au-dessus. Tout cela arrivait à cause d'elle. Si elle remontait à travers les lattes du plancher pour arriver dans le salon, il allait sûrement la flinguer. Pendant ce moment de silence, April priait mentalement pour que la porte claque — soit que Redd s'en aille ou que quelqu'un entre pour porter secours à Angelika. Les filles avaient bien dû finir par appeler la police. Et Alexa avait un pistolet à main dans l'armoire à linge au premier étage.

Puis elle entendit la détonation.

Les cris et les larmes partirent si vite dans le reste de la maison qu'on aurait cru qu'elles savaient déjà ce qui allait se passer. Quelques minutes plus tard, elle entendit un long bruit de sirène, puis la voix des ambulanciers dans le salon. Les cris continuaient, incessants.

Sans avoir vu, April savait exactement ce qui s'était passé. Redd avait abattu la fille et était parti dans la nuit d'Atlanta, libre comme l'oiseau. Ceux qui l'avaient vu faire ne le révéleraient jamais à la police par peur d'être les suivants sur la liste. Des heures plus tard, elle perçut l'odeur âcre et pénétrante de la javelle et en sentit quelques petites gouttes acides tomber à travers les trous du sol. Quelqu'un était en train de pleurer au-dessus d'elle.

Cette nuit-là, April n'arriva pas à dormir. Elle resta assise, les yeux grands ouverts.

Comme elle était devenue lâche. Elle n'avait rien fait pour Angelika. Elle était venue ici pour aider ces filles et, à présent, l'une d'entre elles était morte à cause d'elle. April pleura en silence, la tête dans un oreiller pour ne pas se faire entendre, se rappelant du bruit du coup de feu, des geignements dans la maison.

Comment pouvait-on supporter ça? Les hommes avaient tous les moyens pour faire du monde un endroit merveilleux, mais ils préféraient le ruiner, lui chier dessus, faire des femmes leurs esclaves et leurs souffre-douleur. Comment est-ce que des femmes comme Sally pouvaient épouser des hommes et se contenter d'espérer qu'ils ne se transformeraient pas un jour ou l'autre en salauds — qu'ils s'enfuient avec leur secrétaire ou pire, qu'ils partent en quête d'une enfant dans les rues de la ville pour avoir des rapports sexuels dont ils ne se souviendraient plus une semaine après, alors que l'enfant, elle, s'en souviendrait jusqu'à la fin de ses jours?

Les hommes allaient et venaient comme des innocents, mais la plupart amenaient la destruction d'une façon ou d'une autre. Ils faisaient la guerre, ou frappaient leurs femmes, ou bien encore payaient cinquante dollars pour mater un spectacle de danse érotique dans un bar à strip-tease et se faire faire une pipe après le travail avant de retourner voir leur femme à la maison, manger un poulet pour le dîner et regarder les infos du soir. April pensa à son père, au fait qu'il n'avait jamais manifesté le moindre intérêt pour savoir à quoi elle ressemblait ou quel était le son de sa voix. Au fait qu'il avait troqué l'amour, la vie et l'honneur pour le cul. Elle pensa à ce salaud qui avait violé Celia à la fac, la bouleversant à jamais, alors qu'il était retourné à sa vie comme si rien ne s'était passé. Les activistes menaient la lutte, ici à Atlanta et là-bas, à New York et à Los Angeles, en Suède et partout ailleurs. C'étaient des femmes, surtout. Les quelques hommes impliqués étaient là parce qu'ils avaient vu des femmes qu'ils aimaient anéanties par la violence masculine. Mais qu'est-ce que ces combattantes pouvaient réellement accomplir ? Elles pouvaient faire passer des lois et envoyer des articles d'opinion au *New York Times* jusqu'à leur mort. Elles feraient tout cela, sans aucun doute. Elles amélioreraient le monde, même à petites touches. Mais tant qu'il y aurait des hommes, soit disant intègres, pour croire qu'il était normal de baiser des petites filles contre de l'argent, tant qu'il y aurait des hommes qui accepteraient de vendre ces petites filles comme si elles ne valaient rien, qu'est-ce qu'une personne honnête pourrait bien faire ?

Et puis, de toute façon, des tonnes de personnes honnêtes se faisaient aussi prendre en étant honnêtes. Il y en avait tant qui se cachaient derrière leurs distinctions honorifiques et leurs passages à la télé, se sentant vertueuses, accomplissant peu. Elles se chamaillaient pour savoir qui serait nommé président ou trésorier, qui prendrait les notes, qui apporterait les petits gâteaux. Merde, même les féministes dans leurs appartements dans des immeubles en pierre de taille ne se battaient pas avec suffisamment de force, parce qu'elles étaient terrifiées à l'idée de voler à quiconque ses précieux choix à la mords-moi-le-nœud. Et qui sait, peut-être que certaines femmes aimaient faire des fellations à de parfaits inconnus à dix dollars la passe. Pendant ce temps, à des kilomètres de là, des petites filles se faisaient abattre dans les salons de bordels crasseux, tandis que d'autres petites filles arrivaient pour nettoyer leurs boyaux étalés sur les murs avec une bouteille de Clorox et une serpillière.

April savait qu'elle pouvait partir quand elle le voulait, il lui suffisait de monter l'échelle et d'en finir avec tout cela. Elle savait aussi que Ronnie ne lui pardonnerait jamais. Mais, de toute façon, qui était Ronnie au juste, putain de merde ? Elle commençait à voir que Ronnie l'avait utilisée, l'avait détruite. Elle ferma les yeux dans l'obscurité. C'était simple : elle n'en pouvait plus de tout ça.

Plusieurs heures plus tard, bien après que la maison entière fut devenue silencieuse, April sortit en se faufilant. Elle dut lutter juste pour monter l'échelle en corde et elle réalisa, avec inquiétude, que son corps avait changé. Les muscles autour de ses avant-bras et de ses mollets avaient fondu. À présent, sa peau, qui pendait, était comme celle d'une vieille femme et ses jambes étaient mouchetées d'escarres à force d'être restée assise sans bouger si longtemps. Elle dut s'y reprendre à plusieurs fois pour pousser les lattes branlantes et s'extraire. Elle savait qu'elle ne pouvait se risquer à faire le moindre bruit. Il fallait qu'elle parle à Ronnie avant que quiconque la voit.

Haletante, elle s'assit sur le sol du salon pendant un moment, laissant ses yeux s'habituer à la lumière. La pièce, qu'elle savait être de taille normale, avait l'air absolument gigantesque. L'air était mêlé d'odeur d'alcool et de cigarettes, mais il restait une telle fraîcheur qu'April essaya de l'aspirer à pleins poumons.

Elle se mit debout sur ses pieds ; au début, elle chancela sur ses jambes, mais après quelques instants, elle trouva son équilibre. Elle se faufila le long du couloir. Derrière la porte d'une des chambres elle perçut les voix de deux personnes qui se disputaient à voix basse. Derrière une autre, une jeune fille gémissait « Oui, oui, oui », de la voix la plus ennuyée et triste qu'elle ait jamais entendue.

En atteignant la porte d'entrée de la maison, elle retint son souffle en la tirant vers elle. Un instant plus tard, elle était dehors. L'air était frais dans ses narines. Elle remarqua les feuilles orange d'un arbre dans la lumière du lampadaire et elle pensa aux longues marches qu'elle faisait avec Sally autour de Paradise Pond en automne.

Quelques citrouilles pourrissaient dans les poubelles. Halloween devait être passé maintenant, se dit-elle. On était en novembre.

La rue était déserte et pratiquement silencieuse. Elle savait que cela signifiait qu'il était quatre heures du matin ou à peu après, parce que les filles sortaient généralement jusqu'à cette heure. Elle regrettait de ne pas avoir pensé à jeter un œil sur l'horloge du boîtier du câble chez Alexa.

En arrivant à la maison, elle se dirigea vers la porte de derrière, en espérant, contre toute attente, que Ronnie l'avait laissée ouverte, mais elle la trouva fermée.

April frappa doucement d'abord, puis plus fort. Elle eut l'impression d'entendre des bruits de pas à l'intérieur, mais un instant plus tard, tout était silencieux. Elle prit une inspiration, essayant d'avoir les idées claires. Elle se disait qu'il valait mieux ne pas risquer d'aller à la porte de devant et sonner.

Puis, la lumière de la cuisine s'alluma, la porte s'ouvrit et Ronnie se tenait là, debout devant elle dans sa vieille robe de chambre en soie, un pistolet à la main.

« Putain de bordel de merde, April, dit-elle. Qu'est-ce que tu fous ? »

Des larmes se formèrent dans les yeux d'April. Elle était heureuse, soulagée de revoir le visage de Ronnie, et cela déclencha une douleur dans tout son corps. Elle détestait le fait de se sentir si heureuse de voir quelqu'un qui lui avait fait du tort, mais finalement, est-ce que cela n'avait pas toujours été comme ça dans sa vie — sa mère, son père, Gabriel. Les seules personnes qui l'avaient rendue heureuse étaient Sally, Celia et Bree.

« Rentre, siffla Ronnie. Est-ce que quelqu'un t'a vue ? »

April entra dans cette cuisine qui lui était familière — le ventilateur de plafond vrombissait dans sa structure incertaine, une bouteille de vin à moitié vide et quelques tranches de tomates séchées traînaient sur la table.

Elle se mit à pleurer, s'agrippant à Ronnie, la tête enfouie dans la soie bleue. Ronnie se figea, mais April ne s'écarta pas.

« Une fille s'est fait tuer cette nuit à cause de moi, dit April. Tu sais ce qu'ils disent ? Ils pensent qu'ils ont trouvé mon putain de cadavre.

Ronnie ne répondit rien.

— Qu'est-ce qui va se passer maintenant ? dit April. La police croit que Redd m'a abattue. On va avoir des ennuis. Peut-être même se faire tuer. Pourquoi tu ne m'as parlé de rien, hier ? »

Ronnie poussa un soupir en se libérant d'April et s'assit sur une des chaises de la cuisine. Elle posa le pistolet sur la table et traça de son doigt l'étiquette de la bouteille de vin.

« J'essayais de voir ce qu'il fallait qu'on fasse maintenant, dit Ronnie. Je voulais préparer un plan avant d'avoir à t'inquiéter.

April continuait de pleurer.

— Ronnie, ça ne va pas être comme les autres fois. On est vraiment mal, dit-elle. Il va falloir qu'on aille se rendre.

Ronnie hocha la tête.

— Je crois qu'il faut qu'on parte et qu'on recommence à zéro. Qu'on fasse comme si rien de tout ça n'était jamais arrivé. D'ici un jour ou deux, ils verront que le corps qu'ils ont trouvé n'est pas le tien. Au bout de quelques mois, ils arrêteront complètement les recherches.

— Et moi, qu'est-ce qui va m'arrive ? dit April. Tu espères vraiment que je vais me contenter de me tirer et démarrer une nouvelle vie sans même en parler à mes amies ?

— Ce ne sont plus tes amies, de toute façon, dit Ronnie d'un ton brutal. Ou du moins, plus après ça.

— Tu ne leur as jamais parlé, c'est ça ? dit April.

Ronnie garda le silence.

— Pourquoi ? dit April. Putain, pourquoi est-ce que tu m'as fait ça ?

— Je ne pouvais pas risquer de tout compromettre, dit Ronnie sans détours.

— *Tout* quoi ? hurla April. Elle regarda au bout du couloir qui menait à l'entrée et à l'étage. Quatre valises étaient alignées au pied des escaliers.

— Tu allais me laisser là, à me démerder toute seule, dit April.

— C'est ridicule, dit Ronnie. Je ne t'abandonnerai jamais. »

April commença à se diriger dans le couloir en direction de la porte d'entrée.

Ronnie fit grincer sa chaise sur le sol en la reculant. Elle se redressa et, passant devant April, elle la poussa contre le mur pour se mettre devant la porte.

« Où est-ce que tu crois que tu vas comme ça, putain ? dit Ronnie en écartant les bras devant l'encadrement de la porte.

— Je vais aller dire à la police ce qui s'est passé, dit April.

— Mon cul, oui, dit Ronnie. Écoute, tu n'as pas les idées claires. Après une bonne nuit de sommeil, on trouvera une solution dans la matinée. Elle prit son menton dans la paume de sa main, le tenant fermement.

— S'il te plaît, dit-elle. Je t'en supplie.

— Bordel, c'est terminé, dit April.

— Tu me dois bien ça, dit Ronnie.

April était envahie par la rage.

— Je ne te dois rien, dit-elle. Je croyais en toi, je croyais que tu t'intéressais réellement à tout ça. Mais tout ce qui t'intéressait, c'était toi. Merde, Ronnie, ce que tu défendais était tellement beau, et maintenant, regarde-toi.

Le regard de Ronnie se glaça. Elle empoigna April par les bras.

— Tu es une gamine, dit Ronnie. Fais ce que tu veux, mais je vais te dire une bonne chose : si tu vas voir la police, c'est pour finir ta vie en prison. Et moi, je leur dirai que je n'avais rien à voir avec tout ça, que je me suis fait avoir par toi, tout comme les autres. Essaye de leur donner une seule preuve montrant que j'étais au courant. Tu n'en trouveras aucune. »

D'une secousse, April se libéra de son emprise et monta en courant dans la chambre de Ronnie, ses jambes la brûlant sous elle. La chambre avait été vidée de toutes les affaires de Ronnie, mais en ouvrant le tiroir de la table de nuit elle le trouva : son portable. Elle l'alluma, la batterie était presque vide. Elle fit le numéro de Sally, chez elle, tremblant de tout son corps.

Un homme à la voix à moitié endormie répondit au bout de la deuxième sonnerie. April percevait le son d'un feuilleton à la télé, la vague apaisante d'un rire en boîte. La maison de Sally semblait être sur une planète différente de celle sur laquelle elle était, et April avait très envie d'y être.

« Jake ? dit April.

— Non, répondit l'homme. Qui est-ce ?

— Je suis une amie de Sally, dit April.

— Oh, je suis son frère, dit-il. Ils m'ont demandé de rester ici et de répondre au téléphone, au cas où quelqu'un appelle pour le bébé.

— Le bébé ? dit April, la tête bourdonnante.

— Oui, dit-il. Elle a eu son bébé hier. Trois kilos trois. Une petite fille.

— Oh, mon Dieu, dit April. Est-ce qu'elle est à l'hôpital, là ? Je peux l'appeler là-bas ?

— Euh, ouais, dit-il. C'est le Piedmont Hospital à Atlanta. Ne quittez pas, je peux vous donner le numéro.

— Elle est à Piedmont ? dit April, sceptique.

— Oui, dit-il. Ils étaient là-bas, pour essayer de retrouver une amie à elle quand Sally a commencé à accoucher. »

À ce moment, April perdit le signal, le téléphone était vide.

Au-dessous d'elle, elle entendit Ronnie traîner ses bagages sur le porche. À l'aube, elle aurait disparu, Dieu sait où. April s'assit sur le lit. Elle attendit d'entendre la voiture de Ronnie sortir de l'allée et rouler jusqu'au coin de la rue avant de quitter la maison.

Quand April arriva à l'hôpital, le soleil se levait sur Atlanta, projetant une lueur orange sur la pelouse et sur les têtes des aides-soignants qui fumaient leur cigarette à côté de l'entrée, les faisant ressembler à des anges en blouses bleues. C'était le premier lever de soleil qu'elle voyait depuis des mois. Elle se demanda combien de temps il faudrait avant qu'elle en revoie un.

Son cœur battait furieusement dans sa poitrine, et ses mains tremblaient tandis qu'elle se dirigeait vers l'entrée.

Après tellement de temps sous terre, tout avait maintenant l'air plus éclatant, plus net : le papier glacé des magazines éparpillés dans la grande salle d'accueil de l'hôpital, les immenses portes argentées de l'ascenseur s'ouvrant grand pour la laisser entrer. La maternité était située au troisième étage. April appuya sur le bouton de l'ascenseur et respira profondément.

Un homme en costume chic monta au premier et la regarda d'un air perplexe comme s'il la connaissait sans pouvoir dire d'où. Elle avait croisé de nombreux regards comme celui-ci, ce matin — de la part du chauffeur de bus qui l'avait fait monter à l'autre bout de la ville, de la part de la femme dehors sur le trottoir, qui vendait des œillets dans un grand bac en plastique.

Bientôt, tout cela serait fini. Elle irait voir la police pour tout leur dire et faire face à la punition qui l'attendait, quelle qu'elle soit. April avait toujours imaginé que de travailler avec Ronnie était sa chance pour obtenir la vie rêvée qu'elle avait toujours souhaitée en fac. Maintenant, elle voyait clairement qu'elle avait renoncé à tout ça.

Ce qui lui faisait le plus peur, c'était de penser que les filles ne lui pardonneraient peut-être pas ; qu'elle était peut-être allée trop loin cette fois-ci et qu'elle les avait perdues pour de bon. Sally avait toujours dit que cela représentait à la fois un bonheur et un fardeau pour la femme moderne que de se voir accorder des choix, des choix infinis. Mais elle n'avait jamais rien dit sur ce qui arriverait si l'une d'entre elles faisait le mauvais choix.

Quand l'ascenseur s'ouvrit au troisième étage, April descendit.

« Bonne journée, dit l'homme en costume.

— À vous aussi », dit-elle.

Le couloir dégageait une odeur légèrement âcre. Un bébé pleurait quelque part au loin. Assise seule à un bureau décoré de nounours roses et bleus, une femme aux cheveux blancs et en blouse faisait une partie de poker en ligne.

« Excusez-moi, dit April. Je cherche la chambre de Sally Werner. Pardon, Sally Brown.

La femme ne leva pas les yeux de son écran d'ordinateur.

— Sept B », dit-elle.

April passa devant plusieurs portes ouvertes. Elle vit une jeune mère bercer un nourrisson devant la fenêtre dans une des chambres, dans une autre, un couple se donner la main sous un bouquet de ballons bleus.

Puis elle les entendit — Celia, Bree et Sally, le son de leurs rires, on ne pouvait pas s'y tromper. C'était exactement comme ce jour où, dans le couloir l'*Autumn Inn,* elle était venue pour le mariage de Sally. Elle resta derrière la porte un moment, jouissant de leur conversation, revoyant cette première année où elles habitaient dans les chambres de bonnes, et dans l'air, résonnait constamment le bruit léger de leurs bavardages. Elle n'avait jamais été aussi heureuse et terrifiée à la fois.

Un moment après, elle se plaça devant la porte ouverte et frappa contre l'encadrement.

Les filles levèrent le regard. Sally ouvrit les yeux tellement grand qu'April aurait voulu que le moment et la réalité soient autres. Elle aurait aimé pouvoir faire une blague.

« Est-ce que c'est toi ? finit par dire Sally.

— C'est moi. »

Merci à ma fantastique amie et agent, Brettne Bloom, qui m'a encouragée à me lancer dans la fiction et m'a fourni tant de conseils utiles (et de délicieux dîners) tout au long de l'écriture du livre ; merci à ma brillante éditrice, Jenny Jackson, qui était autant attachée aux personnages que moi-même, et partageait la même vision que moi sur ce que ce livre devait être. J'ai également une dette envers Jill Kneerim et Leslie Kaufman de chez Kneerim&Williams, Jerry Bauer, Jenna Menard, Meghan Scott, et tout le monde chez Knopf, plus particulièrement Sarah Gelman, Andrea Robinson, Meghan Wilson et Abby Weintraub.

Merci à tous mes amis généreux qui ont pris le temps de lire ce livre, avant même qu'il soit un livre : Laura Smith, Aliya Pitts, Hilary Black, Laura Bonner, Noreen Kearney, Kate Sweeney, Becky Friedman, et plus particulièrement Lauren Semino, qui a été non seulement la première à lire *Les Débutantes*, mais également la première à lire chaque nouvelle ratée que j'aie pu écrire au lycée et après.

Pour ceux qui ont rendu ma vie tellement plus riche grâce aux fous rires, aux discussions, aux débats, aux encouragements, et aux conseils, merci à Karin Kringen, Caitlain McCarthy, Elizabeth Driscoll, Sara Stankiewicz, Cheryl Goss, Josh Friedman, Beth Mahon, Tim Melnyk, Erin Quinn, Olessa Pindak, Shilah Overmyer, Frances Lester, Theresa Gonzales, Lucie Prinz, David Halpern, Amanda Millner-Fairbanks, Hilary Howard, Natasha

Yefimov, Winter Miller, Liz Harris, Maureen Muensert, Ben Toff, Karen Oliver, Shelby Semino, Matt Semino, et pendant que j'y suis, merci à tous les Semino et les Held.

Je serai à jamais reconnaissante envers mon alma mater, Smith College, et envers les femmes remarquables que j'y ai rencontrées pendant mes études, ainsi qu'envers mes professeurs, parmi eux : Maxine Rodburg, Michelle Chalfoun, Doug Bauer, Bill Oram, Michael Thurston, Craig David et Michael Gorra.

Enfin merci à Jane Manning, Rachel Lloyds, Melissa Farley, Stephanie Davis, toute l'équipe d'*Equality Now*, ainsi qu'aux écrits de Catherine MacKinnon, Andrea Dworkin, Gloria Steinem, Robin Morgan et tellement d'autres, pour m'avoir aidé à comprendre les réalités du commerce sexuel aux États-Unis. Enfin merci à mon amie, et ancienne camarade de Smith, le Dr Michelle Burke Noelck, pour m'expliquer encore et encore tout ce qui a trait à la médecine, merci à Bob Herbert, qui m'a plus appris sur le journalisme, la politique, l'éthique et les New Torks Jets que j'aurais jamais pu en rêver, et merci à l'équipe du département éditorial du *New York Times*, le genre de collègues qui vous manquent en général le dimanche soir.

Merci aux nombreux membres de ma fantastique famille au sens large, tous de fabuleux conteurs.

Et un million de mercis à toi, Caroline Sullivan, une artiste, un esprit remarquable, un cœur généreux, et une jeune femme incroyable. Tu es la meilleure sœur dont une fille puisse rêver et plus encore.

Direction artistique : Jérôme Feigean

Achevé d'imprimé en juillet 2012
par Corlet Imprimeur S.A.
Dépôt légal : mai 2012
Numéro d'impression : 148617
ISBN : 978-2-919547-07-4
Imprimé en France.